ELKE SCHNEEFUSS

Die POSTBOTIN

Roman

WILHELM HEYNE VERLAG
MÜNCHEN

Penguin Random House Verlagsgruppe FSC® N001967

Originalausgabe 10/2023
Copyright © 2023 dieser Ausgabe
by Wilhelm Heyne Verlag, München,
in der Penguin Random House Verlagsgruppe GmbH,
Neumarkter Str. 28, 81673 München
Redaktion: Dr. Friederike Römhild
Umschlaggestaltung: Nele Schütz Design
unter Verwendung von Shutterstock.com (Everett Collection,
arcady, Liz Kcer, Raftel) und Jeff Cottenden
Satz: Uhl + Massopust, Aalen
Druck und Bindung: GGP Media GmbH, Pößneck
Printed in Germany
ISBN: 978-3-453-42663-4

www.heyne.de

1. Kapitel

Berlin, im März 1919

In der Hussitenstraße meinte sie, den Ruf einer Amsel gehört zu haben. Regine blieb stehen, um zu lauschen – früher hatte es auf den Hinterhöfen des Berliner Brunnenviertels Vögel gegeben. Spatzen, Meisen, Amseln waren jeden Tag ihre Begleiter gewesen, aber inzwischen nicht mehr. Ihr Blick ging zu der alten Linde, die in diesem besonders kalten Winter dem harten Frost hatte trotzen müssen. Kein Vogel zu sehen weit und breit, der Krieg hatte das gefiederte Volk vertrieben. Insgeheim hatte sie gehofft, dass die Tiere in diesem Frühling zurückkehren würden, doch bis jetzt gab es keine Hinweise darauf.

Mit einem leisen Seufzer rückte Regine die dunkelblaue Mütze mit dem schwarzen Schirm zurecht. Sie war müde, die schreckliche Mütze drückte sie. Zu Beginn ihrer Tätigkeit als Postbotin hatte sie sich vorgestellt, dass die Uniform ihre Vorzüge unterstreichen würde. Sie war blond und blauäugig, doch das tiefdunkle Blau der Reichspost ließ sie blass erscheinen. Jetzt, kurz nach dem Krieg, wirkten viele Großstädter abgemagert und bleich. Die Uniform verstärkte noch das Bild, das die Menschen dieser Tage abgaben. Sie hatte genug für heute, sie fühlte sich matt und abgekämpft, die Füße schwer vom Laufen. Zeit für den Feierabend, doch ein kleiner Stapel Briefe wartete noch darauf, verteilt zu werden. Der Rest ihrer Fracht war ausnahmslos für die Bäckerei in der Hussitenstraße bestimmt. Adam Smolka betrieb dort ein gut laufendes Gewerbe, auch wenn er ihr inzwischen häufig traurige Geschichten über die Einbußen und Versorgungsengpässe erzählte, mit denen er sich infolge des Krieges herumplagte. Mit einem ofenfrischen Brötchen in der Hand saß sie auf der Ofenbank in der Backstube, während er plauderte. Es war warm, es duftete gut nach Butter und Hefe. Jede Gabe gegen den Hunger war Regine höchst willkommen, sie war immer gerne bei Smolka gewesen – doch allmählich drohte die Sache mit ihm aus dem Ruder zu laufen. Neuerdings warb der Bäckermeister erkennbar um ihre Zuneigung, behutsam und rücksichtsvoll, aber vergeblich. Niemand würde sie mit einem Kanten Brot oder einem Stück Kuchen kaufen können. Einer wie Smolka hatte nicht das Zeug dazu, ihr Bräutigam zu werden – besser, er begriff es so bald wie möglich. Genau aus dem Grund würde sie ihm heute keine Aufmerksamkeit schenken.

Regine hastete zur Hintertür der Backstube, eilig ließ sie die für den Bäckermeister bestimmte Post durch den Türschlitz gleiten. Sie lauschte, doch in der Backstube blieb alles still. Regine atmete erleichtert auf, als auf einmal Schritte im Sand knirschten. Irgendjemand kam und baute sich hinter ihr auf, im ersten Moment befürchtete Regine, es könnte Smolka sein, doch glücklicherweise war es Lotte, die zu ihr stieß. Die Zustelltour der Kollegin kreuzte sich in der Hussitenstraße mit der von Regine, sie begegneten sich häufig in dieser Ecke der Stadt.

Schnaufend stemmte Lotte die Hände in die Seiten.

»Na endlich hab ich dich eingeholt. Was hast du eigentlich für ein Tempo drauf? Bin schon eine Weile hinter dir her, hab's nicht geschafft, zu dir aufzuschließen.«

»Ich wusste nicht, dass du mich verfolgst, sonst wäre ich nicht so gerannt.«

Lotte schüttelte den Kopf, während sie mit einer Hand in ihrer Ledertasche wühlte, die an einem Schultergurt neben ihrer Hüfte hing. Wie so oft war die Kollegin auch heute nicht nach Vorschrift gekleidet. Ihre Postmütze hatte sie auf dem Kopf, aber der Rest ihrer Kleidung entsprach keineswegs den Vorgaben. Ihr Rock, ihre Jacke – nichts davon war dunkelblau. Wenn der Schichtleiter sie so erwischte, gab es Ärger.

Ein zerknickter Zettel tauchte in Lottes Händen auf.

»Guck mal, das wollte ich dir zeigen. Unser Flugblatt ist fertig. Ich hab heute Morgen vor der Schicht schon ein paar Exemplare verteilt.«

»Was denn, im Ernst? Es ist fertig?«

»Wenn ich's doch sage!«

Regine überflog das Stück Papier, das Lotte ihr reichte, wurde jedoch immer unsicherer, während sie das Schriftstück las. Unwillkürlich schnappte sie nach Luft. Was hatte Lotte da verzapft? Sie hatten sich gestern nach dem Dienst getroffen, um eine Flugschrift für die Kolleginnen zu entwerfen. Ihre Gedanken zur Lage im Dienst waren nicht mehr als ein erster Entwurf gewesen, fertig war das Schreiben in Regines Augen noch nicht. Es fehlte weit mehr als nur der letzte Schliff, das erkannte sie sofort. Ein zusammenhangloses Durcheinander von Gedanken tummelte sich auf dem Papier, ungeordnet und voller Schreibfehler. Regine hob den Kopf und starrte Lotte mit großen Augen an.

»Du hast es also tatsächlich schon drucken lassen.«

»Na klar, war kein großes Ding. Ich kenne einen von der Gewerkschaft, der ist Buchdrucker, der konnte mir helfen. Sieht gut aus, was?«

»Es geht doch nicht darum, wie es aussieht, Lottchen. Wichtig ist, was drinsteht. Wir waren noch nicht fertig damit.«

»Wieso? Alles, was wir uns beide gestern überlegt haben, steht drin.«

»Es geht um einen Streik, das ist eine große Sache. Wir können unsere ersten Überlegungen dazu doch nicht gleich in die Welt hinausposaunen. Was meinst du, was los ist, wenn die Behördenleitung das Schreiben zu fassen bekommt? Dann sind wir fällig, ist dir das klar?«

Vollkommen ungerührt zuckte Lotte mit den Schultern.

»Mach dir keine Sorgen, ich hab aufgepasst. Das Flugblatt habe ich nur den Frauen gegeben, denen man vertrauen kann.«

»Und du meinst, die geben es nicht weiter? Außerdem strotzen diese Zeilen vor Schreibfehlern. Wer soll denn das ernst nehmen?«

Lottes Miene hatte sich verfinstert, für einen Moment schob sie beleidigt ihre Oberlippe vor.

»Hätte ich mir denken können, dass du wieder irgendwas daran auszusetzen hast. Ich hab mich gekümmert, und du …«

»Dafür ist es zu früh. Wir wollen zunächst nach Mitstreiterinnen Ausschau halten, hatten wir gesagt.«

»Bitte schön, ganz, wie du meinst. Dann mach deinen Krempel doch allein. Möchte mal sehen, wie du auf die Schnelle jemanden findest, der dir ein Flugblatt drucken kann.«

»Ich weiß deinen Einsatz zu schätzen, aber ...«

»Die Füße hab ich mir abgerannt. Nur für uns haben die ihre Maschinen in der Druckerei noch mal angeschmissen.«

»Das ist sehr großzügig von denen, aber ...«

»Weißt du was? Mir reicht es, ich bin raus. Sieh zu, wie du allein weiterkommst. Kannst ja sowieso alles besser.«

»Sei bitte nicht gleich beleidigt. Ich werde doch noch sagen dürfen, was ich denke. Du hast dich nicht an unsere Absprache gehalten.«

»Drauf gepfiffen. Ich wollte helfen, sonst nichts.«

Lotte schob das zerknickte Flugblatt in die Tasche ihres Mantels. Mit hoch erhobenem Haupt drehte sie sich um, dann zog sie ab.

»Lotte, so warte doch!«

Die Kollegin hatte sie mit Sicherheit gehört, blieb aber nicht stehen. Lotte marschierte durch den Torbogen des Hinterhofs auf die Straße hinaus. Regine folgte ihr so schnell wie möglich, doch als sie die Hussitenstraße erreichte, war Lotte schon verschwunden, untergetaucht im Gewühl. Die Hussitenstraße war eine belebte Einkaufsstraße, der Feierabend hatte begonnen, eine Menge Menschen waren unterwegs. Regine blieb zurück, es machte keinen Sinn, Charlotte Wellmann weiter hinterherzulaufen. Der Schaden war ohnehin angerichtet, das Flugblatt war im Umlauf. Mit Sicherheit würde es deswegen Ärger geben. Eine unerhörte Nachricht wie die eines bevorstehenden Streiks machte unter den Kolleginnen schnell die Runde. Ärger stand ins Haus, und doch hätte sie Lotte nicht derart unsanft zurechtweisen dürfen. Im Gespräch mit Lotte hatte es ihr an Fingerspitzengefühl gefehlt. Lotte war eine von diesen Menschen, bei denen man aufpassen musste. Harte Schale, weicher Kern, das traf auf sie zu.

Entmutigt machte sich Regine auf den Heimweg. Sie steuerte die bescheidene Zweizimmerwohnung in der Ruppiner Straße an, in der sie mit ihren Eltern lebte. Eigentlich kam sie des Abends gerne nach Hause, auch wenn ihre Familie nicht im üppigen Wohlstand lebte. Im Brunnenviertel tat das niemand, sie kannte es nicht anders, sie war hier aufgewachsen. Einstmals hatte diese Gegend im Nordosten der Stadt Glanz ausgestrahlt, nur war das lange her. Unter dem Alten Fritz war der Gesundbrunnen ein Kurort gewesen, selbst Königin Luise hatte sich zur Erholung hier aufgehalten. Leider war die heilende Quelle des Brunnens am Luisenbad inzwischen versiegt. Fabrikgebäude waren stattdessen gebaut worden, die Allgemeine Elektrizitätsgesellschaft fertigte in den großen Hallen entlang der Straßen Motoren und Glühlampen. Das Werk bestimmte den Lebensrhythmus der Menschen, die in der Umgebung lebten. Das Brunnenviertel war zum Arbeiterviertel geworden, nur kleine Leute lebten hier.

Immerhin waren sie zu Hause immer irgendwie zurechtgekommen, hatten einander unter die Arme gegriffen, sich gegenseitig gestützt. Diesmal würde das nicht funktionieren, der drohende Streik war allein ihre Angelegenheit, Regine wusste das. Keiner da, mit dem sie darüber reden konnte.

In der Wohnung der Eltern angekommen, legte sie ihre Uniformjacke und die große, unhandliche Tasche an der Garderobe ab und betrat die Küche. Ihr Vater saß dort im Wintermantel, die Nase gerötet, er fror sichtlich. Im Herd brannte kein Feuer. Mit Briketts, Holz und Papier mussten sie sparsam sein.

Er sah von seiner Zeitung auf.

»Guten Abend, mein Kind. Wie war dein Tag? Komm, nimm Platz und erzähl.«

Der Vater deutete auf einen freien Stuhl am Küchentisch, aber sie setzte sich nicht – was sollte sie ihm sagen? Die Wahrheit bestimmt nicht, über einen drohenden Streik konnte sie mit ihm nicht reden. Wie sie war ihr Vater Briefträger in diesem Viertel gewesen, mit Kriegsbeginn und aufgrund seiner Pension war Regine an seine Stelle getreten. Für ihn war es noch immer seine Tour, die sie erledigte, Tag für Tag.

»Alles wie immer. Keine großen Ereignisse.«

»Wirklich? Irgendetwas wird doch passiert sein.«

»Nein, ist es nicht. Keine besonderen Vorkommnisse.«

Über den Rand seiner Brille hinweg sah ihr Vater sie prüfend an. Mit solchen Floskeln wie eben gab er sich in der Regel nicht zufrieden. Seiner Meinung nach war jede Neuigkeit, die sie unterwegs aufschnappte, für ihn bestimmt. Nach außen hin ertrug Regine die väterliche Neugierde gelassen, doch gelegentlich kam sie an die Grenzen ihrer Geduld.

Er beugte sich vor, mit dem ausgestreckten Zeigefinger tippte er auf das Stück Papier, das vor ihm auf dem Tisch lag.

»Dann werde ich dir etwas Neues berichten. Hast du heute schon die Zeitung gelesen?«

»Nein, steht was Interessantes drin?«

»Und ob. Die Reichsregierung hat eine Verordnung auf den Weg gebracht, sie wollen die weiblichen Aushilfen bis zum Sommer nach Hause schicken. Kriegsheimkehrer sollen eure Plätze einnehmen.«

Regine nickte, genau das war zu befürchten gewesen, deswegen hatte sie das Flugblatt mit Lotte ja entworfen. Der Vater schob seine kleine Brille mit den kugelrunden Brillengläsern ein Stück den Nasenrücken hinauf.

»Was sagen die anderen Zustellerinnen denn dazu?«

»Keine Ahnung. Wahrscheinlich wissen die meisten noch gar nichts davon. Nicht jede Kollegin liest die Zeitung.«

»So oder so, es wird Ärger in der Dienststelle geben. Halte dich da raus, hörst du? Bleib in Deckung, lass dich nicht verrückt machen.«

»Keine Sorge, Vater. Ich denke, die Frauen werden sich jeden Schritt genau überlegen.«

»Ein paar von denen werden versuchen, euch aufzuwiegeln.«

»Darum geht es doch gar nicht.«

»Genau darum geht es. Falls es zu Protesten kommt, solltest du dich nicht daran beteiligen.«

»So, meinst du? Man darf sich aber nicht alles gefallen lassen im Leben. Erinnere dich bitte an den Sommer 1914, da waren wir Heldinnen. Unsere fleißigen Frauen retten das Vaterland, so tönte es überall. Wir Kriegsaushilfen haben vier Jahre lang hart gearbeitet, nun wirft man uns raus. Ohne ein

Dankeschön landen wir auf der Straße. Findest du das nicht erbärmlich?«

»Die Behördenleitung macht das nicht freiwillig, die untersteht dem Minister und setzt um, was die Regierung verlangt.«

»Und wenn schon. Was ist das für eine Entschuldigung?«

»Es ist keine Entschuldigung, aber es zeigt, dass sie unter Druck stehen. Sie werden euch die Polizei auf den Hals hetzen, wenn ihr Ärger macht.«

»Jetzt übertreibst du. Es könnte einen Arbeitskampf geben, aber dabei hat die Polizei nichts verloren. Niemand hat vor, ein Verbrechen zu begehen.«

Kopfschüttelnd nahm Vater seine Lesebrille ab. Er wirkte blass, dunkle Schatten lagen unter seinen Augen. Seine Haare, die vor dem Krieg noch kräftig dunkelbraun gewesen waren, wirkten mittlerweile grau und hatten jeden Glanz verloren.

»Du musst das große Ganze sehen, Kind. Nach der blutigen Revolution im letzten Jahr können sie keine neuen Tumulte dulden.«

»Ein Arbeitskampf muss kein Tumult sein.«

»Die Behördenleitung wird das aber befürchten. In ihrer Not werden sie in der Direktion versuchen, die Ruhe mit Gewalt wiederherzustellen. Sobald ihr auf die Barrikaden geht, wird die Polizei ausrücken. Und zwar schnellstens. Alle haben Angst vor einem neuen Bürgerkrieg.«

Regine zuckte nur mit den Schultern. Nichts lag ihr ferner, als nach diesem anstrengenden Tag mit ihrem Vater über den Ablauf eines Streiks zu debattieren, der noch nicht mal begonnen hatte. Die Füße taten ihr weh, die rechte Schulter schmerzte vom Gewicht der vollbeladenen Tasche, mit der sie sich den ganzen Tag abgeplagt hatte. Sie sehnte sich nach einem Moment für sich allein, doch ihr Vater beugte sich über den Tisch und nahm ihre Hand.

»Was immer geschieht, du hältst dich da raus, verstanden? Mach dich nicht unglücklich. Du willst dich im kommenden Herbst um eine Anstellung als Beamtenanwärterin bewerben, das geht nur mit einer sauberen Personalakte. Es wäre dumm, sich diese Aussicht zu verpfuschen.«

»Ich kann mich nur bewerben, wenn sie im Herbst Frauen einstellen. Ob sie das tun, weiß kein Mensch. Erst mal sollen die Kriegsheimkehrer versorgt werden. Darum geht es doch, nicht wahr?«

»Die werden dich übernehmen, denen wird nichts anderes übrig bleiben. Alles andere ist Augenwischerei. Von den Heimkehrern taugen doch etliche gar nicht mehr als Briefzusteller.« Ihr Vater ließ sich gegen die Rückenlehne seines Stuhls sinken. »Du bist jung und hast dich im Postdienst bewährt, außerdem bist du die Tochter eines Postbeamten. Zur Not werde ich bei deinen Vorgesetzten ein gutes Wort für dich einlegen.«

Hastig schüttelte Regine den Kopf. Ihr unmittelbarer Vorgesetzter, das war der Schichtleiter, ein kleines Würstchen ohne jeden Einfluss, das wusste auch ihr Vater. Wahrscheinlich würde er zu Siegfried Eckstein gehen, dem Herrn Oberpostrat, der stand schon eine Sprosse höher auf der Leiter.

»Nein, bitte tu das nicht. Entweder ich schaffe es allein oder gar nicht.«

»Wir werden sehen. Vorerst ist wichtig, dass du nicht unangenehm auffällst. Haben wir uns verstanden?«

Um dem Gespräch ein Ende zu machen, widersprach Regine nicht mehr. Es war einfacher so. Ihr Vater schien zufrieden, er stand auf und ging zur Tür.

»Ich werde mal einen kleinen Gang um den Block machen. Mutter ist noch nicht daheim. Wenn du Hunger hast, es steht Suppe auf dem Herd.«

Schweigend sah Regine zu, wie ihr Vater die Küche verließ. Hoffentlich verfolgte er seine Idee, ihretwegen zu einem ihrer Vorgesetzten zu laufen, nicht weiter. Auf diese Weise machte er ihr nur das Leben schwer. Regines Vorzugsbehandlung würde böses Blut bei den anderen Frauen zur Folge haben. Im Vergleich zu denen ging es ihr nämlich gut, sie hatte weder Kind noch Kegel zu versorgen. Viele der weiblichen Kriegsaushilfen dagegen hatten während des großen Krieges ihre Ehemänner verloren und zogen ihre Kinder jetzt allein groß. Diese Frauen waren nicht zu beneiden, sie brauchten ihren Verdienst zum Überleben. Bei ihr war das anders. Ihr Vater besaß seine kleine Pension, Mutter verdiente als Waschfrau ein bisschen dazu. Und doch wollte sie in Zukunft nicht nur zu Hause sitzen und darauf warten, dass einer kam und sie heiratete. Sie war gerne als Zustellerin unterwegs. Sie kannte ihre Leute im Viertel, häufig hielt sie mit ihnen ein Schwätzchen und schnappte dabei die Geschichten auf, die am Wegesrand zu haben waren. Ihre Arbeit kampflos aufzugeben wäre nicht der richtige Weg gewesen.

Sie würde mit Evi reden. Als Telefonistin im Fernsprechdienst wusste ihre Freundin aus Kindertagen über die Verhältnisse bei der Post bestens Bescheid. Gemeinsam würden sie beraten, was zu tun war.

Regine lächelte. Die Gewissheit, in Evi Dennewitz eine verlässliche Verbündete zu haben, war der einzige Lichtblick, den dieser Tag ihr bot.

Der Briefschlitz in der Wohnungstür klapperte, gleich darauf war Bernardine Dennewitz im Flur. Sie bückte sich, eilig klaubte sie den weißen Umschlag von der Fußmatte, der gerade erst dort gelandet war. Den täglichen Wettlauf um die Post hatte die Mutter heute gewonnen. Evi blieb nichts anderes übrig, als über ihre Schulter einen Blick auf den Absender des Briefes zu werfen.

»Hast du Post vom Roten Kreuz?«

Evi stellte sich auf die Zehenspitzen, sie blinzelte. Sie wollte unbedingt erfahren, woher der Brief kam. Noch hatte sie die Hoffnung auf ein Zeichen von dem Mann, den sie aufrichtig liebte, nicht aufgegeben, auch wenn sie zugeben musste, dass es immer unwahrscheinlicher wurde, von ihm zu hören. Vorsichtig streckte sie die Hand aus.

»Darf ich mal sehen?«

Ihre Mutter schüttelte den Kopf. Eine Traurigkeit lag auf ihrem Gesicht, die jede weitere Erklärung überflüssig machte. Der Brief war nicht vom Roten Kreuz. Wahrscheinlich auch sonst von niemandem, der ihnen bei der Suche nach Gerald helfen konnte. Offenbar gab es keine neuen Nachrichten über den Verbleib von Evis Bruder.

»Der Brief ist aus Leipzig. Bestimmt bedankt sich deine Cousine für unsere Glückwünsche zu ihrer Hochzeit.«

»Das wird es sein.«

Evi wandte sich ab, sie ging zur Garderobe. Eigentlich hätte sie die Mutter trösten, ihren Kummer teilen sollen – aber sie war nicht in der Stimmung dazu. Ihre eigene Enttäuschung ballte sich in ihr zu einem düsteren, kalten Knoten zusammen, nur hatte sie kaum Zeit, darüber nachzudenken, wie sie sich fühlte. Sie musste zum Dienst. Die Situation mit ihrem Bruder war unverändert. Seit Monaten warteten sie sehnsüchtig auf Neuigkeiten von Gerald, der seit mehr als einem Jahr als verschollen galt. Wenn sich wenigstens Siegfried bei ihr gemeldet hätte, dann wäre sie etwas zuversichtlicher gewesen. Ein paar Zeilen von dem Mann hätten Evi das Herz gewärmt, doch er ließ nichts von sich hören. Warum hatte Siegfried sich so sang- und klanglos von ihr getrennt? Es hatte keinen Streit gegeben, kein böses Vorzeichen, überhaupt keine Warnungen. Dennoch wollte er sie nicht mehr sehen. Diese abrupte Veränderung stellte Evis Leben auf den Kopf. Sie bemühte sich darum, eine neue Ordnung in ihrem Herzen zu schaffen, aber es schmerzte sie, sich derart kalt und lieblos ins Abseits gestellt zu sehen.

Gedankenverloren griff sie nach ihrer Kappe aus dunklem Filz und warf dabei ihrem Spiegelbild einen misstrauischen Blick zu. Hatte Siegfried ihr nicht immer wieder versichert, wie apart und reizvoll er sie fand? Ihre dunklen Augen, die hohen Wangen und das Grübchen in der rechten Wange, davon hatte er geschwärmt. Sie war zierlich, sie war beweglich und schnell, lauter Eigenschaften, die er liebte. Und trotz allem war es aus und vorbei mit ihnen beiden. Sie musste lernen, sich abzufinden, auch wenn das schwierig war. Jederzeit konnte ihr Siegfried im Fernmeldeamt vor die Füße laufen. Für sie war er offiziell ein hohes Tier, Mitglied der Direktion, Jurist, zuständig auch für Personalien. Er arbeitete mit ihr unter demselben Dach. Evi mochte sich nicht ausmalen, wie es sich anfühlen würde, ihm plötzlich zu begegnen. Heute stand ihr allerdings eine Nachtschicht bevor, da war die Gefahr eines überraschenden Zusammentreffens glücklicherweise geringer.

Im Hintergrund hörte sie das Kleid ihrer Mutter rascheln.

»Möchtest du den Brief von Friederike lesen, bevor du gehst?«

»Nein, danke. Das hat Zeit bis morgen.«

Bernardine Dennewitz betrachtete noch immer mit gesenktem Kopf den Briefumschlag in ihrer Hand.

»Ich hatte diesmal wirklich erwartet, dass sie sich melden würden. Wie oft habe ich schon ans Rote Kreuz und das Kriegsministerium geschrieben? Die können doch den Kummer einer Mutter nicht ignorieren.«

»Ich fürchte, es bleibt ihnen nichts anderes übrig. Hunderttausende sind in diesem Krieg verloren gegangen. Da kann man nicht jedem Einzelfall nachgehen, Mutter.«

»Aber irgendwer muss doch Anfragen dieser Art bearbeiten ...«

»Das schon, aber wahrscheinlich gibt es endlos viele Anfragen dieser Art.« Für einen kurzen Augenblick legte Evi ihrer Mutter einen Arm um die Schulter. »Es tut mir leid, aber ich muss jetzt los. Leg dich hin und versuche, an etwas anderes zu denken, ja? Das Grübeln bringt dich nicht weiter.«

Evis Mutter sah auf, sie suchte wohl nach einer passenden

Erwiderung, doch sie brachte keinen Ton heraus. Um ihre Mundwinkel zuckte es, einmal mehr kämpfte sie mit den Tränen. Das ewige Hoffen und Bangen brachte sie sichtlich an ihre Grenzen. Durch den elenden Krieg war ihnen nicht nur Gerald abhandengekommen, auch der ohnehin angeknacksten Ehe ihrer Eltern hatten die Jahre des Hungers und der Not den Todesstoß versetzt. Nach endlosen, erbitterten Debatten hatte ihr Vater die Wohnung der Familie endgültig verlassen. Seitdem waren Mutter und Tochter allein. Was auch immer geschah, mussten sie ohne männliche Hilfe meistern. Die praktischen Schwierigkeiten waren enorm, aber die finanzielle Situation war genauso düster. Evis Einkommen reichte kaum, um sie über Wasser zu halten. Sie hungerten und froren, die Wohnung war klamm und atmete einen Hauch von Vernachlässigung. Es fehlte nicht nur an Brot und an Kohlen, es fehlte auch an einem Funken Hoffnung. Doch wozu das Ganze einmal mehr zur Sprache bringen?

Evi nickte ihrer Mutter zu.

»Gute Nacht. Bis Morgen.«

»Pass dort draußen auf dich auf, liebes Kind.«

»Das mache ich.«

Die Wohnungstür fiel ins Schloss, Evi lief treppab. Mit großen Schritten eilte sie auf die Straße hinaus. Diese grenzenlose, bleierne Schwere, die daheim über allem lag, machte ihr zu schaffen. Nun kam die Trennung von Siegfried hinzu. Sie blieb stehen und wischte sich über die Augen – nicht weinen, das half doch nicht. Sie hatte nicht damit gerechnet, dass Oberpostrat Eckstein sich von ihr lossagen würde, nicht aus heiterem Himmel und ohne jeden erkennbaren

Grund. Evi war verzweifelt, wenn sie an die vor ihr liegende Zeit dachte. Von nun an war sie mit ihrer Mutter vollkommen allein. Sie würde jeden Tag etwas abtrotzen müssen, das ihnen beim Überleben half. Bis vor Kurzem war Siegfried an ihrer Seite gewesen und hatte sie unterstützt. Es fühlte sich anders an ohne ihn. Kälter, leerer, sinnloser.

Mit gesenktem Kopf gegen den böigen Wind ankämpfend, eilte Evi durch die Straßen des Brunnenviertels in Richtung Süden, bis der gelbe Klinkerbau des Postfuhramtes in der Oranienburger Straße in Sichtweite kam. Die riesige Kuppel des Gebäudes überragte die benachbarte Dachlandschaft. Das gewaltige Gebäude wirkte hochherrschaftlich, jedenfalls dort, wo die Öffentlichkeit Zutritt besaß. Evi steuerte gerade den Personaleingang in der Auguststraße an, als sie Schritte über das Trottoir hallen hörte.

»Na, was spazieren wir denn noch hier draußen herum, Fräulein Dennewitz? Ihre Schicht beginnt gleich. Bummelanten dulden wir nicht bei der Reichspost, das wissen Sie genau!«

Evi fuhr herum, aber zum Glück war ihr diese Stimme wohlvertraut. Sie gehörte Annegret Werner, einer Kollegin.

»Guten Abend, Gretchen.«

»Grüß dich, meine Liebe. Du siehst traurig aus. Ist was passiert?«

Die Kollegin schloss auf und hakte sich bei Evi unter, gemeinsam überquerten sie die Straße.

»Nicht mehr und nicht weniger als sonst. Schick siehst du aus, hast du dir einen neuen Hut gekauft?«

»O ja, das habe ich getan.«

Gretchen brachte stolz ihre Kopfbedeckung in die richtige Position und strahlte. Es handelte sich um eine unerhört schöne Glocke mit schmaler Krempe, ein Modell, das erst seit Kurzem in Mode war. Umwerfend frech sah die Kollegin damit aus.

»Wirklich sehr modisch. Muss teuer gewesen sein.«

»Und ob. Ich hab das ganze letzte Jahr dafür gespart.«

»Gratuliere. Die Herren werden dir in Scharen hinterherlaufen.«

»Danke sehr, aber das muss nicht sein. Ich brauche nur einen – den Richtigen. Das genügt mir vollkommen.«

Mitten auf dem Trottoir blieb Gretchen auf einmal stehen.

»Warte, ich möchte dir was zeigen. Hast du das hier schon gelesen? Unsere Kriegsaushilfen wollen streiken. Sie fordern uns auf, sie zu unterstützen.«

»Im Ernst?«

Evis Augen wurden groß, während sie die Zeilen auf dem Papier überflog, das Gretchen ihr gereicht hatte. Laut Flugblatt standen Entlassungen bei den Zustellerinnen an, gegen die sich die Frauen wehren wollten. Natürlich, es lag nahe, dass die Kriegsaushilfen gehen mussten. Die Kampfhandlungen an der Front waren beendet, die Männer kehrten nach Hause zurück und wollten ihre Arbeitsplätze wiederhaben. Würden die Frauen der Reichspost es tatsächlich wagen, deshalb zu streiken? Schon der Gedanke war unerhört, dergleichen hatte es noch niemals gegeben. Im Übrigen hatten die Zustellerinnen doch gewusst, dass man sie eines Tages kündigen würde. Ihre Verträge waren entsprechend abgefasst, da gab es keinen Spielraum für einen Arbeitskampf – oder?

Kopfschüttelnd gab Evi ihrer Kollegin das Flugblatt zurück.

»Das wagen sie nicht, das ist eine Nummer zu groß für sie.«

»Ich glaube, du irrst dich. Ihre Wut ist groß, und ich kann sie gut verstehen. Während des Krieges haben sie die Arbeit der Männer übernommen. Kaum, dass Frieden ist, jagen die da oben sie davon. Viel Arbeit, schlechte Bezahlung und keine Rechte, so ist es bei uns Frauen doch immer.«

»Es ist ungerecht, da stimme ich dir zu. Aber die Kriegsaushilfen haben eine befristete Anstellung, und das wissen sie auch.«

»Die Kolleginnen haben sich vier Jahre lang für einen mageren Lohn abgerackert. Sie haben die Hälfte von dem verdient, was die Männer sonst kriegen. Und jetzt, wo man sie nicht mehr braucht, setzen sie sie auf die Straße. Die finden doch so schnell nichts Neues. Das ist nicht nur ungerecht, das ist gemein.«

»Was heißt das, keine Rechte? In der neuen Republik dürfen wir wählen gehen. Wahrscheinlich sind das in den Augen der Politiker erst mal genug Rechte für Frauen.«

»Von meinem Wahlrecht kann ich mir aber nichts kaufen. Oder gibt es dafür jetzt eine Lebensmittelkarte zusätzlich?«

»Bestimmt nicht, aber wir können es nicht ändern.«

»So schnell gibst du auf? Du hast doch eine Freundin bei den Zustellerinnen. Rede mal mit der, damit wir erfahren, was genau die Zustellerinnen vorhaben.«

Evi runzelte die Stirn, erst jetzt dämmerte ihr, welches Ausmaß diese Entlassungen haben konnten. Regine war ihre beste Freundin aus Kindertagen, und ausgerechnet sie sollte in einen Arbeitskampf verwickelt werden? Regine war eigenwillig und konnte sehr beharrlich sein, sicherlich würde sie auf der Seite der Streikenden stehen. Das konnte heikel werden.

Evi war nachdenklich geworden, sie verfiel in dumpfes Schweigen. Gemeinsam mit Gretchen hatte sie das schmiedeeiserne Tor zum Betriebshof gerade durchschritten, als sich die Hintertür des Dienstgebäudes ihnen gegenüber mit einem leisen Geräusch öffnete. Siegfried Eckstein betrat die Freitreppe vor dem Postfuhramt – ausgerechnet er.

Evis Atem drohte für einen Moment auszusetzen. Mit Siegfried hatte sie heute Abend nicht gerechnet, sie war in keiner Weise auf ein Zusammentreffen mit ihm vorbereitet. Ihre gnadenlose Sehnsucht züngelte empor und brannte schmerzhaft in der Gegend ihres Herzens, dabei durfte sie Empfindungen wie diese nicht mehr zulassen. Sie musste lernen, ihren ehemaligen Geliebten zu ignorieren, wenn sie sich nicht jedes Mal fühlen wollte, als würde sie barfuß über den Scherbenhaufen ihrer Beziehung laufen. Sie wusste das und konnte doch den Blick nicht abwenden: Siegfried sah heute Abend fabelhaft aus. Er trug einen maßgeschneiderten Anzug, einen farblich passenden Hut und seinen Spazierstock in der Hand – sie wusste, dass sich manche der Kollegen im Dienst über seinen Kleidungsstil lustig machten, aber sie hatte das nie gekümmert. Siegfried war ein Mann mit gutem Geschmack und gutem Benehmen. Seine perfekt wirkende Erscheinung brachte ihr Herz noch immer dazu, schneller zu schlagen.

Er hatte sie bemerkt, doch Siegfried lächelte stoisch weiter – leider strahlte sein Lächeln keine Wärme aus, es war reine Routine, kein echtes Gefühl war ihm anzumerken. Er drehte sich um und eilte zur Tür zurück, die er öffnete, um sie ihnen weit aufzuhalten. Er war ganz Gentleman alter Schule, alles wie immer.

»Guten Abend, meine Damen. Ich glaube, Sie müssen sich ein wenig beeilen, wenn Sie rechtzeitig zum Schichtwechsel am Platz sein wollen.«

»Guten Abend, Herr Oberpostrat. Wir sind auf dem Weg dorthin, vielen Dank.«

Gretchen strahlte und flötete wie eine Nachtigall: Eckstein gefiel ihr, das war unübersehbar. Er stand noch immer an der Tür und kostete den Moment weidlich aus, es dauerte ein paar Sekunden, bis er sich an die Krempe seines Hutes tippte. Schwungvoll deutete er eine Verbeugung an.

»Ich wünsche Ihnen einen angenehmen Abend, meine Damen.«

Dann fiel die Tür hinter ihnen ins Schloss, Eckstein war verschwunden. Evi rang um Fassung, sie war froh, dass Gretchen ihr in diesem Augenblick keine Aufmerksamkeit schenkte. Ihre Kollegin war schon wieder mit ihrem Hut beschäftigt und merkte nicht, wie viel Kraft es Evi kostete, sich ihre Verzweiflung nicht anmerken zu lassen. Sie musste sich zusammennehmen, musste ihren Kummer überwinden. Die Geschichte mit ihr und dem Oberpostrat war nicht für fremde Ohren bestimmt. Anfangs hatte sie nicht einmal Regine davon erzählt, schließlich war Siegfried offiziell ein verheirateter Mann. Dass seine Frau seit Jahren schwer krank und kaum in der Lage war, ein normales Eheleben mit ihm zu führen, machte keinen Unterschied. Ihre Liebe war dennoch verbotenes Terrain gewesen, immer.

Plötzlich begann Gretchen zu kichern.

»War das nicht nett?«

»Wie bitte? Was meinst du?«

»Der Herr Oberpostrat hat mir zugeblinzelt, hast du das nicht gemerkt? Er kann wirklich charmant sein.«

Evi runzelte die Stirn, sollte sie da wirklich etwas Entscheidendes verpasst haben? Sie hatte Siegfried genau beobachtet, gelächelt hatte er, mehr aber auch nicht. Wahrscheinlich bildete Gretchen sich das nur ein. Warum hätte Siegfried sich als Nächstes Gretchen zuwenden sollen? Sie war nicht hässlich, sie besaß schöne Beine und eine hübsche kleine Stupsnase, manche Männer mochten so was. Der Rest ihrer Erscheinung war allerdings Durchschnitt, nicht weiter erwähnenswert. Ihrem neuen Glockenhut und den Perlenohrringen zum Trotz war sie eine von vielen, die im Postamt ihren Dienst taten. Evi zögerte. Was, wenn sie sich irrte? Falls Siegfried tatsächlich bereits wieder auf der Pirsch war, so kurze Zeit, nachdem er sie verlassen hatte, dann war das auch ein Affront gegen sie. Illusionen durfte sie sich in der Hinsicht nicht machen, vor ihrem Abenteuer war Eckstein für seine Frauengeschichten bekannt gewesen. Wenn er dort weitermachte, wo er kurz vor ihrer Affäre aufgehört hatte, durfte sie das eigentlich nicht wundern. Und doch drohte sie die Eifersucht mit tausend spitzen Nadeln zu peinigen, prompt war ihr der Tag vergällt. Ohne auf Gretchens letzten Satz zu erwidern, betrat sie den Umkleideraum der Telefonistinnen im Erdgeschoss des Dienstgebäudes. Hastig zog sie sich aus, schweigend schlüpfte sie in den unförmigen dunkelblauen Kittel, den die Telefonfräulein im Dienst zu tragen hatten. Gretchen hockte derweil auf der hölzernen Bank neben ihrem Spind und starrte vor sich hin.

»Eckstein soll unglücklich verheiratet sein, habe ich gehört. Seine Frau ist angeblich sehr krank.«

»Keine Ahnung. Da musst du ihn schon selbst fragen.«

»Meinst du? Wäre das nicht etwas zu indiskret?«

Gretchen kicherte erneut, sie hielt sich dabei die Hand vor den Mund, ihr albernes Backfischgetue ging Evi auf die Nerven. Mit Schwung warf sie ihre Handtasche in ihren Schrank und schloss ihn ab. Gretchen war inzwischen immerhin aufgestanden, rührte sich aber ansonsten nicht vom Fleck.

»Es wäre doch wunderbar, wenn man einen Kavalier hätte, der einem das Leben ein bisschen leichter machen würde, findest du nicht? Einen Mann wie Eckstein, der gut aussieht und sich benehmen kann, das würde mir gefallen.«

»Ach ja? Ich denke, du wartest auf den Richtigen. Waren das nicht deine Worte? In dem Fall kommt ein Siegfried Eckstein ganz bestimmt nicht in Frage.«

»So? Und woher weißt du das? Kennst du ihn so gut?«

Gretchen riss die Augen weit auf, Evis böser Unterton war ihr offenbar nicht entgangen.

»Lass mich einfach in Ruhe mit dem Kerl. Er taugt nichts, da bin ich mir sicher.«

»Na hör mal, warum bist du auf einmal so patzig? Man wird doch wohl ein bisschen träumen dürfen. Hast du etwa vor, dir den Oberpostrat zu angeln, oder was ist los?«

Evi schüttelte den Kopf.

»Eckstein interessiert mich nicht, glaube mir. Wir haben eine lange Nacht vor uns, das ist wichtiger.«

Gretchen schien nicht zufrieden zu sein mit der Antwort, nickte aber widerstrebend.

»Ich geh schon mal rauf. Dort oben warten sie sicher schon auf die Ablösung.«

Evi verließ den Umkleideraum und marschierte los, mutterseelenallein strebte sie den langen Gang hinunter. Im ersten Stock stieß sie die Tür zur Vermittlungshalle auf, dicht gedrängt saßen dort die Kolleginnen der Tagesschicht vor hohen Schaltschränken. In dem Raum summte und brummte es, das Stimmengewirr war gewaltig. In normaler Lautstärke konnte man sich nicht verständigen, die Telefonistinnen mussten schreien oder gestikulieren, um sich auszutauschen. Vor den gigantischen Stellwänden, aus denen zahllose Steckverbindungen ragten, saßen die Telefonfräulein mit Kopfhörern auf den Ohren, das Mikrofon vor dem Mund. Hastig stellten sie Verbindungen her oder kappten sie. Es musste schnell gehen, immer war es eilig, alle Kolleginnen wurden dazu gehalten, mit dem größtmöglichen Tempo zu arbeiten. Eine nervöse Spannung vibrierte im Raum.

Die ganze Nacht hindurch würde es so weitergehen. Im Postfuhramt gab es keine Nachtruhe.

Evi hielt auf ihren Platz zu. Hoffentlich würde sie sich heute konzentrieren können, die Begegnung mit Siegfried ging ihr nicht aus dem Sinn. Diese ausweglose Liebe war nicht gut für sie, doch was konnte sie gegen ihren Liebeskummer tun? Irgendein Pfad musste sie in eine bessere Zukunft führen – er würde steinig sein, das ahnte sie.

2. Kapitel

Als Evi das Postfuhramt nach der Nachtschicht verließ, graute der nächste Morgen. Ihr Blick glitt über den Hinterhof des Dienstgebäudes, der im fahlen Licht des beginnenden Tages einen traurigen Eindruck machte. Die leeren Pferdeställe gegenüber, das graue Kopfsteinpflaster und die verlassene Rampe, über die die Postsäcke ins Gebäude gekarrt wurden – trostlos sah das aus. Und kalt war es auch. Evi setzte sich in Bewegung, doch anstatt wie an anderen Tagen geradewegs den Weg Richtung Brunnenviertel einzuschlagen, verließ sie den Hinterhof und schlenderte die Auguststraße hinunter.

Siegfried wohnte hier. Für ihn war es praktisch, hier zu leben, auch wenn die Gegend alles andere als elegant oder wohlhabend war. Hinter den Häuserfronten in der Auguststraße befanden sich überwiegend kleine Wohnungen für einfache Leute, die Geschäfte waren ohne Glanz, es gab nur wenig Grün. Eine schmale Straße, dicht bebaut, die hohen Fronten erschwerten es der Sonne, für ausreichend Tageslicht zu sorgen. Die Nähe zum Dienstgebäude sei ihm wichtig gewesen, als er hergezogen sei, hatte Siegfried ihr gegenüber behauptet. Dabei hätte einer wie er im Westend wohnen können, finanziell war er sorgenfrei. Das war vor allem seiner

Ehefrau zu verdanken, die aus einer vermögenden Familie stammte. Sie hielten sich ein Dienstmädchen und eine Köchin, sogar eine Krankenpflegerin sollte es geben. Auch wenn Siegfried selten freiwillig über seine Ehe sprach, wusste Evi davon. Die Zeit sei zu kostbar für derart traurige Gespräche, hatte Siegfried gemeint – für sie klang es nach einer Ausrede, aber sie hatte dennoch nicht weiter gefragt. Evi hatte nicht aufdringlich wirken wollen. Sie hatte gehofft, dass es sich auszahlen würde, diskret zu sein. Vielleicht würde sich eines Tages etwas an ihrer bescheidenen Lage als heimliche Geliebte ändern, wenn sie geduldig war. Doch ihre Rücksichtnahme hatte sich nicht ausgezahlt. Siegfried hatte sie verlassen, allen Mühen zum Trotz.

Und nun?

Wonach suchte sie, jetzt, wo alles vorbei war? Nach der Welt von gestern vielleicht. Ihr Blick fiel hinunter auf ihre ausgetretenen Schuhe, deren Leder brüchig wirkte. Siegfried hatte ihr einst diese Spangenschuhe geschenkt, damit sie ihn standesgemäß ins Theater begleiten konnte. Das Licht, die Roben der Damen, Blattgold und Stuck, die Logen, ausgeschlagen mit rotem Samt. Kronleuchter von unvorstellbaren Ausmaßen, das Wispern im Publikum. Eine fremde Welt, in der Siegfried sich auskannte und die er ihr zugänglich gemacht hatte. Ihre Theaterabende waren wundervoll gewesen, berauschend und neu. Ein Lichtblick in all der Tristesse, die der Krieg hinterlassen hatte. Sie vermisste dieses Leben. Warum sehnte sich Siegfried nicht mehr nach ihr als seiner Begleiterin? Was hatte ihn von ihr fortgetrieben?

Auf der gegenüberliegenden Seite der Auguststraße lag

das Gebäude mit der Hausnummer 22. Dort lebte im ersten Stockwerk der Mann, den sie aufrichtig liebte. Wie gerne hätte sie noch ein letztes Mal unter vier Augen das Wort an Siegfried gerichtet, um zu erfahren, warum er ihre gemeinsame Geschichte beendet hatte. Sie wagte es nicht. Noch war es früh am Tag, noch regte sich nichts hinter den dichten Vorhängen in der ersten Etage. Und selbst wenn das anders gewesen wäre, hätte sie den Mut gefunden hinaufzugehen? Im Grunde war es überflüssig, was sie tat. Es brachte nichts, sich auf der Straße vor Siegfrieds Haus die Beine in den Bauch zu stehen. Ihre sehnsuchtsvollen Blicke würden nichts an der Situation ändern, in die sie geraten war. Siegfried hatte sich von ihr losgesagt, seine leidenschaftlichen Liebkosungen, seine Geschenke, die Heimlichkeiten, die ihren Alltag belebt hatten, das war vorbei. Keine Wochenendausflüge mehr an den Müggelsee, keine Landpartien nach Rheinsberg oder an die Ostsee. Für eine Frau gab es kaum etwas Traurigeres, als wider Willen die Rolle einer ehemaligen Geliebten zu spielen.

Evi wandte sich ab. Im Angesicht der morgendlichen Kälte, die ihr allmählich in die Glieder kroch, war es klüger, ins Bett zu gehen. Sie wollte sich gerade auf den Heimweg machen, als sie eine große tiefschwarze Limousine bemerkte, die in einem sehr gemächlichen Tempo die Straße hinunterrollte. Der Fahrer drosselte die Geschwindigkeit des Leichenwagens und spähte aus dem Fenster, er schien auf der Suche nach einer Adresse zu sein.

Ausgerechnet vor dem Haus mit der Nummer 22 kam der Wagen zum Stehen. Evi stockte beinahe der Atem, als die Wagentüren der Limousine sich langsam öffneten. Zwei in Schwarz gekleidete Männer stiegen aus dem Fahrzeug, sie überquerten den Bürgersteig und verschwanden in dem Haus, in dem Siegfried lebte. Mit angstvoll geweiteten Augen sah Evi zu, wie die Haustür sich hinter den Besuchern schloss. Sie konnte nur hoffen, dass das Unglück, dessen Zeugin sie war, nicht Siegfried betraf. Anfangs war sie stets misstrauisch gewesen, wenn er sich über den gesundheitlich angeschlagenen Zustand seiner Ehefrau beklagte. Vielleicht hatte er seine eheliche Untreue nur mit einer Lüge bemänteln wollen? Ebenso wenig war es allerdings auszuschließen, dass er die Wahrheit gesagt hatte.

Im Gebäude gegenüber taten sich die Flügel der Haustür auf, kurz darauf wurde ein Sarg aus dem Haus getragen. Wie erstarrt beobachtete Evi die Szene, die sich in fast gespenstischer Geräuschlosigkeit abspielte. Schon war der Sarg im Inneren des Fahrzeugs verschwunden, die Türen des Leichenwagens schlossen sich, der Wagen rollte davon. Mit großen Augen blickte Evi dem Fahrzeug hinterher. Sie hätte zu gerne gewusst, wessen Leiche man soeben aus der Nummer 22 getragen hatte. Ihre Neugierde fühlte sich unschicklich an, ließ sich aber dennoch kaum zähmen. Was, wenn es Lydia Eckstein war, die vor ein paar Minuten ihre letzte Reise angetreten hatte? Würde sich dadurch zwischen ihr und Siegfried etwas verändern? Als Witwer konnte er sich frei fühlen, er musste keine falschen Rücksichten mehr nehmen.

Evi spürte eine wachsende Unruhe, ihre Handflächen wurden feucht und fühlten sich gleichzeitig kalt und leblos an. Sie konnte nicht fortgehen, ohne erfahren zu haben, was in dem Haus gegenüber vor sich ging. Der Zufall kam ihr zu Hilfe, denn eine ältere Frau hatte auf der anderen Straßenseite den Bürgersteig vor dem Haus mit der Nummer 22 betreten. Die Fremde in der Kittelschürze musste eine Concierge sein, sie ging daran, die Flügel der Haustür zu schließen. Frauen wie sie waren Gold wert, sie wussten Bescheid, ihnen entging nichts von dem, was in einem Mietshaus passierte. Wenn man es geschickt anstellte, war eine Concierge eine lebende Auskunftei.

Kurz entschlossen überquerte Evi die Straße. Ihre Schritte hallten laut auf dem Kopfsteinpflaster und machten unwillkürlich auf ihre Ankunft aufmerksam – prompt drehte sich die Concierge zu ihr um.

»Guten Morgen. Entschuldigen Sie die Störung, aber ich möchte zu Frau Lydia Eckstein. Sie wohnt hier, hat man mir gesagt.«

Evi lächelte angestrengt, scheinheilig und verlogen kam sie sich vor. Ihr Unbehagen vertiefte sich, als die Concierge sich nicht rührte. Mit klopfendem Herzen wartete Evi darauf, dass die Frau sich äußerte, ihre Nerven flatterten. Die Concierge aber wandte sich ab, um den zweiten Flügel der Haustür zu schließen.

»Zu Frau Eckstein wollen Sie? Da kommen Sie zu spät, junge Frau. Sie ist verstorben, gerade eben haben sie sie abgeholt.«

»Wie bitte? Aber das ist ja entsetzlich! Wenn ich gewusst hätte, wie schlecht es um sie steht, wäre ich früher gekommen.«

»Weihnachten wurde sie noch in der Charité versorgt. Hat wohl auch nicht mehr geholfen.«

»Ich wusste nicht, dass es ihr so elend ging.«

»So? Dann haben Sie die gute Frau wohl lange nicht besucht. Nun hat sie es hinter sich. Gott hab sie selig.«

Evi nickte. Für sie war ohnehin Siegfrieds Wohlergehen alles, was zählte. Offenbar waren die Hinweise auf den Zustand seiner Frau keineswegs übertrieben gewesen. Ein Bedauern wallte in Evi auf, das sie nicht einfach abstreifen konnte. Erneut stellte sich die Frage, warum er sich ausgerechnet jetzt von ihr getrennt hatte. Wären sie noch ein Paar gewesen, so hätte sie ihm in dieser schweren Stunde zur Seite gestanden. Der Weg wäre endlich für sie beide frei gewesen.

Die Concierge hantierte noch immer an der Tür herum.

»Gehören Sie zur Verwandtschaft?«

»Nicht direkt. Ich bin eine Bekannte.«

»Wollen Sie hoch? Dem Witwer die Aufwartung machen?«

Die Concierge warf Evi einen auffordernden Blick zu, doch sie schüttelte den Kopf.

»Nein, vielen Dank. Ich werde bei anderer Gelegenheit wiederkommen. Einen schönen Tag noch.«

Blitzschnell wandte sie sich ab. Sie hätte Siegfried so gern ihr Beileid ausgesprochen, aber wie sollte sie ihm erklären, was sie um diese Zeit vor seiner Haustür zu suchen hatte? Diese Blöße konnte sie sich nicht geben, also lief Evi davon, mit großen Schritten eilte sie die Straße hinunter. Tränen schwammen in ihren Augen. Lydia Eckstein war tot, aber sie selbst war auch aus dem Spiel. Offenbar bedeutete sie Siegfried tatsächlich nichts mehr. Hätte er sie sonst zu einem Zeitpunkt verstoßen, an dem er Trost und Zuspruch so dringend nötig gehabt hätte? Der Gang der Ereignisse wurde zum

Drama. Gab es irgendeine noch so vage Aussicht darauf, dass Siegfried es sich noch einmal anders überlegte? Er schätzte weibliche Gesellschaft doch, er würde nicht allein bleiben wollen. Eckstein war ein dem Leben zugewandter Mensch. Einsamkeit passte nicht zu ihm.

An der nächsten Straßenecke blieb Evi stehen. Musste sie nicht versuchen, ihren Geliebten zurückzugewinnen, auch um seinetwillen? Sie waren ein so schönes und harmonisches Paar gewesen. Sie hatte nur gute Erinnerungen an ihre gemeinsame Zeit. Konnte es nicht sein, dass er erst jetzt, ohne seine Lydia, erkannte, wie verlassen und hilflos er war? Inmitten ihres tiefen Kummers keimte neue Hoffnung in Evi auf. Sie musste Siegfrieds Interesse neu entfachen. Sie war die Richtige für ihn. Sie musste ihm über den Verlust seiner Frau hinweghelfen, das war ihre Aufgabe. Es würde sich etwas ergeben, wenn sie sich nur ausreichend bemühte. Ab sofort würde sie Ausschau halten nach neuen Gelegenheiten für ein Wiedersehen und eine Annäherung. Schließlich wusste sie viel besser als Gretchen, was Siegfried brauchte, um zufrieden und glücklich zu sein.

Morgendliche Kälte umfing Regine, als sie das Haus in der Ruppiner Straße verließ, um ihre nächste Schicht anzutreten. Im Vorübergehen warf sie einen Blick hinauf zu Evis Fenster, doch die Gardinen in ihrem Zimmer waren nicht zugezogen. Die Telefonfräulein der letzten Nachtschicht mussten inzwischen Feierabend haben, dennoch schien Evi nicht zu

Hause zu sein – wie merkwürdig. Regine blieb keine Zeit, um darüber nachzudenken. Sie eilte durch die Straßen, es war Viertel vor sieben, als das schmiedeeiserne Tor zum Betriebshof des Postfuhramtes in Sichtweite kam. Sie war spät dran, sie wusste das – ob Lotte auf sie warten würde? Sie waren verabredet, aber vielleicht kümmerte Lotte das nicht mehr, nachdem sie sich gestern über das Flugblatt gestritten hatten. Ihre Befürchtungen waren zum Glück unbegründet, denn sie entdeckte Lotte, die reglos in der Kälte stand. Ihre Hände hatte sie tief in den Taschen ihres schäbigen Mantels vergraben.

»Ach nee, die gnädige Frau taucht auch mal wieder auf. Ich war kurz davor, hier festzufrieren.«

»Tut mir leid, ich bin ein bisschen zu spät …«

»Hab ich gemerkt. Du bist schuld, wenn ich einen Tadel kriege. Mein Schichtführer hat mich sowieso schon auf'm Kieker.«

»Wie ich sehe, ist der Herr von der Gewerkschaft aber auch noch nicht da.«

»Weißte was? Am liebsten würde ich den ganzen Mist hinschmeißen. Mir geht das alles gewaltig gegen den Strich. Ich hab Besseres zu tun …«

Lotte verstummte. Ein junger Mann tauchte an ihrer Seite auf, groß und von ungewöhnlich kräftiger Statur, seine breiten Schultern wirkten wie hineingezwängt in den grauen Wintermantel. Das musste der Gewerkschafter sein, den Lotte herbestellt hatte. Lotte glaubte fest daran, dass die Gewerkschaft sie bei der Planung des Streiks unterstützen würde – Regine war skeptisch, zumindest entsprach der Fremde überhaupt nicht ihren Erwartungen. Sie hatte auf einen erfahrenen Arbeiterführer mit grauem Haar und Stoppelbart gehofft, diese Männer waren es gewesen, die während der Revolution den Widerstand gegen das kaiserliche Regime geführt und sich damit Respekt erworben hatten. Der Mensch, der sich neben ihnen aufgebaut hatte, sah dagegen aus wie jemand, der seine Tage am Schreibtisch verbrachte. Ein Gewerkschafter in Hut und Mantel, fehlte nur noch die Aktentasche. Immerhin war er so höflich, zur Begrüßung seine altmodische Melone vom Kopf zu nehmen. Eine Fülle von braunen Locken quoll darunter hervor, während der Fremde mit einem Lächeln die Hand ausstreckte.

»Guten Morgen. Kurt Bödeker mein Name. Ich glaube, wir sind verabredet.«

»Guten Morgen.«

Lotte nickte dem Mann nur flüchtig zu, sie nahm zur Begrüßung nicht mal die Hände aus den Taschen ihres Mantels. Regine versuchte, das unmögliche Benehmen ihrer Kollegin wettzumachen, indem sie dem Gewerkschafter ausgiebig die Hand schüttelte. Er quittierte es mit einem Lächeln.

»Sie sind …«

»Regine Lorenz. Postzustellerin und Kriegsaushilfe, genau wie Lotte. Danke, dass Sie gekommen sind.«

Der Gewerkschafter wirkte freundlich, aber Lotte benahm sich unmöglich. Unruhig trat sie von einem Fuß auf den anderen. Was war los mit ihr? Regine wollte sie eben zur Ordnung rufen, doch die Kollegin kam ihr zuvor, indem sie mit den Schultern zuckte.

»So, das war's von meiner Seite. Ick muss los, meine Schicht fängt gleich an. Ihr kommt sicher auch allein zurecht.«

36

Regine maß die Kollegin mit einem tadelnden Blick, wohl wissend, dass sie bei Lotte damit nicht viel ausrichten würde. Erst brachte sie dieses Treffen zustande und dann ließ sie Regine nach zwei Minuten mit diesem fremden Mann hier stehen? Verärgert trat Regine einen Schritt vor.

»Was denn, du willst jetzt los? Meine Zustellrunde fängt auch gleich an, aber…«

»Ich muss. Der Schichtleiter reißt mir sonst den Kopf ab. Kannst mir ja nachher erzählen, was ihr besprochen habt. Bis dann.«

Mit einem Kopfnicken in Richtung des Gewerkschafters machte Lotte sich auf den Weg. Im Laufschritt passierte sie die Pförtnerloge am Eingangstor, gleich darauf war sie auf dem Betriebshof verschwunden. Regine schnappte nach Luft, was war das nur für eine Dreistigkeit? Lotte benahm sich seltsam in letzter Zeit. Sie selbst war keineswegs darauf vorbereitet, das bevorstehende Gespräch ohne die Kollegin zu führen. Regine hatte keine Ahnung, was sie mit dem Mann von diesem Arbeiterverein besprechen durfte und was nicht. Noch nie im Leben hatte sie es mit einem von der Gewerkschaft zu tun gehabt.

Anders als sie selbst schien Kurt Bödeker über Lottes Verhalten weit weniger erstaunt. Er wirkte gelassen, irgendeine Art der Anspannung war ihm nicht anzumerken.

»Gehen wir ein paar Schritte, Fräulein Lorenz. Wir fallen auf, wenn wir die ganze Zeit am Tor stehen.«

Regine gehorchte, obwohl ihr die bevorstehende Unterredung inzwischen schwierig erschien. War sie dazu befugt, ganz allein und im Namen der Kolleginnen mit dem Unbekannten an ihrer Seite zu verhandeln? Andererseits konnte sie den Mann auch nicht einfach auf dem Trottoir stehen lassen. Kurt Bödeker hatte sich auf Lottes Geheiß am frühen Morgen auf den Weg gemacht, um sich mit ihnen auszutauschen. Die Situation war seltsam, wohl fühlte Regine sich nicht bei dem, was sie hier tat.

Als hätte er ihre Sorgen zumindest erahnt, blieb Bödeker plötzlich stehen. Erst jetzt stellte sie fest, dass sie ihm nicht einmal bis zur Schulter reichte. Ein Riese war der Gewerkschafter, an die zwei Meter groß musste er wohl sein. Sie kam sich winzig neben ihm vor.

»Reden wir offen miteinander, Fräulein Lorenz. Fräulein Wellmann hat mir berichtet, dass Sie mit den Kolleginnen in einen Ausstand gehen wollen.«

Regine nickte. Der Streik, deswegen war Bödeker gekommen, auch wenn ihre Gedanken beharrlich in eine andere Richtung gingen. Schon lange war sie niemandem von derart eindrucksvoller Gestalt begegnet. Die meisten jüngeren Männer zeigten dieser Tage ein ganz anderes Erscheinungsbild. Wieso sah Kurt Bödeker so gesund aus? Vielleicht war er nicht der geborene Soldat, wenn er im Zivilleben den ganzen Tag nur am Schreibtisch hockte. Aber darauf hatten die Militärs keine Rücksicht genommen. Zuletzt hatten sie alles zu den Waffen geholt, was zwei Beine besaß und laufen konnte. Bödeker wirkte allerdings nicht wie ein Kriegsheimkehrer. Keine Narben, keine Prothesen, keine Verätzungen der Haut – offenbar war er auch nicht blind oder taub. Ob er wirklich nicht an der Front gewesen war? Bei den meisten Heimkehrern war nicht zu übersehen, dass sie dem Tod im

Feld ganz knapp von der Schippe gesprungen waren. Der Gewerkschafter musste ein enormes Glück gehabt haben. Einer wie er hätte bei dem Gemetzel in Flandern bestimmt eine fabelhafte Zielscheibe abgegeben. Insgeheim rief Regine sich zur Ordnung, sie schob ihre Gedanken zur Seite. Bödeker hatte ihr eine Frage gestellt, darauf musste sie eine Antwort geben.

»Richtig, die Kriegsaushilfen in diesem Zustellbezirk denken daran, einen Arbeitskampf zu beginnen. Ist bloß die Frage, ob wir es mit der Reichspost aufnehmen können.«

»Und wovon genau hängt es ab, ob sie sich zu weiteren Schritten entschließen?«

Regine zögerte, auf Anhieb hatte sie keine Erwiderung parat. Über alles, was hier zur Sprache kam, hatte sie sich weder mit Lotte noch mit den anderen Kolleginnen vorab ausgetauscht. Bödeker schien ihre Zurückhaltung zu spüren, er beugte sich ein wenig zu ihr hinunter und musterte sie in dieser Haltung. Wie ein hilfloses Kind kam sie sich an seiner Seite vor.

»Hören Sie, Sie müssen vermutlich gleich Ihre Zustelltour beginnen, und ich habe heute auch noch etwas anderes vor, als mit Ihnen spazieren zu gehen. Sagen Sie mir, was Ihnen auf dem Herzen liegt. Wenn Sie sich ausschweigen, ist dieses Treffen für uns beide Zeitverschwendung.«

»Aber wir kennen uns gar nicht. Woher weiß ich, dass ich Ihnen vertrauen kann? Unsere Sache ist nicht für jedermanns Ohren bestimmt.«

Bödeker hielt inne, er wirkte verblüfft. Es dauerte ein paar Sekunden, dann lächelte er. Er hatte recht, ihre Bedenken waren albern. Andere Menschen vertrauten ihm wahrscheinlich weit größere Ereignisse aus ihrem Arbeitsleben an.

»Nun, wenn das so ist, dann müssen Sie noch einmal in sich gehen, Fräulein Lorenz. Für den Fall, dass Sie mir nichts erzählen wollen, kann ich Ihnen nichts raten. So einfach ist das, nicht wahr?«

Es wurde still. Regine war höchst unbehaglich zumute, widerstrebende Gefühle regten sich in ihr. Sie wollte keineswegs zu weit gehen und Geheimnisse ausplaudern. Aber sie wollte auch nicht nur stumm herumstehen und betreten wie ein Mädchen vom Lande auf ihre Schuhspitzen hinunterstarren. Ihre Verwirrung war komplett – es kam selten genug vor, dass man heutzutage einem gut aussehenden Mann auf der Straße begegnete. In ihrem Kopf herrschte ein Durcheinander, dem sie nicht gewachsen war. Sollte sie nicht wenigstens die Dienstmütze vom Kopf nehmen? Sie hasste dieses Ding. Mutter gab sich alle Mühe, die Uniform in Schuss zu halten, aber die Mütze war ein Problem. Die dunkle Kopfbedeckung mit dem schwarzen Schirm verschattete das Gesicht. Dabei war es in hohem Maß kindisch, sich jetzt mit ihrem Aussehen zu beschäftigen. Auch Bödeker schien die Geduld mit ihr zu verlieren, er runzelte die Stirn.

»Also, Fräulein Lorenz, hören Sie mir bitte zu. Ich sage Ihnen, was ich bisher über Ihre Angelegenheit weiß. In Ordnung? Dann sehen wir weiter.«

Sie nickte kaum merklich.

»Eine neue Verordnung der Reichsregierung verlangt die Entlassung aller weiblichen Kriegsaushilfen. Sie wollen deswegen möglicherweise einen Streik organisieren. Sie haben keine Erfahrung mit Arbeitskämpfen und möchten deshalb die Meinung meiner Gewerkschaft hören. Nun ist es an Ihnen, mich zu fragen, was Sie wissen wollen.«

»Ja, stimmt alles – aber verraten Sie mir doch bitte zunächst, woher Sie Lotte kennen.«

Bödeker runzelte erneut die Stirn, seine Augenbrauen hoben sich fragend. Sein Blick besaß inzwischen eine gewisse Kühle, Regine spürte, dass sie heftig errötete. Ihre letzte Frage war unpassend. Bödekers Beziehung zu Lotte Wellmann ging sie nichts an, seine Bekanntschaft mit ihr hatte nichts mit dem geplanten Streik zu tun.

»Fräulein Wellmann wohnt ein paar Straßen von mir entfernt. Wir sind Nachbarn. Ich war derjenige, der dafür gesorgt hat, dass Ihr Flugblatt auf die Schnelle gedruckt werden konnte, obwohl es vor Schreibfehlern nur so strotzte.«

Sie wollte etwas erwidern, doch Bödeker hob eine Hand.

»Wissen Sie was? Ich fürchte, wir verlieren uns in Nebensächlichkeiten. Entweder wir sprechen über den Streik, oder wir beenden die Unterredung.«

Schuldbewusst senkte Regine den Kopf. Sie kam sich so unbeholfen neben diesem Mann vor, alles, was sie in seinem Beisein von sich gab, war wirres Zeug. Kurt Bödeker musste sie für eine Person ohne einen Funken Verstand halten. Wind kam auf, eine Böe griff nach Bödekers Lockenmähne und wirbelte die Haare durcheinander, schweigend setzte er die Melone auf. Sollte sie die Unterhaltung an dieser Stelle besser beenden? Sie stand auf verlorenem Posten, das ahnte sie. Mutig wandte sie sich dem Mann neben ihr noch einmal zu.

»Ich danke Ihnen, dass Sie gekommen sind, aber ich glaube, ich kann nicht allein darüber befinden, wie es weitergeht. Die anderen Kolleginnen müssen darüber mitentscheiden, wie wir weitermachen.«

»Ach, tatsächlich. Und das fällt Ihnen jetzt erst ein? Sie sind bestens auf unsere Unterhaltung vorbereitet, stimmt's?«

Bödeker wirkte verärgert, inzwischen klang sein Tonfall gereizt. Regine fiel die kleine Falte auf, die sich zwischen seinen Augenbrauen gebildet hatte. Sie fühlte einen Hauch von Panik in sich aufsteigen, sie wollte die Unterredung nicht im Unfrieden beenden.

»Sie haben recht, ich muss mich bei Ihnen entschuldigen. Ich war davon ausgegangen, dass Fräulein Wellmann die Unterhaltung führt. Sie war diejenige, die die Idee mit dem Arbeitskampf gehabt hat. Vielleicht können wir uns demnächst noch mal unterhalten. Dann bringe ich eine andere Kollegin mit.«

»Ganz wie Sie wünschen.«

»Es tut mir wirklich leid. Ich wollte Ihre Zeit nicht verschwenden. Ich …«

»Schon gut. Sofern Bedarf besteht, erreichen Sie mich im Gewerkschaftshaus am Engelufer.«

»Ich komme in den nächsten Tagen vorbei, ganz bestimmt.«

Bödeker zückte den Hut.

»Also dann. Vielleicht auf ein andermal. Ich wünsche Ihnen einen guten Tag.«

Zum Abschied reichte der Gewerkschafter ihr nicht die Hand, er lächelte nicht einmal, bevor er in Richtung Oranienburger Straße davoneilte. Erst, als Kurt Bödeker endgültig hinter der nächsten Straßenecke verschwunden war, konnte auch Regine sich von ihrem Platz auf dem Bürgersteig lösen. Sie fühlte sich wie benebelt, ohne einen Gruß trottete sie am Pförtner vorbei. Eine tiefe Unzufriedenheit machte sich in ihr breit, diese Begegnung hatte sie vermasselt. Offenbar war sie nicht zur Anführerin geboren. Über Lotte und ihre voreiligen Schritte hatte sie sich gestern maßlos geärgert, doch das Gespräch mit Bödeker hatte heute in jedem Fall sie verdorben. Einen Streik planen wollen für die Kriegsaushilfen, aber keine Vorstellung davon haben, wie und was man mit anderen deswegen besprechen musste: Vielleicht war es zu viel, was sie sich da aufgehalst hatte. Für ein derart großes Vorhaben genügte es nicht, mutig zu sein, man musste auch reden können. Bödeker konnte das offenbar. Seine souveräne Art hatte sie beeindruckt. Alles, was er sagte, hörte sich ungeheuer richtig an. Er hatte sich kaum aus der Ruhe bringen lassen, ganz anders als sie selbst.

Regine schämte sich ein wenig für ihr Versagen, doch um aufzugeben war es zu früh. Einen Anlauf wollte sie noch wagen. Sie würde das Gewerkschaftshaus aufsuchen, diesmal nicht allein. Irgendjemand musste ihr zur Seite stehen, schließlich ging dieses ganze Schlamassel auch die Kolleginnen etwas an. Bödeker sollte sie kein zweites Mal für eine dumme Gans halten. Zur Not würde sie sich bei ihrem nächsten Treffen vorher aufschreiben, was sie ihn fragen und was sie ihm sagen wollte.

Ein hartes Stück Arbeit lag vor ihr, aber diese Leute bei der Gewerkschaft besaßen Kenntnisse, die ihnen als Aushilfskräfte der Reichspost fehlten. Beim nächsten Mal würde es besser laufen. Regine straffte die Schultern. Sie war bereit, die Auseinandersetzung mit denen da oben zu suchen.

»Es tut mir wirklich leid, dass Sie den Weg vergeblich gemacht haben, meine Liebe, aber ich befürchte, im Moment hat niemand Zeit für Sie.«

Die Frau beugte sich ein kleines Stückchen zu ihr hinunter, es sah aus, als wolle sie ihr aufhelfen, doch Bernardine Dennewitz war schneller. Sie sprang von ihrem Stuhl auf, sie brauchte keine Hilfe, um sich von ihrem Platz zu erheben. Natürlich hatte sie begriffen, dass man sie loswerden wollte – eine ältere Frau mit einem Anliegen, das sie mit Nachdruck vertrat, das war den Behörden stets lästig. Wahrscheinlich lag es auch daran, dass sie ohne männlichen Begleitschutz gekommen war. Wenn Ernst-Ludwig ihrer Aufforderung, sich ihr anzuschließen, Folge geleistet hätte, wären sie zu zweit gewesen. Leider hatte dieser Feigling von einem Ehemann es vorgezogen, sie nicht zu begleiten. Ob Ernst-Ludwig sich jemals fragte, wie es ihr im Alltag damit ging, von ihm verlassen worden zu sein? Verschwendete er auch nur einen Gedanken daran, wie mühsam ihr Leben ohne ihn geworden war?

»Kommen Sie. Ich zeige Ihnen den Weg zum Ausgang.«

Die Frau in dem dunklen Zweiteiler war noch immer da. Über den Rand ihrer Hornbrille hinweg hielt sie ihren Blick auf Bernardine gerichtet. Widerstrebend setzte Bernardine sich in Bewegung, die Unbekannte folgte ihr prompt. Wer war diese Frau überhaupt? Im preußischen Kriegsministerium waren Frauen eine Randerscheinung. Der Krieg wurde allgemein als eine zutiefst männliche Angelegenheit begriffen, das weibliche Geschlecht hatte dabei nichts verloren. Auch wenn es die Frauen dieses Landes waren, die ihre Söhne und Männer opferten.

»Wenn Sie sich jetzt immer rechts halten, kommen Sie zum Hauptausgang zurück. Wie sind Sie denn in das Gebäude hineingelangt, wenn ich fragen darf? Besitzen Sie einen Passierschein?«

»Nein, aber ich hatte Glück. Ein Uniformierter passierte gerade die Wache, ich habe mich ihm angeschlossen. Es ist niemandem aufgefallen, dass wir nicht zusammengehörten.«

»Kein Ruhmesblatt für den Wachhabenden, aber ein Erfolg für Sie. Dergleichen gelingt nur höchst selten.«

Bernardine neigte zustimmend den Kopf, doch genutzt hatte ihr diese kleine Posse nur wenig. Im Gebäude angekommen, hatte sich niemand für sie zuständig gefühlt. Türen knallten, Telefone schrillten, Uniformen eilten vorbei, doch sie hatte keinen Amtsträger gefunden, der sie anhören wollte. Überall hatte man sie abgewimmelt, falls man sie überhaupt vorließ. Eine Mutter, die verzweifelt nach ihrem einzigen Sohn suchte, interessierte diese Bürokraten nicht. Wahrscheinlich hatte Evi recht, es gab einfach zu viele Mütter toter Söhne in einem Land, das gerade den Krieg verloren hatte.

Und doch hatte sie nicht aufgeben wollen. Eine Ewigkeit hatte Bernardine auf einem der harten Holzstühle gesessen, die überall an den Wänden im ersten Stockwerk dieses Gebäudes standen. Stunden hatte sie hier zugebracht, aber irgendwann war ihr klar geworden, dass es sinnlos war, noch länger zu verweilen. Ihre wiederholten Versuche, die Aufmerksamkeit einzelner Mitarbeiter auf sich zu lenken, waren allesamt gescheitert. Kein Mensch in diesen vermeintlich heiligen Hallen war bereit, mit ihr über das Schicksal ihres vermissten Sohnes zu sprechen. Dieser Anlauf, mit dem sie endlich Licht in das Dunkel hatte bringen wollen, war vergebens gewesen. Die Erkenntnis ihres Scheiterns zu ertragen, war schwer. Eine Weile hatte sie mit Tränen in den Augen auf ihrem Platz gesessen und geweint, bis schließlich diese Frau aufgetaucht war, der anscheinend die Aufgabe zufiel, Bernardine hinauszuschaffen.

»Ich habe meinen einzigen Sohn an der Front geopfert, wissen Sie? Er hat es vom einfachen Soldaten bis zum Obergefreiten gebracht, eine Auszeichnung wegen Tapferkeit inbegriffen. Seit ungefähr einem Jahr gilt er als verschollen. Kann man das als Mutter so hinnehmen? Kann man guten Gewissens einen so jungen, hoffnungsvollen Menschen dem Vergessen anheimfallen lassen, ohne sich auch nur ein klitzekleines bisschen zu schämen?«

Der Blick der Frau an ihrer Seite streifte sie, zum ersten Mal schien ein Hauch von Anteilnahme darin zu liegen.

»Es ist schwer, ich verstehe Sie. Nur sind Sie nicht die Einzige, die es betrifft.«

Bernardine blieb still, denn damit war wohl alles gesagt. Sie war nur eine unter vielen, nicht wichtig genug, um eine Sonderbehandlung zu erfahren. Mittlerweile hatten sie das Treppenhaus erreicht.

»Keine Sorge, ich finde allein hinaus. Sie müssen mir nicht

folgen, als wenn ich eine geistesgestörte Kranke wäre, die hier nichts verloren hat.«

»Es tut mir leid, wenn Sie es so empfinden. Ich wollte helfen …«

»Wissen Sie was? Mein Sohn war ein Held, ob Ihre Oberen das zur Kenntnis nehmen oder nicht. Mit ihm hat dieses Land einen wunderbaren jungen Menschen verloren.«

»Ich verstehe Sie. Ihre Trauer muss unermesslich groß sein.«

Bernardine schluckte, was wusste diese Fremde schon über die Trauer einer Mutter um ihren Sohn? In wie vielen Nächten hatte sie das ungeklärte Schicksal ihres Kindes beweint und Gott um Hilfe angerufen? Wer es nicht erlebt hatte, konnte das nicht nachempfinden. Bestenfalls oberflächliches Mitleid war es, das sie zu erwarten hatte.

»Beim Roten Kreuz haben Sie es sicherlich schon versucht, nehme ich an.«

»Selbstverständlich.«

»Und die Kameraden Ihres Sohnes? Die Menschen, mit denen er an der Front war? Kennen Sie da jemanden, haben Sie Namen und Anschriften?«

»Nein, leider nicht. Gerald hat uns geschrieben, aber …«

»Wo hat Ihr Sohn denn zuletzt Dienst getan?«

»Mein Sohn hat in Nordfrankreich gekämpft. In der Nähe von Verdun ist er vermisst gemeldet worden.« Bernardine griff nach der Handtasche an ihrem Handgelenk. Sie zitterte mit einem Mal, die unerwartete Aufmerksamkeit brachte sie ganz durcheinander. »Warten Sie, ich kann nachsehen, wie der Ort heißt, in dem er zuletzt stationiert war …«

»Nein, danke, das hilft mir nicht weiter. Ich würde gerne wissen, in welchem Regiment Ihr Sohn gedient hat.«

»Obergefreiter Gerald Dennewitz, 3. Armeekorps Berlin, das 3. Feldartillerie-Regiment. Es war ihm eine große Ehre …«

Die Frau schob den Aktenordner, den sie die ganze Zeit über festgehalten hatte, von einer Hand in die andere.

»3. Feldartillerie-Regiment, das waren die Männer aus Brandenburg. Ich werde nachsehen. Ich kann Ihnen nichts versprechen, aber vielleicht finde ich einen Hinweis auf einen Kameraden, der zeitgleich mit Ihrem Sohn in Nordfrankreich stationiert gewesen ist.«

»Das wollen Sie tun? O mein Gott, wie dankbar ich Ihnen wäre.«

»Und Sie sind?«

»Bernardine Dennewitz, wohnhaft in der Ruppiner Straße 16, zweiter Stock, Berlin Nord 28. Sie glauben gar nicht, wie sehr …«

»Gut, das kann ich mir merken. Ich will es versuchen, aber sprechen Sie mit niemandem darüber. Es ist uns eigentlich nicht erlaubt, solche Auskünfte zu geben.«

»Ja, gewiss, das verstehe ich. Ich werde schweigen, das verspreche ich Ihnen.«

Die Frau lächelte, vielleicht zweifelte sie insgeheim an Bernardines Disziplin. Mit einer geübten Bewegung rückte sie die kleine Schleife gerade, die den Kragen ihrer weißen Bluse zierte.

»Schon gut. Ich weiß, wie Sie sich fühlen. Ich habe auch mehrere geliebte Menschen in Frankreich verloren. Meinen Sohn und meinen Ehemann hat der Krieg verschluckt.«

»Oh, wirklich? Das ist …«

»Ja, eine Tragödie. Man kommt nie darüber hinweg, egal, was die Akten sagen.«

Ohne eine Antwort abzuwarten, drehte die Fremde sich auf dem Absatz um. Noch bevor Bernardine ihr ein weiteres Mal danken konnte, war die Frau in einem der gegenüberliegenden Räume verschwunden. Eine Tür fiel zu, Bernardine blieb auf dem leeren Gang zurück. Die Dame hatte also selbst einen Sohn verloren und den Ehemann obendrein, das veränderte natürlich alles. Wenn sie früher davon erfahren hätte, wäre sie höflicher gewesen. Eines immerhin stand fest: Heute hatte sie einen Erfolg vorzuweisen, wenn sie nach Hause kam. Sie hatte etwas erreicht, etwas, das ihr niemand zugetraut hatte. Mit ein bisschen Glück würde das Schicksal ihres Sohnes nun aufgeklärt werden. Und sie war es, die das bewirkt hatte.

Noch immer am ganzen Leib bebend, stieg Bernardine die Stufen der Treppe ins Erdgeschoss hinab. Ihre Stimmung hatte sich gebessert, sie sah die Dinge nun in einem etwas milderen Licht. Mit einem Lächeln auf den Lippen verließ Bernardine das Gebäude. Dem Himmel sei Dank, es gab noch glückliche Momente in ihrem Leben. Sie war einen Schritt vorangekommen. Niemals würde sie aufhören, nach Gerald zu suchen, ganz egal, wer oder was ihr in die Quere kam.

3. Kapitel

»Dass sie immer so furchtbar unpraktisch sein muss, das regt mich auf.«

»Ich weiß.«

Regine schob ihren Arm unter den von Evi. Früher hatten sie einander oftmals in den Dienst begleitet, doch mittlerweile kam es selten vor, dass sie den Weg von der Ruppiner Straße bis zum Postfuhramt gemeinsam zurücklegen konnten. Evis Nachtschichten forderten ihren Tribut, ihre Arbeitszeiten passten nicht mehr zueinander. Heute war Evi eigens früher aufgestanden, damit sie reden konnten, nur war Evi an diesem Mittwochmorgen nicht gerade bester Laune. Die Geschichte mit ihrer Mutter, die auf eigene Faust im Kriegsministerium gewesen war, ärgerte sie spürbar. In ihren Augen hatte ihre Mutter die Sache falsch angepackt.

»Wenn sie schon jemanden beim Militär kennenlernt, egal, ob Viersternegeneral oder Sekretärin, muss sie sich doch den Namen der Person merken, mit der sie gesprochen hat.«

»Hat sie das nicht getan?«

»Nicht die Bohne. Sie trifft jemanden, der ihr verspricht, nach den Anschriften von Geralds Kameraden zu suchen. Das war's, damit ist meine Mutter zufrieden, dann zieht sie ab. Wenn ich es geschafft hätte, das Ministerium in der Leipziger Straße zu betreten, dann wäre mehr dabei herausgekommen.«

»Ganz sicher. Du hättest den Uniformierten kräftig den Marsch geblasen, nicht wahr?«

»Sehr witzig.«

»Aber es hat deine Mutter bestimmt eine Menge Mut gekostet, in dem Gebäude herumzulaufen und die Beamten um eine Auskunft zu bitten.«

»Mag sein, aber was nützt das? Sie muss Nägel mit Köpfen machen, wenn hinterher nicht alles vergeblich gewesen sein soll. Ohne den Namen ihres Ansprechpartners ist das Ganze witzlos. Sie hat niemanden, an den sie sich wenden kann. Würde mich nicht wundern, wenn die Geschichte im Sand verläuft.«

Evi blieb stehen. Blass sah sie aus.

»Ich habe diese Eskapaden einfach satt, weißt du? Ich überlege ernsthaft, ob ich nicht zu Hause ausziehen soll. Wenn ich ein eigenes Zimmer hätte, könnte ich die Hälfte meiner Sorgen von heute auf morgen streichen.«

»Im Ernst? Und wovon willst du das Zimmer bezahlen?«

»Keine Ahnung. Meine Kollegin Annegret hat mir erzählt, dass eine Witwe bei ihr im Haus untervermietet. Das wäre eine gute Gelegenheit, nur weiß ich nicht, ob ich mich unter einem Dach mit Gretchen wohlfühlen würde.«

»Warum denn das auf einmal? Du hast doch bisher immer sehr nett über sie gesprochen.«

Evi senkte den Blick.

»Ja, ich weiß, aber das ist vorbei. Vielleicht irre ich mich, aber mir scheint, Siegfried Eckstein hat ein Auge auf sie geworfen.«

»Wie kommst denn du darauf?«

»Sie behauptet, der Oberpostrat blinzelt ihr zu.«

»Vielleicht bildet sie sich das nur ein.«

»Stell dir vor, ausgerechnet Gretchen wird meine Nachfolgerin. Dann müsste ich mir jeden Tag anhören, was Siegfried gerade Großartiges getan oder gesagt hat. Das würde ich nicht aushalten.«

Regine sparte sich eine Erwiderung. Insgeheim hatte sie gehofft, dass die unglückliche Affäre mit dem Oberpostrat Eckstein nach seiner Trennung von Evi keine Rolle mehr spielen würde. Leider war diese Sache jedoch scheinbar weit davon entfernt, ein Ende zu finden. Regine hatte die Geschichten über Eckstein gründlich satt, sie mochte den Mann nicht, um den es hier ging. In der Behörde munkelte man, dass Eckstein immer wieder Affären mit dem weiblichen Personal der Reichspost hatte. Schon das allein machte den Oberpostrat in Regines Augen zu einem minderwertigen Exemplar seiner Gattung. Um das Thema nicht vertiefen zu müssen, griff Regine in die Seitentasche ihrer Uniformjacke und zog ein in Zeitungspapier gewickeltes Päckchen heraus, das von einer Kordel zusammengehalten wurde.

»Schau mal, fast hätte ich es vergessen. Das hier ist für dich. Mit den besten Grüßen von meiner Mutter.«

»Für mich? Was ist das?«

»Mach es auf. Ich will wissen, ob es dir gefällt.«

Es knisterte, unter dem Zeitungspapier kam ein Paar dunkelblauer Wollhandschuhe zum Vorschein, die Manschetten waren mit weißen Schneeflocken bestickt. Ein glückliches Lächeln huschte über das Gesicht der Freundin.

»Die sind ja wunderschön! Dabei habe ich heute nicht mal Geburtstag.«

»Ich habe meiner Mutter erzählt, dass du in diesem Winter keine Handschuhe hast.«

»Wie lieb von euch beiden.«

»Du weißt ja, wie gerne meine Mutter Handarbeiten macht. Irgendwo hatte sie noch einen alten Pullover rumliegen, den hat sie aufgetrennt.«

»Ich freue mich wirklich. Bitte richte deiner Mutter ein herzliches Dankeschön aus.«

»In Ordnung. Und jetzt muss ich los, es ist bestimmt schon wieder sieben Uhr durch. Ich bin schon gestern zu spät zur Schicht gekommen.«

»War schön, mit dir zu reden. Ich wünschte, wir hätten mehr Zeit füreinander.«

Evi umarmte Regine.

»Ja, die Zeit ist immer knapp. Dafür ist unser Fleiß eine Zierde für das Vaterland.«

Evi lachte leise.

»Ach ja? Das scheint aber außer uns niemanden groß zu kümmern.«

»Du sagst es.«

»Ich geh nach Hause und leg mich noch mal hin. Diese verdammten Nachtschichten bringen mich völlig aus dem Takt. Ich brauche dringend noch eine große Mütze voll Schlaf.«

»Das verstehe ich. Bis hoffentlich bald, mach's gut.«

Sie verabschiedeten sich, Regine eilte allein davon. Ein Hauch von Enttäuschung blieb zurück, denn in der Unterhaltung eben war sie kaum zu Wort gekommen. Eigentlich hatte sie Evi von ihrer Begegnung mit dem Gewerkschafter erzählen wollen, doch dazu war es nicht gekommen. Vorerst blieb sie mit ihren Gedanken über Kurt Bödeker allein, dabei hatte sie das dringende Bedürfnis, sich mit jemandem über diesen Mann auszutauschen.

Im Laufschritt überquerte sie den Betriebshof, durch einen der Hintereingänge betrat sie das Postgebäude. Rechter Hand ging es zur Schalterhalle, die unter einer gewaltigen Kuppel lag. Regine eilte an diesem Teil des Hauses vorbei, ohne ihn zu betreten, denn das war ihr als Aushilfe streng verboten. In diesem Bereich des Postfuhramtes gingen ausschließlich die Schalterbeamten ihrem Dienst nach. Weiter oben im Gebäude residierten die Telefonfräulein, auch dort durfte sie sich nicht aufhalten. Als Kriegsaushilfe wurde sie lediglich in den düster wirkenden Räumen mit Blick auf den Hof geduldet. Dort lagerten in zahllosen Regalen bündelweise Briefe und kleinere Päckchen, die darauf warteten, von den Zustellerinnen ausgetragen zu werden. Manchmal waren die Berge aus Umschlägen und Kuverts, die nach Straßen und Hausnummern vorsortiert waren, so groß, dass Regine sie kaum in ihrer schweren schwarzen Umhängetasche verstauen konnte.

An einem Stapel aus leeren Postsäcken vorbei schob sie sich in den Raum, in dem sie die ihr zugeteilte Ration an Tagespost abzuholen hatte. Gerade noch rechtzeitig war sie zur Stelle, denn unmittelbar nach ihr traf der Schichtleiter ein. Er baute sich in der Mitte des Raumes auf und winkte die Zustellerinnen mit einer herrisch wirkenden Geste heran. Das allgemeine Gemurmel verstummte.

»Ich bitte um Ihre Aufmerksamkeit!«

Der Lärm verebbte endgültig, es wurde mucksmäuschenstill. Es kam nicht oft vor, dass der Schichtleiter die Aushilfen mit einer Ansprache bedachte.

»Kolleginnen, ich möchte Ihnen Hermann Kaiser vorstellen, der ab sofort mit Ihnen gemeinsam im Außendienst arbeiten wird.«

Erst jetzt fiel Regine die magere Gestalt auf, die neben ihrem Vorgesetzten stand. Ein seltener Anblick. Wann war in diesem Bezirk zuletzt ein Mann als Postbote tätig gewesen? Noch dazu ein derart mickriger Typ wie dieser. Die Uniform von Hermann Kaiser wirkte ungleich schäbiger als die des Schichtleiters, sie schien ihm überdies eine Spur zu groß zu sein. Der Blick des Neuen wirkte flackernd und unstet, seine Mütze umklammerte er mit der rechten Hand. Schüchtern, beinahe verlegen sah er sich um. Nur sehr langsam breitete sich ein schwaches Lächeln auf seinem hageren Gesicht aus, während er sich mit der freien Hand durch das bereits lichte Haar fuhr.

Regine musterte den Neuen und wusste nicht, was sie von ihm halten sollte. Einerseits tat er ihr leid, er wirkte wahrhaft geschunden, ganz sicher hatte der Krieg ihm böse zugesetzt. Andererseits gefiel ihr der Gedanke, dass ein Mann ab sofort in ihren Reihen Dienst tun würde, gar nicht. Kaiser war mit Sicherheit nur die Vorhut. Ihm würden weitere Männer folgen, das schien ihr so sicher wie das Amen in der Kirche.

»Unser Kollege Hermann Kaiser ist ein verdienter Postbeamter, der erst vor wenigen Wochen aus Frankreich heimgekehrt ist. Ich erwarte von Ihnen, dass Sie dem Kollegen Ihre volle Unterstützung zuteilwerden lassen.«

Der Schichtleiter nahm sie ins Visier, doch keine der Kolleginnen rührte sich. Es blieb still, die Frauen warfen einander lediglich besorgte Blicke zu. Ein neues Gesicht in ihrem Kreis, das kam immer wieder mal vor. Diesmal allerdings war der Neuling keine Frau. Jahrelang hatten die Zustellerinnen ihre Arbeit unter sich aufgeteilt, weil man die männlichen Briefträger nach und nach an die Front berufen hatte. Nun wendete sich das Blatt, denn die Männer kehrten heim. Bisher hatten sie bei der Reichspost hauptsächlich darüber gesprochen, dass es eines Tages so kommen würde, aber jetzt war dieser Zeitpunkt erreicht. Sollten demnächst tatsächlich pensionsreife Gestalten wie Hermann Kaiser die Frauen von ihren Arbeitsplätzen verdrängen?

»Ich erwarte von Ihnen, dass Sie den neuen Zusteller reibungslos einarbeiten.«

Der Schichtleiter verschränkte die Arme vor dem Oberkörper und warf ihnen auffordernde Blicke zu.

»Es ist eine Weile her, dass Herr Kaiser in diesem Bezirk unterwegs war, also helfen Sie ihm, sich zurechtzufinden. Sie werden die Einarbeitung abwechselnd übernehmen. Und jetzt an die Arbeit, es ist höchste Zeit!«

Erneut erhob sich ein Gewisper im Raum, während ihr Vorgesetzter den Neuen beim Arm nahm und mit ihm auf Henriette Lange zuging. Hetti war eine der dienstältesten Zustellerinnen im Bezirk Nord. Sie war stolz darauf, schon an Tag eins nach Kriegsbeginn ihre Bewerbung bei der Reichspost eingereicht zu haben. Ihrer Meinung nach hatten ihr Mut und ihr Fleiß den anderen Frauen den Weg geebnet.

Ein paar Sätze wurden gewechselt, dann ließ der Schichtleiter Hetti mit dem Neuen allein. Schweigend musterte sie ihren aufgezwungenen Begleiter von der Seite, bis die Kollegin sich schließlich mit Hermann Kaiser im Schlepptau auf den Weg zum Ausgang machte. Lotte baute sich neben Regine auf und begann zu flüstern.

»Ehemaliger Kollege, det ick nich lache. Der Mann is doch völlig am Ende. Was wollen die denn mit dem?«

Regine zuckte mit den Schultern. Sie hasste es, wenn Lotte berlinerte. Sie selbst durfte es nicht, reines Hochdeutsch war die Sprache der besseren Gesellschaft, so hatte ihr Vater es ihr eingeschärft. Behutsam nahm sie die Kollegin ein Stück beiseite.

»Wir müssen etwas unternehmen, Lotte. Es kann nicht sein, dass sie uns jetzt die Männer wieder vor die Nase setzen. Wir müssen uns wehren!«

»Mit dem Kerl stimmt was nich. Haste gesehen, wie seltsam der sich aufgeführt hat?«

»Ich habe keine Ahnung, wovon du redest. Was meinst du?«

»Er bewegt sich komisch. Der steht ganz schief in der Landschaft. Vielleicht hat Hermann Kaiser ein Holzbein.«

»Möglich.«

»Wir haben einen Nachbarn, der hat ooch nen Holzbein. Hat er sich in Flandern im Schützengraben zugezogen. Der eiert jenauso beim Laufen.«

»Mag sein, aber darum geht's doch jetzt nicht.«

»Und ob es darum geht. Kann mir nicht vorstellen, dass einer wie Kaiser als Briefträger mehr wegschafft als unsereins.«

»Wir sollten den Kontakt zur Gewerkschaft suchen. Die

wissen, was zu tun ist. Alleingänge machen für uns keinen Sinn.«

Lotte blinzelte ihr zu, sie lachte leise.

»Ach ja, die Gewerkschaft. Hat dir gefallen, der schöne Kurt, wa?«

»Wir sind unter Druck, Lotte, wir müssen zusehen, dass wir etwas unternehmen. Ich denke, die Gewerkschaft kann uns von Nutzen sein.«

»Nee, lass man.«

»Wie bitte? Was soll das heißen? Du hast doch den Kontakt zu Kurt Bödeker hergestellt. Warum willst du diese Leute auf einmal nicht mehr dabeihaben?«

»Das hier ist die Angelegenheit der Frauen bei der Post. Besser, wir organisieren das selbst, dann redet uns keiner rein. Wir kriegen das auch so hin.«

»Ich verstehe nicht. Du warst es doch …«

»Jeht ooch ohne den schönen Kurt, glaube mir.«

Mit Schwung warf sich Lotte den Schulterriemen ihrer Tasche über den Rücken, dann stapfte sie mit verkniffener Miene davon.

Ratlos blickte Regine der Kollegin hinterher. Lotte Wellmann besaß einen eisernen Willen, aber sie neigte auch zu Alleingängen und entschied gern für sich allein. Nicht immer war das der Sache dienlich, wie die Geschichte mit dem Flugblatt gerade gezeigt hatte. Ihre Haltung zur Gewerkschaft war obendrein auf einmal vollkommen unklar. Lotte schien ihre Meinungen schneller zu wechseln, als es Regine gut oder nützlich erschien. Sie jedenfalls vertraute Kurt Bödeker, in ihrem ersten Gespräch hatte der einen guten Eindruck gemacht.

Wie sollte es im Arbeitskampf mit Lotte laufen, wenn sie schon jetzt nicht einer Meinung waren?

Regine war fest entschlossen, das Gewerkschaftshaus aufzusuchen, egal, was Lotte darüber dachte. Die Leute in dem Verein besaßen Erfahrung. Es gab niemand in dieser Stadt, der mit ihnen gleichauf gewesen wäre. Die Kriegsaushilfen der Post brauchten einen starken Rückhalt, um es mit einer Behörde aufzunehmen, die dem Minister direkt unterstellt war. Es würde nicht leicht werden, aber versuchen mussten sie es. Die da oben sollten mal nicht glauben, dass die weiblichen Angestellten dieses Zustellbezirks kampflos das Feld räumen würden.

Die nächste Nachtschicht war vorbei, und Evi war froh darüber. Hundemüde bummelte sie nach Hause, hinein in den erwachenden Tag. Vorerst würde sie von nun an für eine Weile nur tagsüber arbeiten. Mehr als eine Woche Nachtschicht pro Monat wurde den regulär beschäftigten Telefonfräulein nicht zugemutet. Sie war dankbar dafür, denn ihre Erschöpfung war mittlerweile beinahe mit Händen zu greifen. Jede Faser ihres Körpers dürstete nach der Art von Ruhe, die nur tiefer Schlaf geben konnte. Der Dienst im Vermittlungssaal zehrte an ihr – ständig waren Geräusche im Raum, die Aufsichtspersonen liefen im Saal auf und ab, Stühle wurden gerückt und Gespräche geführt. Stundenlang hockte Evi vor dem Vermittlungsschrank, die schweren Kopfhörer auf den Ohren, das mindestens ebenso schwere Mikrofon auf dem Brustbein. In starrer Haltung war sie vollständig auf das Tableau mit den Steckverbindungen an der Wand konzentriert. Mit den kurzen Pausen, in denen sie aufstehen und sich bewegen durfte, konnte sie nicht viel anfangen – vor allem heute hatte sie das nicht gekonnt. Gretchen hatte sie auf der Damentoilette abgepasst, ihrem Bericht zufolge hatte Siegfried von seiner jüngst verstorbenen Frau angeblich ein kleines Vermögen geerbt. Auch über die Einzelheiten der bevorstehenden Beerdigung von Lydia Eckstein wusste Gretchen bestens Bescheid. In ihrem Eifer hatte sie wohl gar nicht bemerkt, dass Evi die Neuigkeiten mit keinem Wort kommentierte. Der Todesfall betraf Evi eben auf vollkommen andere Art und Weise, als Gretchen ahnte. Wäre Siegfrieds Ehefrau zu einem früheren Zeitpunkt gestorben, so hätte dieser Umstand ihrer Affäre mit Siegfried noch einmal Auftrieb verliehen, davon war Evi inzwischen überzeugt. Ein neuer Freiraum hätte sich aufgetan, sie hätten einen Ort finden können, um ihre Liebe zu leben. Die bis dahin oftmals kurzen und manchmal hektischen Treffen in zweitklassigen Pensionen und Hotels waren auf Dauer einfach nicht geeignet gewesen, um ihren Gefühlen Bestand zu geben.

Schweigend war Evi nach der Toilettenpause an ihren Arbeitsplatz zurückgekehrt. Für den Rest der Nacht hatte sie an nichts anderes denken können als an Siegfried und sein neues Leben als Witwer.

Jetzt nach Dienstschluss war sie noch immer mit der Frage beschäftigt, wie sie ihrer Liebe zu Siegfried noch einmal eine Wendung geben konnte. Sich einfach klaglos zurückzuziehen kam nicht infrage, dazu fühlte sie sich nicht bereit. Leider würde es diesmal schwieriger werden, Siegfried für sich zu gewinnen. Sie kannten einander bereits sehr genau, einer wusste um die Schattenseiten und Macken des anderen. Weshalb war er ihrer überdrüssig geworden?

An einer der nächsten Straßenecken blieb Evi stehen und sah sich um. Sie war auf dem Heimweg irgendwo falsch abgebogen – der rote Backsteinturm der Golgathakirche in der Borsigstraße hätte ihr auffallen sollen. Anstatt die Elsässer weiter in Richtung Brunnenstraße hinunterzugehen, war sie zu früh links abgebogen. Während sie die hohen Fronten der Mietshäuser rechts und links betrachtete, dachte sie nach: Ein Stück noch die Straße hinauf, bis sie an der nächsten Kreuzung die Richtung wechseln konnte. Hinüber zur Ackerstraße, dann in die Brunnenstraße, in das vertraute Terrain. Es war nicht weit, und doch ging sie nicht weiter. Im Zwielicht des jungen Tages hatte sie zwei Gestalten bemerkt, die sich am Eingang der kleinen Parkanlage hinter der Badeanstalt unterhielten. Ein Paar, er und sie, sie waren in ihr Gespräch vertieft. Auf dem schmalen Bürgersteig hielten sie Abstand zueinander und waren sich doch ganz nah. Der Anblick der beiden Fremden berührte Evi. Noch vor wenigen Wochen hätte man sie in ähnlicher Zweisamkeit mit Siegfried irgendwo antreffen können, wenngleich diese Gegend hier für Liebespaare nicht gerade wie geschaffen schien. Meyers Höfe waren nicht weit, eine armselige, aber riesige Mietskaserne, die aufgrund ihrer menschenunwürdigen Unterkünfte traurige Berühmtheit erlangt hatte.

Warum traf man sich ausgerechnet hier zu einem Rendezvous?

Die Neugierde war in Evi erwacht. Sie schaute und konnte sich nicht lösen von dem, was dort drüben vor sich ging. Den beiden war sie bisher nicht aufgefallen, die hatten nur Augen füreinander. Der junge Mann wirkte aufgrund seiner Haltung und seiner Gesten jünger und lebhafter als seine Begleiterin. Mit kleinen, eleganten Bewegungen untermalte er jeden seiner Sätze, bis er sich über die Hand seiner Begleiterin beugte und sie sanft küsste. Das war eine schöne Geste, doch die Frau zeigte sich unbeeindruckt. Schweigend ließ sie es geschehen, nicht die Spur eines Lächelns fand sich in ihrem Gesicht.

Einmal mehr fühlte Evi sich an ihre Affäre mit Eckstein erinnert. In ihrer vergeblichen Liebe war sie diejenige gewesen, die ständig geworben und sich angeboten hatte. Noch immer redete der junge Mann mit Nachdruck auf die Unbekannte an seiner Seite ein. Gerne hätte Evi sich angenähert, um zu lauschen, zumal der elegante Fremde eine gewisse Ähnlichkeit mit Gerald besaß. Sein Alter, die Größe, die sorgsam gewählte Kleidung, alles passte auch zu ihrem Bruder. Evi stutzte. Diese Ähnlichkeit mit Gerald, konnte das sein, oder war ihr Wunsch Vater dieses Gedankens? Ausgerechnet jetzt bot der Unbekannte seiner Begleiterin den Arm. Die Frau hakte sich bei ihm ein, gemeinsam hielten die zwei auf das Lazarus-Krankenhaus im Hintergrund zu – waren sie deshalb so früh unterwegs? Hatten sie das schwere Schicksal eines nahen Angehörigen zu bewältigen, der dort betreut wurde?

Ihre Fantasie ging mit ihr durch, Evi merkte es selbst. Es war unwahrscheinlich, Gerald in aller Herrgottsfrühe auf der Straße zu begegnen. Wie unsinnig es war, an solche Zufälle und Fügungen zu glauben, das konnte nur ihre Mutter, die sich in ihrem unerschütterlichen Gottvertrauen überall von guten Mächten umgeben fand. Ihr würde es nicht gelingen, so zu denken. Sie konnte nicht darauf hoffen, dass ein Wunder geschah.

Als Evi die Straße das nächste Mal mit Blicken absuchte, war das Paar, dem sie hatte folgen wollen, verschwunden. Sie mussten irgendwo in eine kleinere Gasse des Viertels abgebogen sein, Möglichkeiten dafür gab es genug. Bestimmt hatte sie sich die Gemeinsamkeiten zwischen dem unbekannten jungen Mann und ihrem Bruder nur eingebildet. Vielleicht hätte sich ihre Vermutung bei näherer Betrachtung in Luft aufgelöst. Ein Trugbild, ihrer Müdigkeit und der Morgendämmerung geschuldet. Einmal mehr meldete sich die Stimme der Vernunft, sie musste an Regines Worte denken: Wenn Gerald tatsächlich in Berlin gewesen wäre, hätte er sich bei ihnen gemeldet. Es gab keinen Grund, es nicht zu tun.

Schweren Herzens wandte Evi sich ab. Schon lasteten die Schwierigkeiten ihres Alltags wieder auf ihr. Die Füße taten ihr weh, sie war hungrig, der Schädel brummte. Sie hatte seit Stunden nichts gegessen. Es fühlte sich an, als sei dort, wo sich sonst ihr Magen befand, nichts weiter als ein kaltes Loch. Obwohl sie sich Tag für Tag verausgabte, war der Hunger ihr stetiger Gefährte. Wenn ab sofort auch Siegfrieds Beitrag zu ihrer Haushaltsführung entfiel, würde es finanziell noch enger werden. Keine Zigaretten, keine Schokolade und kein Bohnenkaffee mehr, nichts, was man auf dem Schwarzmarkt hätte verhökern können, damit Mutter dafür Kriegsbrot, Rübenmus, alte Kartoffeln und billigen Tee kaufen konnte.

Die Lage war desaströs, sie musste Abhilfe schaffen.

Entweder, es gelang ihr gegen alle Wahrscheinlichkeit, ihren Bruder auf eigene Faust ausfindig zu machen. Oder aber sie brachte ihren Vater dazu, sich seiner Verantwortung für die Familie zu stellen. Es war nicht richtig, dass er sich komplett seinen Pflichten entzog. Mehr als deutlich spürte Evi inzwischen, wie sehr ihr die Männer als Unterstützung in ihrem Leben fehlten. Dabei konnte es nicht bleiben. Sie musste den Kurs wechseln, wenn sie nicht untergehen wollte.

Irgendjemand musste ihr unter die Arme greifen, und zwar schnellstens: Das war die Aufgabe, die sie zu lösen hatte.

Feierabend und damit Zeit, das Gewerkschaftshaus am Engelufer aufzusuchen. Regine hatte sich fest vorgenommen, heute dort hinzugehen, doch je mehr sie sich ihrem Ziel näherte, desto unsicherer wurde sie. Hatte sie Kurt Bödeker nicht zugesagt, beim nächsten Treffen jemanden aus ihrer Dienststelle mitzubringen? Lotte war dafür ungeeignet, das stand fest. Sie hätte Henriette fragen können, aber Regine hatte sich nicht dazu aufraffen können, die Kollegin anzusprechen. Sie wurde wortbrüchig mit dem, was sie tat, aber sie wollte den Mann von der Gewerkschaft heute Nachmittag noch einmal für sich allein haben. Vielleicht würde sie im Gespräch mit ihm herausfinden, was für ein Mensch Kurt Bödeker war.

Regine blieb auf dem Sandweg stehen, der den Luisenstädtischen Kanal von der Straße trennte. Dort drüben in dem

Gebäude auf der anderen Straßenseite schlug das Herz der deutschen Arbeiterbewegung. Der Bund deutscher Gewerkschaften hatte im Kaiserreich fortlaufend an Bedeutung gewonnen. Dementsprechend stolz wirkte dieser Bau, prächtig war seine Fassade aus roten Backsteinen. Derart eindrucksvoll hatte Regine sich die Heimat der Gewerkschafter nicht vorgestellt. Wie wollte sie Kurt Bödeker in dieser gewaltigen Anlage ausfindig machen? Sie zögerte, den Besuch am Engelufer hatte sie sich um einiges einfacher vorgestellt. Zur Vorbereitung auf das Treffen mit Bödeker hatte sie durchaus Aufwand getrieben, der ihr inzwischen allerdings völlig unsinnig schien. Mutters Wintermantel hatte sie aus dem Schrank geholt, sie wollte nicht noch einmal in der verwaschenen und mehrfach geflickten Postuniform vor dem Mann von der Gewerkschaft stehen. Leider saß der Mantel nicht wie gehofft. An den Schultern und in der Taille war er ein wenig zu weit – die Farbe Grau gehörte auch nicht zu ihren Lieblingsfarben und machte sie blass.

Der Wind frischte auf, während sie am Ufer des Kanals stand. Der Himmel wirkte finster, die ersten Regentropfen fielen. Regine griff nach dem Strohhut auf ihrem Kopf. Ihre Kopfbedeckung erwies sich ebenso als Reinfall wie der geliehene Mantel. Einen heftigen Regenguss hielt der Hut nicht aus, er war für den Sommer gedacht – sie musste schnellstens irgendwo Schutz suchen. Eilig raffte sie ihre Röcke zusammen und rannte zu dem Torweg, der zum Hinterhof des Gewerkschaftshauses führte. Unter dem Gewölbe angekommen, versuchte sie, auf die Schnelle ihre Umgebung zu erfassen. Hinter dem Haupthaus lag ein zweites Gebäude, das ihr gleichermaßen imposant erschien wie der vordere Teil der Anlage. Der kolossale Bau schüchterte Regine ein. War das alles nicht eine Nummer zu groß für sie? Sie fühlte sich unsicher, vielleicht war es das Beste, ungesehen zu verschwinden. Was hatte sie schon zu verlieren? Kein Mensch würde jemals erfahren, dass sie hier gewesen war, nur regnete es leider noch immer. Außer ihrer Selbstachtung würde sie auch ihren Sommerhut opfern müssen, wenn sie sich jetzt auf den Heimweg machte.

Während sie von ihrem Platz unter dem Torbogen noch einmal den bedrohlich düsteren Himmel betrachtete, öffnete sich hinter ihr knarrend eine Tür. Zwei Männer betraten den Hof, sie trugen eine Holzkiste ins Freie – ein Vorgang, der ihnen erkennbar Schwierigkeiten bereitete, denn die Tür zum Hof war schmal. Die sperrige Kiste saß immer wieder fest, hochkant oder quer, es ging nicht vor und nicht zurück. Regine lächelte, doch ihre Heiterkeit verschwand schlagartig, als sie in einem der beiden Männer Kurt Bödeker erkannte, der sich mit seinem Begleiter bemühte, die Last aus dem Gebäude zu schaffen. In dunkler Arbeitsjoppe und mit Schirmmütze auf dem Kopf wirkte er anders, als sie ihn in Erinnerung hatte, bodenständiger und zupackender, aber auch weniger besonders. Auf dem Platz hinter ihr wurde es laut, Verwünschungen und Flüche flogen hin und her, bis Bödekers Begleiter ohne jede Vorankündigung mit hochrotem Kopf die Kiste sinken ließ. Krachend ging der Kasten zu Boden, jetzt drohte endgültig Streit. Eilig zog Regine sich ein Stück in den Torweg zurück. Sie hatte Kurt Bödeker gefunden, es war leichter gewesen als gedacht. Und doch war eine Enttäuschung mit dem Wiedersehen verbunden. So wie es aussah, gehörte Kurt Bödeker zum Fußvolk der Gewerkschaft, er leistete Handlangerdienste bei seinem Verein. Sie hatte geglaubt, dass er jeden Tag in Schlips und Kragen hinter einem Schreibtisch sitzen und wichtige Entscheidungen über das Wohl und Wehe der Berliner Arbeiterschaft fällen würde. Offenbar hatte sie sich in dem Punkt getäuscht. Eine herausgehobene Position konnte es nicht sein, die er bekleidete.

Im nächsten Moment knirschten hinter ihr Schritte im Sand. Sie drehte sich um.

»Fräulein Lorenz, guten Abend. Schön, Sie zu sehen.«

Regine lächelte zaghaft, das warmherzige Willkommen tat ihr gut, es dämpfte ihre Nervosität ein wenig. Bödeker nahm seine abgegriffene Schirmmütze vom Kopf und schob sie in seine Jackentasche. Sah ganz so aus, als würde ihm seine Aufmachung auch nicht gefallen, da hatten sie etwas gemeinsam. Sie fühlte sich in ihrem viel zu großen Mantel ebenso wenig wohl. Immerhin, dass er sich ihren Namen gemerkt hatte, gefiel ihr. Sein Eindruck von ihrem Gespräch in der Oranienburger Straße konnte doch nicht so verheerend gewesen sein, wie sie befürchtet hatte.

Er streckte die Hand aus.

»Herzlich willkommen. Freut mich, dass Sie den Weg zu uns gefunden haben.«

Sein Handschlag war kräftig, dieser Mann war kein Büroangestellter. Bödeker war an harte Arbeit gewöhnt, kein Zweifel. Der Mann vertrat die Arbeiterklasse nicht nur, er gehörte ihr auch an. Musste sie mit dieser Tatsache hadern?

Sie war schließlich auch bloß eine Briefträgerin. Alles, was sie besaß, war eine Anstellung auf Zeit, die man ihr wegnehmen wollte, deshalb war sie hier.

»Guten Abend, Herr Bödeker. Sieht aus, als käme ich ungelegen. Sie haben zu tun.«

»Die Kiste, meinen Sie? Ach was, das eilt nicht. Wir können uns gerne einen Moment unterhalten. Lassen Sie uns ins Haus gehen, damit Sie sich aufwärmen können. Das Wetter ist scheußlich heute.«

»Was ist denn drin? In der Kiste, meine ich. Ist vielleicht nicht gut, wenn sie im Regen stehen bleibt.«

»Das sind Regalbretter für unseren gewerkschaftseigenen Buchladen, aber keine Sorge, die sind gut verpackt.«

»Arbeiten Sie in der Buchhandlung?«

»Nein. Ich helfe den Kollegen nur beim Umbau. Bei uns hilft jeder jedem. Wir sind eine Gemeinschaft.«

»Verstehe.«

»Kommen Sie, Sie sind nass geworden, Sie müssen ins Trockene, sonst erkälten Sie sich.«

Sie hätte ihm widersprechen können, als Briefträgerin war sie hart im Nehmen, aber sie tat es nicht. Im Grunde gefiel ihr der Gedanke, für ein paar Minuten irgendwo in Ruhe mit ihm sprechen zu können. Gemeinsam überquerten sie den Hof. Unterwegs musterte Bödeker sie kurz.

»Wie ich sehe, sind Sie ohne Begleitung gekommen.«

»Ja. Es hat einen Vorfall bei uns im Dienst gegeben, ich konnte seitdem noch keine der Kolleginnen ansprechen.«

»Was für einen Vorfall denn?«

Er hielt ihr die Tür zum Hinterhaus auf, sie schlüpfte ins

Gebäude. Im Treppenhaus war es warm und trocken, sie nahm ihren Strohhut vom Kopf und betrachtete ihn skeptisch. Hatte das gute Stück im Regen Schaden genommen? Die Feuchtigkeit weichte das Stroh auf, im schlimmsten Fall verzog sich das Material, doch der Hut wirkte intakt. Sie bemerkte den fragenden Blick, den Kurt Bödeker ihr schenkte. Bloß nicht wieder so viel Unfug erzählen wie beim letzten Mal. Sie musste sich zusammenreißen.

»Wir haben zum ersten Mal nach dem Krieg einen männlichen Kollegen in unseren Reihen. Die Reichspost holt offenbar bereits die Männer zurück. Natürlich machen sich die Frauen jetzt erst recht Sorgen um ihren Arbeitsplatz.«

»Die Frauen im ganzen Land müssen vermehrt mit der Rückkehr von Kriegsheimkehrern an die Arbeitsplätze rechnen.«

»Ich weiß. Beamte, die zurückkommen, haben sogar einen Anspruch auf Weiterbeschäftigung.«

»So ist es.«

»Wollen Sie damit sagen, dass Sie unseren Kampf für aussichtslos halten?«

»Keineswegs. In dem Fall hätte ich Ihnen nicht angeboten, Sie zu unterstützen.«

»Was sollten wir Ihrer Meinung nach tun? Derzeit sieht es so aus, als wenn wir alle gehen müssen. Das ist es jedenfalls, was die Reichsregierung will.«

»Ja, ich habe die entsprechende Verordnung in der Zeitung gelesen.«

»Dann trifft es aber auch die Kriegerwitwen und diejenigen, die Kinder haben. Viele Frauen werden danach auf Renten und die Fürsorge angewiesen sein. Das reicht nicht. Zum Leben zu wenig, zum Sterben zu viel.«

Bödeker wirkte nachdenklich, langsam verschränkte er die Arme vor dem Oberkörper.

»Die Frauen, die es am dringendsten nötig haben, sollten im Staatsdienst bleiben dürfen, finde ich. Es ist besser, sie arbeiten zu lassen, als sie mit Almosen abzuspeisen. Der Rest der weiblichen Beschäftigten bekommt eine einmalige Ausgleichszahlung. Das wäre mein Vorschlag.«

»Klingt überzeugend.«

»Es könnte das Ziel Ihres Arbeitskampfes sein. Kriegerwitwen und Frauen mit Kindern zuerst, der Rest wird abgefunden. Das ist moderat, niemand wird Ihnen vorwerfen können, dass Sie maßlos sind. Mit ein bisschen Glück bekommen Sie damit die Mehrheit der Bevölkerung auf Ihre Seite.«

»Die Mehrheit der Bevölkerung? An die hab ich überhaupt noch nicht gedacht.«

»Das sollten Sie aber. Es macht bei einem Streik viel aus, wie die Allgemeinheit darüber denkt. Die Sympathien der Leute sollte man sich nicht ohne Not verscherzen. Es geht auch um Ihre Kundschaft, falls es zum Streik kommt.«

»Das mag sein. Allerdings wäre ich bei der von Ihnen vorgeschlagenen Lösung eine der Ersten, die gehen muss. Ich habe keine Kinder und bin keine Witwe.«

»Ach ja? Nun ... das ist nicht ideal.«

Bödeker grinste, die Tatsache, dass sie noch ledig war, schien ihn nicht übermäßig zu stören.

»Im Übrigen fragt sich, wie wir die Reichspost dazu bringen sollen, einen Teil der weiblichen Beschäftigten gegen den Willen der Regierung zu behalten.«

»Mit der Unterstützung der öffentlichen Meinung könnte es gehen. Die Regierung besteht aus Politikern, die wollen wiedergewählt werden.«

»Ich kann mir nicht vorstellen, dass es die Politik interessiert, was aus uns paar Zustellerinnen wird.«

»Täuschen Sie sich nicht. Der Streik kann eine mächtige Waffe sein. Aber zunächst sollten Sie es mit Verhandlungen versuchen. Wenn Sie es wünschen, übernimmt die Gewerkschaft ein Verhandlungsmandat für Sie.«

»Ein Verhandlungsmandat? Was ist das?«

»Wir vertreten Sie und Ihre Kolleginnen gegenüber der Behördenleitung. Allerdings muss die Behördenleitung nicht mit uns reden, wenn sie nicht will. Wir können Verhandlungen nicht erzwingen.«

»Das können wir ohne Ihre Hilfe ebenso wenig.«

»Richtig. Wenn Ihre Vorgesetzten den Gesprächen nicht zustimmen, bleibt Ihnen nur der Streik.«

»Wird nicht leicht sein, die Mehrheit der Kolleginnen von einem Arbeitskampf zu überzeugen. So was hat es noch nie gegeben. Frauen, die ohne ihre männlichen Kollegen einen Streik ausrufen ...«

»Wenn die Behördenleitung jede Unterredung ablehnt, wird das Blatt sich wenden, glauben Sie mir. Dann kippt die Stimmung unter Ihren Kolleginnen, das sagt mir meine Erfahrung.«

»Lernen Sie das eigentlich bei Ihrer Gewerkschaft?«

»Was denn?«

»Na, aus dem Stegreif schöne Reden zu halten, lernt man das in Ihrem Verein? Diese Ausdrücke, die Sie benutzen – Verhandlungsmandat zum Beispiel. Bringt man Ihnen das bei, wenn Sie zusammensitzen und reden?«

Er lachte leise, mit einer Hand schob er ein paar Strähnen hinter das Ohr, die ihm in die Stirn gefallen waren. Für einen Mann trug er die Haare ungewöhnlich lang, aber es stand ihm. Ihr gefiel es.

»Ja, genau das bringt man uns bei, Fräulein Lorenz. Man nennt das Rhetorik, die Kunst der freien Rede. Aber es geht in unseren Schulungen auch um die Rechte am Arbeitsplatz, um den Umgang mit Behörden und darum, wie die Wirtschaft grundsätzlich funktioniert. Sie können das auch lernen. Treten Sie bei uns ein, und schon dürfen Sie an unseren Seminaren teilnehmen.«

»Herzlichen Dank für die Einladung. Ich hatte schon damit gerechnet, dass Sie ein bisschen Reklame machen würden.«

»Freut mich, dass Sie sich mit dem Gedanken an einen Beitritt bereits beschäftigt haben.«

Er grinste, er konnte also auch witzig sein, das passte gut. Sie mochte es, wenn Männer Humor besaßen. Erneut trafen sich ihre Blicke. Es berührte sie, von ihm so teilnahmsvoll angesehen zu werden, doch vielleicht benahm er sich allen Frauen gegenüber so? Machte Scherze mit ihnen und schaute sie in einer Art und Weise an, die zu Herzen ging? Vielleicht war die Ausstrahlung, die Kurt Bödeker besaß, auch ein Verhalten, das man bei der Gewerkschaft lernte. Treten Sie uns bei, meine Damen und Herren, und lernen Sie, andere Menschen so einzuwickeln, dass ihnen das Herz aufgeht. Gut möglich, dass sie nichts Besonderes war in dieser Hinsicht. Nicht auszuschließen, dass es immer so lief zwischen Kurt Bödeker und den Frauen. Gut für ihn, aber kein Vorteil in ihren Augen.

Sie wandte sich ab, Regine sah zum Fenster hinaus, doch draußen regnete es noch immer. Auf dem Rückweg würde es gefährlich werden für ihren Strohhut.

»Habe ich Sie mit meiner Aufforderung zum Gewerkschaftsbeitritt verschreckt, Fräulein Lorenz?«

Er kam näher, sie schüttelte rasch den Kopf.

»Nein, nur muss ich Sie in diesem Punkt enttäuschen. Ich bin noch nicht volljährig. Ich darf Ihrer Gewerkschaft noch nicht beitreten, mein Vater würde sofort einschreiten. Der war Unterbeamter bei der Reichspost. Von Gewerkschaften hält er wenig.«

»Mag sein, aber hier geht es ja nicht um ihn, sondern um seine Tochter. Und da Sie mit Sicherheit keine sechzehn Jahre mehr sind, werden Sie in absehbarer Zeit volljährig, nehme ich an.«

»Ich werde nächsten Monat einundzwanzig.«

»Na also! Bis dahin kann mein Verein warten, Fräulein Lorenz.«

»Ihr Verein.«

»Ja. So nennen Sie die ehrwürdige Institution der Gewerkschaft doch andauernd.«

»Hm. Weshalb sind Sie eigentlich hier eingetreten?«

Bödeker zögerte, einmal mehr merkte man ihm an, dass er nicht gerne über seine persönlichen Angelegenheiten sprach.

Natürlich schuldete er ihr keine Antworten auf Fragen, die nicht hierhergehörten, aber wie sollte sie dann jemals mehr über den Mann erfahren, der ihr gegenüberstand? Sie wäre ihm so gerne nähergekommen. Das Strahlen seiner dunklen Augen bezauberte sie, die Gespräche mit ihm waren lebhaft und interessant. Sie fragte sich insgeheim, ob er genauso empfand. Wenn dem so war, ließ er sie es in diesem Moment nicht spüren. Mit immer noch vor dem Oberkörper verschränkten Armen blickte er zum Fenster hinaus.

»Mein Vater war Buchdrucker in einer gewerkschaftseigenen Druckerei in Gotha. Genau wie er habe ich im Gewerkschaftshaus Buchdrucker gelernt. Nachdem meine Mutter gestorben war, wurde die Gewerkschaft auch zu meiner zweiten Heimat.«

»Und wie sind Sie dann nach Berlin gekommen?«

»Ich wollte etwas sehen von der Welt und bin im Anschluss an meine Gesellenprüfung auf Wanderschaft gegangen.«

»Irgendwann sind Sie hier hängen geblieben.«

»Ja, wundert Sie das? Welcher andere Ort in diesem Land kann der Hauptstadt schon das Wasser reichen?«

Er blinzelte ihr zu, sie strahlte. Er hatte seine Aussage vielleicht nicht ernst gemeint, aber sie war hier geboren und aufgewachsen, für sie war Berlin die beste Stadt von allen. Wie sehr sie mit diesem Ort verbunden war, ahnte er sicherlich.

»Sind Sie eigentlich im Krieg gewesen?«

Schweigend stand Kurt Bödeker vor ihr, mit einem Mal schien sich eine unsichtbare Wand zwischen ihnen aufzubauen. Ein unbehaglich wirkendes Schweigen breitete sich aus. Diesmal war sie wohl wirklich zu neugierig gewesen. Warum wollte er über seine Zeit bei der Armee nicht reden? Vielleicht hatte er einen Weg gefunden, sich vor dem Wehrdienst zu drücken. Gut möglich, dass es ihm peinlich war, im Nachhinein darüber zu sprechen.

Keiner von ihnen beiden rührte sich, die Stille zerbrach erst, als sich Schritte näherten. Weiter oben am Treppengeländer tauchte der Kopf einer jungen Frau auf.

Sie lächelte zu ihnen hinunter.

»Ach, sieh an, hier steckt er also, der Kollege Bödeker. Dass mein Vater auf dich wartet, weißt du aber, oder?«

»Ja, ich weiß, entschuldige. Wo ist er denn?«

»In der Bibliothek. Er hat mich losgeschickt, um dich zu suchen. Darf ich ihm sagen, dass du zu ihm unterwegs bist?«

»Ja, bitte, tu das. Ich komme gleich.«

»Gut.«

Die Unbekannte drehte sich um und verschwand. Regine sah ihr nach, insgeheim war sie erstaunt darüber, in diesen heiligen Hallen auf eine junge und hübsche Frau zu treffen. Sahen die alle so adrett aus, die Gewerkschafterinnen? Über die Frauen in diesem Verein hatte sie sich bisher keine Gedanken gemacht. Sie wusste nur, dass es sehr wenige waren.

»Und? Wie sieht's aus, Fräulein Lorenz? Immer noch Interesse an der Arbeit, die eine Gewerkschaft leistet?«

»Aber ja, natürlich habe ich Interesse.«

Er lächelte, diesmal schien Kurt Bödeker mit ihrer Antwort zufrieden zu sein.

»Sehr gut. Dann kommen Sie mit in die Bibliothek, ich stelle Sie dem Kollegen Stratmann vor. Er ist unser Gewerkschaftssekretär und hat Erfahrung mit Arbeitskämpfen in den städtischen Verkehrsbetrieben. Vielleicht kann sein Wissen Ihnen ein Stück weiterhelfen.«

Regine nickte übertrieben heftig, doch diesmal schämte sie sich nicht für ihre Begeisterung. Sie war erfreut über die Einladung, das durfte Bödeker ruhig merken. Gut möglich, dass es ihm nur darum ging, ein neues Mitglied zu werben, aber warum auch nicht? Für seinen Laden Reklame zu machen, war sein gutes Recht. Er konnte sein Wissen auf Dauer nicht einfach an sie verschenken. Ihn kostete es Zeit, sich mit ihrem Anliegen zu beschäftigen, da war es nur folgerichtig, wenn sie ihm ein Stück entgegenkam. Tatsächlich war sie dankbar für alles, was sie unter diesem Dach erfahren und lernen konnte. Wenn es sich richtig anfühlte, würde sie der Gewerkschaft beitreten. Es würde helfen, denn natürlich wollte sie die Verbindung zu Kurt Bödeker nicht abreißen lassen. Er durfte sie nicht vergessen. Sie musste jede Gelegenheit ergreifen, die sich bot, um ihm nahe zu sein.

Hastig raffte Regine ihre Röcke, sie eilte die Stufen in den ersten Stock hinauf. Für sie fühlte es sich an, als wäre es das Selbstverständlichste auf der Welt, diesem Mann zu folgen.

4. Kapitel

Die Stimmung im Café Königin Luise war sonntäglich. Das Lokal in Steglitz war fast bis auf den letzten Platz gefüllt gewesen, als Evi es vor ein paar Minuten betreten hatte. Musik erklang auf der kleinen Bühne im Hintergrund, sie mischte sich mit dem Gelächter der Gäste an den Tischen. Im Grunde hatte sich nicht viel verändert. Die schweren roten Samtvorhänge hingen noch immer an den Fenstern, die Kronleuchter an der Decke funkelten, die Zimmerpalmen gaben dem Ganzen etwas Gediegenes – es war eine anheimelnde Atmosphäre, eine Wohltat nach den elend grauen Jahren des Krieges. Nur Kuchen konnte man nicht bestellen, vermutlich fehlte es in der Küche an den Zutaten dafür. Auf dem Platz am Tisch neben Evi saß Regine und zerbrach sich den Kopf, ob man dem Betreiber des Cafés die Bekanntschaft mit irgendeinem Bäckermeister vermitteln sollte, den sie aus ihrem Zustellbezirk kannte. Angeblich war der Mann in der Hussitenstraße bereits in der Lage, wieder schmackhaftes Gebäck zu liefern.

»Wunderbar, dann gib dem Wirt doch die Adresse von dem Laden in der Hussitenstraße. Vielleicht freut er sich.«

»Ich weiß nicht recht. Ich will ihm keine falschen Hoffnungen machen. Dem Bäckermeister, meine ich.«

»Ach, der ist das? Der Mensch, der dir neuerdings den Hof macht, um den geht es?«

»Ja, um den geht es.«

»Aha, ich verstehe. Du hältst dich wegen deines Gewerkschafters zurück. Dem Mann darf natürlich niemand in die Quere kommen. Wie heißt er noch gleich? Karl Irgendwie ...«

»Er ist nicht mein Gewerkschafter, aber er heißt Kurt. Kurt Bödeker.«

»Schöner deutscher Name. Nicht zu lang und nicht zu kurz.«

»Wie bitte? Was soll das jetzt heißen?«

»Nichts. Sollte witzig sein. Entschuldige.«

Regine errötete leicht, Evi beobachtete es und war amüsiert. Zum ersten Mal überhaupt erzählte die Freundin begeistert von einer Begegnung mit einem Mann. Es war auch höchste Zeit, dass sie sich ernsthaft verliebte. Bisher waren die Männer in ihrem Leben entweder Kameraden, Kollegen oder Verwandte gewesen – nichts dabei, was ihr Herz in Gefahr hätte bringen können. Regines Vater würde es allerdings zur Weißglut treiben, wenn er erfuhr, dass seine einzige Tochter einen »Roten« erwählt hatte. Und wenn schon, Politik durfte in der Liebe keine Rolle spielen, fand Evi. Es stimmte, dass die Männer in den Gewerkschaften politisch den Sozialisten oder Kommunisten nahestanden, na und? Evi gefiel der Schwung und der Tatendrang, den Herr Bödeker bei ihrer Freundin entfachte. Die Liebe musste siegen, das war ein ehernes Gesetz. Solange der Mann, um den es hier ging, Regines Herz nicht brach, konnte Evi die neue Verbindung nur befürworten.

Regine legte den Kaffeelöffel beiseite, mit dem sie bis eben gespielt hatte.

»Um auf die Lage im Dienst zurückzukommen – ich denke, wir sollten den Vorschlägen der Gewerkschaft folgen und ein Streikkomitee bilden. Dann hat unsere Bewegung endlich eine ordentliche Vertretung. Was meinst du dazu?«

»Wenn Herr Bödeker das empfiehlt, dann macht das. Er hat sicher Erfahrung.«

Regine runzelte die Stirn, sie warf Evi über den Tisch hinweg einen misstrauischen Blick zu.

»Die Sache ist nicht ohne Risiko. Ein Streikkomitee ist der erste Schritt in einen Arbeitskampf. Es wäre ein Signal, verstehst du?«

»Ja, das habe ich verstanden. Ihr müsst ohnehin über diese Maßnahme erst mal abstimmen, oder? Wenn die Mehrheit der Briefträgerinnen dann dafür ist …«

Evi ließ den Satz ausklingen, ohne ihn zu Ende gebracht zu haben. Die Vorbereitung des Streiks würde Zeit brauchen. Über das ganze Hin und Her, das ihnen deswegen noch bevorstand, würden sie bestimmt noch etliche Male sprechen, nur stand ihr jetzt nicht der Sinn danach. Sie war in das Café gekommen, um Erkundigungen einzuziehen. Vor Kriegsbeginn hatten ihr Vater und ihr Bruder in diesem Lokal regelmäßig Tanzmusik gemacht. Inzwischen gab es nur noch gelegentlich Musikdarbietungen, aber das Café Königin Luise war ein Ort, an dem man sich an Gerald Dennewitz erinnern würde. Evi reckte den Hals und sah sich nach bekannten Gesichtern unter den Gästen um.

Mit einem Seufzer ließ Regine sich unterdessen gegen die Rückenlehne ihres Stuhls sinken.

»Meine Geschichten aus dem Postfuhramt interessieren dich heute nicht besonders, habe ich recht?«

»Was du über deinen Kurt erzählst, finde ich sehr spannend.«

»Er ist nicht mein Kurt. Das sagte ich bereits.«

»Ich weiß, dass er noch nicht der deine ist, aber für mich sieht es so aus, als würde er dich bei der Vorbereitung des Streiks mit Nachdruck unterstützen.«

»Das hat nicht viel zu bedeuten. Es gehört zu seinen Aufgaben bei der Gewerkschaft.«

»Soso.«

Evi legte Regine einen Arm um die Schulter und zog sie sanft zu sich heran.

»Ich wünsche dir das Allerbeste, glaube mir, nur brauchst du Geduld, wenn du einen Mann richtig kennenlernen willst. Es empfiehlt sich, so etwas langsam angehen zu lassen, damit man keine bösen Überraschungen erlebt.«

»Hab ich doch. Ich hab Geduld.«

»Dann macht es dir hoffentlich nichts aus, wenn wir kurz das Thema wechseln.«

»Natürlich nicht. Worum geht es?«

»Du kennst doch die Künstlergarderoben hinter der Bühne. Wir haben dort früher oft auf meinen Vater gewartet, wenn er hier gespielt hat. Erinnerst du dich?«

»Aber ja. Was ist damit?«

»Ich wäre dir dankbar, wenn du dich dort hinter der Bühne mal umschauen könntest. Ich möchte herausfinden, ob mein Vater oder Gerald in letzter Zeit hier im Café musiziert haben.«

»Gerald soll hier gewesen sein? Hör mal, das ist ... ein bisschen ...«

»Verrückt?«

»Ich wünsche mir sehr, dass dein Bruder zu euch zurückkommt, Evi. Aber wenn das geschieht, wird er als Erstes zu euch in die Ruppiner Straße kommen, da bin ich mir sicher.«

»Ich habe versucht, dir zu erklären, was ich darüber denke.«

»Glaubst du im Ernst, dein Bruder könnte klammheimlich und ohne Verbindung mit dir aufzunehmen in Berlin leben?«

»Ausgeschlossen ist es nicht.«

»Ich finde es nicht naheliegend. Warum gehst du nicht selbst hinter die Bühne und erkundigst dich nach ihm? Du kennst die Musiker in diesem Laden besser als ich.«

»Dafür habe ich keine Zeit. Siehst du den jungen Mann hinter uns, der sich gerade mit der Kellnerin unterhält?«

»Ja. Was ist mit dem?«

»Ich bin mir sicher, dass ich ihn vor dem Krieg mit Gerald gesehen habe.«

»Und jetzt willst du zu ihm gehen und ihn einem Verhör unterziehen? Im Ernst? Du bist unverbesserlich.«

Regine schüttelte kaum wahrnehmbar den Kopf – dass sie wenig von Evis Vorgehen hielt, war nichts Neues. So manches Wortgefecht hatten sie zu diesem Thema schon hinter sich, nur näherten sich ihre Standpunkte dabei nicht an.

Evi neigte den Kopf und lächelte.

»Komm schon, sei so gut. Tu es mir zuliebe.«

»Also schön, wenn du meinst, aber unter Protest. Ich hoffe bloß, die Herren Musiker schmeißen mich nicht raus.«

Gleich darauf war Regine unterwegs, sie steuerte die kleine Tür hinter der Bühne an. Auch Evi machte sich bereit. Sie glättete ihren Rock, der immerhin ihre Knöchel sehen ließ. Besonders modebewusste Frauen trugen sogar nur noch knielang und zeigten ohne jede Scham ihre Waden. Warum auch nicht? Die meisten Männer fanden die Beine der Damen ansprechend, das musste man ausnutzen.

Evi verließ ihren Platz am Tisch und machte sich auf den Weg zu Geralds ehemaligem Bekannten, der neben der Bühne mit einer Kellnerin plauderte. Die Gelegenheit für eine Unterhaltung mit ihm war günstig, die kleine Tanzkapelle pausierte. Die Musiker hatten sich zurückgezogen, ein Umstand, der Regine bestimmt Freude bereiten würde. Der junge Mann, auf den Evi zuhielt, wirkte gepflegt, die Haare trug er nach hinten gekämmt, sein Anzug saß korrekt und wies keine Spuren von Vernachlässigung auf. Er war eindeutig besser gekleidet als viele andere Männer, die den Alltag in einer von den Kriegsfolgen geschüttelten Stadt bewältigen mussten.

»Verzeihen Sie, dass ich störe, aber darf ich Sie etwas fragen?«

Evi klimperte mit den Wimpern, doch der Angesprochene wandte sich ihr erkennbar widerwillig zu. Theo, natürlich, das war sein Name. Gerald hatte ihn irgendwann erwähnt – ob Theo sich seinerseits an sie erinnerte?

Ein müde wirkendes Lächeln glitt über seine Lippen.

»Was kann ich für Sie tun, junge Dame?«

»Ich glaube, wir kennen einander, wenn auch nur flüchtig.«

»So? Das ist unwahrscheinlich.«

Theo runzelte die Stirn, plötzlich wirkte er nicht nur desinteressiert, sondern geradezu kühl. Obwohl es diskreter gewesen wäre, sich abzuwenden, blieb die Kellnerin an seiner Seite. Sie betrachtete Evi erstaunt und mit großen Augen. Störte sie etwa? Hatten diese beiden etwas miteinander zu besprechen, was in irgendeiner Hinsicht verfänglich war? Gut möglich, doch jetzt, da sie es gewagt hatte, Theo anzusprechen, wollte Evi nicht gleich wieder aufgeben. Sie blieb, wo sie war und musterte Theo mit einem prüfenden Blick.

»Wir wurden einander von meinem Bruder vorgestellt. Gerald Dennewitz. Ich bin Evi, seine Schwester.«

»So? Nun, mein Name ist Theo, aber ich glaube, Sie verwechseln mich.«

»Das glaube ich nicht. Gerald spielt Geige und Cello, er hat hier im Café vor dem Krieg musiziert.«

»Und wenn dem so wäre? Was habe ich Ihrer Meinung nach damit zu tun?«

»Das möchte ich ja gerade herausfinden. Warum sind Sie so schroff?«

»Ich begreife nicht, was Sie von mir wollen. Vor dem Krieg – das ist lange her. Damals habe ich eine Menge Leute gekannt, die es heute gar nicht mehr gibt.«

»Ich bin auf der Suche nach Gerald Dennewitz. Sie haben ihn nicht zufällig in letzter Zeit gesehen?«

»Nein, habe ich nicht, tut mir leid. Unser Gespräch ist Zeitverschwendung. Bitte entschuldigen Sie mich.«

Theo drehte sich auf dem Absatz um und marschierte zu einem der Tische in der Nähe. Bei jeder seiner Bewegungen spürte man den Gefreiten der Reichswehr: Theo hielt sich kerzengerade, er stand aufrecht wie beim Fahnenappell, bis er vor zwei älteren Damen am Tisch nebenan einen tiefen Bückling absolvierte. Elegant zog er einen Stuhl zu sich heran und nahm Platz.

Evi fiel es nicht leicht, bei dem Anblick dieser Szene die Fassung zu wahren. In dem Bemühen, tapfer zu sein, versuchte sie, keine Regung zu zeigen, aber die Abfuhr, die Theo ihr erteilt hatte, war eine echte Niederlage. Warum behandelte der junge Mann sie derart unfreundlich? Sie hatte lediglich um eine Auskunft gebeten. Konnte er sich nicht denken, dass ihr die Antwort am Herzen lag?

»Nehmen Sie es ihm nicht übel, Fräulein. Theo ist sonst nicht so ein Schnösel. Sein Gewerbe ist schwerer, als man denkt. Das macht was mit diesen jungen Männern, verstehen Sie?«

Die Kellnerin neben Evi lächelte entschuldigend.

»Sein Gewerbe?«

»Na ja, Sie wissen schon. Machen doch jetzt viele Kriegsheimkehrer.«

»Als Gigolo arbeiten, meinen Sie.«

»Gigolo, Eintänzer und mehr, was weiß ich. Alles, was einsame Frauenherzen brauchen. Wie sollen die jungen Männer auch über die Runden kommen? Haben vor dem Krieg nichts gelernt, kennen nur das Soldatenleben.«

»Ja, natürlich, das weiß ich.«

Sie begann die Taschen ihres Rocks abzutasten – wo war

ihr Taschentuch? Jeden Moment würden die ersten Tränen kullern, sie spürte es, aber sie hatte kein Taschentuch dabei. Evi schluckte.

»Hätte er mir nicht trotzdem eine ehrliche Antwort geben können? Das kostet doch nichts.«

»Sie sagen es. Es kostet nichts.«

»Sie meinen, ich hätte ihm Geld anbieten müssen? Es geht nur um eine kurze Auskunft. Ich bin seit Längerem auf der Suche nach meinem Bruder.«

»Habe ich mitbekommen. Kann mir vorstellen, wie Ihnen dabei zumute ist.«

»Ich hatte viel Hoffnung in diesen Besuch gesetzt …«

Die Bedienung zuckte kaum wahrnehmbar mit den Schultern.

»Ich glaube, ich kann mich an Ihren Bruder erinnern. So ein großer, schöner Mann mit gepflegten Händen. Immer piekfein gekleidet.«

»Das klingt sehr nach Gerald.«

»Versuchen Sie es doch mal in Clärchens Ballhaus. Da spielen mittlerweile viele unserer ehemaligen Musiker. Bei uns ist nicht mehr viel los, aber der Laden in der Auguststraße brummt.«

Die Kellnerin zwinkerte Evi zu, dann entfernte sie sich. Evi rief der jungen Frau ein »Dankeschön« hinterher, während die bereits den Tresen ansteuerte. Clärchens Ballhaus, warum nicht? Das war immerhin noch einmal eine Möglichkeit, ein Weg, den sie gehen konnte. Im nächsten Moment stand Regine neben Evi, sie wirkte genervt.

»Das hätte ich mir schenken können, weißt du? Die hinter

der Bühne wollten partout nicht mit mir reden. Angeblich hat niemand den Namen deines Bruders auch nur gehört.«

Evi nickte schweigend, aus den Augenwinkeln beobachtete sie noch immer Theo, der offensichtlich intensiv um die Gunst der beiden älteren Frauen an seinem Tisch warb. Die Damen schienen von seiner Aufmerksamkeit durchaus angetan zu sein. Vielleicht waren sie Witwen, Erbinnen wohlhabender Männer. Vielleicht besaßen sie Einkünfte, von denen Evi nur träumen konnte. Vermutlich brachte es nichts, hier weiter Zeit zu vergeuden.

»Lass uns gehen. Für heute habe ich genug von diesem Laden, ich brauche eine Pause.«

»So plötzlich?«

»Ich werde es anderswo versuchen. Komm, ich erkläre es dir draußen.«

Evi machte sich auf den Weg zur Garderobe, Regine folgte ihr, auch wenn sie über den plötzlichen Aufbruch eher erstaunt zu sein schien. Auf dem Heimweg würde Evi ihr von den neuesten Entwicklungen erzählen. Die Suche nach Gerald würde weitergehen. Solange es noch irgendeine Hoffnung gab, ihren Bruder zu finden, musste sie jedem Hinweis nachgehen, denn Gerald lebte, das spürte sie. Wäre er tot gewesen, so hätte sie auch das gefühlt. Diese Unrast, die sie antrieb, hatte einen Grund. Ihre Ahnungen waren weder Einbildung noch hatten sie etwas mit Magie zu tun.

Als Kinder waren sie und Gerald einander sehr nahe gewesen. Die ehelichen Streitereien ihrer Eltern hatten sie zusammengeschweißt. Seitdem gab es eine unsichtbare Verbindung zwischen ihnen, die auch der Krieg nicht zerstört hatte.

Evi vermisste Gerald auf schmerzhafte Weise, und sie wusste, er tat das umgekehrt auch. Nahezu in jeder Nacht träumte sie davon, ihm auf verschlungenen Pfaden durch das Dickicht der Großstadt zu folgen. Sie wusste, das war ein Zeichen, und genau deshalb würde sie weitersuchen – so lange, bis sie ihren Bruder wiederhatte. Mochten andere jammern und verzagen, sie tat es nicht. Ihr Weg war nicht zu Ende, im Gegenteil, sie hatte auf diesem Pfad gerade erst die ersten Schritte getan.

Was konnte da drinnen so lange dauern?

Schon seit fast einer Stunde wartete Bernardine auf dem zugigen Gang ihres Gemeindehauses am Gendarmenmarkt darauf, mit ihrem Pastor sprechen zu können. Ihr gequälter Blick ging mittlerweile alle paar Minuten zu der Tür, hinter der Monsieur Boumann sich mit einem anderen Gemeindemitglied unterhielt. Was konnten sie sich so Wichtiges zu sagen haben? War die Sprechstunde ihres Pastors heute etwa nur für ein einziges Gemeindemitglied gedacht?

Bernardine atmete tief durch und rief sich zur Ordnung, sie versuchte, geduldig zu sein. Es war ein Privileg, dieser Gemeinschaft gläubiger Christen anzugehören. Das hier war nicht irgendeine religiöse Gemeinschaft unter Tausenden. Wer hier dazugehören wollte, musste französische Ahnen haben. Ihre Vorfahren waren ihres Glaubens wegen nach Preußen gekommen, es war ein besonderes Schicksal, das die Mitglieder der Friedrichstädter Kirche verband. Der lange

Weg vom Brunnenviertel hierher ins Herz der Stadt schreckte Bernardine nicht. Sie war eine verheiratete Dennewitz, aber als geborene La Tour stand sie in der Nachfolge tapferer und weit gereister Menschen. Es bedeutete ihr viel, eine Hugenottin zu sein.

Nur wurde die Zeit ihr allmählich lang.

Zögernd stand sie auf, griff nach dem Stoffbeutel an ihrem Handgelenk, der ihr die Handtasche ersetzte. Vom Fenster aus warf sie einen Blick ins Freie: Der Gendarmenmarkt war menschenleer. Kein Wunder, ein böiger Wind fegte über die Stadt, es regnete immer wieder. Die Aussicht auf die Einöde vor der Tür brachte sie nicht auf angenehmere Gedanken. Trostlos war die Umgebung, das wenige Grün draußen wirkte noch struppig und schwach vom Winter. Sie wollte endlich vorgelassen werden, um ihr Anliegen mit dem Pastor zu besprechen. Bernardine hoffte, dass ihr Prediger Zugang zu irgendeinem hoch dekorierten Militär haben würde, der ihr bei der Suche nach Gerald helfen konnte. Mit der Episode im Kriegsministerium hatte sie sich jedenfalls nur in die Nesseln gesetzt. Evi sah ihre Bemühungen, Gerald wiederzufinden, als gescheitert an. Bernardine musste einräumen, dass auch bei ihr der Triumph über den scheinbaren Erfolg im Ministerium inzwischen verebbt war. Nicht auszuschließen, dass die Dame, die sie dort kennengelernt hatte, sie an der Nase herumgeführt hatte. Vielleicht hatte die Frau nur so getan, als wolle sie helfen? Vielleicht war es ihr nur darum gegangen, Bernardine loszuwerden?

Endlich, die Türe hinter ihr öffnete sich. Eine ältere Frau mit einem Korb auf dem Arm verließ das Büro des Pastors.

Bernardine grüßte, insgeheim erleichtert darüber, dass der Weg zu Monsieur Boumann nun frei war. Sie wollte das Dienstzimmer des Pastors gerade betreten, als ihr Blick auf einen Mantel fiel, der am Garderobenständer neben der Tür hing. Offenbar hatte die Besucherin vergessen, das Kleidungsstück mitzunehmen. Was für ein Unglück, es schien so ein kostbares Stück zu sein. Der Mantel war aus nachtblauem Stoff gefertigt, besaß große Taschen und einen breiten Kragen, den man bei Kälte aufstellen konnte. Ein Exemplar wie dieses gab man ungerne verloren. Hier drohte ein herber Verlust, zumal die Dame sich ohne Mantel rasch erkälten würde.

Mit dem Kleidungsstück auf dem Arm eilte Bernardine davon, gleich darauf betrat sie den Bürgersteig vor dem Gemeindehaus. Die Frau mit dem Korb hatte die andere Seite des Gendarmenmarktes bereits erreicht.

»Madame, so warten Sie doch. Sie haben etwas vergessen!«

Die Angerufene drehte sich tatsächlich um, Bernardine schloss zu ihr auf.

»Sie haben Ihren Mantel im Kirchenbüro hängen lassen, Madame. So warm ist es nicht, dass wir bereits auf unsere Mäntel verzichten könnten.«

Der Blick der Unbekannten ging zwischen Bernardine und dem Kleidungsstück hin und her.

»Das ist sehr aufmerksam von Ihnen, aber der Mantel gehört mir nicht.«

»Er gehört Ihnen nicht?«

»Nein, wirklich nicht.«

Die Frau wies auf das wollene Umschlagtuch, das sie trug. Bernardine wich ein Stück zurück.

»Ich verstehe. Entschuldigen Sie, dass ich Sie aufgehalten habe.«

»Aber ich bitte Sie, keine Ursache. Ich wünsche Ihnen einen angenehmen Tag.«

Gleich darauf war die Fremde hinter der nächsten Straßenecke verschwunden. Bernardine kehrte um, sie hatte beschlossen, ihren Fund im Gemeindehaus zu melden. Ein paar Sekunden später stand sie dort vor der Tür, sie packte den Türgriff am Eingang, doch er gab nicht nach. Irgendjemand musste das Gebäude abgeschlossen haben. Mittagspause. Es war fast zwölf Uhr, sie war zu spät dran. Die Pforten des Gemeindebüros würden sich erst gegen fünfzehn Uhr wieder öffnen. Noch einmal betrachtete sie das sorgfältig gefertigte Kleidungsstück in ihren Armen. Der Mantel war ein Traum – wann hatte sie zuletzt etwas so Teures in ihren Händen gehalten? Ihre eigene Garderobe stammte samt und sonders aus Vorkriegstagen. Was in ihrem Schrank hing, war abgetragen und verschlissen. Kein Vergleich zu diesem Prachtexemplar.

Wohin damit? Sie konnte den Mantel schlecht hier draußen zurücklassen.

Bernardine wandte sich ab, sie verließ den Gendarmenmarkt. Erst als sie sich unbeobachtet fühlte, blieb sie stehen. Dieser wunderschöne Mantel, der ihr zufällig in die Hände gefallen war, faszinierte sie. Und wenn sie sich das gute Stück borgte? Sollte es ihr nicht wenigstens einmal vergönnt sein, etwas derart Luxuriöses am eigenen Leibe zu tragen? Nachdem sie die Umgebung mit Blicken abgesucht hatte, streifte sie den eigenen Mantel ab und schlüpfte in das Fundstück, das der Zufall ihr geschenkt hatte. Sie schmiegte sich an den

Stoff, der Mantel saß wie angegossen. Er war weder zu lang noch zu kurz und schien auch an den Schultern gut zu sitzen.

Was, wenn sie in ihrer neuen Montur einen kleinen Bummel durch die Stadt wagte? Ohne etwas zu kaufen natürlich, dafür fehlte ihr das Geld. Einfach ein wenig spazieren gehen wollte sie, sich den neidischen Blicken anderer Passantinnen aussetzen. Wann war einer Frau aus der Unterschicht ein derartiger Spaß schon vergönnt?

Ihre Stimmung würde das aufhellen.

Bernardine straffte die Schultern, ihren eigenen, abgetragenen Wintermantel warf sie sich lässig über den Arm. Heute wollte sie eine große Dame sein. Jemand von Welt, eine Frau mit Geschmack, die es sich leisten konnte, einfach nur bummeln zu gehen, hinüber zu den Hackeschen Höfen vielleicht.

Der Himmel hatte aufgeklart, die Sonne kam hervor. Das war ein gutes Zeichen. Wer konnte etwas dagegen haben, wenn sie nach all dem Elend der letzten Jahre wenigstens für einen halben Tag glücklich war?

Die Morgendämmerung lag über dem Gelände der Reichspost in der Oranienburger Straße, doch Lotte Wellmann war bereits unterwegs. Mit flatternden Röcken eilte sie über das Kopfsteinpflaster, im Gänsemarsch folgten ihr die Kolleginnen. Im Vorübergehen gab sie auch Regine einen Wink.

»Los, komm mit. Ich halte eine Rede, da solltest du dabei sein.«

Regine reihte sich ein, sie folgte den anderen Zustellerinnen über den Betriebshof, auch wenn sie keine Ahnung hatte, was genau Lotte verkünden wollte. Hoffentlich fiel ihre kleine Prozession inmitten des morgendlichen Treibens auf dem Hof niemandem auf. Kurz vor Beginn der Frühschicht war einiges in Bewegung, Lastwagen erreichten das Postfuhramt, Elektrokarren standen an der Laderampe, Postsäcke wurden auf Sackkarren umgeladen und ins Dienstgebäude geschafft. Die Zustellerinnen verschwanden in den Pferdeställen, die dem Hauptgebäude gegenüberlagen. Als eine der Letzten betrat Regine die Stallungen. Düster und staubig war es hier, nur durch die Oberlichter sickerte ein graues, winterlich anmutendes Licht. Noch immer hing der Geruch nach Stroh und Pferdemist in der Luft, obwohl die Tiere, die man früher als Zugtiere gehalten hatte, nicht mehr hier waren. Sämtliche Postpferde waren zu Beginn des Krieges beschlagnahmt und an die Front gebracht worden. Keines hatte den Krieg überlebt, jedenfalls war kein einziges Tier in die Oranienburger Straße zurückgekehrt.

Lotte Wellmann hatte sich am andern Ende des Stallgebäudes neben einer alten Postkutsche aufgebaut. Sie gestikulierte.

»Kommt näher ran, Kolleginnen. Ich habe keine Lust, mir die Seele aus dem Leib zu schreien.«

Die Frauen gehorchten, sie bildeten einen Kreis um Lotte.

»Es gibt Neuigkeiten. Regine und ich, wir haben euch was zu sagen.«

Widerstrebend nahm Regine neben Lotte Aufstellung. Sie stand wie auf glühenden Kohlen, unruhig und zutiefst besorgt wartete sie, was als Nächstes geschehen würde. Bei dieser Aktion handelte es sich eindeutig um einen von Lottes Alleingängen. Warum hatte sie die Versammlung nicht angekündigt? Sie selbst war auf diesen Auftritt nicht vorbereitet, konnte sich aber guten Gewissens auch nicht davor drücken. Nach ihren letzten Auseinandersetzungen hatte Regine erwartet, dass Lotte sich zurückziehen würde, doch die gab ihr einen kleinen Stoß in die Seite. Scheinbar war es ihre Aufgabe, das Treffen zu eröffnen.

»Kolleginnen! Wir haben uns zusammengefunden, um die neue Lage zu besprechen. Die Männer, die im Feld überlebt haben, sind heimgekehrt. Jetzt sollen sie ihre Arbeitsplätze bei der Reichspost wieder einnehmen.«

»Ja, und das finden wir beschissen!«

Lotte machte einen kleinen Satz nach vorne, sie zappelte, es sah aus, als könne sie nicht länger stillstehen. Regine warf ihr einen kurzen, tadelnden Seitenblick zu, insgeheim war sie genervt. Warum musste Lotte das Wort schon wieder an sich reißen? Die Kollegin bemerkte Regines Unmut nicht, sie war in Fahrt. Ihre Augen funkelten, sie ruderte mit den Armen.

»Wie ihr wisst, haben wir zum ersten Mal seit Langem wieder nen männlichen Zusteller in unseren Reihen. Nüscht jejen die Männer, für das ein oder andere sind sie durchaus zu gebrauchen.«

»Hört, hört!«

Leises Gelächter hallte durch den Raum.

»Aber bei einem einzigen Mann in der Schicht wird es nicht bleiben. Etliche von uns werden die Anstellung verlieren.«

Es blieb still, ein paar der Frauen senkten die Köpfe, keine der Zustellerinnen schien etwas sagen zu wollen. Stattdessen näherten sich von draußen deutlich hörbar Schritte. Alle Köpfe wandten sich dem Eingang zu, Regines Herz machte einen Satz: Hatte der Schichtleiter sie etwa schon in ihrem Versteck aufgespürt? Eine unbehagliche Spannung lag in der Luft, bis Leonore Schöllers Gestalt in dem diffusen Zwielicht auftauchte. Mit roten Wangen blieb die junge Kollegin zwischen den anderen Frauen stehen.

»'tschuldigung. Ich bin zu spät, ich hab verschlafen.«

»Macht nichts, is noch nicht viel passiert. Wir sprechen über unsere Zukunft, Leo.«

Lotte wirbelte herum, mit in die Seiten gestemmten Händen musterte sie eine der Anwesenden nach der anderen.

»Ihr habt mitgekriegt, dass die Verordnung der Regierung keine Ausnahmen von der Entlassungspflicht für die Aushilfen vorsieht. Auch diejenigen unter euch, die im Krieg Witwe geworden sind und Kinder zu versorgen haben, werden gehen müssen.«

»Ist das sicher?«

Martha Kellermann, eine große, hagere Frau, von der alle wussten, dass sie sechs Kinder ihr Eigen nannte, reckte sich. Regine nickte ihr zu.

»Ja, Martha, ist es. Es ist, wie Lotte sagt. Die Verordnung sieht keine Ausnahmen vor. Für niemanden.«

»Und dann verhungern demnächst wir, oder was? Von den Almosen der Fürsorge kann keiner leben!«

»Genau deshalb sind wir hier. Wir wollen gemeinsam überlegen, wie es weitergeht.«

»Wir ham uns jahrelang zum halben Lohn den Arsch für

die Post aufjerissen!« Lotte trat vor, sie schüttelte die Faust. »Is ne Sauerei, was die vorhaben! Kündigungen werden wir nicht hinnehmen!«

Stimmengewirr setzte ein, die allgemeine Empörung brach sich Bahn, es wurde laut. Die Frauen steckten die Köpfe zusammen, sie debattierten miteinander. Regine ließ sie eine Weile reden, dann legte sie die Hände trichterförmig um den Mund.

»Hört zu, Kolleginnen! Wenn ihr Hunger und Not vermeiden wollt, müsst ihr bereit sein zu kämpfen! Entweder die Reichspost findet uns ab, oder sie beschäftigt uns weiter. Abfindung oder ein neuer Vertrag, das ist das Ziel!«

Mit einem Schlag brandete eine Welle aus Lärm auf, jede der anwesenden Frauen hatte auf einmal eine Meinung, die sie kundtun wollte.

Mit einer ungeduldig wirkenden Geste schien Lotte den anderen Anwesenden das Wort abschneiden zu wollen.

»Ruhe, verdammt noch mal, gesprochen wird der Reihe nach! Wer reden will, hebt die Hand!«

Hetti war es, die sich als Erste aus der Menge der Umstehenden löste.

»Warum soll die Behördenleitung sich auf den Vorschlag einlassen? Die haben keinen Grund, uns Geld hinterherzuwerfen.«

»Bitte beruhigt euch. Ich kann eure Aufregung verstehen, aber man hört euch bis auf den Hof hinaus. Wir wollen nicht auffallen, oder?«

Regine breitete besänftigend die Arme aus, die Frauen verstummten. Eine gespannte Stille trat ein.

»Die Behördenleitung wird uns auch in Zukunft brauchen. Viele der Kriegsheimkehrer sind nicht mehr für den Zustelldienst geeignet. Eine gesunde Frau arbeitet schneller als ein kriegsbeschädigter Mann. Das ist eine Wahrheit, mit der sich auch die Reichspost auseinandersetzen muss.«

Hetti winkte ab.

»Das glaubst auch nur du, Regine. Für die da oben ist ein Mann auf Krücken zehnmal mehr wert als jede gesunde Frau. Gibt ja außerdem auch noch Männer, die nicht im Krieg gewesen sind.«

»Männer ohne Krücken? Wo hast du die denn her? An jeder Ecke triffst du inzwischen mindestens einen Kriegskrüppel!«

Martha Kellermann hatte gesprochen, erneut erhob sich unverständliches Gemurmel.

»Mädels, ihr habt det Flugblatt jelesen, wat ick verteilt hab. Wir verlangen Gerechtigkeit, und dafür werden wir eintreten!«

Noch einmal reckte Lotte die Faust. Wieder erhob sich Stimmengewirr. Die Frauen beratschlagten und redeten aufeinander ein, es war ein einziges Durcheinander. Regine beobachtete das Treiben mit wenig Begeisterung. Wie wollten sie diesen Hühnerhaufen jemals auf ein gemeinsames Vorgehen einschwören?

Lotte klatschte in die Hände.

»Ruhe, verdammt! Wer was zu sagen hat, meldet sich und tritt vor.«

Noch bevor die Debatte erneut beginnen konnte, ertönte im Hintergrund lautstark ein Fluch. Die Köpfe der Anwesenden wandten sich dem Eingang zu. Emma war aufgetaucht, die einzige weibliche Kraftfahrerin im Bezirk zerrte einen Mann hinter sich her, der mühsam sein Gleichgewicht hielt. Hermann Kaiser taumelte in den Pferdestall, Emma gab ihm einen kräftigen Stoß. Unbeholfen machte der neue Kollege noch ein paar unsichere, holperige Schritte. Als er zum Stehen kam, glitt seine schwarze Ledertasche von seiner Schulter und ging zu Boden.

Leicht schwankend kam er in die Senkrechte.

Emma war neben ihm stehen geblieben.

»Schönen guten Morgen allerseits. Ich habe euch einen Besucher mitgebracht. Der neue Kollege stand am Eingang des Pferdestalls und spitzte die Ohren. Für mich sah es aus, als würde er lauschen.«

Gemurmel erfüllte einmal mehr den Raum, Stimmen wurden laut, diesmal besaßen sie einen unverkennbar empörten Unterton. Grinsend versetzte Emma dem Kollegen Kaiser einen Stoß in die Seite.

»Na, Jungchen, erzähl mal, was haste hier zu suchen? Haste Sehnsucht gehabt nach den Kolleginnen? Ging dir nicht gut so allein da draußen, oder wie?«

Verärgert schüttelte Kaiser den Kopf, hochrot leuchtete sein Gesicht unter seiner nachtblauen Mütze.

»Gar nichts hab ick gemacht. Hab mir bloß jewundert, dass die Kolleginnen nicht drüben im Dienstgebäude waren. Ich wollte nachsehen, was los ist, mehr nicht.«

Er verstummte, mit zitternder Hand klammerte Kaiser sich an den Schultergurt seiner Tasche, die er inzwischen aufgehoben hatte.

»Der Kollege hatte Sehnsucht nach euch, Kolleginnen. Ich sag's ja.«

»Hatte ich nicht. Ich wollte nur …«

»Ein bisschen lauschen, schon verstanden.«

»Wieso lauschen? Ich verstehe nicht. Warum stellt ihr euch so an? Habt ihr was zu verbergen, oder wie?«

Emma lachte laut.

»Sieht doch ein Blinder mit dem Krückstock, dass du hier herumgeschnüffelt hast. Waren die Herren von der Direktion so freundlich, dich vorbeizuschicken?«

Emma gab Kaiser noch einen Stoß, mit geballter Faust versetzte sie ihm einen festen Hieb gegen die Schulter. Erneut kam der Mann ins Wanken, während Martha sich aus der Reihe der Umstehenden löste. In weitem Bogen spuckte sie vor Kaiser aus.

»Du bist ein Drecksack, du elender Verräter!«

Regine warf Lotte einen besorgten Blick zu, die Lage drohte zu entgleisen. Handgreiflichkeiten gegen die männlichen Kollegen in der Schicht durfte es nicht geben, das ging zu weit. Jede Tätlichkeit gegen Kaiser erhöhte die Gefahr, dass der Mann sich an ihre Vorgesetzten wendete. Dennoch musste man ihm seine Grenzen aufzeigen. Demnächst würde jemand Schmiere stehen, wenn die Kriegsaushilfen sich auf dem Betriebshof versammelten.

Emma schien unterdessen noch immer nicht fertig zu sein mit dem neuen Kollegen. Erneut nahm sie ihn beim Arm und zog ihn zu sich heran. Kaiser wehrte sich nicht, es war ihm wohl klar, dass Emma ihm an Kraft überlegen war. Wie ein nasser Sack hing seine traurig wirkende magere Gestalt an ihrem Arm.

»Wisst ihr was? Der Kollege kann die Uhr lesen, das ist des Rätsels Lösung. Er ist gekommen, um uns abzuholen. Wir sollten zusehen, dass wir an die Arbeit kommen!«

Ein paar Sekunden blieb es still, es wurde nur geflüstert. Emma grinste Hermann Kaiser noch einmal an, bevor sie ihn losließ. Schwankend suchte der Mann nach Halt, dann hastete er davon, begleitet von dem klappernden Geräusch, das sein Holzbein auf dem Fußboden verursachte. Die ersten Zustellerinnen wandten sich bereits ab.

»Adieu, Hinkebein.« Lotte kniff die Augen zusammen, sie spähte zum offenen Tor des Pferdestalls hinüber, doch draußen schien alles ruhig zu bleiben. Ihr Blick kreuzte sich mit dem von Regine. »Das war's dann fürs Erste. Weißte was? Die Emma muss bei uns mitmachen. Die traut sich was, det imponiert mir.«

»Dann frag sie doch, ob sie mitmachen will. Und beim nächsten Mal gibst du mir vielleicht rechtzeitig Bescheid, wenn du eine Versammlung abhalten willst.«

»Kein Grund zur Aufregung, das Treffen war nur als erster Aufschlag gedacht. Den Hermann Kaiser müssen wir im Auge behalten. Erst dachte ick, er is ein Trottel, aber viel eher is er ein Spion.«

Regine runzelte die Stirn.

»Ja, hab verstanden, ick rede mit Emma. Und nun an die Arbeit, Fräulein Lorenz. Wir wollen doch nicht auffallen, oder?«

Grinsend zog Lotte ab, Regine folgte ihr mit etwas Abstand über den Hof. Mit dem Ergebnis dieses morgendlichen Treffens im Pferdestall war sie nicht sonderlich zufrieden, zu wenig war dabei herausgekommen. Immerhin stand ihnen jetzt deutlicher vor Augen, welche Gefahr Herrmann Kaiser darstellte. Ein Verräter in den eigenen Reihen machte die Lage noch etwas schwieriger. Sie mussten an Tempo zulegen, denn wenn die Direktion jetzt gegen sie einschritt, würde sie ein leichtes Spiel haben. Noch waren sie ein kleiner, versprengter Haufen im großen Getriebe der Reichspost. Es fehlte ihnen an einer Organisation und an Verbündeten. Entweder sie schafften es, möglichst schnell die Kriegsaushilfen anderer Berliner Zustellbezirke einzubinden, oder sie griffen auf die Hilfe der Gewerkschaften zurück, um stärker zu werden. Eine Handvoll Frauen allein gegen die alten Männer einer großen, reichsunmittelbaren Behörde, der Kampf war zu ungleich, um siegreich daraus hervorzugehen.

Dabei besaß ihre Sache Gewicht.

Es ging um das Schicksal der berufstätigen Frauen, die dieses Land in den vergangenen vier Jahren mit ihrem Arbeitseinsatz gerettet hatten. Während die Männer an der Front gekämpft hatten, war der weibliche Teil der Bevölkerung nicht untätig geblieben. Sie hatten an der Heimatfront dafür gesorgt, dass der Alltag weiterlief. Ob bei der Bahn oder der Post, ob in Munitionsfabriken oder auf den Bauernhöfen auf dem Land, Frauen hatten das Überleben der Menschen ermöglicht. Und jetzt, wo man sie nicht mehr brauchte, jagte man die Kriegsheldinnen von gestern einfach davon. Das durfte nicht sein. Regine würde sich dagegenstemmen. Das Gefecht war nicht zu Ende, es hatte gerade erst begonnen.

Das dicke Ende für die da oben kam erst noch, da war sie sicher.

5. Kapitel

»Du meinst, deine Mutter hat einen Wintermantel gestohlen?«

Staunend verharrte Gretchen an der geöffneten Tür ihres Spinds im Umkleideraum des Dienstgebäudes. Den Kittel noch in der Hand, sah sie Evi mit großen Augen an, aber die zuckte mit den Schultern. Sie wusste ja selbst nicht, was genau vorgefallen war. Zu Hause hatte sie einen neuwertigen Damenmantel an der Garderobe entdeckt – er musste ihrer Mutter gehören. Das allein wäre kein Grund zur Aufregung gewesen, nur machte das Modell nicht den Eindruck, aus den Kleiderkammern eines Wohltätigkeitsvereins zu stammen. Nachtblaue Wolle mit Seide gefüttert, Knöpfe wie Markstücke so groß – niemand, den Evi kannte, besaß ein derart schönes Stück. Natürlich hatte sie ihre Mutter darauf angesprochen, doch Bernardine verweigerte die Auskunft. Kein Wort hatte Evi aus ihr herausbekommen.

»Ich weiß nur, dass wir uns einen solchen Mantel nicht leisten können.«

»Vielleicht hat deine Mutter heimlich Geld gespart? So wie ich bei meinem Hut, über Wochen und Monate hinweg ... Könnte doch sein?«

»Und wovon soll sie etwas beiseitelegen? Sie verdient kein

Geld, und alles, was ich verdiene, geht für die Miete, für Lebensmittel und Heizmaterial drauf.«

»Trotz allem muss es kein Diebstahl sein, der dahintersteckt.«

»Ich habe kein gutes Gefühl bei der Geschichte, Gretchen. Uns steht Ärger ins Haus, da bin ich mir sicher.«

»Und Ärger kannst du natürlich nicht gebrauchen.«

»Du sagst es. Manchmal komme ich mir zu Hause wie ein Kindermädchen vor. Immer auf der Hut, falls meine Mutter wieder etwas anstellt.«

»Ich verstehe, aber du darfst dich nicht unterkriegen lassen. Warte, ich glaube, ich habe eine Kleinigkeit für dich. Damit du auf andere Gedanken kommst.«

Gretchen begann in ihrem Spind zu kramen, gleich darauf präsentierte sie Evi auf der ausgestreckten Handfläche einen geöffneten Karton.

»Belgische Pralinen aus echter Vollmilchschokolade. Möchtest du eine?«

»Belgische Pralinen? Ich fass es nicht. Wo hast du die denn her?«

Neugierig betrachtete Evi die Packung, aus der ein verlockender Duft aufstieg. Umhüllt von rosa Seidenpapier lagen die mit Mandeln und Pistazien verzierten Köstlichkeiten vor ihr. Unbeschreiblich, dieser schwere, süße Duft von dunklem Kakao, der ihr in die Nase stieg.

»Nun nimm schon. Das ist kein Rattengift. Sie sind aus der Konditorei Sagert am Olivaer Platz, steht drauf.«

»Aber so eine Packung kostet unsereins mindestens eine halbe Monatsmiete.«

Behutsam schob sich Evi eine Praline in den Mund und schloss die Augen. Getroffen von der Wucht der Erkenntnis, die sie gleich darauf überfiel, schlug sie die Augen jedoch sofort wieder auf.

»Gib zu, du hast einen neuen Verehrer. Wer ist es? Ein Bankdirektor? Ein Automobilhändler oder ein Filmstar?«

»Unsinn. Niemand von dem Kaliber.«

Mit einem Achselzucken nahm Gretchen die Packung wieder an sich und ging daran, die Knöpfe ihres Kittels zu schließen. Hoch konzentriert ruhte ihr Blick auf der Knopfreihe ihres Kleidungsstücks. Das Lächeln war von ihrem Gesicht verschwunden. Den letzten Bissen ihrer Süßigkeit schluckte Evi in einem Stück hinunter, anstatt ihn zu genießen. Ein Verdacht keimte in ihr auf, die Lösung des Rätsels um die Pralinen schien ihr so naheliegend, dass sie kaum wagte, eine weitere Frage zu stellen.

»Die sind von Eckstein, oder? Die Süßigkeiten, meine ich.«

»Evi …«

»Sie sind von ihm, gib es zu.«

»Du hast recht, das war blöd von mir.«

»Schon in Ordnung, ich hab's ohnehin geahnt. Du bist der neue Stern am Himmel des Oberpostrates.«

»Was soll ich denn machen? Ich kann verstehen, wenn du wütend auf mich bist. Bitte glaube mir …«

»Um die Sache abzukürzen: Ich glaube dir. Und jetzt müssen wir rauf.«

»Lass mich meinen Satz bitte zu Ende bringen. Es liegt mir viel an dir, ich will dich als Freundin nicht verlieren.«

»Das fällt dir spät ein.«

»Bis vor Kurzem wusste ich nichts von deiner Beziehung zu Siegfried Eckstein. Ich wollte ihn dir nicht wegnehmen.«

»Spar dir deine Beteuerungen der Einfachheit halber. Wenn du es nicht bist, ist es eben eine andere. Das ist dir aber klar? Dass du nur eine von vielen bist, das weißt du, oder?«

Evi sprang von ihrem Platz auf, sie hätte gerne geschwiegen, doch es rumorte in ihr. Wut und Empörung züngelten heiß empor und machten es ihr unmöglich, den Mund zu halten.

»Kannst du mir mal erklären, wieso du dir gerade diesen Mann aussuchen musstest? Ausgerechnet du tust mir das an. Das tut mir weh, kannst du dir das nicht denken?«

Gretchen kam zu ihr, behutsam legte sie Evi eine Hand auf die Schulter.

»Ja, natürlich. Er sieht gut aus, und er hat Geld.«

»Darum geht es nicht. Siegfried hat mir etwas bedeutet. Er brachte Abwechslung in mein Leben. An seiner Seite war mein Dasein leichter. Ich habe ihm keinen Grund gegeben, mich zu verstoßen. Ich vermisse ihn, weißt du? Ich habe ihn geliebt.«

»Ich verstehe das alles. Und es tut mir sehr leid.«

Für einen Moment schloss Evi die Augen. Sich bei Gretchen auszuweinen mochte sie im ersten Moment erleichtern, doch unter dem Strich änderte sich dadurch nicht das Geringste an ihrer Situation. Mit ihren Geständnissen lieferte sie sich nur schutzlos der Kollegin aus, sie machte sich verwundbar und zeigte sich schwach – es war besser, Gretchen nicht zu sehr ins Vertrauen zu ziehen. So gut kannten sie einander noch nicht, das hier konnte jederzeit schiefgehen.

Bisher hatte so gut wie niemand von ihrer Affäre mit Siegfried gewusst, es war besser, wenn es dabei blieb.

Evi griff nach ihrem Kittel.

»Ich rate dir, wachsam zu bleiben. Eckstein ist nicht treu. Wenn seine Geschenke kleiner werden, wenn seine Aufmerksamkeiten nachlassen, wenn er dich weniger häufig zu sehen wünscht, dann zieh die Reißleine. Lass ihn gehen, wenn er dich nicht mehr haben will. Wenn du festhältst und klammerst, wird es nur schmerzhafter für dich.«

»Ich werde daran denken. Du bist mir nicht mehr böse, nicht wahr?«

»Und sieh zu, dass du nicht schwanger wirst von ihm. Falls du in andere Umstände kommst, brauchst du auf den Oberpostrat nicht zu zählen.«

Gretchen öffnete den Mund, doch es kam kein Ton heraus. An die Schwierigkeiten, die ihr in dieser Hinsicht bevorstanden, hatte sie vermutlich überhaupt noch keinen Gedanken verschwendet. Evi lächelte müde. Ihr letzter Ratschlag hatte Gretchen einen Dämpfer versetzt, es war ihr anzusehen.

Gretchen räusperte sich, sie wirkte einigermaßen betreten.

»Warst du denn … Ich meine, warst du jemals schwanger von ihm?«

»Nein. Er sagt, er passt auf, aber ob er in diesem Punkt zuverlässig ist, weiß ich nicht. Ich denke, darauf kann man sich nicht verlassen.«

Gretchen nickte langsam. Das Problem, das sich da abzeichnete, ließ sich nicht so einfach aus der Welt schaffen. Kaum ein Mann benutzte freiwillig Kondome. Die Lasten der Verhütung waren fast immer allein Sache der Frau. Gretchen wirkte angespannt, ihre Fröhlichkeit von eben schien verflogen zu sein.

»Na ja, Eckstein ist auch nicht mehr der Jüngste und außerdem neuerdings Witwer. Vielleicht würde er sich über Familienzuwachs sogar freuen?«

»Mach dir in der Hinsicht mal lieber keine falschen Hoffnungen. Was meinst du, mit wie vielen Frauen Eckstein in dieser Stadt schon geschlafen hat? Der bleibt nirgendwo lange. Ein Kind wäre da nur hinderlich.«

»Ein besonders gutes Zeugnis stellst du dem Herrn Oberpostrat ja nicht aus.«

»Hast du was anderes erwartet?«

»Eigentlich nicht. Schließlich hat er dich am Ende sitzen gelassen.«

»Da bin ich nicht die Erste und wahrscheinlich auch nicht die Letzte. Dem Mann geht es nicht um wahre Liebe. Nimm ihn aus wie eine Weihnachtsgans, und lass ihn laufen, das würde ich an deiner Stelle machen.«

»Danke, dass du mich gewarnt hast.«

»Natürlich, meine Liebe. Jederzeit gerne wieder.«

»Aber versetz dich bitte auch mal in meine Lage. Eckstein hat Geld, das ist nützlich. Du weißt ja, wie es bei uns zu Hause aussieht.«

»Ja, ich weiß.«

»Ich brauche jeden Pfennig, um meine Familie über Wasser zu halten. Mein Vater hat es mit der Lunge, und meine Mutter – ach, was soll das Elend, will ja doch keiner hören.« Gretchen nahm Evis Hände und drückte sie sanft. »Gut, dass wir ehrlich miteinander sind. Wir bleiben Freundinnen, nicht wahr? Ich mag dich von Herzen gern, Evi.«

»Ich mag dich auch. Es tut mir leid, dass ich mich eben gerade so aufgeführt habe.«

»Das ist verständlich, finde ich. Vergessen wir es einfach.«

Sie zogen los, Arm in Arm mit Gretchen verließ Evi den Umkleideraum. Ganz wohl fühlte sie sich nicht in ihrer Haut, aber wenigstens war es ihr gelungen, zum ersten Mal über ihren Liebeskummer zu sprechen, ohne dabei heiße Tränen zu vergießen. Es fehlte ihr noch ein Stück der gewohnten Selbstsicherheit, noch trat der Trennungsschmerz immer wieder unverhofft in ihr Leben. Aber sie war auf dem Weg der Besserung. Daran glaubte sie fest, diese Aussicht gab ihr Halt. Vielleicht lag in der Trennung auch eine Chance auf Befreiung?

Sie musste lernen, es so zu sehen, es blieb ihr nichts anderes übrig. Zuversicht, das war alles, was weiterhalf.

Regine fuhr sich über die Augen. Auf dem Heimweg ins Brunnenviertel fühlte sie sich heute deutlich erschöpfter als sonst. Vielleicht war der morgendliche Aufruhr im Postfuhramt schuld daran, oder sie hatte heute mehr Lauferei gehabt als sonst. Natürlich waren die Wege, die sie im Dienst der Reichspost zurücklegte, immer lang. Wenn sie die Uniform trug und ihre große schwarze Tasche auf dem Buckel hatte, durfte sie die Straßenbahnen ohne Fahrschein nutzen, aber oftmals tat sie das nicht, denn in der frischen Luft konnte sie besser nachdenken. Und dazu gab es heute wahrhaftig Anlass genug.

Die Sache mit Hermann Kaiser ging ihr nicht aus dem Sinn. Noch hatte sie keine Ahnung, wie es im Dienst weitergehen sollte. Wenn der Mann sich wirklich als Spitzel entpuppte, mussten sie um einiges vorsichtiger sein. Der Schlachtplan für den Streik nahm ohnehin nur schleppend Gestalt an, und nun hinderte sie die Anwesenheit von Hermann Kaiser zusätzlich daran, offen miteinander zu reden. Wenn sie jetzt aufflogen, würde die Oberpostdirektion jeder Kollegin, die in Verdacht geraten war, sich an einem Arbeitskampf zu beteiligen, sofort den Stuhl vor die Türe stellen. Regine mochte nicht daran denken, was Vater sagen würde, wenn sie eine Kündigung mit nach Hause brachte. Insgesamt hatte sie einmal mehr den beklemmenden Eindruck, nicht weiterzuwissen. Im Angesicht der neuen Schwierigkeiten fiel ihr nichts Besseres ein, als Kurt Bödeker noch einmal ins Vertrauen zu ziehen. Wenn sie im Dienst einen Fehler machte, konnte das böse Folgen haben.

Die Ruppiner Straße kam in Sichtweite, der Feierabend erwartete sie. Regine betrat die Wohnung der Eltern, Tasche und Uniformjacke legte sie an der Garderobe ab. Aus dem Wohnzimmer drangen Stimmen in den Flur, offenbar hatten die Eltern Besuch. Das war ungewöhnlich. Der Krieg und das Wüten der Spanischen Grippe hatten die Bekanntschaft und Verwandtschaft der Familie ausgedünnt. Es war selten geworden, dass jemand bei ihnen zu Gast war. Regine schlich zur Wohnzimmertür, sie wollte unbedingt herausfinden, wer sich dort drinnen bei den Eltern aufhielt. Im nächsten Augenblick öffnete sich die Wohnzimmertür, und Vater stand vor ihr.

»Da ist sie ja endlich. Komm rein, mein Kind, wir sprachen gerade über dich.«

Regine gehorchte, zögernd betrat sie den Raum. Sie war mehr als erstaunt, als ihre Blicke sich mit denen von Adam Smolka kreuzten. Was machte der Bäckermeister aus der Hussitenstraße denn hier? Prompt breitete sich ein ungutes Gefühl in ihrer Magengrube aus – sie konnte sich kaum einen vernünftigen Grund vorstellen, warum ausgerechnet dieser Mann bei ihren Eltern auftauchte.

Smolka hatte sich erhoben, er kam auf sie zu und streckte seine Hand aus. Mit Unbehagen registrierte sie, dass er sich anscheinend in seinen Sonntagsanzug geworfen hatte. Das Modell war nicht nach neuester Mode geschnitten, aber aus einem soliden, dunklen Stoff gefertigt. Der weiße Hemdkragen darüber leuchtete, er sah aus wie frisch gebügelt. Die Haare hatte Smolka sich auch schneiden lassen, frisch rasiert war er sowieso, nur wirkte er reichlich nervös. Ihrem fragenden Blick hielt er nicht lange stand.

»Fräulein Lorenz, wie schön, Sie zu sehen. Ihre Eltern waren so freundlich, mir Gastfreundschaft zu gewähren.«

Schweigend runzelte Regine die Stirn. Die Art, wie Smolka seine kleine Reden hielt, hatte sie früher oft amüsiert. Seine manchmal umständliche Wortwahl, die vielen Ausschmückungen, wenn er etwas erklärte, das war in hohem Maße typisch für ihn. Sie wusste, dass seine Familie aus Pommern stammte und polnische Wurzeln besaß. Offiziell gehörte seine Heimat noch zum Deutschen Reich, aber wer konnte schon sagen, ob das jetzt, nach dem verlorenen Krieg, so bleiben würde? Es lebten auch polnische Bürger in Pommern, die sich mit der deutschen Herrschaft nicht mehr abfinden wollten.

»Nun, verehrtes Fräulein ...«

Smolka brach den letzten Satz ab, er schien sich in seiner Haut nicht recht wohlzufühlen. Regine war entschlossen, ihm in dem bevorstehenden Gespräch keinen Millimeter entgegenzukommen. Sie mochte seine großzügige Art, er half, wenn er helfen konnte. Smolka war fleißig und geschickt, seine Ware galt als die beste im Viertel. Ihr gegenüber war er stets freundlich und zuvorkommend gewesen. Doch allmählich dämmerte ihr, dass er bei seinen Freundlichkeiten in letzter Zeit Hintergedanken gehabt hatte, die jetzt zum Problem werden konnten.

»Setzen wir uns doch.«

Vater deutete auf die kleine Gruppe aus Sitzmöbeln am Fenster. Regine nahm auf dem Sofa Platz, unterwegs fing sie einen forschenden Blick ihrer Mutter auf. Alle ahnten offenbar längst, worum es bei diesem Besuch gehen sollte, die Situation missfiel Regine zutiefst. Hätte sie diese Geschichte als weniger verstörend empfunden, wenn es keinen Kurt Bödeker in ihrem Leben gegeben hätte? Ihr Kopf war leer, sie wusste es nicht. Gedanken und Gefühle wirbelten durcheinander, immer neue Fragen stürzten auf sie ein, es fühlte sich an, als sei sie einem eiskalten Regenguss ausgesetzt. Auch Bäckermeister Smolka schien seinen Besuch nicht zu genießen, er wirkte unruhig. Kleine Schweißperlen glänzten auf seiner Stirn, er wusste erkennbar nicht wohin mit seinen Händen.

Vater räusperte sich und machte damit der Stille im Raum ein Ende.

»Herr Smolka war so freundlich, uns alle drei am Sonntag zum Kaffee einzuladen. Wir haben seine Einladung gerne angenommen.«

Erneut stockte das Gespräch, niemand schien dem letzten Satz noch etwas hinzufügen zu wollen. Äußerlich blieb Regine ruhig, doch insgeheim wuchs ihre Empörung. Hätten die Eltern sie nicht zunächst einmal unter vier Augen zu dieser Geschichte befragen können? Was musste Vater gleich vorpreschen und die unsinnige Werbung des Bäckermeisters noch befördern? Es gab keinen Grund, diese Angelegenheit zu überstürzen. Sie war beinahe einundzwanzig Jahre alt, da hatte sie doch wohl ein Wort bei Entscheidungen dieser Art mitzureden. In ihren Augen war es das Mindeste, dass die Eltern sie nach ihren Gefühlen befragten, bevor diese Angelegenheit ihren Lauf nahm. Sie verkniff sich mit aller Anstrengung die bitterböse Bemerkung, die ihr auf den Lippen lag. Es hätte nicht weitergeholfen.

Regine spürte Smolkas Blicke, sie galten ihr allein, er schien ihre Abwehr zu spüren. Für einen winzigen Moment hoffte sie, dass er seine Einladung zurückziehen würde, wenn er feststellte, dass sein Vorhaben bei ihr nicht auf Gegenliebe stieß, doch Smolka blieb stumm. Vermutlich hatte er beschlossen, um sie zu kämpfen. Das klang romantisch und heldenhaft, doch in ihrem Fall war das aussichtslos. Hielt er es etwa für klug, eine Frau in eine Ehe nötigen zu wollen?

Smolka stand auf.

»Nun denn. Ich freue mich, Sie am Sonntag bei mir begrüßen zu dürfen. Wir werden sicherlich einen angenehmen Nachmittag haben.«

»Sicher werden wir das. Warten Sie, ich bringe Sie hinaus.«

Regines Vater war aufgesprungen, er bahnte seinem Gast den Weg, als sei der Mann nicht in der Lage, den Ausgang ihrer lächerlich kleinen Wohnung allein zu finden. Draußen im Flur hörte Regine die Männer noch einen Moment reden, anscheinend hatten sie sich viel zu erzählen. Die zwei schienen sich gut zu verstehen, kein Wunder, sie waren im Alter auch nicht weit voneinander entfernt. Smolka mochte Mitte vierzig sein und war schon deshalb kein Bräutigam nach ihrem Geschmack. Sie hatte noch nie Interesse an deutlich älteren Männern gezeigt. Ihrem Vater war das wahrscheinlich egal, für ihn stellte der Bäckermeister einfach eine solide Partie dar. Das Haus in der Hussitenstraße, in dem Smolka wohnte und sein Gewerbe betrieb, war sein alleiniges Eigentum. Die Bäckerei florierte, auch wenn es während des Krieges Einbußen gegeben hatte. Wer als Frau auf Nummer sicher gehen wollte, lag bei Adam Smolka richtig, doch an Sicherheit lag ihr wenig. Sie wollte lieben und sich geliebt fühlen von einem Mann, der ihr anziehend schien.

Während Regine noch sinnierte, nahm Mutter neben ihr auf dem Sofa Platz.

»Lieber Himmel, was für eine Überraschung. Warum hast du uns denn nichts davon erzählt?«

Regine senkte den Blick, sie antwortete nicht. Auf einmal störte sie ihre Umgebung. Bei ihren Eltern war noch alles wie zu Kaisers Zeiten, dabei sprach doch jedermann inzwischen davon, dass etwas Neues in diesem Land beginnen sollte. Das galt auch für sie selbst. In ihr steckte mehr, und das wollte sie der Welt auch zeigen. Sie wollte keine Steckfrisur mehr, die mit Hilfe zahlloser Haarnadeln immer nur zu einem langweiligen Dutt werden konnte. Die Frisur war altmodisch, sie ließ ihr Gesicht schmal und mager wirken. Viele junge Frauen schnitten sich die Haare ab oder hatten vor, es zu tun. Und kürzere Röcke wollte sie tragen. Eine Frau mit Zopf und langen Kleidern hätte zu Adam Smolka gepasst, aber nicht zu Kurt Bödeker, der jung war und gut aussah.

»Was ist los mit dir? Sag doch was, Kind.«

»Was hätte ich euch denn erzählen sollen? Dass Smolka mir manchmal einen Kanten Brot geschenkt hat, hättest du das hören wollen? Was ist daran so aufregend? Ich hab mir nichts dabei gedacht.«

»Aber du musst doch gemerkt haben, dass du dem Mann gefällst. Wir waren so überrascht, als er plötzlich vor der Türe stand.«

»Ist doch egal, was er tut und wo er aufkreuzt. Es ändert nichts daran, dass ich mich nicht für ihn interessiere.«

»Natürlich brauchst du Zeit, um ihn besser kennenzulernen …«

»Nein, die brauche ich nicht. Ich denke, ich weiß, was für ein Mensch er ist. Es ist nichts gegen ihn zu sagen, außer, dass ich ihn nicht zum Mann haben will.«

»Nicht so eilig, Regine. Gib ihm doch wenigstens die Möglichkeit …«

»Wozu? Uns mit Kaffee und Kuchen zu bewirten? Er kommt als Ehemann nicht für mich in Frage, das sagte ich schon.«

»Sei nicht so hochmütig, mein Kind. Es ist nicht klug, wie du dich verhältst.«

»Ach ja?«

»Du weißt nicht, wie oft du noch Möglichkeiten wie diese haben wirst. Der Krieg hat uns viele heiratsfähige Männer genommen. Wenn du Smolkas Frau wirst, ist das nicht von Nachteil für dich.«

»Wenn es nur das Einkommen ist, das zählt, dann hast du vermutlich recht. Aber ich möchte keinen wesentlich älteren Mann heiraten, nur damit wir immer genügend Brot im Haus haben.«

»Sei bitte nicht so trotzköpfig und stur …«

»Ich finde, du solltest auf meiner Seite stehen, Mutter. Ich weiß, dass Smolka nicht der Richtige für mich ist. Hättest du einen Mann geheiratet, der deinen Eltern, aber dir selbst nicht gefällt?«

Mutter schien zu zögern, doch dann stand sie auf.

»Also gut, wie du meinst. Ich will mich nicht mit dir streiten. Ich lasse dich allein, du brauchst sicherlich ein bisschen Zeit, um nachzudenken.«

Regine blieb stumm, wozu darauf etwas erwidern. Es lohnte sich nicht, sich mit ihrer Mutter auseinanderzusetzen. Isolde Lorenz schloss sich nach einigem Hin und Her zumeist der Meinung ihres Ehemannes an. Er war der Herr im Haus, es musste nach seiner Nase gehen, das war Mutters Lebensmotto, so war sie erzogen. In der Vergangenheit hatte Regine sich ebenfalls gefügt, sie wusste nur zu gut, dass sie sich den Eltern gegenüber in der schwächeren Position befand. Diesmal hatte sie allerdings nicht vor, klein beizugeben. Dafür ging es um zu viel. Wenn sie sich diesmal nicht wehrte, würde sie nur noch tiefer in die ärgerliche Geschichte mit Smolka hineingezogen. Das war es nicht, was sie wollte.

Sie wollte Kurt Bödeker näher kennenlernen. Sie musste herausfinden, woran sie bei ihm war, und dafür brauchte sie Zeit. Diese Zeit würde sie sich nehmen, ganz egal, wie oft irgendein Bäckermeister aus der Hussitenstraße sie zum Kaffee einlud. Jeder, der sie in dieser Angelegenheit bedrängen oder zu einer Entscheidung zwingen wollte, würde auf Granit beißen.

Regine schloss die Augen, müde sank sie gegen die Rückenlehne des Sofas. Sie sprach sich Mut zu, sie wollte tapfer sein. Aber würde es ihr gelingen, Widerstand zu leisten, wenn Vater daranging, sie zu einer Verlobung mit ihrem neuen Verehrer zu drängen? Sie musste dem standhalten, auch wenn es Kraft kosten würde, schließlich kämpfte sie nicht nur an einer Front. Auch der Dienst nahm sie in Anspruch. Die nächsten Tage und Wochen würden anstrengend werden. Sie brauchte einen eisernen Willen, anders ging es nicht.

Sie ballte die Fäuste.

Sie würde Stärke zeigen. Auch ihre Eltern sollten zu spüren bekommen, dass sie jetzt erwachsen war. Erwachsen und selbst in der Lage, eine Entscheidung zu treffen. Ein für alle Mal.

6. Kapitel

Nie zuvor war Evi im Kirchenbüro der Hugenottengemeinde gewesen. Auf Mutters Drängen hatte man sie im zarten Alter von ein paar Monaten in der Unterkirche am französischen Dom getauft, das war aber auch alles. Es hatte für sie seitdem keinen Anlass mehr gegeben, an den Gendarmenmarkt zurückzukehren. Und nun war sie doch hier und kannte sich nicht aus.

Evi blieb stehen, ihr Blick glitt über den leeren Gang. Es war kein Vergnügen, in diesem Gebäude herumzulaufen. Mutters Ratschläge zur Vorbereitung dieses Besuchs waren wenig hilfreich gewesen. Die Eingangstür zum Gemeindehaus sei tagsüber meistens geöffnet, hatte sie behauptet, aber im Inneren dieses unfassbar verschachtelten Bauwerks hatte Evi sich schnell verlaufen. Der Gang vor ihr gabelte sich, der Flur zur rechten Seite wirkte genauso verlassen wie der auf der linken Seite. Einen Garderobenständer, an dem sie den verfluchten blauen Mantel hätte aufhängen können, gab es auch nicht.

»Kann ich Ihnen helfen, Mademoiselle?«

Ein jüngerer Mann stand auf einmal in dem Türrahmen gegenüber. Seine schmale Statur zeichnete sich im Gegenlicht ab – ein dunkler Schatten lag auf seiner Oberlippe, es sah aus, als hätte er vergessen, sich heute Morgen zu rasieren. Seine Augen leuchteten auffallend grün.

Langsam kam er näher.

»Adolphe Boumann mein Name, ich bin der Pastor hier. Gibt es etwas, was ich für Sie tun kann?«

»Guten Tag, Monsieur. Ich bringe ein Fundstück zurück.«

Evi wies auf den Mantel, der über ihrem Arm lag. Mutter hatte eingesehen, dass sie den Mantel zurückgeben musste, sich aber unter Tränen geweigert, das Kleidungsstück eigenhändig wieder abzugeben. Sobald es schwierig wurde in ihrem Leben, fing sie an zu weinen und zu klagen, darauf verstand sie sich bestens. Damit die Geschichte ein Ende fand, hatte Evi sich schließlich bereit erklärt, den Mantel zurückzubringen. Nun stand sie hier. Besonders gut fühlte sie sich nicht dabei.

»Ein Fundstück, sagen Sie? Wo haben Sie es denn gefunden?«

»Soweit ich weiß, hing der Mantel gestern an einem Garderobenständer auf diesem Flur. Meine Mutter sah ihn und glaubte, jemand habe ihn vergessen.«

»Vergessen, soso.«

Evi hörte den zweifelnden Unterton in der Stimme des Pastors, doch seine Skepsis war unangebracht. Hätte er von der Aufrichtigkeit seiner Gemeindemitglieder nicht überzeugt sein sollen? In jedem Fall hatte sie nicht die Absicht, sich aus der Fassung bringen zu lassen.

»Meine Mutter nahm das Kleidungsstück an sich und eilte einer Dame hinterher, die das Gemeindehaus gerade verlassen hatte.«

Der Pastor sah sie an, seine Augenbrauen hoben sich leicht. Sie lächelte tapfer, was sonst konnte sie tun? Mutter hatte ihr mehrfach versichert, dass der Vorfall sich genau so und nicht anders zugetragen hatte.

»Es stellte sich heraus, dass der Mantel nicht der besagten Dame gehörte. Meine Mutter machte auf dem Absatz kehrt, aber als sie zurückkam, war die Tür zum Gemeindehaus verschlossen. Sie kam nicht mehr ins Gebäude hinein, um den Mantel abzugeben.«

»Entschuldigen Sie, aber – darf ich Sie nach dem Namen Ihrer Mutter fragen?«

»Bernardine Dennewitz. Ich bin Eva-Maria, ihre Tochter. Meine Mutter ist ein treues Mitglied Ihrer Gemeinde.«

»Natürlich. Sie wohnen in der Ruppiner Straße, nicht wahr?«

Evi nickte. Das Brunnenviertel gehörte nicht eben zu den erstklassigsten Adressen der Stadt, aber was spielte das im Moment für eine Rolle? Es war in jedem Fall von Vorteil, dass der Pastor den Namen ihrer Mutter kannte. Wenn er Bernardines Charakter richtig einzuordnen verstand, würde er ihr keinen Diebstahl unterstellen. Evi trat einen Schritt vor, auf dem ausgestreckten Arm präsentierte sie Monsieur Boumann den Mantel.

»Würden Sie so freundlich sein und den Mantel an sich nehmen? Die Besitzerin wird sich sicherlich melden. Wer verzichtet schon freiwillig auf ein derartig schönes Stück?«

Monsieur Boumann musterte den Mantel auf ihrem Arm, rührte sich aber nicht vom Fleck. Evis Herz schlug schneller, während sie wartete. Warum erlöste er sie nicht aus dieser Situation und machte der Sache ein Ende? Es schien, als würde er sie absichtlich warten lassen. Mit der Nächstenliebe dieses Mannes war es scheinbar nicht allzu weit her. Eine leichte Spannung lag in der Luft – die Stirn des Predigers hatte sich in Falten gelegt, er schüttelte den Kopf.

»Die Besitzerin des Kleidungsstücks hat sich bereits bei mir gemeldet, Mademoiselle. Es handelt sich bei der Dame um ein hochgeachtetes Mitglied unserer Gemeinde. Sie werden verstehen, dass wir im Angesicht des Vorfalls zunächst von einem Diebstahl ausgegangen sind. Madame war sehr betroffen, das können Sie sicher nachempfinden.«

»Es war ein Irrtum. Bitte haben Sie die Freundlichkeit und geben der Eigentümerin den Mantel mit dem Ausdruck unseres größten Bedauerns zurück.«

»Madame war über den Verlust des Kleidungsstücks entsetzt. Ich hoffe, Sie verstehen, welche Unannehmlichkeiten die Sache verursacht hat.«

Evi lächelte, doch sie spürte, wie ihre Besorgnis von Minute zu Minute wuchs.

»Ich verstehe durchaus, aber nun ist der Mantel wieder da. Kein Härchen wurde ihm gekrümmt. Er ist unversehrt und sieht nicht anders aus als gestern.«

Erneut bemühte sie sich um ein Lächeln, obwohl ihre Ungeduld stieg. Warum machte dieser Mann ein solches Theater? Musste er nicht froh sein, dass die Sache aufgeklärt war? Oder gab es in diesem Zusammenhang noch etwas, wovon sie bisher nichts wusste? Nach ein paar Minuten, die ihr wie eine Ewigkeit erschienen, nahm Monsieur Boumann endlich den Mantel an sich, doch sein Blick ließ sie nicht los.

»Dieses Prachtstück gehört Madame Godefroy, sie ist eine große Wohltäterin unserer Gemeinde. Madame war sehr betrübt darüber, im Haus einer christlichen Kirchengemeinde bestohlen worden zu sein.«

»Es war kein Diebstahl!«

»Ich glaube, Madame würde es begrüßen, wenn Ihre Frau Mutter sich entschuldigen würde. Es würde helfen, die Geschichte zu einem Ende zu bringen, Mademoiselle.«

Evi runzelte die Stirn, Unwille baute sich in ihr auf, der schwer zu bezwingen war. Der Mann ihr gegenüber schien ihr umständlich, altmodisch und wenig entgegenkommend, dabei schwärmte Mutter bei jeder Gelegenheit von ihm. Dass er sie ständig als »Mademoiselle« ansprach, ging ihr langsam auf die Nerven. In dieser Kirchengemeinde schien die Zeit stillzustehen. Wie verkorkst und ewig gestrig waren diese Leute hier? Ihr reichte es. Sollte Mutter sich doch mit dem Rest dieser Angelegenheit selbst herumplagen.

»Gut, ich werde meiner Mutter ausrichten, dass eine persönliche Entschuldigung erwartet wird. Ich wünsche Ihnen einen guten Tag, Herr Pastor.«

»Bitte warten Sie, eines noch. Madame Godefroy war gestern sehr aufgebracht. Ich konnte sie nicht davon abhalten, des Mantels wegen Strafanzeige zu erstatten.«

Wie versteinert verharrte Evi in ihrer letzten Bewegung. Eine Strafanzeige? Sie hätte nicht im Traum daran gedacht, dass es dazu kommen würde. Ein derber Fluch lag auf ihrer Zunge, sie beherrschte sich mit Mühe und Not. Ärger mit der Polizei konnten sie nicht gebrauchen, zu Hause gab es Schwierigkeiten genug.

Noch einmal nahm Evi den Pastor in den Blick. Er war ihr nicht sonderlich sympathisch, aber unter den gegebenen Umständen musste es ihr gelingen, ihn zu ihrem Verbündeten zu machen.

»Hören Sie, Monsieur Boumann, ich entschuldige mich in aller Form für die Unannehmlichkeiten, die der Vorfall Ihnen und Madame Godefroy bereitet hat.«

»Was mich betrifft, ich trage Ihrer Frau Mutter nichts nach. Ich bin nicht der Geschädigte.«

»Gut, aber bitte glauben Sie mir, dass meine Mutter helfen wollte. Es war ein Irrtum, eine Verwechslung. Meinen Sie nicht, Sie könnten Madame Godefroy dazu bewegen, von der Strafanzeige Abstand zu nehmen?«

»Ich finde, die Damen sollten das unter sich bereinigen. Es ist bestimmt hilfreich, wenn sie sich aussprechen.«

Evi seufzte tonlos, sie fand dieses ganze Getue übertrieben. Was für ein Aufruhr um ein Stück Stoff.

»Vielleicht bietet der nächste Sonntag in unserer Gemeinde die Gelegenheit für eine Unterredung. Bitte richten Sie Ihrer Mutter aus, dass wir sie nach dem Gottesdienst in meinem Büro erwarten.«

»Wie Sie wünschen.«

»Es wird das Beste sein. Guten Tag, Mademoiselle. Gott segne Sie auf Ihrem Weg.«

Evi verabschiedete sich mit einem Kopfnicken, zu mehr fühlte sie sich nicht in der Lage. Die Irrungen und Wirrungen um den Mantel raubten ihr den letzten Nerv. Der altmodische Prediger dieser Gemeinde war zu allem Überfluss feige, anderenfalls hätte er sich mehr bemüht, den überzogenen Erwartungen einer gewissen Madame Godefrey entgegenzutreten.

Evi verließ die Kirchengemeinde am französischen Dom in aufgebrachter Stimmung. Für dieses sinnlose Palaver hatte sie sich nun einen halben Tag im Fernsprechamt freigenommen? Von nun an würde Mutter die Karre selbst aus dem Dreck ziehen müssen. Leider Gottes konnte Bernardine manchmal so trotzig sein wie ein kleines Kind. Warum musste Evi mit all den Nöten und Schwierigkeiten der Familie auch immer ganz allein bleiben? Es war ungerecht, wie sehr sie sich quälen musste. Weshalb konnte ihr der Vater nicht wenigstens gelegentlich unter die Arme greifen? Er durfte sich den Eskapaden seiner Ehefrau nicht dauerhaft durch die Flucht entziehen, das war nicht in Ordnung. Vieles musste sich grundlegend ändern, damit diese Familie funktionierte.

Es war an der Zeit.

Evi würde zu ihrem Vater gehen und auf eine Aussprache drängen, ohne jeden Zweifel.

»Was denn, wir wollen zu Lotte Wellmann?« Kurt Bödeker hielt inne, mitten auf dem Bürgersteig blieb er stehen. »Warum haben Sie mir das nicht gleich gesagt?«

Regine musterte ihren Begleiter mit einem erstaunten Blick. Bödeker wirkte empört, wenn nicht geradezu verstört – die Begegnung mit ihm verlief nicht wie erhofft. Sie hatte Bödeker nach Feierabend im Gewerkschaftshaus abgeholt, um das weitere Vorgehen zu besprechen. Schnell waren sie sich einig gewesen, dass der Zusammenhalt der Kolleginnen gestärkt werden musste. Bödeker hatte ihr Hinweise und Anregungen gegeben, wie sie in der Belegschaft Mitstreiterinnen gewinnen konnte, doch jetzt änderte sich der Ton ihrer Unterredung. Die Aussicht, in Kürze Lotte Wellmann gegenüberzustehen, gefiel ihm anscheinend gar nicht. Regine zuckte nur kurz mit den Schultern, sie war sich keiner Schuld bewusst. Warum regte Bödeker sich auf? Sie musterte seine Miene, konnte darin aber keine Antwort auf ihre Frage finden.

»Lotte ist diejenige, die den Streik bisher vorangetrieben hat. Ich will sie nicht übergehen.«

»Aha. Und weiß sie auch, dass wir kommen?«

»Nicht direkt. Ich habe ihr gesagt, dass ich noch einmal am Abend vorbeischauen werde …«

»Von mir war also nicht die Rede, ich verstehe. Offen gestanden finde ich die Idee nicht sehr glücklich, Fräulein Lorenz.«

»Was stört Sie daran? Können Sie nur arbeiten, wenn Sie den Kollegen Stratmann in der Nähe haben?«

Regine versuchte es mit einem Lächeln, doch offensichtlich war ihr Gewerkschafter nicht zu Scherzen aufgelegt. Kopfschüttelnd vergrub er die Hände tief in den Taschen seiner Joppe.

»Lotte und ich sind nicht die besten Freunde. Ich dachte, das wäre Ihnen bereits aufgefallen.«

»Aber es war doch Lotte, die uns beide einander vorgestellt hat.«

»Das besagt nicht viel. Vermutlich ist ihre Auswahl in der Hinsicht nicht groß. Genau genommen bin ich höchstwahrscheinlich der einzige Gewerkschafter, dem sie jemals begegnet ist.«

»Sie waren für Lotte eine Notlösung, meinen Sie.«

»Ja.«

»Darf ich fragen, woher Sie Lotte denn überhaupt kennen?«

»Wir sind uns vor dem Krieg begegnet.«

»Bei einer Gewerkschaftsveranstaltung?«

»Nein, privat.«

Regine wartete, doch zu einer weiteren Auskunft schien Kurt Bödeker nicht bereit. Ihre Unsicherheit ihm gegenüber wuchs mit jeder Minute, was sollte sie jetzt tun? Allein weiterzugehen kam nicht infrage. Es war ungeheuer mühsam, ein Treffen mit diesem Mann zustande zu bringen. Jedes Mal musste sie ihren Stolz überwinden und sich außerdem einen schlüssigen Grund für die Besuche im Gewerkschaftshaus einfallen lassen. Ob Kurt Bödeker ihre Anstrengungen überhaupt bemerkte? Er hatte sie bisher nie freiwillig besucht. Sie empfand sein Verhalten nicht als Ermutigung – und nun kam auch noch dieser sinnlose Streit dazu.

Schweigend standen sie einander auf dem Trottoir gegenüber. Sie hatten das Gassengewirr hinter dem Stettiner Bahnhof erreicht – hier in der Oranienburger Vorstadt lebte Lotte mit ihrer Schwester. Kurt Bödeker war ein Nachbar der Schwestern Wellmann, das hatte er ihr immerhin gesagt. Dementsprechend musste er selbst auch irgendwo hier in der Nähe zu Hause sein. Sie wandte sich ihm zu.

»Hören Sie, sollten wir die Sache nicht zu Ende bringen, da wir nun schon einmal hier sind? Ich könnte Lotte Bescheid sagen, vielleicht kommt sie zu uns auf die Straße hinunter. Nur für den Fall, dass Ihnen das lieber ist.«

Kurt Bödeker runzelte die Stirn, mit einem Mal wirkte er amüsiert. Sie fragte sich insgeheim, was er komisch fand an ihrem Vorschlag. Schließlich suchte sie seinetwegen nach einer Lösung für diese unerwarteten Schwierigkeiten.

»Das ist zwar ein bisschen umständlich, aber bitte. Gehen Sie rauf, und fragen Sie Lotte, ob sie mit mir reden will. Gut möglich, dass sie Nein sagt.«

»Kann ich mir nicht vorstellen. Es geht um unseren Streik, daran hat sie ein aufrichtiges Interesse.«

»Versuchen Sie Ihr Glück. Ich warte hier. Eichendorffstraße Nummer 8, vierter Stock. Im Übrigen würde ich es besser finden, wenn wir uns in Zukunft bei mir im Büro treffen.«

Regine unterdrückte den Fluch, der ihr auf den Lippen lag. Musste das alles so schwierig sein? Worüber mochten Lotte und Kurt sich derart zerstritten haben, dass er nichts mehr mit der Kollegin zu tun haben wollte? Es ging sie im Grunde nichts an, was zwischen den beiden vorgefallen war, aber sie hätte es dennoch für ihr Leben gerne gewusst. Lotte und Kurt Bödeker hatten offensichtlich ein gemeinsames Vorleben, das sie nicht freiwillig mit ihr teilten. Es störte sie, doch was das anbelangte, würde sie sich in Geduld üben müssen.

Regine wollte sich gerade auf den Weg machen, als ihr Blick auf die Menschenansammlung fiel, die sich auf der gegenüberliegenden Straßenseite gebildet hatte.

»Was ist denn da los?«

Bödeker runzelte die Stirn.

»Keine Ahnung. Kommen Sie, das sehen wir uns an.«

Kurt Bödeker überquerte bereits die Straße, Regine folgte ihm. Etliche Passanten waren neben einer dunklen Limousine stehen geblieben, die mit geschlossenem Verdeck an der Kreuzung wartete. Ein Uniformierter hielt neben dem Fahrzeug Wache. Der Schutzpolizist beobachtete die Menge, die sich bisher allerdings ruhig verhielt. Plötzlich wurde eine Haustür in dem Gebäude gegenüber aufgestoßen, und zwei Männer in Zivil betraten den Bürgersteig. Sie hatten eine Frau in ihre Mitte genommen, die mit gesenktem Kopf den Weg zu dem Wagen am Straßenrand einschlug. Regine war entsetzt, sie traute ihren Augen kaum, aber es gab keinen Zweifel: Es war Lotte Wellmann, die man dort drüben abführte.

Hastig gab Regine Kurt Bödeker einen Stoß in die Seite.

»Sie holen Lotte, das dürfen sie nicht. Wir müssen ihr helfen, sie hat nichts getan!«

Regine wirbelte herum, sie wollte hinüber zu den Polizisten, doch Kurt Bödeker packte sie bei den Schultern. Schwer lasteten seine Hände auf ihr, sie schnappte nach Luft, wagte es aber nicht, sich zu rühren.

»Nichts da, Sie bleiben hier. Es ist nicht gut, sich da einzumischen.«

»Aber wir können doch nicht einfach zusehen …«

»Doch, das können wir.«

»Ich gehe rüber. Wir müssen wenigstens wissen, was los ist.«

Mit einem Ruck versuchte Regine, Kurt Bödeker abzuschütteln, doch es gelang ihr nicht. Er griff nach ihrem Oberarm und hielt sie fest. Unwillkürlich zuckte sie zusammen: Zum ersten Mal bekam sie einen Eindruck von der Kraft, die in diesem Mann steckte. Kopfschüttelnd sah er sie an, eine Warnung lag in seinem Blick.

»Halten Sie sich da raus. Das ist eine Festnahme, Fräulein Lorenz. Wenn die Kriminalpolizei auftaucht, gibt es dafür einen Grund.«

»Ja, das ist eine Festnahme. Diese Frau in den Fängen der Polizei ist eine gute Kollegin von mir, die Hilfe braucht. Sollte die Gewerkschaft da nicht einschreiten?«

»Nein, keineswegs. Wenn die Kripo eine Verhaftung durchführt, geht es um Straftaten. Begreifen Sie nicht, was das bedeutet?«

Regine klappte den Mund auf, doch sie brachte keinen Ton heraus. Erneut ging ihr Blick hinüber zu dem Polizeifahrzeug, in dem Lotte inzwischen verschwunden war. Die Türen schlugen zu, der Wagen wurde angelassen und rollte in Richtung Stettiner Bahnhof davon. Regine spürte Tränen in sich aufsteigen. Das Gefühl, Lotte im Stich gelassen zu haben, schnürte ihr fast die Kehle zu. Hastig drehte sie sich zu Bödeker um, der ihren Arm inzwischen losgelassen hatte.

»Das war feige, Herr Bödeker. Wir hätten einschreiten müssen. Die Polizei ist hinter Lotte her, weil sie dieses Flugblatt geschrieben hat.«

»Das Flugblatt?« Bödeker lachte leise. »Das glauben Sie doch hoffentlich nicht im Ernst. Ich gehe jede Wette mit Ihnen ein, dass die Polizei nicht wegen eines Stücks Papier zu

Fräulein Wellmann gekommen ist. Zwei Kriminale in Zivil und ein Schupo samt Dienstfahrzeug, das ist ein ziemlicher Aufwand. Den treibt man nicht wegen eines Flugblatts voller Rechtschreibfehler.«

»So, meinen Sie. Und was hat das Ganze dann zu bedeuten? Lotte ist Briefträgerin. Die hat nichts verbrochen ...«

»Woher wissen Sie das? Dass sie nichts verbrochen hat, meine ich. Kennen Sie diese Frau so gut?«

Regine zögerte. Es war bestimmt besser, äußerlich ruhig zu bleiben, aber von Kurt Bödekers Verhalten war sie enttäuscht. Ein Kerl wie er, hoch und breit wie ein Kleiderschrank, und dennoch traute er sich nicht, einen Polizisten auf der Straße anzusprechen.

Sie trat einen Schritt zurück.

»Ich habe Ihnen doch schon erzählt, dass wir neuerdings einen Spitzel in unseren Reihen haben. Hermann Kaiser hat Lotte bei der Direktion verpfiffen. Wenn Sie mich fragen, ist es das, was hinter dieser Polizeiaktion steckt.«

»Vergessen Sie endlich dieses alberne Flugblatt, Fräulein Lorenz. Wegen dem Geschreibsel verhaftet die Berliner Polizei niemanden. Ich bin überzeugt davon, dass Lotte Wellmann nicht wegen der Vorfälle im Postfuhramt abgeführt wurde.«

»Ach ja? Weswegen denn sonst?«

Kurt Bödeker zuckte kaum wahrnehmbar mit den Schultern.

»Offenbar hält die Polizei Ihre Kollegin für eine Straftäterin. Vielleicht müssen wir morgen einfach die Zeitung lesen, um herauszufinden, was los ist.«

»Und solange wollen Sie warten? Man merkt wirklich, dass Sie Lotte nicht leiden können.«

Kurt Bödeker lachte, dann winkte er ab.

»Meinen Sie, die Polizei hätte mir Auskunft gegeben, wenn ich bei der Verhaftung einer Verdächtigen nach den Einzelheiten der Tat gefragt hätte? Tut mir leid, aber Sie sind etwas naiv.«

»Warum sollten die Ihnen keine Auskunft geben? Dafür ist die Polizei doch da.«

»Die sind dafür da, die Menschen in dieser Stadt vor Verbrechern zu schützen. Offenbar sind sie der Ansicht, hier hätte ein Verbrechen stattgefunden. Darüber, was wirklich passiert ist, müssen die nicht mit mir plaudern. Sie sollten mehr Kriminalromane lesen, dann wüssten Sie besser Bescheid.«

»Für Kriminalromane habe ich keine Zeit, das überlasse ich Ihnen. Gehen Sie ruhig nach Hause zu Ihren Büchern. Im Augenblick sind Sie mir sowieso keine große Hilfe.«

»Sie mir auch nicht. Anderenfalls würden Sie die Ruhe bewahren.«

»Ja, das wäre ganz nett, wenn ich die Ruhe bewahren würde, nicht wahr?«

Regine hob den Kopf und blickte Kurt in die Augen. Es ärgerte sie, dass sie ständig zu ihm aufsehen musste. Ihr Größenunterschied gab ihr das Gefühl, dass er ihr überlegen war, dabei entsprach das heute Nachmittag überhaupt nicht ihrer Wahrnehmung, im Gegenteil – Bödekers Anwesenheit schien ihr nutzlos, schlimmer noch, sie war ein Ärgernis. Regine musterte den Gewerkschafter an ihrer Seite mit einem geringschätzigen Blick.

»Sie kapieren es einfach nicht, oder? Wenn die Polizei hinter Lotte her ist, dann ist sie auch mir auf der Spur. Wir haben bisher alles gemeinsam ausgeheckt, was den Streik bei der Reichspost betrifft.«

Kurt verschränkte die Arme vor dem Oberkörper und sah zu ihr hinunter. Er lächelte. Vermutlich machte er sich insgeheim lustig über sie. Regine musste sehr an sich halten, um nicht laut zu werden.

»Sie nehmen das mit dem Streik nicht ernst, ich verstehe. Wissen Sie was? Vor Kurzem hat das Militär jede Menge Arbeiter in Lichtenberg erschossen. Nur weil man glaubte, sie würden einen Aufstand planen.«

»Das Militär ist ein anderes Kaliber, aber haben Sie hier eben irgendwo einen Soldaten gesehen? Die Polizei hat Ihre Kollegin mitgenommen, dafür braucht es den Verdacht auf ein Verbrechen.«

Regine zögerte, allmählich kamen ihr Zweifel. Vielleicht stand dieser Polizeieinsatz wirklich nicht in Zusammenhang mit dem geplanten Streik. Die Menge um sie herum begann sich zu zerstreuen, irgendjemand schlug die Haustür des Gebäudes mit der Nummer 8 lautstark zu.

»Aber wir müssen doch in Erfahrung bringen, was Lotte zugestoßen ist. Womöglich ist sie Opfer einer Verleumdung. Vielleicht sollte ich hochgehen zu ihrer Schwester und …«

»Kennen Sie Lottes Schwester?«

»Nein, bisher nicht.«

»Warum sollte die dann mit Ihnen reden wollen?«

Regine zuckte mit den Schultern, die Lage war verfahren. Sie wusste nicht weiter. Kurt Bödeker zog die Schirmmütze aus der Tasche seiner Joppe und setzte sie auf. Er rückte das blöde Ding zurecht, insgeheim fand Regine das schade. Sie mochte den Anblick seiner Locken, wenn der Wind damit spielte. Leider war es nicht der Moment für romantische Gefühle.

Bödekers Blick streifte sie.

»Die Gewerkschaft beschäftigt gelegentlich einen Anwalt in Kreuzberg. Eventuell kann der Mann uns helfen. Anwälte sind den Umgang mit der Polizei gewöhnt, die haben Beziehungen. Ich werde den Mann anrufen und mich nach Lotte erkundigen, einverstanden?«

Regine nickte. Einen Rechtsanwalt einzuschalten war besser, als gar nichts zu tun.

»Und jetzt gehen Sie am besten nach Hause. Sobald ich etwas Neues über Lotte Wellmann erfahre, melde ich mich bei Ihnen.«

»Ja, aber vergessen Sie es bitte nicht. Ich mache mir ernsthaft Sorgen.«

»Liebes Fräulein Lorenz, ich verstehe, dass Sie beunruhigt sind. Aber das, was wir hier gesehen haben, wird die Reichspost nicht erschüttern, weil es mit der Reichspost nichts zu tun hat.«

»Ich hoffe, Sie haben recht.«

»Ich bin mir ziemlich sicher, dass ich recht habe.«

Regine blieb stumm – sie hatte das merkwürdige Gefühl, sich bei Kurt Bödeker entschuldigen zu müssen, sie wusste aber nicht, wofür genau. Sie hatte sich für Lotte eingesetzt, in ihren Augen war das vollkommen in Ordnung. Dennoch wollte sie auf keinen Fall, dass dieses Treffen mit einem Missklang endete.

»Vielen Dank jedenfalls, dass Sie mit hierhergekommen sind. Alles Weitere wird sich finden, schätze ich.«

»Ganz sicher wird es das.«

Sie schüttelten einander die Hände, Bödeker lächelte flüchtig. Nachtragend schien er zumindest nicht zu sein. Insgeheim fragte sie sich, was in diesem Koloss von Mann jetzt vorgehen mochte. Seine Gedankenwelt war ihr fremd, doch genau das machte ihn noch eine Spur anziehender. Er war einer der außergewöhnlichsten Menschen, dem sie bisher begegnet war.

Ein paar Worte zum Abschied, dann war er fort.

Regine sah zu, wie Bödeker hinter der nächsten Straßenecke verschwand. Wie viel Zeit würde ihr bleiben, um seinen Charakter zu erforschen? Bäckermeister Smolka saß ihr mit seiner Werbung im Nacken. Der Eifer ihrer Eltern, die sie in schwierigen Zeiten gut versorgt wissen wollten, würde sich schwer zähmen lassen. Sie konnte nur hoffen, dass Kurt Bödeker ihr bald ein Zeichen gab. Bisher hatte er genau das nicht getan. Der alles entscheidende Hinweis darauf, dass er sie mindestens so anziehend fand wie sie ihn, stand aus, und dieses Treffen hatte sie einander keineswegs nähergebracht. Im Gegenteil, um ein Haar hätten sie sich ernsthaft zerstritten. Es gab Reibungspunkte, es gab unterschiedliche Sichtweisen – und doch hatte die Verhaftung von Lotte Wellmann nichts daran geändert, dass sie sich noch immer danach sehnte, genau diesen einen Mann in ihrer Nähe zu haben.

Evi fror. Sie konnte sich etwas Schöneres vorstellen, als am späten Nachmittag vor Regines Elternhaus in der Ruppiner Straße zu stehen und zu warten. Ihre Hände waren trotz der wunderschönen Handschuhe, in denen sie steckten, eiskalt. Auch ihre Füße spürte sie nicht mehr. Die Sohlen ihrer Stiefel hatten Löcher, Feuchtigkeit drang ein. An einem windigen und verregneten Tag im März war es keine reine Freude, den Feierabend im Freien zu verbringen. Regines Arbeitstag musste längst zu Ende sein, wo steckte sie bloß? Evi hätte einfach nach Hause gehen können, aber dort war die Stimmung auch an einem Tiefpunkt angelangt. Dass die Rückgabe des Mantels nicht wie erhofft vonstattengegangen war, sorgte für Verstimmungen. Im Übrigen weigerte sich Bernardine, bei Madame Godefroy Abbitte zu leisten. Eine Entschuldigung war aber der einzige Weg, um die Strafanzeige aus der Welt zu schaffen. Anderenfalls würde ihre Mutter die Bekanntschaft mit der Polizei machen, da war Evi sicher.

Mit einem lauten Knarren öffnete sich eine Haustür auf der gegenüberliegenden Straßenseite. Isolde Lorenz trat ins Freie und gab Evi ein Zeichen. Wahrscheinlich hatte sie Evi vom Küchenfenster aus erspäht. Sie eilte über die Straße.

»Komm mit rein, Kind. Du holst dir hier draußen den Tod, das muss doch nicht sein. Du bist uns immer willkommen, das weißt du.«

»Guten Abend, Frau Lorenz.«

»Guten Abend, Liebes. Regine ist noch nicht zu Hause, aber du kannst dich oben aufwärmen.«

Evi folgte Isolde Lorenz ins Haus und nahm im Wohnzimmer Platz, während Regines Mutter in der Küche verschwand, um Tee zu kochen. Es dauerte nicht lange, dann öffnete sich die Wohnungstür erneut. Stimmen ertönten im Flur, gleich darauf stand Regine im Wohnzimmer der elterlichen Wohnung.

»Mensch Evi! Ich war eben bei dir daheim, aber deine Mutter meinte, du seist ausgegangen.«

»Ich habe hier auf dich gewartet. Warum bist du heute so lange im Postfuhramt gewesen?«

»Bin ich nicht. Ich wollte noch zu einer Kollegin, aber die hat die Polizei abgeholt.«

»Wie bitte?«

»Ja, im Ernst. Kurt Bödeker meint, die Verhaftung hätte nichts mit den Vorfällen im Dienst zu tun, aber wie kann man da sicher sein?«

»Kurt Bödeker.«

»Ja, genau der. Wir waren zufällig dabei, als die Polizei kam, aber er hat sich merkwürdig aufgeführt. Er wollte partout nichts mit der Sache zu tun haben.«

»Kann ich nachvollziehen. Was hätte es geholfen, wenn er sich eingemischt hätte? Begegnungen mit der Polizei müssen nicht unbedingt angenehm sein.«

»Ach komm, das ist doch bloß Gerede. Diese Leute sind keine Unmenschen.«

»Aber dein Kurt ist Gewerkschafter.«

»Er ist nicht mein Kurt.«

»Für Gewerkschafter können Begegnungen mit den Uniformierten unerfreulich werden. Dein Kurt weiß das offenbar. Und meine Mutter wird es bald erfahren.«

»Deine Mutter? Wieso? Was ist mit ihr?«

»Der Vorfall mit dem Mantel, du weißt schon. Allmählich wird die Angelegenheit schwierig. Die Geschädigte hat Strafanzeige erstattet.«

»Welche Geschädigte denn? Es ist doch überhaupt nichts passiert.«

»Das sagst du, aber die Eigentümerin des Mantels sieht es anders. Sie verlangt eine Entschuldigung. Ich finde es auch übertrieben, aber so was bringt man doch mit Anstand und in zehn Minuten hinter sich, oder?«

»Eigentlich schon.«

»Na ja, meine Mutter wird sich noch wundern. Das Kriegsministerium wird sie jedenfalls nicht retten.«

»Das Kriegsministerium? Was haben die denn damit zu tun?«

»Direkt haben sie nichts damit zu tun, aber zufällig kam gerade heute ein Brief von denen. Es passt halt einfach in die Landschaft. Alles, was schiefgehen kann, geht auch schief. Ich habe dir erzählt, dass meine Mutter dort war, um nach meinem Bruder zu forschen.«

»Ja, und lass mich raten: Die Herrschaften können nichts für euch tun. Im Ministerium sieht man sich leider außerstande …«

»Nein, ganz so ist es nicht. Man hat uns tatsächlich die Adresse eines Soldaten geschickt, der angeblich mit meinem Bruder im Feld war.«

»Wirklich? Das ist ja fabelhaft!«

»Leider Gottes ist es ein anonymes Schreiben.«

»Was soll das heißen, anonym? Kein Absender drauf?«

»Nur ein Stempel von der Poststelle Leipziger Straße. Mehr nicht. Keine weiteren Angaben.«

»Das ist nicht zulässig nach der Postverordnung. So was würde eine preußische Behörde niemals tun.«

»Sehr lustig. Tatsache ist, dass wir nach wie vor niemanden haben, mit dem wir in Kontakt treten könnten.«

»Das ist in der Tat eigenartig. Aber dafür habt ihr jetzt eine neue Spur, die euch zu deinem Bruder führen könnte.«

»Ich wäre gerne etwas optimistischer, was das anbelangt. Leider bedeutet es wenig, wenn der Gefreite Herbert Theis zur gleichen Zeit wie mein Bruder im gleichen Regiment Dienst getan hat. Das ist recht dürftig, finde ich. Nicht ausgeschlossen, dass auch diese Nachforschungen in einer Sackgasse enden.«

»Kann schon sein. Und nun? Wie soll es weitergehen?«

»Meine Mutter hat zugesagt, diesem Herrn Theis zu schreiben.« Mit einem Achselzucken sackte Evi ein wenig in sich zusammen. »Ich denke nur, es müsste viel mehr geschehen. Wir sollten endlich wieder für Ordnung in unserem Familienleben sorgen. Ich wäre so froh, wenn mein Vater sich mehr um uns kümmern würde. Er tut so, als würden ihn unsere Schwierigkeiten überhaupt nichts angehen.«

»Warum redest du nicht mit ihm?«

»Würde ich auf der Stelle machen, wenn ich nur wüsste, wo er steckt. Im Café Luise arbeitet er nicht mehr, wie du weißt. Und alles, was ich sonst noch habe, ist die Anschrift eines Postfachs, mit dessen Hilfe er angeblich zu erreichen ist.«

»Eine Adresse mit Postfach? Seltsam.«

»Mehr Anhaltspunkte haben wir nicht. Vielleicht hat mein Vater keine feste Bleibe.«

»Meinst du? Das passt überhaupt nicht zu ihm.«

»Vielleicht reicht sein Verdienst nicht für die Miete? Künstler finden derzeit nur schwer eine Beschäftigung, und Wohnungen sind immens teuer geworden.«

»Schon, aber obdachlos – das kann ich nicht glauben.«

»Er wäre nicht der Einzige, der sich in Berlin kein Zimmer leisten kann.«

Es wurde still, Regine ließ sich neben die Freundin auf das Sofa sinken und legte ihr einen Arm um die Schulter. Ein paar Sekunden saßen sie nebeneinander und schauten zu Boden. Evi hatte das Gefühl, als würde das gesamte Elend ihrer Existenz sie mit aller Macht niederdrücken. Sie wollte nicht weinen, auch wenn ihr durchaus danach zumute war.

»Weißt du, es bedrückt mich sehr, keinen Vater zu haben. Es ist einfach nie jemand da, an den ich mich wenden kann. Es darf nicht so bleiben, wie es jetzt ist.«

»Das kann ich gut nachempfinden, aber was willst du dagegen tun?«

»Ihr Zustellerinnen habt doch ein Verzeichnis aller Postfächer in den verschiedenen Zustellbezirken, oder? Könntest du für mich herausfinden, in welcher Ecke dieser Stadt das Postfach meines Vaters angemietet wurde? Dann wüsste ich immerhin, in welchem Stadtteil er lebt. Es wäre ein Anfang.«

»Ja, das geht, ich schau gerne für dich nach. Gleich morgen, wenn du willst. Vielleicht kenne ich eine der Zustellerinnen dort.«

»Danke! Du bist ein Schatz.«

»Warte, ich habe dir noch etwas mitgebracht. Vielleicht muntert dich das auf.«

Regine verließ das Wohnzimmer, nebenan im Flur raschelte es, kurz darauf kehrte sie zurück und legte Evi ein kleines Päckchen in den Schoß. Es war in Packpapier eingeschlagen, duftete aber trotz der Verpackung verheißungsvoll. Dem Geruch nach zu urteilen, handelte es sich um Kaffee. Was für eine Kostbarkeit. Kleine Leute konnten sich Bohnenkaffee schon seit Kriegsbeginn nicht mehr leisten. Evi runzelte die Stirn, fragend blickte sie Regine an.

»Das ist doch nicht etwa …«

»Kaffee, ganz genau. Behalte ihn, du kannst ihn bei der Suche nach deinem Bruder gebrauchen.«

»Das kann ich nicht annehmen, Regine, der ist viel zu wertvoll. In einem Feinkostladen musst du dafür einen Sack voll Geld bezahlen. Bist du dir sicher, dass du ihn nicht selbst trinken willst?«

»Nein, das will ich mit Sicherheit nicht. Das Päckchen ist ein Geschenk von Adam Smolka. Er hat es mir heute auf meiner Tour zugesteckt.«

»Oh …«

»Ja, ganz recht. Er glaubt, dass er mein Herz mit Leckereien gewinnen kann, aber so einfach werde ich es ihm nicht machen.«

»Du könntest die Bohnen auf dem Schwarzmarkt eintauschen, sie sind mindestens so viel wert wie eine Packung Zigaretten. Bestimmt bekommst du Eier und Speck dafür, vielleicht sogar Butter oder Schmalz …«

Lachend hob Regine beide Hände, sie winkte ab.

»Hör auf, ich will das nicht hören. Nimm das Zeug mit, es wird dir helfen.«

»Bist du sicher?«

»Ja, ganz sicher. Wie soll ich denn meinen Eltern erklären, dass ich plötzlich ein halbes Pfund Bohnenkaffee mit nach Hause bringe? Wenn ich ihnen die Wahrheit sage, ist das Wasser auf ihre Mühlen. Sie sind schon jetzt ganz vernarrt in Adam Smolka. Der Kaffee wäre ein Zeichen, wie gut der Mann für mich sorgt.«

»Verstehe.«

»Ich verpasse lieber eine Portion Speck mit Eiern, als Herrn Smolka den Triumph zu gönnen.«

»Gut, dann befreie ich dich von dieser schweren Bürde. Aber nur, weil du mich ausdrücklich darum gebeten hast.«

»Ich danke dir von ganzem Herzen. Was wäre ich ohne dich, liebste Evi?«

Evi zog Regine an sich, lachend umarmten sie einander. Auf ihre Freundschaft war Verlass. Wie konnte es Menschen geben, die keine besten Freunde ihr Eigen nannten? Freundschaft, das war etwas, was gerade in schwierigen Zeiten besonders zählte.

Der Tag neigte sich seinem Ende entgegen, es dämmerte. Der Zeitpunkt, bis zu dem man einander unangekündigt Besuche abstattete, war für anständige Menschen längst vorbei. Dennoch hatte es eben gerade an der Wohnungstür in der Ruppiner Straße geläutet. Bernardine sah auf, sie fühlte sich gestört. Sie war damit beschäftigt, einen Brief an Herbert Theis zu verfassen. Ihr schien es zwar unwahrscheinlich, dass ausgerechnet dieser Mann das Verschwinden ihres Sohnes würde aufklären können, doch sie wollte keine Möglichkeit ungenutzt lassen, um Geralds Schicksal zu erhellen. Bis eben war sie in ihren Text vertieft gewesen – wer mochte jetzt noch etwas von ihr wollen? Irritiert legte sie ihren Füllfederhalter beiseite. Evi konnte es nicht sein, sie hatte einen Schlüssel.

Bernardine ging hin und öffnete. Zu ihrem Erstaunen sah sie sich Madame Adelhard gegenüber. Ihr Gast wirkte aufgebracht, ihre Wangen glühten, jede ihrer Bewegungen wirkte fahrig. Unaufgefordert betrat sie den Wohnungsflur.

»Guten Abend, Madame Dennewitz, wie gut, dass Sie zu Hause sind. Ich bin gekommen, um Ihnen über einen Vorfall zu berichten, der sich vor Kurzem in unserer Kirchengemeinde zugetragen hat.«

Bernardine wich zurück, schon wirbelte Madame Adelhard an ihr vorbei, sie stürmte dem Wohnzimmer entgegen, dessen Türe weit offen stand. Bernardine war mehr als verdutzt, denn keine ihrer Glaubensschwestern hatte es bisher jemals für nötig befunden, sie zu Hause aufzusuchen. Es musste wahrhaftig etwas Außerordentliches vorgefallen sein. Sie atmete einmal tief durch und schloss die Wohnungstür, dann folgte sie ihrer Besucherin.

Madame Adelhard hatte sich bereits auf dem Sofa niedergelassen. Zögernd nahm Bernardine in einem Sessel ihr gegenüber Platz. Vermutlich hatte ihre Glaubensschwester die abgetretenen Teppiche, die völlig aus der Mode gekommenen Möbel und die verblichenen Gardinen im Raum längst bemerkt. Die Einrichtung dieses Raumes machte nicht viel her. Ernst-Ludwig hatte es nie vermocht, Bernardine ein ihrem

Stand angemessenes Leben zu bieten. Er tat es auch jetzt nicht.

Erstaunlicherweise schien Madame Adelhard sich zu ihrer Umgebung nicht mit einer Silbe äußern zu wollen. Nervös rutschte sie auf ihrer Sitzgelegenheit ein Stück nach vorn.

»Stellen Sie sich vor, was geschehen ist. Ich komme geradewegs aus dem Hause von Madame Godefroy.«

»So?«

»Aber ja. Wie Sie wissen, bin ich Mitglied des Wohltätigkeitskomitees, dem Madame Godefroy vorsteht. Heute Mittag wollten wir über unsere Aktivitäten zum Osterfest beraten. Letztes Jahr gab es eine Suppenküche in den Räumen des Gemeindehauses, Sie erinnern sich gewiss.«

Bernardine nickte, natürlich erinnerte sie sich. Sie hatte an der Veranstaltung teilgenommen, aber in ihren Augen war die Suppenküche alles andere als ein Erfolg gewesen. Den ganzen Vormittag über hatte sie Gemüse zerkleinert und Geschirr abgewaschen – in der Hoffnung, dass es für die fleißigen Helferinnen am Schluss als Dankeschön ebenfalls einen Teller mit Eintopf geben würde. Hungrig hatte sie am Herd gestanden, stundenlang hatte sie geschuftet, ihr Magen hatte beim Anblick der Lebensmittel um sie herum ärgerlich geknurrt. Wie sehr hatte sie sich auf eine heiße Mahlzeit gefreut, doch nichts da, ihre Glaubensschwestern hatten die Suppe bis auf den allerletzten Tropfen an Bedürftige verteilt. Nicht mal ein Kanten Brot war für sie übrig geblieben. Enttäuscht und mit schmerzenden Füßen war Bernardine nach Hause gegangen. Sie dachte nicht gerne an diesen Tag zurück.

»Madame? Hören Sie mir zu?«

Die Adelhard beugte sich vor und musterte sie mit großen Augen.

»Aber ja, natürlich.«

»Nun, das Komitee ist gar nicht dazu gekommen, sich über die nächsten Veranstaltungen auszutauschen. Madame Godefroy berichtete uns stattdessen von einem Diebstahl, dessen Opfer sie geworden ist. Stellen Sie sich vor, man hat ihr im Gemeindehaus den Wintermantel gestohlen. Ist das nicht skandalös?«

Madame Adelhard schnappte nach Luft.

»C'est un scandale, n'est pas? In unserem Gemeindehaus am helllichten Tag bestohlen zu werden, wie kann das angehen? Niemals im Leben hätte ich mit einer solchen Untat gerechnet.«

Bernardine nickte. Sie durfte es nicht zeigen, aber nun befand sich auch ihr Inneres in hellem Aufruhr. Die Geschichte, die ihre Glaubensschwester mitbrachte, war ihr selbstverständlich nicht neu, nur hatte sie nicht damit gerechnet, dass Madame Godefroy mit dem Vorfall hausieren gehen würde. Wie konnte sie nur? Diese Angelegenheit war doch erledigt, Evi hatte alles getan, um das Missverständnis aufzuklären. Die Sympathien der Adelhard jedoch schienen eindeutig auf der Seite der Godefrey zu sein.

»Sie können sich nicht vorstellen, in welchem Zustand Madame sich befindet. In was für Zeiten leben wir denn, wenn am helllichten Tag privates Eigentum aus einem Gemeindehaus entwendet wird?«

Bernardine nickte erneut, zaghafter als zuvor. Die Sache

entwickelte sich nicht gut, mit diesem Gang der Ereignisse hatte sie nicht gerechnet. Wenn die Einzelheiten über dieses unglückliche Ereignis bekannt wurden, würde das ihren Ruf in der Gemeinde ruinieren. Wo sollte das enden? Und was sollte sie zu alldem sagen, ohne sich verdächtig zu machen?

Die Nase der Adelhard zuckte. Sie hatte so etwas Nervöses und Unstetes an sich, das Bernardine jedes Mal irritierte.

»Der Mantel war von erheblichem Wert, Madame Dennewitz. Natürlich hat Madame Godefroy unverzüglich Anzeige bei der Kriminalpolizei erstattet. Ich hätte es genauso gemacht.«

»Aber vielleicht taucht der Mantel wieder auf? Es ist doch gar nicht sicher, dass er wirklich gestohlen wurde.«

»Ich bitte Sie, natürlich wird ein Diebstahl dahinterstecken, was denn sonst? Das Portal zu unserem Gemeindehaus steht fast den ganzen Tag lang offen, das ist eine Einladung für jeden Dieb. Der verlorene Krieg hat viel Treibgut angespült, und der Gendarmenmarkt liegt mitten in der Stadt.«

»Gleichwohl könnte es doch sein, dass irgendjemand den Mantel irrtümlich an sich genommen hat.«

»Irrtümlich? Über ein Prachtstück wie diesen Mantel im Irrtum zu sein, dazu gehört so einiges, meine Liebe. Ich kenne niemanden, der derart ausgefallene Kleidung trägt wie unsere verehrte Madame Godefroy. Eine Verwechslung scheint mir da ausgeschlossen.«

»Sicher, aber blaue Mäntel gibt es bestimmt mehr als nur einen in Berlin.«

»Das schon, aber bevor ich ein solches Kleidungsstück an mich nehme, prüfe ich gefälligst, ob es sich um mein

Eigentum handelt. Madame trägt nur maßgeschneiderte Kleidung von ausgesuchter Qualität.«

»Eine Verwechslung schließt das nicht aus. Wenn nun jemand, der zufällig anwesend war, geglaubt hat, den Mantel zu kennen ...«

»Jemand, der zufällig anwesend war? Wen meinen Sie damit? Verzeihen Sie, aber ich kann Ihren Gedankengängen im Moment nicht folgen.«

Bernardine blieb still, schweigend ließ sie sich gegen die Rückenlehne ihres Polstersessels sinken. Es hatte keinen Zweck, ihre Besucherin in den tatsächlichen Tathergang einzuweihen zu wollen. Die Geschichte war ein wenig kompliziert. Madame Adelhard würde so lange weiterfragen, bis Bernardine sich verplapperte. Es war besser, den Mund zu halten und abzuwarten, was als Nächstes kam.

»Wenn Sie mich fragen, wird nur die Polizei Licht in das Dunkel bringen können. Der Neffe von Madame Godefroy ist bei der Kriminalpolizei.«

»Wirklich?«

»Ja. Das dürfte von Vorteil sein, schätze ich.«

Bernardine spürte, wie ihr das Blut aus allen Adern wich. Die Schlinge um ihren Hals zog sich immer weiter zu. Hatte sie das verdient? Es war schließlich nur eine kleine Verfehlung. Sie hätte den Mantel sofort zurückbringen müssen und nicht damit spazieren gehen dürfen, doch das wunderschöne Kleidungsstück hatte sie in Versuchung geführt. Es war nicht richtig gewesen, aber wem hatte ihr kleiner Ausflug denn geschadet?

Madame Adelhard zuckte kaum wahrnehmbar mit den

Schultern. Offenbar hatte sie ihr Pulver verschossen, sie besaß kein Interesse mehr an einer weiteren Unterhaltung und stand auf.

»Ich will Ihre Zeit nicht länger in Anspruch nehmen, meine Liebe. Sie haben sicher zu tun. Wir sehen uns am nächsten Sonntag im Gottesdienst. Machen Sie sich keine Mühe, ich finde hinaus.«

Ihr Gast eilte davon, Bernardine war kaum in der Lage, der Frau so schnell zu folgen. Schon fiel die Wohnungstür zu, Schritte verhallten, eine unwirkliche Stille trat ein. Bernardine war schwindelig, ihr drohte übel zu werden. Nie im Leben hatte sie damit gerechnet, dass Madame Godefroy es derart eilig haben würde, ihr Unglück über den vermeintlichen Diebstahl mit der ganzen Welt zu teilen. Nicht nur, dass sie die Polizei eingeschaltet hatte. Jetzt ging sie auch noch daran, die übrigen Gemeindemitglieder mit der Geschichte zu behelligen, die in Wahrheit eine ganz andere war, als das Opfer behauptete.

Bernardine sah zu Boden, mühsam hielt sie die Tränen zurück. Für sie stand viel auf dem Spiel, mehr vielleicht, als sie bisher gedacht hatte. Die hugenottische Kirchengemeinde am Gendarmenmarkt war ihr nach der Trennung von Ernst-Ludwig zur zweiten Heimat geworden. Es war ein Ort, an dem man sie wohlwollend aufgenommen hatte, ein Platz, an dem sie Zwiesprache mit ihrem Gott halten konnte. Niemand dort wusste bisher, dass ihr Ehemann ein zweitklassiger Musiker und ihre Lebensumstände alles andere als erfreulich waren. Unter den französischstämmigen Hugenotten fühlte sie sich gut aufgehoben. Das alles geriet nun ins Wanken.

Eine dumpfe Ratlosigkeit überfiel sie. Am liebsten hätte sie sich irgendwo fernab von allen Menschen verkrochen, aber ein Rückzug würde ihr nicht weiterhelfen. Sie musste etwas tun, um diese leidige Angelegenheit aufzuklären. Nur wie das geschehen sollte, davon hatte sie keine Vorstellung.

Raus aus dem Dunkel und hinein ins Licht – wie oft in ihrem Leben hatte sie sich das schon vergeblich gewünscht?

7. Kapitel

Was für ein Unheil, und sie war mittendrin.

Atemlos blieb Regine im Treppenhaus stehen, sie zog sich in eine Fensternische zurück und schloss die Augen. Ihr Herz klopfte zu schnell und zu laut. Um sich zu beruhigen, legte sie für einen Moment die Hand auf den Oberkörper.

Kaum, dass sie heute Morgen das Postfuhramt betreten hatte, war sie vom Schichtleiter herangewinkt worden. Ohne jede Erklärung hatte er sie nach oben in die Personalabteilung geschickt. In Siegfried Ecksteins Büro im zweiten Stockwerk war sie in scharfem Ton einer Befragung unterzogen worden. Es ging um das Flugblatt. Noch habe sie Zeit zu gestehen und glimpflich dabei wegzukommen, hatte der Oberpostrat gesagt. Reden solle sie, dann werde ihr nichts geschehen. Reden? Nie im Leben. Damit würde sie sich selbst und die Kolleginnen ans Messer liefern. Regine hatte geschwiegen oder geleugnet, sie hatte sich heftig gegen jede Unterstellung gewehrt. Mit Erfolg. Irgendwann hatte Eckstein aufgegeben. Vorläufig jedenfalls.

Sie schlug die Augen wieder auf.

Kaum vorstellbar, dass Evi sich in ein Ekel wie diesen Siegfried Eckstein verliebt hatte. Für Regine war dieser Mann alles andere als anziehend, aber Evi war ihm abgrundtief und über Monate verfallen gewesen. Anstatt froh zu sein, dass er sie freigegeben hatte, war ihr Liebeskummer noch immer nicht verflogen. Sicher, äußerlich wusste Eckstein zu beeindrucken. Stets war er sorgfältig und nach neuester Mode gekleidet, stets umgab ihn neben dem Anflug von Eleganz auch ein Hauch von Rasierwasser. Er verstand es, sich präzise und gewählt auszudrücken. Regine mochte den Oberpostrat dennoch nicht. Der Bursche schien ihr hinterlistig zu sein, durchtrieben, nur auf seinen Aufstieg in der Behörde bedacht. Ab heute gehörte dieser Mann zu ihren Feinden. Eckstein hatte versucht, ihr allein die Sache mit dem Flugblatt in die Schuhe zu schieben – ganz falsch lag er damit nicht, aber selbst, wenn dem so gewesen wäre, wäre es kein Verbrechen gewesen, das sie begangen hatte. Die Kolleginnen zu einem gerechten Kampf aufzurufen konnte nicht verboten sein. Kurt Bödeker sah es genauso. Das Flugblatt enthielt keine einzige falsche Aussage.

»Hier bist du!«

Erschrocken fuhr Regine herum. Emma kam die Treppe hinauf, in ihren blauen Kniebundhosen und der tadellos sitzenden, dreiviertellangen Jacke blieb sie neben Regine stehen. Ihre Autofahrerbrille hatte sie auf den Schirm ihrer Mütze geklemmt. Besorgnis lag in ihrem Blick, auch wenn sie fesch aussah in ihrer Uniform.

»Menschenskind, ich hab dich überall gesucht. Die Kollegin Nelly Schröder hat dich vorhin unten im Erdgeschoss mit dem Schichtleiter gesehen und gleich darauf warst du verschwunden. Warst du bei denen da oben?«

Emma deutete zur Decke hinauf. Über ihnen hockte die Behördenleitung, diese Herrschaften waren dem Himmel näher als jeder andere im Postfuhramt.

Regine nickte.

»Ja, ich musste zu Eckstein. Des Flugblatts wegen.«

»Mist. Und was wollte er wissen?«

»Er versucht natürlich herauszufinden, wer den Schrieb verfasst hat. Mit einem Rauswurf und unehrenhafter Entlassung hat er gedroht. Außerdem winkt der Schuldigen ein Eintrag in die Personalakte.«

Regine wagte sich bis an das Treppengeländer vor, ausführlich sah sie sich um: Bei diesem Gespräch belauscht zu werden, war das Letzte, was sie wollte, doch das Erdgeschoss unter ihnen wirkte verlassen. Alle anderen Briefzusteller schienen ihre Tour durch die Stadt bereits angetreten zu haben.

Emma kam zu ihr und begann zu flüstern.

»Fragt sich, wofür das Verhör eben gut gewesen sein soll, wenn sie uns sowieso alle feuern.«

»Wenn sie die Namen der Schuldigen haben, können sie die gleich als Erstes rauswerfen. Allen anderen würde es zeigen, dass es keinen Sinn hat, sich zu wehren. Die Behördenleitung sitzt immer am längeren Hebel.«

»Wir sollten die Kolleginnen warnen. Nicht, dass irgendjemand durch eine unbedachte Bemerkung Lotte verpfeift.«

»Die Frage ist, ob es Lotte noch helfen wird, wenn wir sie schützen.«

Emma winkte ab, vermutlich gab es bereits Gerüchte über Lottes Verhaftung.

»Hat sich rumgesprochen, dass sie festgenommen wurde. Ihre Schwester war hier und hat Lotte krankgemeldet.«

»Hast du mit ihr gesprochen?«

»Mit Paula? Nee, aber ich habe gehört, dass Lotte im Frauengefängnis in der Barnimstraße sitzt.«

»Lieber Himmel. Was wirft man ihr denn vor?«

Emma lachte, ihre Stimme klang dunkel und rau.

»Man erzählt sich so einiges. Angeblich soll unsere Lotte als Engelmacherin gearbeitet haben.«

»Was? Das ist doch nicht wahr. Wer sagt so was?«

»Nicht so laut. Die Wände hier haben Ohren.«

»Das ist üble Nachrede, nichts sonst.«

Emma zuckte mit den Schultern.

»Keine Ahnung, aber mir war das nicht neu.«

»Wie bitte?«

»Ich hab schon öfter Andeutungen dieser Art gehört. Viele der Frauen meinten, dass es irgendwann so kommen musste.«

»Dummes Gerede.«

»Da bin ich mir nicht sicher. Angeblich wussten es etliche der Kolleginnen, außer dir vielleicht. Du hast eben keinen Kerl, der dich in Schwierigkeiten bringen kann.«

Regine schwieg, darauf konnte sie nichts erwidern. Sie spürte die Hitze, die ihr ins Gesicht schoss. Emma bemerkte ihre Schamesröte glücklicherweise nicht, sie spähte über das Treppengeländer in die Tiefe. Die Situation war ein wenig peinlich. Ungerne stand Regine als dummes Häschen da, das keine Ahnung hatte von dem, was zwischen Mann und Frau passierte. Aber tatsächlich war sie genau das: unerfahren und ahnungslos.

Zum Glück schien Emma das Thema nicht vertiefen zu wollen. In aller Seelenruhe angelte sie eine ihrer selbst gedrehten Zigaretten aus der Tasche ihrer Uniform. Regines Gedanken irrten einmal mehr zu Kurt Bödeker, denn offenbar hatte er recht gehabt mit seiner Vermutung: Lottes Schwierigkeiten hatten nichts mit dem Dienst zu tun. War er genau wie alle anderen hier bestens über Lottes Nebenerwerb unterrichtet? War sie das einzige dumme Schaf im ganzen Zustellbezirk?

Die Engelmacherei war eine blutige Angelegenheit, aber auch eine, die gut bezahlt wurde. Manche dieser Kurpfuscher beschränkten sich darauf, Pillen und Tinkturen zu verabreichen, die aber genauso tödlich sein konnten wie eine Stricknadel oder ein aufgebogener Kleiderbügel, wenn sie zum Einsatz kamen. In den Zeitungen wurde gelegentlich über die tödlichen Folgen dieser Taten berichtet. Es fehlte nicht an Prozessen wegen Kindstötung und hohen Haftstrafen. Zuchthaus drohte, oft bis zum Lebensende. Kein Wunder, dass die Kriminalpolizei bei Lotte Wellmann angerückt war. Jemand musste sie verpfiffen haben.

Ein Streichholz flammte neben Regine auf, gleich darauf verbreitete sich im Treppenhaus der Gestank nach verbranntem Laub. Was war das nur wieder für ein Kraut, das Emma rauchte? Regine hustete leise, diese Raucher waren derzeit für alle anderen eine Qual. Weil echter Tabak seit Kriegsbeginn Mangelware war, wurde ziemlich seltsames Grünzeug als Ersatztabak angeboten. Emmas Zigarette roch abscheulich.

Durch graue Schwaden hindurch grinste Emma sie an.

»Ich weiß, diese Glimmstängel sind übel. Marke Handgranate, anzünden und wegschmeißen.«

»Dann schmeiß es weg, das Ding. Hier drinnen ist das Rauchen sowieso nicht erlaubt, wie du weißt.«

Emma lachte, bevor sie den nächsten Zug von ihrer Zigarette nahm.

»Wir müssen uns überlegen, wie's weitergehen soll. Man kann gegen Lotte sagen, was man will, aber sie hat Mut. Wenn sie nicht mehr bei uns ist, muss jemand anders an ihre Stelle treten.«

»Das ist richtig. Wie steht's, hast du nicht Lust, bei uns in der Streikleitung mitzumachen?«

Emma zögerte, im ersten Augenblick schien sie den Kopf schütteln zu wollen, dabei hätte Regine gerade Emma gerne dabeigehabt. Jeder im Bezirk mochte sie, sie besaß Humor und war alles andere als feige. Mit den Männern im Dienst konnte sie ebenso gut umgehen wie mit den Frauen.

Regine schenkte ihr ein aufmunterndes Lächeln.

»Die Leute mögen dich. Als Kraftwagenfahrerin kommst du außerdem viel herum. Du kennst die Zustellerinnen in anderen Bezirken, das wäre sehr nützlich für uns. Du stehst doch auf unserer Seite, oder nicht?«

»Natürlich stehe ich auf eurer Seite, aber in der Streikleitung aktiv zu sein, erfordert ein bisschen mehr – und das weißt du auch.«

»Gemeinsam mit dir wären wir um einiges stärker. Du möchtest doch, dass wir Erfolg haben, oder?«

»Ich finde, die Kolleginnen sollten beschließen, wer bei uns den Hut aufhat. Wir haben die anderen Frauen nie gefragt, wer sie vertreten soll. Falls es zu Unstimmigkeiten kommt, ist es besser, wenn das Streikkomitee grundsätzlich das Vertrauen der anderen Frauen besitzt.«

»Richtig. Dann lass uns die Kriegsaushilfen zusammenholen. Wir sammeln ihre Vorschläge und stimmen dann ab.«

»Hier auf dem Gelände geht das nicht. Die Pferdeställe sind auf Dauer nicht sicher. Ballmieders Ballhaus in der Brunnenstraße, kennst du das?«

»Ja, das ist mein Zustellbezirk.«

»Sie haben mehrere große Säle dort. Vor dem Krieg war da immer etwas los.«

»Weiß ich, als Treffpunkt wäre das gut, den Laden kennt jeder. Aber können wir uns die Saalmiete leisten?«

»Einer meiner Cousins ist Kellner bei Ballmieder, vielleicht kann der uns helfen. Ich frage ihn und sage dir Bescheid. Wenn es klappt, treffen wir uns nächsten Freitag nach der Schicht um fünf Uhr im großen Tanzsaal.«

»Einverstanden.«

Emma ließ ihre Zigarette zu Boden fallen und trat die Glut aus. Mit einer geübten Handbewegung setzte sie die Schirmmütze samt Autofahrerbrille auf und rückte sie zurecht.

»Und jetzt muss ich los, bin sowieso zu spät dran.«

»Danke, dass du mich unterstützt, Emma.«

Emma winkte ab.

»Wundert dich das? Mich schmeißen sie auch raus, wenn der Zeitpunkt dafür gekommen ist. Ich bin auch bloß eine Kriegsaushilfe, genau wie du.«

»Dich werden sie behalten. Als eine der wenigen Kraftfahrerinnen der Reichspost können sie angeben mit dir.«

»Wozu denn? Frauen gehören an den Herd. Kinder, Küche, Kirche, schon vergessen? Autofahren können die Männer obendrein sowieso besser als unsereins, weiß doch jeder.«

»So, wie sie alles andere auch besser können.«

»Du sagst es.«

Mit einem Lächeln verabschiedeten sie sich voneinander, Emma zog ab. Regine wartete noch einen Moment, dann folgte sie der Kollegin ins Freie. Was die Vorbereitung des Streiks anbelangte, war sie heute endlich einmal zufrieden mit den Fortschritten, die sie machte. Mit Emma an ihrer Seite würde sie den Arbeitskampf schneller vorantreiben. In dem Punkt war sie zuversichtlich, es war ihre Liebe zu Kurt Bödeker, die ihr Kummer bereitete. Bisher wusste sie nicht, ob sie in dieser Hinsicht hoffen durfte. Der Mann von der Gewerkschaft war nicht unfreundlich zu ihr, aber er versuchte auch nicht, sie mit Worten oder Taten zu beeindrucken. Immer war sie diejenige, die es in seine Nähe zog. Sie wollte Bödeker nicht hinterherlaufen müssen, irgendwann würde das peinlich werden.

Oder war es das schon? Er hatte nichts dergleichen gesagt, aber sie hätte allzu gerne erfahren, ob er nicht längst in festen Händen war. Gepasst hätte es. Einer wie er zog neugierige Blicke auf sich. Bödeker trug keinen Ehering, das hatte sie kontrolliert, aber was besagte das schon? Heutzutage lebten immer mehr Paare ohne Trauschein zusammen, einfach, weil es praktischer war. Doch selbst wenn es keine Frau an seiner Seite gab, bedeutete das nicht, dass der Weg zu seinem Herzen frei war. Vielleicht fand er sie nur als Postlerin, aber nicht als Frau interessant. Es war nicht auszuschließen, dass es ihm in erster Linie darum ging, bei den Zustellerinnen der Reichspost einen Fuß in die Tür zu bekommen. Aus seiner Sicht verständlich, denn gewerkschaftlicher Elan war in dieser Behörde bisher kaum zu spüren. Die Beamten, die hier ihren Dienst taten, waren an den »Arbeitervereinen«, wie sie die Gewerkschaften verächtlich nannten, kaum interessiert.

Mit ihr dagegen hatte Kurt Bödeker jemanden gefunden, der anders dachte. Jemand, der Interesse hatte und um Unterstützung bat.

Privat allerdings brachte es wenig, sich Hoffnungen auf einen Mann zu machen, wenn der nicht zur Verfügung stand. Sie musste herausfinden, ob Bödeker noch zu haben war. Herzensangelegenheiten waren immer heikel, aber das durfte sie nicht daran hindern, etwas zu unternehmen. Sie würde viel Mut brauchen, um ihren Gewerkschafter bei nächster Gelegenheit nach seinen Lebensumständen zu fragen. Wie genau sie diese schwierige Aufgabe anpacken sollte, wusste sie noch nicht.

Mitten auf dem Hof blieb Regine stehen. Sie lächelte, auch wenn es gar nicht so komisch war, was ihr durch den Kopf ging: Warum musste sie nur eine so dumme Gans sein in Sachen Liebe? Es konnte nur besser werden, davon immerhin war sie fest überzeugt.

Heute war der Tag, an dem Lydia Eckstein zu Grabe getragen wurde.

Evi hatte eine Weile mit sich gekämpft, doch inzwischen war sie entschlossen, bei dieser Gelegenheit nicht abseits zu stehen. Als eine Kollegin vor ein paar Tagen Unterschriften für eine Beileidskarte gesammelt hatte, war Evi klar geworden, dass der Tod von Siegfrieds Ehefrau auch sie betraf. Ohne zu zögern hatte sie die Karte unterschrieben und etwas Kleingeld für den Kranz beigesteuert, den die anderen Telefonistinnen für die Verstorbene bestellen wollten. In den Augen der meisten Kolleginnen mochten Karte und Kranz ausreichend sein, aber in ihrem Fall genügte das nicht. Der Tod von Siegfrieds Ehefrau war tragisch, aber er konnte noch immer zu einem Wendepunkt in ihrer Beziehung zu Siegfried werden, wenn sie jetzt alles richtig machte.

Evi hatte sich einen halben Tag freigenommen, heute verließ sie schon mittags das Postfuhramt. Zu Fuß und mit der Straßenbahn durchquerte sie die Stadt, um zum Friedhof Lichterfelde zu gelangen. Für sie war das eine halbe Weltreise, denn Lichterfelde war ein Vorort im Südwesten, der außerhalb der Stadtgrenzen lag. Nach endloser Lauferei fand sie endlich die kleine Backsteinkapelle auf dem Friedhof, in der die Trauerfeier für Frau Eckstein stattfinden sollte. Ihre Beisetzung war erst für zwei Uhr angesetzt, aber die große Holztür der Kapelle stand bereits offen. Evi trat ein und musterte das Innere des kleinen Gebäudes, das schmucklos wirkte, nur die bunten Glasfenster waren ein Blickfang. An der Stirnseite des Gotteshauses hatte man die Verstorbene inmitten von Gestecken aus Nelken, Lilien und Rosen aufgebahrt. Der

Duft der brennenden Wachskerzen mischte sich mit dem Duft der Blumen, während sich im Hintergrund drei Musiker für ihren Auftritt bereit machten. Behutsam hantierten die Männer mit Notenständern und Instrumenten. Das Bild, das sich ergab, war eindrucksvoll – Eckstein hatte wirklich alles Erdenkliche aufgeboten, um den Abschied von seiner Frau würdig zu gestalten. Die Veranstaltung sollte eine große Sache werden, es war unübersehbar.

Evi biss sich auf die Unterlippe, sie war einigermaßen verblüfft. Wie oft hatte Siegfried ihr gegenüber beteuert, dass es keine tiefe Liebe sei, die ihn mit seiner Lydia verband? Er bleibe aus purem Mitleid bei ihr, hatte er behauptet, nichts würde er mehr ersehnen als seine Freiheit. Entweder hatte er damals gelogen oder aber die üppige Inszenierung dieser Beisetzung war eine Lüge. Was mochte allein der Blumenschmuck gekostet haben? Sicher, die Familie der Verstorbenen war vermögend, das wusste Evi. Aber war das der einzige Grund, warum Siegfried sich mit dieser Trauerfeier derart verausgabte?

Füße scharrten im Hintergrund, Stimmen erklangen in der Ferne. Die ersten Trauergäste trafen ein. Auf einmal fühlte Evi eine tiefe Verunsicherung. War ihre Anwesenheit an diesem Ort wirklich angemessen? Schon allein ihr Äußeres sprach dagegen. Nervös griff sie nach der kleinen schwarzen Kappe mit der Schleife aus schwarzem Ripsband, die sie sich bei ihrer Mutter ausgeliehen hatte. Ihr dunkelblauer Mantel mochte als Trauerkleidung gerade noch angehen, aber sowohl ihre abgelaufenen Schuhe als auch die billige Handtasche ließen erkennen, dass sie nicht in den Kreis gehörte, der sich hier versammelte.

Der Raum füllte sich, immer mehr Trauergäste nahmen auf den dunklen Holzbänken rechts und links vom Mittelgang Platz. Evis Nervosität stieg, sie begann zu schwitzen – verwirrt, wie sie inzwischen war, wagte sie es nicht, sich mit den anderen Gästen auf einer der Kirchenbänke niederzulassen. Sie versuchte, gleichmäßig zu atmen, beharrlich hielt sie ihren Blick auf den hellen Sarg aus Eichenholz gerichtet. Vielleicht war es besser, eilig aus der Kapelle zu verschwinden. Sie fühlte sich fehl am Platz. Was, wenn jemand aus der Behördenleitung ihre Anwesenheit bemerkte? Einer der Herren Direktoren würde gewiss erscheinen, um Siegfried zu kondolieren.

»Verzeihen Sie, junge Dame, dürfte ich Sie einen Moment sprechen?«

Eine ganz in Schwarz gekleidete Gestalt hatte sich neben ihr aufgebaut. Evi musterte den Unbekannten mit dem spitz wirkenden Kinn und den buschigen Augenbrauen. Er erwiderte ihre Blicke schweigend, geradezu trotzig, wie es ihr schien.

»Ja, bitte? Sie wünschen?«

Evi hörte es selbst, ihre Stimme klang jämmerlich. Kein Wunder, sie fühlte sich nicht gut. Diese Geschichte drohte zu einer Blamage zu werden, umso mehr, da der Unbekannte im nächsten Moment unaufgefordert seinen Arm unter den ihren schob.

»Lassen Sie uns einen Moment an die frische Luft gehen. Dort können wir uns in Ruhe unterhalten.«

Evi fühlte sich belästigt, das Verhalten des Mannes war unverschämt. Sie wollte ihm widersprechen und sich von ihm befreien, doch der Fremde ließ sich nicht abschütteln. Er hielt ihren Ellenbogen fest umklammert und drängte sie in

Richtung Ausgang. Um kein Aufsehen zu erregen, erduldete Evi seine Gegenwart, in aufrechter Haltung begleitete sie den Mann ins Freie. Der Geruch nach Mottenpulver stieg ihr in die Nase, der Mantel ihres Begleiters roch penetrant danach. Dieser Friedhofsbesuch entwickelte sich zu einem Fiasko, doch was konnte sie dagegen tun? Sie folgte dem Fremden, erst neben einer von Buchsbaumhecken umgebenen Holzbank blieb er stehen.

Mit einer entschiedenen Bewegung machte Evi sich von ihm los.

»Schluss jetzt. Nehmen Sie gefälligst Ihre Hände weg.«

»Es tut mir leid, Ihnen das sagen zu müssen, mein Fräulein, aber die Beisetzung findet im engsten Kreis der Familie statt.«

»Im engsten Kreis der Familie, aha. Und wer sagt Ihnen, dass ich nicht zu diesem Kreis gehöre?«

»Ich bin darauf hingewiesen worden, dass das nicht der Fall ist.«

»So, tatsächlich? Von einem engen Familienkreis hat nichts in der Zeitung gestanden.«

»Vielleicht haben Sie den Hinweis übersehen. Ich weiß, es ist sicher schmerzlich für Sie, aber ich muss Sie bitten zu gehen.«

»Wer sagt das?«

»Ich spreche im Auftrag der Familie der Verstorbenen. Bitte ersparen Sie uns Unannehmlichkeiten. Es ist auch in Ihrem Interesse, dass wir die Sache hier beenden.«

Der Herr in Schwarz faltete die Hände, dabei hatte er bestimmt nicht vor, gemeinsam mit ihr für Lydia Ecksteins

Seelenheil zu beten. Wahrscheinlich gehörte er zum Beerdigungsunternehmen, wahrscheinlich erlebte er Auftritte wie diesen nicht zum ersten Mal. Sie dagegen hatte dergleichen noch nie erlebt. Dieser Rauswurf kränkte sie zutiefst.

Evi schluckte, sie hätte erneut dagegenhalten können, aber es machte vermutlich keinen Sinn, sich mit diesem Lakaien herumzustreiten. In diesem Augenblick entdeckte sie Siegfried. Er stand in der offenen Tür der Friedhofskapelle, seinen schwarz glänzenden Zylinder hielt er in der Hand. Er beobachtete sie, also hob sie den Kopf, sie richtete sich kerzengerade auf und erwiderte in dieser Haltung seinen Blick. Was für ein Feigling er doch war. Warum sagte er es ihr nicht selbst, wenn er sie nicht bei der Trauerfeier dabeihaben wollte? Es war billig und geschmacklos, einen anderen vorzuschicken, der die vermeintliche Drecksarbeit erledigte. Für den Bruchteil eines Augenblicks dachte sie daran, Siegfried vor allen Leuten eine Szene zu machen, doch damit hätte sie die Totenruhe gestört. Vermutlich war es ein Fehler gewesen, überhaupt hierherzukommen. Welcher Teufel hatte sie nur geritten? Es hatte eine Geste der Anteilnahme Siegfried gegenüber sein sollen, doch er fasste ihre Anwesenheit offenbar als Kriegserklärung auf. Ihre Lage erlaubte es nicht, der Sache an Ort und Stelle weiter nachzugehen. Was hätte es gebracht?

Evi nickte dem Mann in Schwarz kurz zu, der noch immer wartend neben ihr ausharrte. Ohne ein weiteres Wort wandte sie sich ab. Sie schaute nicht zurück, sie wollte nur noch fort. Wie naiv war sie gewesen, wie unbedacht hatte sie gehandelt. Die Erkenntnis kam so plötzlich und war so absolut, dass sie schmerzte: Der Korb, den Eckstein ihr gegeben hatte, musste nichts mit dem Tod seiner Frau zu tun haben. Gut möglich, dass Siegfried den Vorsatz, sie loszuwerden, schon vor längerer Zeit gefasst hatte – das erklärte auch die eisige Kälte, mit der er sie jetzt behandelte. Seine Gefühle für sie waren seit Längerem erloschen. Sie langweilte ihn, sie war ihm gleichgültig, er würde sie um keinen Preis der Welt zurückhaben wollen. Sie war es, die nicht loslassen wollte, ihre Situation drohte unträgbar zu werden. Sie musste diese Affäre endgültig hinter sich lassen und jedes noch so kleine, liebvolle Gefühl für Siegfried aus ihrem Leben verbannen. Es machte keinen Sinn, an Empfindungen festzuhalten, die sie nur noch peinigten. Es tat weh und war erniedrigend, abgewiesen zu werden. Und doch war es an der Zeit zu akzeptieren, dass ihre Geschichte mit Eckstein vorüber war.

Den Schmerz über ihre gescheiterte Liebe wollte sie von nun an zulassen. Sie durfte keine Hoffnungen auf eine romantische Versöhnung mehr hegen. Damit zog sie das Unvermeidliche nur in die Länge. Sie hatte dazugelernt. Sie würde sich erholen und in Zukunft klügere Entscheidungen treffen.

Während Evi den Friedhof verließ, klammerte sie sich an diese Aussicht, auch wenn die Ereignisse dieses Tages ihr wenig Zuversicht schenkten.

Geschafft – behutsam zog Regine die Wohnungstür ins Schloss. Mutter tratschte ein Stockwerk tiefer mit der Nachbarin, Vater war in dem Polstersessel am Wohnzimmerfenster eingenickt, das bot ihr die Gelegenheit, sich auf leisen Sohlen davonzuschleichen. Hastig verließ Regine das Haus in der Ruppiner Straße. Kaum im Freien, beschleunigte sie ihre Schritte, ein längerer Weg lag vor ihr. Eine Stunde mindestens würde sie brauchen, um über die Brunnenstraße und am Scheunenviertel vorbei nach Kreuzberg zu kommen. Auf der Schillingbrücke ging es über die Spree, immer weiter strebte sie in Richtung Süden. Irgendwann kam das Gewerkschaftshaus am Engelufer in Sichtweite. Sie war ihrem Ziel ganz nahe, aber ihre Stimmung bedrückte sie. Wieder einmal war sie diejenige, die einen langen Weg auf sich nahm, um Kurt Bödeker zu sehen. Lag ihm denn gar nichts daran, sie zu treffen? Bei ihrer letzten Begegnung hatte er ihr versprochen, einen Anwalt anzurufen, um herauszufinden, wie es um Lotte Wellmann bestellt war. Bödeker hatte sich nicht bei ihr gemeldet, offenbar hatte er die Angelegenheit vergessen. Es war immer das Gleiche: Wenn sie sich nicht kümmerte, hörte sie nichts von ihm. Sie hatte wenig Ahnung davon, wie man als junge Frau die Aufmerksamkeit eines Mannes weckte – dennoch, eines war ihr klar: Auch Kurt Bödeker musste Interesse zeigen, wenn das mit ihnen beiden mehr als nur eine Freundschaft werden sollte.

»Fräulein Lorenz? Kommen Sie schnell, ich schließe gerade ab.«

Erschrocken blickte sie auf. Gregor Stratmann gab ihr einen Wink, mit einem Schlüssel in der Hand stand er in der Tür gegenüber. Sie hatte den Hinterhof des Gewerkschaftshauses am Engelufer erreicht, offensichtlich machten sie auch bei der Gewerkschaft irgendwann Feierabend. Regine folgte

Stratmanns Einladung, sie betrat das Gebäude, das er eben hatte abschließen wollen.

»Sie suchen Kurt Bödeker, nehme ich an.«

»Ganz recht. Immer vorausgesetzt, er hat Zeit für mich.«

»Er ist oben, in meinem Büro. Hat ein bisschen viel um die Ohren in letzter Zeit. Wenn ich könnte, würde ich ihn stärker entlasten.«

»Warum tun Sie es nicht?«

»Er muss lernen, sich ohne meine Hilfe zurechtzufinden, wissen Sie?«

Aufmerksam musterte Regine den Mann, der ihr als eine Art Vorgesetzter von Kurt Bödeker in Erinnerung war. Sie hätte gerne gewusst, wovon Stratmann sprach, doch was Bödekers Arbeit in diesem Haus anging, blickte sie nicht durch. Gehörte er zum Fußvolk, oder war es etwas mehr, das er zu verantworten hatte? Bevor sie weitere Fragen stellen konnte, ergriff Stratmann wieder das Wort.

»Wie sieht's denn bei der Reichspost aus? Ich hoffe, Sie kommen mit Ihrem Arbeitskampf voran?«

»Ja, ich denke schon. Wir versuchen gerade, ein Streikkomitee zu gründen. Am nächsten Freitagnachmittag treffen wir uns, um die Einzelheiten zu besprechen.«

»Das klingt gut.«

Regine war Gregor Stratmann ins Treppenhaus gefolgt, doch zu ihrer Überraschung blieb er stehen und legte ihr für einen kurzen Moment die Hand auf die Schulter.

»Sie packen das, machen Sie weiter so. Und haben Sie Verständnis, wenn Sie über den Kollegen Bödeker nicht immer verfügen können. Er will den Aufstieg in unsere Funktionärsriege schaffen. Ich unterstütze ihn, so gut ich kann. Es bedeutet eine Menge Mehrarbeit für uns beide.«

»Den Aufstieg in die Funktionärsriege? Was bedeutet das? Ich verstehe nicht.«

»Hat er mit Ihnen noch nicht darüber gesprochen?«

»Nein. Ich denke mal, er ist der Ansicht, das geht mich nichts an.«

»Ich denke mal, er ist der Ansicht, dass es Sie nicht interessiert.«

Stratmann lachte leise, Regine war aber nicht nach Scherzen zumute. Kurt Bödeker war wichtig für sie, spürte Stratmann das nicht? Sie wartete angespannt, vielleicht würde dieses Gespräch ihr neue Erkenntnisse bringen.

»Kurt will sich auf einen freien Posten als Gewerkschaftssekretär bewerben. Sie können sich vorstellen, dass es mehr als nur einen Bewerber geben wird. Wer bei der Auswahl ernsthaft eine Rolle spielen will, muss eine Menge Kenntnisse und Erfahrungen besitzen.«

»Gewerkschaftssekretär? Verzeihen Sie, aber was ist das für eine Position? Ich bin nicht Mitglied bei Ihnen, ich habe keine Ahnung, worum es geht.«

Stratmann runzelte die Stirn, doch bevor er zu einer weiteren Erklärung ansetzen konnte, hörten sie Schritte. Es war Kurts Gestalt, die am oberen Ende der Treppe auftauchte. Er kam zu ihnen hinunter, dicht neben Regine blieb er stehen.

»Fräulein Lorenz, guten Abend. Ich habe Ihre Stimme auf dem Gang gehört. Was gibt es Neues bei der Reichspost? Oder störe ich gerade?«

»Aber nein. Fräulein Lorenz wollte zu dir, ich habe sie nur

hereingelassen.« Stratmann hob grüßend eine Hand. »Ich habe noch zu tun. Einen angenehmen Feierabend wünsche ich.«

Stratmann ging, im nächsten Moment war er verschwunden. Regine blieb allein mit Kurt Bödeker, sie war verunsichert. Anscheinend stand sie einem zukünftigen Gewerkschaftssekretär gegenüber, aber was bedeutete das genau? Sie hatte keine Ahnung, wie dieser Verein organisiert war. Bödeker wirkte gut gelaunt, er lächelte zu ihr hinunter.

»Da wären Sie also wieder.«

»Ja, da bin ich wieder. Haben Sie Zeit für mich? Nicht, dass ich Sie von der Arbeit abhalte.«

»Das tun Sie nicht.«

»Wirklich nicht? Herr Stratmann hat mir eben berichtet, dass Sie sich um eine wichtige Position in Ihrer Gewerkschaft bewerben möchten. Da brauchen Sie sicherlich jede freie Minute am Schreibtisch.«

»Das schon, aber darüber müssen Sie sich nicht den Kopf zerbrechen. Erzählen Sie mir mal lieber, was los ist im Postfuhramt.«

Kurt Bödeker ließ sich auf die unterste Treppenstufe sinken. Sie hatte des Öfteren den Eindruck, dass er danach trachtete, sich kleiner zu machen, als er war. Wollte er den Abstand zwischen ihnen beiden verringern, oder ging es ihm grundsätzlich darum, nicht überall seiner Größe wegen sofort aufzufallen? So oder so, es half nicht viel, selbst im Sitzen wirkte er wie ein Koloss. Regine lächelte, blieb aber neben ihm stehen.

»Sie hatten mir versprochen, wegen Lotte Wellmann einen Anwalt anzurufen. Gibt's da was Neues?«

»Ja, ich habe mit der Rechtsanwaltskanzlei telefoniert, die uns berät. Leider hat der Herr Anwalt sich erst heute Morgen persönlich bei mir gemeldet.«

»Dann wissen Sie wahrscheinlich, dass Lotte wegen des Verdachts auf Kindstötung im Gefängnis gelandet ist?«

»Inzwischen weiß ich es. Der Anwalt hat sich erkundigt. Hat es sich also auch schon im Postfuhramt rumgesprochen?«

Kurt Bödeker runzelte die Stirn, er wirkte wenig erfreut. Hatte er tatsächlich geglaubt, dass der schwere Vorwurf gegen Lotte sich geheim halten lassen würde?

»Die Kolleginnen wissen Bescheid. Die Gerüchteküche hat gute Arbeit geleistet. Überrascht Sie das?«

»Nein, nicht unbedingt.«

»Sie hatten auch eine Vermutung in dieser Richtung, oder etwa nicht? Sie haben sich geweigert, bei Lottes Verhaftung in der Eichendorffstraße etwas zu unternehmen. Offenbar war Ihnen klar, dass die Polizei alles Recht der Welt hatte, Lotte abzuführen.«

Kurt Bödeker antwortete nicht, er zuckte nur kurz mit den Schultern. Regine wartete ein paar Sekunden, aber sie war nicht bereit, ihre Befragung an dieser Stelle abzubrechen. Im Gegenteil. Sie sah Kurt Bödeker fest in die Augen.

»Sie kennen Lotte von früher, haben Sie gesagt.«

»Ja.«

»Wissen Sie, was? Ich glaube, Sie und Lotte waren früher ein Paar. Das ging eine Weile gut, aber weil Lotte ihre Tätigkeit als Engelmacherin nicht einstellen wollte, haben Sie sich von ihr getrennt.«

»Ach ja? Das glauben Sie?«

Bödeker wirkte erstaunt, doch das konnte vieles bedeuten. Entweder, sie hatte voll ins Schwarze getroffen mit ihrer Vermutung, oder sie hatte ihn mit einer völlig grundlosen Unterstellung vor den Kopf gestoßen.

Es wurde still im Treppenhaus. Für ein paar bange Momente schien alles zwischen ihnen in der Schwebe zu sein. Endlich schüttelte der Gewerkschafter den Kopf, ein Lächeln spielte um seine Mundwinkel. Was war so komisch an dem, was sie eben gesagt hatte?

»Nein, Fräulein Lorenz, da liegen Sie daneben. Ich weiß nicht, woher Sie das haben.«

»So abwegig finde ich das nicht. Es würde erklären, warum Sie sich für Lotte einsetzen.«

»Lottes Schwester Paula und ich waren im Sommer 1914 für kurze Zeit ein Paar, doch ich habe mich nach ein paar Wochen von Paula getrennt.«

Unwillkürlich riss Regine die Augen auf – endlich gab dieser Mann etwas von sich preis, es erleichterte sie, dass Kurt Bödeker sich zugänglicher zeigte. Nur eifersüchtig durfte sie jetzt nicht werden, das hätte seiner Ehrlichkeit bestimmt ein Ende bereitet.

»Dann kümmern Sie sich nur Paula zuliebe um Lotte?«

»Ich würde jeder Kollegin und jedem Kollegen helfen wollen, wenn er oder sie in Schwierigkeiten ist.«

»Das ist sehr großherzig, aber …«

»Nein, lassen Sie mich die Geschichte zu Ende erzählen. Ich habe Paula verlassen, aber dafür gab es Gründe, die nichts mit ihrer Schwester zu tun hatten. Dass Lotte angeblich als Engelmacherin arbeitet, habe ich erst nach dem Krieg erfahren.«

»Das soll ich glauben?«

»Tun Sie es besser, denn so ist es gewesen.«

»War es nicht vielleicht so, dass Lottes Nebenbeschäftigung bei der Trennung von Paula eine Rolle gespielt hat? Als zukünftiger Gewerkschaftssekretär konnten Sie keine Schwägerin brauchen, die laufend mit dem Gesetz in Konflikt gerät.«

»Ich wusste damals über Lottes Nebentätigkeit noch nichts, das sagte ich schon. Paula wollte bei Kriegsbeginn auf die Schnelle heiraten. Wir kannten uns beide zu dem Zeitpunkt aber noch nicht lange, deshalb war ich dagegen.«

»Und seitdem ist Ihnen Lotte spinnefeind, weil Sie ihre Schwester im Stich gelassen haben.«

»Ja, so in etwa.«

In seinem Gesicht regte sich nichts, Kurt Bödeker zeigte weder Bedauern noch Scham, aber vielleicht musste er das auch gar nicht. Viele Romanzen waren im Sommer 1914 im Angesicht des Krieges zerbrochen. Es war nicht auszuschließen, dass er mit Blick auf die Ereignisse um die Schwestern Wellmann die Wahrheit sagte.

Regine musterte ihn, doch sein Gesicht schien unbewegt.

»Vertrackte Geschichte.«

»Wie so oft, wenn es um die Liebe geht. Ich hatte Paula angeboten, ihr von der Front zu schreiben. Das war ihr nicht genug.«

Regine blieb still. Sie hätte gern weitergefragt, doch sie wollte nicht übermäßig neugierig erscheinen. Sein Liebesleben ging sie schließlich nichts an. Fiel es nicht auf sie zurück, wenn sie Kurt Bödeker mit privaten Fragen derart bedrängte?

So nahe standen sie einander noch nicht, dass sie es wagen konnte, ihn unter Druck zu setzen.

Nervös befingerte sie den Kragen ihrer Uniformjacke. Sie schwitzte, alles Mögliche ging ihr durch den Kopf. Zum ersten Mal hatte dieser Mann mit ihr über seine Vergangenheit gesprochen. Er hatte eine Liebschaft mit Lottes Schwester hinter sich, und wer weiß, vielleicht war da noch mehr, wovon sie keine Ahnung hatte. Sollte sie das Thema dennoch vorerst besser auf sich beruhen lassen?

Kurt Bödeker erhob sich von seinem Platz auf der Treppe.

»Das ist die Geschichte, über die Sie sich so viele Gedanken gemacht haben, Fräulein Lorenz. Jeder, der Ihnen etwas anderes erzählt, sagt die Unwahrheit. Paula und ich gehen inzwischen getrennte Wege. Es war eine Liebe, die keine Zeit hatte, groß zu werden.«

»Ich verstehe. Entschuldigen Sie bitte. Das Ganze geht dich nichts an. Mit dem Streik bei der Post hat es nichts zu tun.«

»Ehrlich? Und ich dachte schon, Paula Wellmann hätte die Leitung des Streikkomitees der Zustellerinnen an sich gerissen. Wer weiß, was passiert ist, seitdem wir uns das letzte Mal gesehen haben.«

Regine sah zu Boden.

»Schon gut, ich habe es verstanden. Ich war zu neugierig.«

»Ist in Ordnung. Jetzt wissen Sie Bescheid.«

»Was Lotte anbelangt, sie fehlt uns sehr. Und nun werden wir Sie auch noch verlieren. Sie wollen Gewerkschaftssekretär werden, habe ich gehört. Stimmt das?«

»Ja, das ist richtig.«

»Dann werden wir Postlerinnen vermutlich demnächst auf Ihre Unterstützung verzichten müssen.«

»Nicht unbedingt. Noch ist der Kollege Stratmann im Dienst. Ich will sein Nachfolger werden, aber das geht nicht von jetzt auf gleich.«

Bödeker verschränkte die Arme vor dem Oberkörper. Wenn es um seine Arbeit ging, war er in seinem Element, dann wirkte er ruhig und selbstsicher. Vielleicht war er aber auch erleichtert darüber, dass sie ihr Kreuzverhör die Schwestern Wellmann betreffend aufgegeben hatte.

»Und was macht man so den ganzen Tag, wenn man Gewerkschaftssekretär ist?«

»Man kümmert sich um die Anliegen der Mitglieder. Das können soziale oder rechtliche Fragen sein, von einer Mietrechtsstreitigkeit bis zu einem Arbeitsunfall oder einer Rentenfrage, da ist alles dabei. Was auch immer einem Kollegen in seinem Berufsleben in die Quere kommen kann, es landet bei uns.«

»Aber für solche Sachen gibt es doch Rechtsanwälte, oder nicht?«

»Unsere Mitglieder können sich meistens keine Rechtsanwälte leisten. Deshalb beraten wir sie bei Streitigkeiten mit dem Arbeitgeber.«

»Klingt ziemlich anstrengend, wenn Sie mich fragen.«

»Manchmal ist es anstrengend, aber es ist eine sinnvolle Tätigkeit. Es ist wichtig, dass sich jemand um diese Dinge kümmert. Arbeitgeber und Arbeitnehmer sind nicht immer gleich auf. Meistens ist es der Arbeitgeber, der seinen Arbeitern finanziell und organisatorisch überlegen ist. Sehen Sie sich nur die Verhältnisse bei der Reichspost an, dann wissen Sie Bescheid.«

»Mag sein. Für mich hört sich Ihre Tätigkeit jedenfalls nach einer Sechzigstundenwoche an.«

Kurt lächelte.

»Am Anfang kann das so sein. Irgendwann hilft einem die Erfahrung dabei, schwierige Fälle in den Griff zu kriegen. Außerdem gibt es Bürokräfte, die uns unterstützen.«

»So? Na, dann bin ich ja beruhigt.«

Regine senkte den Blick, nun wusste sie also, welche Position Bödeker beruflich anstrebte. Sechzigstundenwoche oder nicht, sie war noch immer daran interessiert, ihn besser kennenzulernen. Deshalb hatte sie versucht, das Gespräch so lange wie möglich in Gang zu halten, aber hatte es etwas genützt? War ihm mittlerweile klar geworden, dass sie nicht nur an der Arbeit seiner Gewerkschaft, sondern auch an ihm als Mann interessiert war? Wenn er die Unterhaltung jetzt nicht weiterführte, würde sie sich verabschieden müssen, dann hatte sie einmal mehr vergeblich auf eine Annäherung gehofft. Kurt Bödeker schien sie ausführlich zu mustern, aber er rührte sie nicht an. Sie waren einander nah, doch für ihr Empfinden nicht nahe genug.

»Ich werde mir alle Mühe geben, für Sie und die Kolleginnen weiterhin ansprechbar zu sein, Fräulein Lorenz. Darüber hinaus können Sie Gewerkschaftsmitglied werden, dann haben Sie sogar Anspruch auf unsere Unterstützung. Eine Unterschrift unter einem Mitgliedsantrag genügt.«

»Die Mitgliedschaft bei Ihnen, natürlich. Ich weiß nicht, ob ich es schon erwähnt habe, aber ich bin noch nicht volljährig. Mein Vater würde einen solchen Antrag gewiss nicht unterschreiben, der ist nämlich Beamter gewesen.«

»Oh, Respekt. Das ändert die Lage.«

Kurt grinste. Regine konnte nicht anders, sie erwiderte sein Lächeln. Ihr Vater und dieser alberne Stolz auf seine Anstellung als Unterbeamter, das war schon komisch. Hilflos breitete sie für einen Moment die Arme aus.

»Ich verstehe, dass Sie Interesse an meinem Beitritt haben. Wer arbeitet schon gerne für nichts und wieder nichts?«

»So war es nicht gemeint.«

Anstatt zu antworten, blieb sie stumm. Regine wusste, dass sie den Bogen bereits überspannt hatte. An diesem Punkt waren sie schon einmal gewesen, an dieser Stelle würde ihr Gespräch voraussichtlich enden. Es war alles gesagt, und doch hatte sich nichts geklärt. Sie wusste eben nicht, wie das ging: Um einen Mann zu werben, ohne aufdringlich zu sein, darin hatte sie keinerlei Übung. Es gab Grenzen, die man nicht überschreiten durfte, nicht, wenn man als junge Frau etwas auf sich hielt. Wenn er nach alldem immer noch nicht wusste, was mit ihr los war, würde er es vielleicht nie erfahren. Sie war drauf und dran, diese Schlacht verloren zu geben. Der Moment des Abschieds nahte, dabei wollte sie gar nicht nach Hause gehen. Ihre Knie zitterten vor Aufregung, das Herz schlug zu schnell. Für ein paar Sekunden war sie der festen Überzeugung, ein Funkeln in seinen Augen gesehen zu haben – eines, das vorher nicht da gewesen war. Kurt Bödeker beugte sich ein wenig zu ihr hinunter.

»Ich wollte Ihnen mit meinem Vorschlag nicht zu nahe

treten. Sie sind bei uns auch willkommen, wenn Sie noch kein Mitglied sind.«

»O nein. Sie sind mir keineswegs zu nahe getreten …«

Sie verstummte, eine heftige Röte überzog ihr Gesicht, sie spürte es. Mein Gott, sie fand sich selbst und ihre Ausdrucksweise so ungeschickt, es war zum Davonlaufen. Und doch schien sich etwas zu verändern. Bödeker berührte ihre Hand, seine Fingerspitzen streiften die ihren. Ganz sanft und nur für einen Moment fanden sich ihre Hände. Schmetterlingsflügel waren es, an die sie dachte. War das wirklich geschehen, oder hatte sie nur davon geträumt?

»Machen Sie sich keine Gedanken, Fräulein Lorenz. Nicht um Paula und nicht um meine Arbeit. Ansonsten – seien Sie klug, und haben Sie etwas Geduld.«

»Ja, natürlich. In welcher Hinsicht Geduld, was meinen Sie?«

»Grundsätzlich und überhaupt, meine ich. Man möchte doch wissen, wer die neue Frau ist, der man gerade erst begegnet ist, oder?«

»Jede Annäherung im Leben ist ein Wagnis, finden Sie nicht?«

Kurt Bödeker sah sie an. Was hätte Regine dafür gegeben, diesen Mann jetzt umarmen zu dürfen?

»Das ist sehr weise gesprochen.«

»Ich habe Sie sehr gerne, auch wenn ich mich jetzt wahrscheinlich um Kopf und Kragen rede. Sie imponieren mir, Herr Bödeker, da bin ich ehrlich. Ich will gerne auf Sie und Ihre Ratschläge hören. Nur leider gehört Geduld nicht zu meinen größten Tugenden.«

»So? Nun gut, dann sage ich es dir vorsichtshalber: Tust du nicht. Du redest dich nicht um Kopf und Kragen.«

Er beugte sich zu ihr hinunter und zog sie an sich. Seine Lippen fanden die ihren – es war ein wundervoller Moment, als er sie küsste. Niemals hätte sie diesem Hünen die Zärtlichkeit zugetraut, mit der er sie umfing. Es war unglaublich schön, sich an ihn zu schmiegen.

Sie schloss die Augen.

Der Himmel auf Erden. Sie hatte schon davon gehört, dass er existierte. Nun wusste sie endlich, wie es sich anfühlte, dort zu sein.

8. Kapitel

Es war Sonntagmorgen – Evi war gerade dabei, sich anzukleiden, als es an der Wohnungstür läutete. Sie hielt inne, öffnete aber nicht. Wer mochte sie ausgerechnet jetzt besuchen wollen? Überraschungsgäste konnte sie nicht gebrauchen, dafür hatte sie im Moment keine Zeit. Sie wollte heute Nägel mit Köpfen machen und ihre Mutter in die Hugenottenkirche am Gendarmenmarkt begleiten, wo im Anschluss an den Gottesdienst das Treffen mit Madame Godefroy stattfinden sollte. Es war höchste Zeit, die Sache aus der Welt zu schaffen, eine Entschuldigung bei der Eigentümerin des Mantels war überfällig.

Es läutete erneut.

Evi verließ ihren Platz vor dem Spiegel im Flur, ihre Neugierde trieb sie dazu, nun doch die Türe zu öffnen. Gretchen stand draußen, mit beiden Händen umklammerte sie den Henkel ihrer Handtasche. Erstaunt ließ Evi den Blick an ihrer Besucherin hinabgleiten. Die Kollegin trug einen neuen Hut und einen passenden Schal in einem sanften Rotton, sie hatte Lippenstift aufgelegt. Gretchen hatte sich herausgeputzt. Nur ihre Stimmung schien nicht die beste zu sein, denn ihr Lächeln machte einen bemühten Eindruck, ihre Gesichtszüge wirkten ein wenig verhärtet. Unter der aufgeklappten Krempe ihres Glockenhutes warf sie Evi einen forschenden Blick zu.

»Guten Morgen. Entschuldige bitte, ich weiß, es ist noch früh, aber ich würde trotzdem gerne mit dir sprechen. Unter vier Augen, wenn es geht.«

Evi zögerte, doch sie spürte die Dringlichkeit, die in Gretchens Bitte lag – sie konnte und wollte die Kollegin nicht abweisen. Irgendetwas musste geschehen sein, nie im Leben hätte Gretchen sonst an einem arbeitsfreien Tag den Weg zu ihr in die Ruppiner Straße gefunden. Evi warf sich ihren Mantel über, dann trat sie hinaus ins Treppenhaus. Gretchen wich zurück, sie wirkte beinahe ängstlich. Mit großen Augen sah sie sich um.

»Darf ich nicht reinkommen?«

»Grundsätzlich gerne, nur fürchte ich, dass meine Mutter uns belauschen könnte. Du möchtest doch unter vier Augen mit mir reden, oder? Wir können auch auf die Straße gehen, wenn es dir lieber ist.«

»Nein, schon gut. Ich bin ein bisschen durch den Wind heute Morgen. Es ist mir schwergefallen, dich aufzusuchen.«

»Was ist denn geschehen? Hat Eckstein dir den Laufpass gegeben?«

Evi musterte Gretchen eindringlich, für den Bruchteil einer Sekunde keimte Hoffnung in ihr auf – hatte Eckstein etwa schon genug von seiner neuesten Gespielin? Vollkommen ausgeschlossen schien es nicht zu sein, der Oberpostrat wurde einer Bettgefährtin gelegentlich schnell überdrüssig. Neugierig musterte Evi ihre Kollegin mit großen Augen, aber Gretchen schüttelte energisch den Kopf.

»Nein, Siegfried hat sich nicht von mir getrennt, im Gegenteil. Er will seine Bleibe in der Auguststraße aufgeben. Er zieht dort aus und möchte sich mit mir eine Wohnung nehmen.«

»Wirklich?«

Evi hielt den Atem an, diese Neuigkeit überraschte sie tatsächlich.

»Ich konnte es im ersten Moment auch nicht glauben. Er sagt, dass er nach dem Tod seiner Frau nicht länger in seiner alten Wohnung leben möchte. Zu viele traurige Erinnerungen und so ...«

Evi suchte nach einer passenden Erwiderung, doch sie bekam kein Wort heraus – es schien, als hätte es ihr die Sprache verschlagen. Davon, mit dem Oberpostrat zusammenzuleben, hatte sie immer geträumt. Vergeblich, wie sie inzwischen wusste.

Gretchen zuckte kaum wahrnehmbar mit den Achseln.

»Es war nicht meine Idee, das musst du mir glauben. Siegfried hat sich das ausgedacht. Ich war genauso überrascht wie du.«

»Ein Meilenstein in eurer Beziehung, ich gratuliere. Bisher dachte ich immer, das Ganze sei für dich nur eine Spielerei. Eine Möglichkeit, dein Gehalt aufzubessern, so hast du es mir gegenüber jedenfalls dargestellt.«

»Nun ja, im Moment leben wir in schönster Eintracht miteinander, da dachte Siegfried wohl ... Er meint, wir sollten zusammenziehen.«

»So. Na, wenn es sein Vorschlag war, dann musst du natürlich gehorchen, das ist klar.«

»Du bist verärgert, das kann ich nachvollziehen.«

»Ach was, warum sollte ich? Erst spannst du mir den Kerl aus …«

»Das war nicht meine Absicht, ich habe es dir bereits erklärt. Aber Siegfried mag mich, noch niemals hat mich jemand so gut behandelt, wie er es tut. Ich habe ihn inzwischen sehr gerne, ich will ihn nicht aufgeben. Was würdest du denn an meiner Stelle machen?«

Evi schwieg, auch wenn sie große Mühe hatte, im Angesicht der jüngsten Entwicklungen die Ruhe zu bewahren. Diese Geschichte zwischen ihrer Kollegin und dem Oberpostrat entwickelte sich in eine Richtung, die sie nicht erwartet hatte. Offensichtlich war Eckstein von seiner neuen Geliebten derart fasziniert, dass er sie dauerhaft an seiner Seite haben wollte. Warum war ihr dergleichen nicht widerfahren? Sie wäre glücklich gewesen, wenn sie zu Hause ausziehen und die Eskapaden ihrer Mutter hinter sich hätte lassen können. Nervosität und Erbitterung mischten sich in ihr in kaum erträglicher Weise. Unruhig ließ Evi ihre Finger über den Kragen ihres Mantels wandern.

»Was soll das überhaupt heißen, ihr lebt in schönster Eintracht? Das klingt ein bisschen seltsam in meinen Ohren. Der Mann schläft mit dir …«

»Ja, na und? Ich für meinen Teil weiß zu schätzen, was er für mich tut. Es ist nicht wenig, glaube mir.«

Evi spürte, es wurde ihr immer enger ums Herz. Dass Gretchen in Ecksteins Wertschätzung wie ein Komet aufstieg, tat weh. Wie schlecht war es ihr im Vergleich dazu ergangen? Erinnerungen an die fürchterlichen Absteigen, in denen sie sich seinerzeit mit diesem Mann getroffen hatte, stiegen in ihr auf. Erneut sah sie sich in den zweitklassigen Hotels und zwielichtigen Pensionen logieren, die in der Zeit mit Eckstein zeitweise ihre zweite Heimat gewesen waren. Gegen Bettwanzen und schmutzige Laken hatte sie gekämpft, Streitereien mit unverschämten Vermietern ausgehalten, stinkende Toiletten auf halber Treppe erlebt. Eckstein hatte sie dann nur in den Arm genommen und über ihre Klagen gelacht. Von einer gemeinsamen Bleibe war zwischen ihnen nie die Rede gewesen.

Evi suchte Gretchens Blick.

»Hast du dich in ihn verliebt? Sei ehrlich, ich finde es ja doch heraus.«

»Was soll das, nimmst du mich ins Kreuzverhör? Ich habe dir alles gesagt, was dazu zu sagen ist. Ich mag ihn, ich will ihn noch nicht verlassen. Punkt und Schluss.«

Schweigend stand Evi im Treppenhaus, ihr fehlte die Kraft, etwas zu sagen. Vielleicht ließ sie das alles zu nahe an sich herankommen, aber sie konnte nicht anders, sie fühlte sich gedemütigt. Die Kränkungen, die Eckstein ihr im Nachhinein zufügte, waren schwer auszuhalten, selbst jetzt, nachdem sie beschlossen hatte, sich in jeder Hinsicht von ihm zu befreien.

Gretchen wirkte betreten, ratlos breitete sie die Arme aus.

»Bitte, versuch mich zu verstehen, Evi. Ich habe keine andere Wahl, als mit ihm zusammenzuziehen. Du weißt, wie beengt wir bei uns zu Hause leben. Es wäre dumm von mir, Siegfrieds Angebot auszuschlagen. Du würdest nicht anders handeln in meiner Lage.«

»Du Ärmste, was für eine furchtbare Situation.«

»Ich möchte euch beide nicht verlieren.«

»Erwartest du, dass ich dich jetzt bemitleide?«

»Entschuldige, aber warum giftest du mich an? Ich habe mir das alles nicht ausgesucht. Es war Siegfried …«

»Ja, Siegfried, immer nur er. Er bestimmt, wo es langgeht, und wir Frauen sind so dämlich und gehorchen ihm aufs Wort.«

»Du bist beleidigt, das verstehe ich, aber ich kann nichts dafür, dass er sich von dir getrennt hat.«

»Lass gut sein, es reicht für heute. Er ist es nicht wert, dass wir uns seinetwegen entzweien. Ich frage mich allerdings, warum du überhaupt zu mir gekommen bist. Weshalb erzählst du mir das alles?«

»Ich möchte nicht, dass du es durch Zufall erfährst. Die Kolleginnen reden nun mal gern. Irgendwann wird eine von ihnen mitbekommen, dass ich mit Siegfried zusammenlebe. Ich wollte, dass du die Neuigkeit von mir zuerst hörst. Mir liegt viel daran, dass wir Freundinnen bleiben.«

»Freundinnen, soso.«

»Ja, für mich bist du das, Evi, eine Freundin. Unsere Freundschaft ist mir wichtig, deshalb will ich ehrlich zu dir sein. Keine Lügen, habe ich mir gesagt. Nicht Evi gegenüber.«

»Das immerhin ehrt dich.«

»Danke.«

Ein paar Sekunden blieb es still, nichts regte sich.

»Gut, ich will dich nicht länger aufhalten. Es ist Sonntag, und du hast sicherlich noch etwas vor.«

Gretchen wirkte ein wenig besänftigt, wenn auch nicht

vollends zufrieden. Evi war nicht bereit, weiter einzulenken, also verabschiedeten sie sich mit wenigen Worten und ohne einander zu umarmen. Gretchens Schritte verklangen im Treppenhaus, Evi kehrte in die Wohnung zurück. Ein paar Minuten starrte sie tatenlos die Wände an: Sie versuchte, ruhiger zu werden, doch das Gespräch mit Gretchen hatte sie in Aufruhr versetzt. War es nur der blanke Neid, der ihr zusetzte? Oder konnte sie nach allem, was ihr zugestoßen war, noch immer nicht von Siegfried lassen? Evi schloss kurz die Augen, bemüht, alle unguten Gefühle niederzukämpfen. Sie musste sich fangen, sie musste dieses Gedankenkarussell anhalten. Alles hinter sich lassen, sich neu orientieren. Wenn es nur so einfach gewesen wäre. Ihr Kopf arbeitete rastlos, das Herz spielte nicht mit, sie war erfüllt von Bitterkeit und Kummer. Wie da herausfinden? Im nächsten Moment fiel ihr Blick auf das Gesangbuch, das auf der Ablage neben der Tür lag. Der Gottesdienst, es war schon fast halb zehn. Sie musste sich beeilen, keinesfalls wollte sie in der Friedrichstädter Unterkirche Aufsehen erregen, weil sie mit ihrer Mutter zu spät kam. Wo war Mutter überhaupt? Evi lauschte, doch es war verdächtig still in der Wohnung.

»Mutter?«

Evi öffnete die Schlafzimmertür. Ihre Mutter lag im Bett, die Bettdecke hatte sie bis zum Kinn hinaufgezogen, die Augen hielt sie fest geschlossen. Verärgert schüttelte Evi den Kopf. Sie tat doch bloß, als schliefe sie, Evi nahm ihr das nicht ab. Unter der Woche stand Bernardine Dennewitz jeden Tag um sieben Uhr auf, jetzt war es zweieinhalb Stunden später. Wozu das Theater? Evi durchquerte den Raum,

181

sie schob das Federbett ein Stück beiseite und ließ sich auf die Matratze sinken.

»Komm, du musst aufstehen, du weißt, was wir heute vorhaben. Wir schaffen diese leidige Sache nicht aus der Welt, wenn du nicht mithilfst.«

Bernardine schlug die Augen auf. Ihr Gesichtsausdruck wirkte unschuldig, beinahe heiter.

»Ich gehe da nicht hin, Kindchen. Es ist lieb von dir, dass du mir helfen willst, aber ich sehe nicht ein, warum ich mich vor dieser Frau in den Staub werfen soll.«

»Es verlangt niemand von dir, dass du dich in den Staub wirfst. Eine freundlich vorgetragene Entschuldigung reicht vollkommen.«

»Ich habe zu dieser Angelegenheit nichts mehr zu sagen. Ich werde mich nicht vor der ganzen Kirchengemeinde demütigen, nur, weil Madame Godefroy es verlangt.«

»Nicht Madame Godefroy, sondern die Vernunft verlangt es. Du möchtest weitere Schwierigkeiten vermeiden, oder? Ohne eine Entschuldigung wird das nicht gehen.«

»Wofür soll ich mich entschuldigen, Evi, sag es mir. Ich habe nichts Verwerfliches getan.«

»Das mag sein, aber wenn diese Madame Godefroy ihre Strafanzeige nicht zurückzieht, wirst du dich vor Gericht verantworten müssen. Zieh dich an, und dann bringen wir es hinter uns.«

»Nein.«

Mit einem Ruck setzte sich Bernardine auf. Sie klammerte sich an ihr Bettzeug, ihre Empörung war ihr deutlich anzusehen. Ihr Gesicht wirkte blass in dem Zwielicht, das die fadenscheinigen Vorhänge in den Raum ließen, nur ihre Wangen waren von kleinen roten Tupfen gesprenkelt.

»Ich habe bereits mehrfach erklärt, was vorgefallen ist. Ich wollte helfen …«

»Ich weiß. Du solltest Madame Godefroy deine Sicht der Dinge unterbreiten und nicht mir. Das Wichtigste ist, dass die Eigentümerin des Mantels ihre Anzeige fallen lässt.«

»Und genau das wird sie nicht tun. Die Godefroy kann sehr hochmütig sein. Sie hat viel Geld, aber wenig Mitgefühl.«

»Wenig Mitgefühl? Das wundert mich bei einer gläubigen Christin, aber selbst, wenn du recht hast, was schlägst du stattdessen vor? Wie soll diese Geschichte weitergehen?«

»Wenn es ein Gespräch mit der Frau gibt, dann nur in einem kleineren Kreis. Monsieur Boumann kann uns Gesellschaft leisten und du auch, wenn du willst, aber sonst niemand. Du machst dir keine Vorstellung, wie sehr man sich in der Gemeinde jetzt schon die Mäuler zerreißt. Das habe ich nicht verdient.«

»Die Leute tratschen doch so oder so, Mutter. Es ist besser, wenn du dem Gerede so schnell wie möglich ein Ende machst. Heute ist ein guter Tag dafür.«

Mutter schwieg, ihr Gesicht hatte sich verdüstert. Wenn sie eine Schlacht verloren glaubte, zog sie sich zurück, sie schottete sich förmlich ab.

Evi stand auf.

»Also gut, zwingen kann ich dich nicht. Tu, was du für richtig hältst. Madame Godefroy wird unter den gegebenen Umständen auf ihrer Strafanzeige beharren, das ist dir hoffentlich klar.«

Mutter blieb stumm, ihr Blick ging ins Leere. Ohne eine Regung zu zeigen, brütete sie vor sich hin. Evi kannte das, es hatte keinen Zweck, weiter in sie zu dringen. Sie wandte sich ab und ging zur Tür. Dort angekommen, blieb sie noch einmal stehen und musterte ihre Mutter aus der Entfernung.

»Kannst du mir wenigstens sagen, wie ich meinen Vater erreichen kann? Soweit ich weiß, ist er seit Weihnachten nicht mehr hier gewesen.«

Erschrocken hob Bernardine den Kopf.

»Dein Vater? Was willst du denn von ihm? Hast du vor, ihn vor deinen Karren zu spannen, damit er mir wegen dem Vorfall mit dem Mantel zusetzt?«

»Nein, mit dem Mantel hat das nicht das Geringste zu tun. Ich möchte einfach die Möglichkeit haben, ihn zu erreichen. Ich möchte mit ihm sprechen, einfach so.«

»Wenn du meinst. Aber wenn es um Geld geht …«

»Tut es nicht.«

»Seine Anschrift liegt in der Küchenschublade. Sie steht auf einem Zettel in meinem Haushaltsbuch.«

Evi runzelte die Stirn – sie verkniff es sich, darauf zu erwidern. Den besagten Zettel hatte sie schon gefunden, sie wusste ja, dass Mutters Haushaltsbuch eine Sammlung unterschiedlichster Schätze enthielt. Leider half ihr die dort verzeichnete Adresse ihres Vaters kein Stück weiter. Sein Name und ein Postfach in Berlin, das genügte nicht.

»Weißt du vielleicht, wo Vater im Augenblick musiziert?«

»Nein, das weiß ich nicht. Mir sagt dein Vater ja nichts. Ich bin ihm nur lästig.«

Evis Mutter ließ sich in die Kissen zurücksinken. Erneut zog sie sich die Bettdecke bis zum Kinn hinauf. Sie machte keine Anstalten aufzustehen, also verließ Evi schweigend das Schlafzimmer. Was für ein ärgerlicher Tagesbeginn, ihre Laune befand sich im Sinkflug. Musste in dieser Familie denn immer sie die Kohlen aus dem Feuer holen? Mutter besaß keine Weitsicht, ihr fehlte die praktische Vernunft. Sie benahm sich wie ein verwöhntes Mädchen, obwohl sie sich ein derart kindisches Verhalten nicht leisten konnte. Die Zeiten, in denen andere ihr alle Hindernisse aus dem Weg geräumt hatten, waren lange vorbei. Sicher, Bernardine kam aus gutem Haus. Evis Großvater war Weinhändler in Potsdam gewesen, an Geld hatte es damals nicht gemangelt. Als einziges Kind war Bernardine verwöhnt und verhätschelt worden. Ihre Jugend hatte Spuren hinterlassen. Bis zum heutigen Tag war Bernardine Dennewitz nicht sonderlich geschickt darin, Schwierigkeiten zu meistern. Ob sich daran noch etwas ändern ließ?

Evi seufzte leise.

Vielleicht war es gar nicht verkehrt, ihre Mutter des Mantels wegen ins offene Messer laufen zu lassen. Sie musste mit einer Geldstrafe wegen Diebstahls rechnen, aber vielleicht tat es ihr gut, endlich einmal schutzlos den Folgen ihrer Dickköpfigkeit ausgeliefert zu sein. Sie würde die Geldstrafe allerdings nicht bezahlen können, Gerichtsverhandlungen und Besuche von Gerichtsvollziehern drohten.

Lieber Himmel, es war doch auch so schon alles schwer genug.

Wie sollte Evi das Geld auftreiben, das bei einer solchen

Kinderei für nichts und wieder nichts verloren ging? Würde man ihr am Ende das Gehalt wegpfänden? In bedrückter Stimmung kehrte sie in ihr Zimmer zurück und ließ sich dort auf ihr Bett sinken. Sie sehnte sich so sehr nach ihrem Bruder. Sie wünschte sich, dass jemand kam und ihr zur Seite stand. Ein Leben ohne Sorgen, eines, das sie allein gestalten konnte, das war ihr Traum. Leider war sie unendlich weit davon entfernt, dieses Ziel zu erreichen. Sie kam sich vor wie auf hoher See – das Ufer befand sich in endloser Ferne, zu weit weg, um es auch nur zu erahnen. Wie lange würde es dauern, bis sie den Grund unter ihren Füßen wieder spüren konnte?

Der März näherte sich allmählich seinem Ende. Es war etwas wärmer geworden, das war günstig, denn heute war der Tag, an dem die Versammlung der Zustellerinnen im Bezirk Nord stattfinden sollte. Für den Saal in Ballmieders Hotel hatte es nicht gereicht, er war zu teuer, auch die Bekanntschaft mit Emmas Cousin hatte daran nichts ändern können. Hetti hatte stattdessen einen heruntergekommenen Schuppen auf einem Hinterhof in der Brunnenstraße entdeckt – nun fand ihre Zusammenkunft in einer alten Remise statt, einem windschiefen Ding, in dem ihre Anwesenheit hoffentlich niemanden stören würde. Regine öffnete die Tür des Schuppens. Drinnen war es nicht nur kühl, sondern auch düster. Der Wind fegte durch alle Ritzen, verstaubtes Gerümpel stand im Weg, der Ort wirkte alles andere als einladend. Im ersten Moment glaubte Regine sich allein, dann entdeckte sie Emma, die gerade eine Holzkiste in die Mitte des Raumes schob. Grinsend richtete sie sich auf.

»Herzlich willkommen im Palast des Kalifen.«

»Verdammt kalt, der Palast. Scheint nicht viel in der Kasse zu haben, dein Kalif. Ob uns die anderen Frauen hier auf dem Hof überhaupt finden?«

»Ich hab den Kolleginnen den Ort genau beschrieben, keine Angst. Die kommen, schließlich wollen sie wissen, was los ist. Eine außerordentliche Betriebsversammlung im Bezirk Nord hat es noch nie gegeben.«

Wie zum Beweis öffnete sich in diesem Moment quietschend die Tür. Hetti trat ein, sie war nicht allein, ihr folgten zwei weitere Kolleginnen. Während Regine und Hetti sich zur Begrüßung umarmten, füllte sich der Raum. Stimmen und Gelächter schwirrten durch die Remise, mit einem triumphierenden Gesichtsausdruck ließ Emma ihre Blicke über die Köpfe der Anwesenden gleiten. Im nächsten Moment trat sie vor die Versammlung und klatschte in die Hände.

»Kolleginnen, ich heiße euch zur ersten Zusammenkunft der Kriegsaushilfen in unserem Zustellbezirk willkommen. Danke, dass ihr eure Zeit opfert.«

Es war still geworden, die ganze Aufmerksamkeit galt Emma, die inzwischen auf ihrer Holzkiste stand.

»Wir sind hier, um darüber zu entscheiden, wie es weitergehen soll. Ihr wisst, dass Kündigungen bei der Reichspost anstehen. Wir sollen unsere Arbeitsplätze an die aus dem Krieg heimkehrenden Männer abgeben. So plant es die Behördenleitung.«

»Ist das überhaupt sicher, das mit den Kündigungen?«

Nelly Schröder trat vor. Sie war eine der jüngsten Zustellerinnen im Raum, erst im letzten Winter war sie als Ersatz für eine freiwillig ausscheidende Kollegin in den Postdienst berufen worden. Aufrecht, den Kopf hoch erhoben, hielt sie Emmas Blicken stand.

»Bisher gibt es nichts Offizielles dazu, oder?«

»Nein. Aber die Reichsregierung hat eine Verordnung erlassen, die die Kündigungen der Kriegshelferinnen verlangt. Bis zum Frühsommer müssen wir unsere Arbeitsplätze räumen, daran kommt die Reichspost nicht vorbei. Die Behörde untersteht dem Postminister, und der wird tun, was die Regierung ihm befiehlt.«

»Natürlich wird er das. Die Direktion wird uns feuern, allesamt!« Hetti gestikulierte. »Der erste Kriegsheimkehrer ist doch schon unter uns. Ihr kennt Hermann Kaiser, den Mann mit dem Holzbein! Ein guter Ersatz für unsereins, oder?«

Einige der Frauen, die dicht gedrängt bis in den letzten Winkel des Schuppens standen, lachten leise. Das Gemurmel der Anwesenden erfüllte den Raum, bis Emma eine Hand hob. Die Kolleginnen verstummten.

»Die Einstellung von Hermann Kaiser ist erst der Anfang. Da kommt noch mehr in der Richtung. Wir sollten eine Entscheidung über unsere Zukunft treffen.«

»Was gibt's da zu entscheiden? Wenn Sie uns rausschmeißen, sind wir arbeitslos. Schluss, aus und vorbei.«

Nelly stemmte beide Hände in ihre Taille, sie wirkte verärgert, doch Emma schien sich von der schlechten Laune der Kollegin keineswegs aus der Ruhe bringen zu lassen. Mit einem freundlichen Gesichtsausdruck verharrte sie an ihrem Platz.

»Wir haben durchaus Möglichkeiten, uns zu wehren. Deshalb sind wir hier.«

»So, tatsächlich? Es steht doch in unseren Verträgen, dass wir nur auf Zeit eingestellt sind.«

Regine reckte sich, eine Frau an der Tür hatte das Wort ergriffen, ihr Gesicht war für Regine schwer zu erkennen. Emma klatschte in die Hände, prompt wurde es still.

»Danke für den Hinweis, aber diese Verträge wurden zu Kriegsbeginn geschlossen. Damals wusste noch niemand, dass wir vier volle Jahre im Dienst bleiben würden. Alle Welt ging davon aus, dass unser Einsatz nur ein paar Wochen oder Monate dauert.«

»Und wenn schon, was ändert das? Trotzdem sind wir Aushilfen. Niemand hat uns versprochen, dass wir eine Anstellung auf Lebenszeit bekommen.«

»Wir haben jahrelang die Arbeit der Männer gemacht und dabei nur die Hälfte von dem verdient, was die männlichen Briefträger kriegen. Schon deshalb haben wir das Recht auf eine Abfindung.«

»Das glaubst aber auch nur du!«

Erneut entstand Unruhe, es wurde lebhaft im Raum getuschelt. Emma schüttelte den Kopf.

»Ruhe, bitte! Regine Lorenz hat mit einem Gewerkschafter gesprochen. Sie wird euch jetzt erklären, was wir vorhaben.«

Emma stieg von ihrem Podest, mit klopfendem Herzen kletterte Regine an ihrer Stelle auf die Holzkiste, die unter ihrem Gewicht leicht schwankte. Ihr Herz schien zu stolpern und zu holpern, noch nie hatte sie vor so vielen Zuhörerinnen eine Rede gehalten.

»Kolleginnen! Im letzten Herbst haben wir gesehen, was für eine Kraft Menschen entfalten können, wenn sie zusammenstehen. Die Arbeiter und Arbeiterinnen, die sich während der Novemberrevolution gegen den Kaiser gewandt haben, waren erfolgreich. Ihr Protest hat das marode Regime gestürzt.«

»Damals waren Hunderttausende auf der Straße. Wir sind bloß eine Handvoll Frauen.«

Die Zurufe kamen auch diesmal aus Richtung der Eingangstür. Es war die Frau mit der Baskenmütze, die sich schon einmal bemerkbar gemacht hatte, sie gab auch jetzt keine Ruhe. Die Unbekannte trug Zivil, doch Regine war sich sicher, dass sie diese Person nicht kannte. Sie hätte schwören mögen, die Frau noch nie zuvor gesehen zu haben. War sie überhaupt eine Kriegsaushilfe? Im schlimmsten Fall hatten sie es mit einem neuen Spitzel der Behördenleitung zu tun. Es war nicht ausgeschlossen, dass die Direktion ihnen weiter nachstellte. Ihr schien es richtig, der Fremden vorerst möglichst wenig Aufmerksamkeit zu schenken. Sie wandte sich den übrigen anwesenden Kolleginnen zu.

»Ich weiß, dass unser Bezirk klein ist, aber wir werden mit den Kolleginnen anderer Bezirke zusammenarbeiten. Das Problem betrifft uns alle. Viele Aushilfen werden ihren Arbeitsplatz verlieren, wenn wir nicht handeln.«

Lautes Stimmengewirr erhob sich, dabei hatte Regine den Begriff »Streik« noch gar nicht in den Mund genommen. Für ein paar Sekunden war die Geräuschkulisse in der Remise enorm, Regine warf einen forschenden Blick zur Tür. Erregten sie mit ihrem Krach zu viel Aufmerksamkeit dort draußen auf dem Hof? Emma trat vor, trichterförmig legte sie beide Hände um den Mund.

»Hört zu, Kolleginnen! Wenn wir nichts tun, werden wir demnächst auf der Straße stehen, obwohl eure Familien auf euren Lohn angewiesen sind. Euer Verdienst fällt im schlimmsten Fall von einem Tag auf den anderen weg. Ist das gerecht?«

»Nein, ist es nicht! Es ist eine Schweinerei, was die alten Männer in der Regierung mit uns vorhaben!«

Hetti reckte die Faust. Regine nickte ihr zu.

»Wir verlangen, dass die Reichspost uns weiterbeschäftigt oder eine Abfindung zahlt. Die Frauen in diesem Land brauchen Lohn und Brot, genau wie die Männer! Dafür wollen wir kämpfen! Wir dürfen nicht länger schlechter stehen als die männlichen Kollegen, nur weil wir Frauen sind!«

Erneut brandete Lärm auf, die Frauen gestikulierten und steckten die Köpfe zusammen, alle schienen auf einmal reden zu wollen. Das Stimmengewirr schaukelte sich zu einer Woge auf, die den Raum flutete und jedes andere Geräusch unter sich begrub. Regine beobachtete, wie sich die Dunkelhaarige mit der Baskenmütze an der Tür in Position brachte. Sie stieg auf die unteren Sprossen einer Holzleiter, die an der Wand stand, und brüllte los.

»Hört mir zu, Kolleginnen! Wenn ihr mich fragt, ist das hier die reine Zeitverschwendung! Wir riskieren eine Strafanzeige, wenn wir aufmucken. Hausfriedensbruch, Anstiftung zum Aufruhr! Da kommt nichts bei raus, das ist zu gefährlich.«

»Sagt wer?«

Auch Regine hatte aus Leibeskräften gebrüllt, doch ihr Zwischenruf drohte im allgemeinen Lärm unterzugehen. Sie hätte gerne gewusst, wer die Unruhestifterin auf der Leiter war, doch die Frau hatte offenbar nicht vor, sich zu erkennen zu geben. Stattdessen trat Emma vor.

»Lasst euch nicht Bange machen, Kolleginnen! Wenn wir die Arbeit niederlegen, interessiert das die Polizei einen feuchten Kehricht.«

Die Dunkelhaarige lachte erneut laut auf, amüsiert warf sie den Kopf nach hinten.

»Was weißt denn du! Die alten Knacker in der Direktion werden nicht zulassen, dass wir uns organisieren, da kannst du Gift drauf nehmen. Die holen die Polizei. Frauen zu verhauen ist leichter, als Männer zu verprügeln.«

Die Zustellerinnen in der Menge warfen einander bestürzte Blicke zu, Regine spürte, dass die Stimmung zu kippen drohte. Beschwichtigend hob sie die Hände.

»Niemand will euch mit dem Gesetz in Konflikt bringen, glaubt mir, bitte! Es geht um Verhandlungen mit der Behördenleitung. Ein Streik wäre das letzte Mittel. Vorher soll es Gespräche geben.«

»Warum sollten die da oben mit uns verhandeln wollen? Die werfen uns raus und fertig!«

Wieder hatte die Dunkelhaarige auf ihrem Ausguck das Wort ergriffen. Inzwischen war der Lärmpegel im Raum so hoch, dass es aussichtslos schien, sich noch einmal Gehör verschaffen zu wollen. Regine beugte sich zu Emma hinunter.

»Kennst du die Frau auf der Leiter? Wer ist das?«

»Keine Ahnung, ich hab sie noch nie gesehen.«

»Wir sollten vielleicht Schluss machen, bevor die Stimmung überkocht.«

»Nein, finde ich nicht. Wir brauchen Entscheidungen. So kommen wir nicht voran.«

»Gut, also? Was schlägst du vor? In dieses Chaos kommt vorerst keine Ordnung mehr.«

Emma schwieg, während Regine von ihrer erhöhten Position auf der Kiste die Versammlung beobachtete. Die Dunkelhaarige begann offenbar einige Kolleginnen um sich zu scharen. Sie machte sich zum Mittelpunkt einer kleinen Gruppe, was nicht die erhoffte Folge dieser Zusammenkunft war. Regine warf Emma einen fragenden Blick zu, doch die wirkte ratlos. In ihren Augen war es an der Zeit zu handeln, also breitete sie die Arme aus.

»Kolleginnen! Ihr kennt jetzt unsere Pläne. Wir wollen mit der Behördenleitung verhandeln. Geht nach Hause, und denkt über den Vorschlag nach. Das war's vorerst. Kommt gut heim.«

Es dauerte noch ein paar Minuten, bis die Unruhe in der Remise abebbte. Einige der Zustellerinnen beratschlagten sich weiterhin, während andere bereits den Schuppen verließen. Die Unruhestifterin mit der Baskenmütze war verschwunden, doch Emma verharrte mit einem finsteren Gesichtsausdruck an Regines Seite. Eine steile Falte hatte sich zwischen ihren Augenbrauen gebildet, sie wirkte alles andere als zufrieden.

»Fantastisch, und das soll es jetzt gewesen sein?«

»Für heute schon. Manchmal brauchen die Dinge ein bisschen Zeit, um zu reifen.«

»Um zu reifen, Donnerwetter. Hier geht's aber nicht um Obst und Gemüse, weißt du? Wir haben uns mit diesem Treffen viel Mühe gemacht, trotzdem ist nichts dabei herausgekommen. Das hatte ich mir anders vorgestellt.«

»Vielleicht haben wir uns zu viel von dieser ersten Aussprache versprochen. Für die Kolleginnen waren unsere Überlegungen neu. Wir müssen ihnen Zeit geben, um darüber nachzudenken.«

»Du hättest sie noch nicht nach Hause schicken sollen, das war voreilig. Du hast den Laden nicht mehr in den Griff bekommen, deshalb hast du hingeschmissen.«

»Ach ja? Und warum hast du mir dann nicht unter die Arme gegriffen? Du hattest alle Zeit der Welt, um mich als Rednerin abzulösen. Ich wollte verhindern, dass die Dunkelhaarige die Versammlung sprengt.«

Emma winkte ab. Der Unterton ihrer Stimme wirkte gereizt, als sie wieder zu sprechen begann.

»Damit, dass eine der Frauen querschießt, müssen wir bei jeder Versammlung rechnen. Wir hätten nicht abbrechen dürfen.«

»Es wird ein weiteres Treffen geben. Mit ein bisschen Glück ist dann diese Querulantin auf der Leiter nicht dabei.«

»Unfug. Wenn die Frau mit der Baskenmütze von der Behördenleitung auf uns angesetzt wurde, ist sie garantiert beim nächsten Mal auch dabei.«

»Du hältst sie also für eine Spionin …«

»Keine Ahnung, wer sie ist, aber wir sind jedenfalls wieder an dem Punkt, an dem wir angefangen haben.«

»Immerhin wissen wir nun, dass die Behördenleitung uns weiter auf den Fersen ist.«

Emma lachte gequält.

»Und was fangen wir mit diesem Wissen an? Wir werden unsere Aktionen in Zukunft nicht völlig geheim halten können.«

»Das stimmt.«

»Wäre nicht verkehrt, wenn wir beide bessere Rednerinnen werden würden. Wir haben keine Erfahrung in dem Bereich. Ich muss jetzt los, zu Hause warten sie auf mich. Wir sehen uns morgen im Dienst.«

Ohne ein weiteres Wort und mit verärgerter Miene verließ Emma die Remise. Gedankenverloren ließ Regine ihre Blicke noch einmal durch den Raum gleiten. Diese Zusammenkunft war tatsächlich ein Reinfall gewesen. Sie waren kaum vorangekommen. War sie etwa schuld daran? Hätte sie auf die Herausforderungen während dieses Treffens anders reagieren müssen? Wie gern hätte Regine darüber mit Kurt gesprochen, aber sie konnte nicht wegen jeder Kleinigkeit zu ihm rennen und ihn um Rat fragen. Für den kommenden Sonntag hatten sie sich zu einem Spaziergang verabredet – bis dahin würde sie ein paar Tage allein zurechtkommen müssen. Ihre Sorgen lasteten unterdessen schwer auf ihr. Vielleicht war der Arbeitskampf mit dem Rückschlag heute in weite Ferne gerückt. Die nächste Versammlung zu organisieren, würde Zeit und Kraft erfordern – und einen neuen Ort, an dem sie sich gefahrlos austauschen konnten, den brauchten sie auch. Außerdem durften die Streitereien mit Emma nicht ausufern. Sie konnte sehr eigenwillig sein, darin ähnelte sie

Lotte. Es galt, eine dritte Person zu finden, die in der Lage war, Unstimmigkeiten beizulegen.

Für einen kurzen Moment schloss Regine die Augen.

Nie im Leben hätte sie geglaubt, dass der Aufbau von Widerstand in den eigenen Reihen eine so nervenaufreibende Sache werden würde. Trotzdem musste sie dabeibleiben, sie durfte ihren Zweifeln nicht zu viel Raum geben. Wegducken war nicht, jetzt nicht mehr. Dafür war es zu spät, das fühlte sie.

9. Kapitel

Evi hockte auf ihrem Platz vor dem Vermittlungsschrank und starrte auf die hohe Wand, die über und über mit Kabeln behängt war. Sobald eines der Lämpchen an der Schrankwand aufleuchtete, hatte sie mit den Worten »Hier Amt, was beliebt?« das Gespräch anzunehmen und sich nach dem Wunsch des Gesprächsteilnehmers zu erkundigen. Möglichst schnell musste sie dann eine Steckverbindung mit einem zweiten Anschluss zustande bringen. Die Arbeit war auf Dauer belastend, denn die Kopfhörer saßen zu fest auf den Ohren, das schwere Mikrofon malträtierte ihr Brustbein. Ablegen durfte sie ihre Ausstattung nur für kurze Zeit in den Pausen.

Es war mühsam. Es war hektisch. Es war langweilig. Auch heute.

Evi gähnte hinter vorgehaltener Hand. So wenig engagiert wie dieser Tage war sie im Dienst selten gewesen, sie wusste das. Viele Ereignisse im Privaten hielten sie auf Trab, sie bekam zu wenig Schlaf und machte sich zu viele beunruhigende Gedanken, sodass sie im Dienst oft müde und erschöpft war. Anstatt zu arbeiten, belauschte sie dann die Gespräche ihrer Kunden – gerade in diesem Moment beriet sich Eckstein in der Leitung mit einem hohen Tier aus dem Postministerium.

Den Oberpostrat abzuhören war Evi fast zur Gewohnheit geworden. Sie konnte es sich nicht verkneifen, dem Mann aufzulauern, der sie vor Kurzem so furchtbar gekränkt hatte. Sobald Siegfried telefonierte, hörte sie mit, obwohl das offiziell streng verboten war. Für den Fall, dass der Aufsichtsbeamte sie erwischte, war sie dran, das wusste Evi, aber erstaunlicherweise war sie in dieser Hinsicht furchtlos. Wenn sie Eckstein aufgrund ihrer im Dienst erworbenen Kenntnisse eins auswischen konnte, war es den Einsatz wert. Zu tief saßen die Verletzungen, die er ihr beigebracht hatte.

Am anderen Ende der Leitung knackte es.

»Sorgen Sie dafür, dass die Frau gekündigt wird. Jemanden, der wegen Kindstötung in Untersuchungshaft sitzt, muss die Reichspost nicht unter Vertrag behalten. Statuieren Sie ein Exempel.«

»Die Kündigung für Lotte Wellmann wird bereits vorbereitet, Herr Ministerialdirektor.«

»Gut. Wenn Sie etwas Neues über Flugblätter oder heimliche Versammlungen der Kriegsaushilfen erfahren, rufen Sie mich umgehend an. Wir müssen auf der Hut sein. Negative Presse können wir nicht gebrauchen.«

»Natürlich nicht. Ich melde mich, wenn es Neuigkeiten gibt, Herr Ministerialdirektor.«

Die Männer verabschiedeten sich, Evi kappte die Verbindung. Die paar Brocken des Gesprächs, die sie störungsfrei mit angehört hatte, hatten ihr gereicht. Sie würde Regine darüber unterrichten, dass das Ministerium sich in die Vorgänge um Lotte Wellmann eingeschaltet hatte.

Verstohlen warf Evi einen Blick über ihre Schulter. Die

Kolleginnen schienen beschäftigt zu sein, aber der Schichtführer sah zu ihr hinüber. Ihre Blicke trafen sich, dann erhob er sich von seinem Platz an dem Pult neben der Tür. Energisch winkte der Mann sie heran. Evis Herz drohte für einen kleinen Augenblick auszusetzen. Der Kerl hatte sie bestimmt beobachtet, das würde Ärger geben.

Mit zitternden Knien glitt sie von ihrem Stuhl. Seit Längerem kursierten Gerüchte, wonach die Behördenleitung die hauseigenen Telefonistinnen immer lückenloser überwachte. Es hieß, man habe ein sogenanntes »Kontrollamt« eingerichtet, das die Vermittlungstätigkeit der weiblichen Angestellten durch Stichproben erfassen sollte. War ihr etwa genau das zum Verhängnis geworden? Nervös strich Evi ihren Kittel glatt. Sie versuchte, gelassen zu bleiben, doch ihr Herz schlug schneller als gewöhnlich, ihre Handflächen fühlten sich eiskalt und unangenehm feucht an, in ihrem Magen schien ein Feuer zu lodern.

Von zahllosen Befürchtungen gepeinigt, trat Evi vor das Pult ihres Vorgesetzten. Die furchtlose Entschlossenheit, die sie bis eben empfunden hatte, war verschwunden. Das hier würde kein Spaziergang werden. Sie war schon öfter weiter oben angeeckt. Um angeblich zu lange Toilettenpausen war es in der Vergangenheit gegangen, um Schichten, die zu tauschen man ihr versagt hatte. Sie war nicht auf den Mund gefallen, ihre Vorgesetzten wussten das. Zu einigen der Beamten hier hatte sie deshalb seit Langem ein angespanntes Verhältnis. Auch der heute diensthabende Schichtleiter gehörte zu den Männern, die ihr nicht wohlgesonnen waren.

Emil Sagert erwartete sie mit auf dem Rücken verschränkten Armen. Das schmale Gesicht mit dem ergrauten Oberlippenbart zeigte keine Regung.

»Fräulein Dennewitz.«

Evi blieb still. Zum ersten Mal, seitdem sie mit Emil Sagert zu tun hatte, war sie versucht, demütig den Blick zu senken. Worum auch immer es bei diesem Strafappell gehen mochte, sie fühlte sich ertappt. Der Schichtleiter wusste Bescheid, warum sonst hätte er sie mitten in der Schicht zu sich zitiert? Einmalige Verwarnung, Eintrag in die Personalakte, beim nächsten Vorfall folgte die Kündigung, so waren die Regeln. Sie war bemüht, den Blicken des Mannes dennoch standzuhalten. Er musterte sie von Kopf bis Fuß, anscheinend hatte er keine Eile. In aller Seelenruhe nahm er ein Blatt Papier von seinem Pult und überflog den Text darauf, bevor er seinen Zwicker ein Stückchen den Nasenrücken hinaufschob. Er schien es darauf angelegt zu haben, sie warten zu lassen. Spürte er ihr schlechtes Gewissen?

»Sie hatten Nachtschicht letzte Woche?«

»Ja, Herr Sagert.«

»Soso.«

Wieder entstand eine Pause, Evi fühlte sich hilflos. Sie konnte sich ihrer Angst vor dem, was nun kommen mochte, kaum erwehren. War Sagert darauf aus, sie nur zu tadeln, oder was hatte er sonst vor? Dass sie nicht grundsätzlich faul war, dass es ihr mit ihren Lauschaktionen nur darum ging, Siegfried Eckstein zu schaden, das alles konnte sie dem Schichtleiter nicht sagen. Warum rückte der Mann nicht endlich mit der Sprache raus? Hatte Siegfried Eckstein ihn angehalten, das Telefonfräulein Evi Dennewitz besonders zu schikanieren?

Sagert räusperte sich.

»Sie haben vermutlich bereits gehört, dass die Kollegin Gabriele König uns verlässt. Sie heiratet im Mai. Bis eine neue Mitarbeiterin gefunden ist, werden wir ohne sie zurechtkommen müssen. Ich erwarte, dass Sie und Ihre Kolleginnen sich der neuen Lage anpassen. Ich habe Sie für die nächsten Wochen als Springerin vorgesehen.«

Sagert hob den Kopf, es sah aus, als wolle er die Wirkung seiner Worte genau prüfen. Evi schluckte, aber sie widersprach nicht. Es war immer noch besser, Springerin zu sein, als gekündigt zu werden.

»Haben Sie mich verstanden?«

»Selbstverständlich, Herr Sagert.«

»Gut.«

Der Vorgesetzte nickte, um seine Mundwinkel zuckte es – es sah aus, als würde er sich nur mit Mühe ein Lächeln verkneifen. Der Mann hatte ihr eins ausgewischt, von allen infrage kommenden Frauen hatte er gerade sie für diese lästige Aufgabe ausgewählt. Er mochte sie nicht, jetzt konnte er es ihr zeigen, indem er ihr das Leben schwer machte. Springerinnen besaßen keine festen Dienstzeiten. Erst kurzfristig wurde ihnen mitgeteilt, wann sie zu arbeiten hatten. Tag- und Nachtschichten wechselten sich häufig miteinander ab, damit zurechtzukommen war schwierig. Kaum hatte man sich an eine Arbeitszeit gewöhnt, änderte sie sich wieder. Niemand arbeitete gerne als Springerin. Ob Eckstein dafür gesorgt hatte, dass es ausgerechnet sie getroffen hatte?

»Sie erhalten morgen Ihren neuen Dienstplan. Das war's, Sie können weitermachen.«

Evi wandte sich ab, tief in Gedanken versunken kehrte sie an ihren Arbeitsplatz zurück. Sie versuchte sich auf ihre Tätigkeit zu konzentrieren, doch in ihrer Verfassung fiel es ihr schwer, in aller Eile und wie gewohnt Telefongespräche zu vermitteln. Sie war erleichtert, als die Zeit für ihre Frühstückspause endlich gekommen war – mit einem kurzen Kopfnicken verständigte sie sich mit der Kollegin neben ihr, die ihre Vertretung übernahm. Evi stand auf und warf Gretchen im Vorübergehen einen auffordernden Blick zu. Sie hatten es sich zur Gewohnheit gemacht, die kurzen Ruhezeiten im Dienst nach Möglichkeit gemeinsam und im Freien zu verbringen, daran hatte ihre kleine Streiterei über Gretchens Umzug nichts geändert.

Evi verließ das Gebäude, es dauerte nicht lange, bis Gretchen ihr auf den Betriebshof folgte. Hastig überquerte sie die gepflasterte Freifläche zwischen dem Postfuhramt und dem Eingangstor. Gretchens offener Mantel flatterte im Wind, sie wirkte aufgeregt, als sie neben Evi im Schatten der leer stehenden Pferdeställe Aufstellung nahm.

»Was ist denn los? Warum musstest du eben zu Sagert?«

»Unsere Kollegin Fräulein König heiratet und verlässt den Dienst.«

»Und? Was hat das mit dir zu tun?«

»Sagert braucht eine Springerin. Und natürlich bin ich der Glückspilz, auf den seine Wahl gefallen ist. Was für ein Zufall, oder? Er konnte mich noch nie leiden.«

»Ach Evi, tut mir leid, das zu hören. Der Kerl ist ein Idiot, ich mag ihn auch nicht. Springerin zu sein, ist furchtbar. Ich hoffe, es dauert nicht lange.«

»Das hoffe ich auch. Weißt du, was ich glaube? Eckstein hat den alten Miesepeter auf mich angesetzt. Würde passen, oder? Emil Sagert hat mich nicht ganz zufällig ausgesucht.«

»Wundert dich das? Siegfried hat mir von der Beerdigung seiner Frau erzählt. Du bist da gewesen?«

»Ja, na und? Was stört dich daran?«

»Das fragst du noch? Wie konntest du so etwas tun? Dir hätte klar sein müssen, dass die Sache böse endet.«

Evi runzelte die Stirn. Was waren das auf einmal für Töne?

»Meine Güte, merkst du eigentlich gar nicht, wie blind du bist, Gretchen? Du vergötterst deinen Helden, obwohl du genau weißt, wie vielen Frauen er schon wehgetan hat.«

»Darum geht es doch jetzt gar nicht.«

»Doch, genau darum geht es.« Evi betrachtete die Freundin kopfschüttelnd. »Eine Beerdigung ist eine öffentliche Angelegenheit. Jeder, der es wünscht, kann daran teilnehmen.«

»Nein, das stimmt nicht. Für dich gilt eine Ausnahme zu dieser Regel, und das weißt du auch. Du bist die Ex-Geliebte des frischgebackenen Witwers. Was glaubst du, wie er das findet, wenn du da auftauchst? Er konnte dich nur als Bedrohung ansehen. Er wusste nicht, was du vorhattest.«

»Lieber Himmel, was soll ich schon vorgehabt haben? Ich dachte, ich zeige meine Anteilnahme, indem ich zu dieser Beisetzung gehe. Aber bitte, es muss nicht sein. So bezaubernd schön ist eine Trauerfeier nicht, dass man unbedingt dabei gewesen sein muss. Im Übrigen finde ich es beeindruckend, wie du für deinen Oberpostrat kämpfst. Er kann stolz auf dich sein. Das gereicht dir zur Ehre.«

»Ich höre den Spott in deiner Stimme, aber du missverstehst mich. Eckstein kann meinetwegen bei der Beerdigung seiner Frau Blut und Wasser schwitzen, darum geht es nicht. Du bist diejenige, um die ich mir Sorgen mache.«

»Tatsächlich? Das überrascht mich.«

»Mensch, Evi, kapierst du nicht? Du musst dem Oberpostrat nicht hinterherlaufen, das hast du nicht nötig. Was wäre denn gewesen, wenn du in Lichterfelde einem unser höheren Vorgesetzten aufgefallen wärst? Die ganze Riege der Direktoren war dort, habe ich gehört. Du begibst dich nutzlos in Gefahr.«

»Du übertreibst. Es waren reichlich Leute anwesend, ich bin niemandem aufgefallen. Außer dem Gorilla vom Beerdigungsinstitut, der mich auf Ecksteins Anweisung vor die Tür gesetzt hat.«

»Woher willst du wissen, was die anderen Trauergäste gedacht oder gesehen haben? Hast du mit ihnen gesprochen?«

Abwehrend verschränkte Evi die Arme vor dem Oberkörper.

»Deiner Meinung nach habe ich es also selbst zu verantworten, dass ich als Springerin arbeiten muss. Wäre ich nicht auf dieser Beerdigung gewesen, wäre mir dieser Einsatz erspart geblieben. Richtig?«

»Ich habe keine Ahnung, ob Eckstein hinter deinen neuen Arbeitszeiten steckt. Ich möchte nur verhindern, dass du weiter Dummheiten machst. Mit dem Oberpostrat kannst du's nicht aufnehmen. Er sitzt ganz oben in der Direktion. Der Mann hat Möglichkeiten, die dir fehlen.«

»Merkst du eigentlich nicht, wie sehr dieser elende Kerl einen Keil zwischen uns treibt?«

»Sei vorsichtig, das ist alles, was ich dir sagen will. Du bist auf den Arbeitsplatz hier angewiesen.«

»Ja, das weiß ich. Mir geht es um uns beide. Ich habe den Eindruck, dass du dich veränderst. Du wechselst das Lager, merkst du das gar nicht?«

»Das ist nicht wahr, das tue ich nicht.«

»Doch, tust du. Du verteidigst Eckstein bei jeder sich bietenden Gelegenheit. Er macht alles richtig, und ich mache alles falsch. Verlieb dich nicht in ihn, hörst du? Das ist der falsche Mann für zärtliche Gefühle.«

Gretchen atmete hörbar ein, doch ihre Miene blieb verschlossen. Ein paar Minuten rührte sich nichts zwischen ihnen. Sie vermieden es, einander anzusehen, bis Gretchen in die Tasche ihres Mantels griff. Sie gab Evi einen sanften Stoß in die Seite und reichte ihr einen kleinen, verschrumpelten Apfel. Evi nahm ihn mit einem dankbaren Lächeln entgegen. Im Kampf gegen den allgegenwärtigen Hunger war jeder Bissen an Nahrung willkommen – im Übrigen wollte Evi Gretchen gegenüber nicht unversöhnlich wirken. Gretchen lächelte zufrieden, glücklicherweise war sie nicht nachtragend.

»Hast du eigentlich in letzter Zeit etwas Neues über deinen Bruder in Erfahrung bringen können?«

»Noch nicht. Ich will mich in Clärchens Ballhaus umschauen. Angeblich beschäftigen sie dort viele junge Musiker.«

»Stimmt, in dem Laden ist immer etwas los. Meine Cousine hat dort ihre Hochzeit gefeiert, das war eine riesige Sause. Schadet bestimmt nicht, sich da umzuhören.«

Gretchen warf das abgerissene Kerngehäuse ihres Apfels in weitem Bogen über die Mauer hinter ihr.

»Wir müssen wieder rein, die Pause ist vorbei.«

Evi nickte. Schweigend kehrten sie beide in das Dienstgebäude zurück. Der kleine Streit eben war überflüssig gewesen, aber er schien bezeichnend für den Wandel zu sein, dem Evi sich ausgesetzt fühlte. Es war bitter, aber sie hatte das Gefühl, überall anzuecken und nirgendwo Verständnis zu finden. Selbst in Gretchens Gesellschaft fühlte sie sich mittlerweile einsam, sie brauchte jemanden an ihrer Seite, mit dem sie offen sprechen konnte. So bald wie irgend möglich wollte sie in Clärchens Ballhaus nach Gerald Ausschau halten. Selbst wenn sie ihn nicht fand, bestand Aussicht darauf, dass ihr irgendeiner der Musiker dort etwas über ihren Bruder erzählen konnte.

Sie musste vorwärtskommen mit ihrer Suche, es war höchste Zeit. Sie brauchte Unterstützung von Menschen, die es gut mit ihr meinten. In Clärchens Ballhaus würde es sich entscheiden. Wenn sie in dem Lokal keine Spur von Gerald ausfindig machen konnte, würde sie ihre Suche aufgeben.

Evi seufzte. Inständig bat sie den Himmel darum, ihr bei dem, was auf sie zukam, Beistand zu leisten.

Ein Sonntagnachmittag unter einem grauen Großstadthimmel, das Wetter war nicht ideal für einen ausgedehnten Spaziergang. Immerhin war Regine rechtzeitig vor Ort. Um zwei Uhr am Nachmittag wollte sie sich mit Kurt an der Zionskirche treffen, fünf Minuten vor der vereinbarten Zeit erreichte sie den kleinen Sandplatz vor dem Portal des Gotteshauses. Dass sie es geschafft hatte, mehr als pünktlich am Treffpunkt zu erscheinen, war nur einem Zufall zu verdanken. Eigentlich hätte heute das große Kaffeetrinken bei Bäcker Smolka stattfinden sollen, doch Smolka hatte abgesagt. Er quälte sich mit einer fiebrigen Erkältung und wolle sie nicht in die Gefahr einer Ansteckung bringen, ließ er ausrichten. Ihr war es recht, auf diese Weise hatte sie sich ohne jede Erklärung am frühen Nachmittag aus der elterlichen Wohnung davonschleichen können.

»Hallo, Regine. Schön, dich zu sehen.«

Sie fuhr herum, Kurt war schon da. Er strahlte sie an. Nur für ein paar Sekunden, aber dafür sehr sanft berührten sich ihre Hände. Regine hätte Kurt zur Begrüßung gerne geküsst, doch sie wussten beide, dass es Menschen gab, die sich an Zärtlichkeiten in der Öffentlichkeit störten.

»Es lebe der Sonntag. Endlich haben wir ein bisschen Zeit füreinander.«

»Ja, dieser Nachmittag gehört nur uns beiden. Beinahe jedenfalls.«

»Was soll das heißen, beinahe? Hast du noch etwas Bestimmtes vor?«

Kurt deutete auf eine Rolle aus Stoff, die er sich unter den Arm geklemmt hatte. Regine sah ihn fragend an.

»Ich muss noch eine Kleinigkeit erledigen, hab's versprochen. Aber das ist kein Problem, es liegt zum Glück auf dem Weg.«

»Auf dem Weg wohin?«

»Auf unserem Weg. Es wird nicht lange dauern. Und du? Wie war eure Versammlung am Freitag?«

Achselzuckend berichtete Regine, was in der Remise vorgefallen war. Wohl fühlte sie sich nicht beim Blick auf die letzten Ereignisse. Ein Erfolg war das Treffen nicht gewesen.

»Heißt das, ihr seid auseinandergegangen, ohne Beschlüsse zu fassen?«

»Ja, leider. Es war unmöglich, die Frauen zur Ruhe zu bringen, da habe ich die Versammlung aufgelöst. Emma hat mir das bitter übel genommen. Es war ein Fehler, die Frauen so früh nach Hause zu schicken, sagt sie. Ich habe es gut gemeint, aber es stimmt, wir sind keinen Schritt weitergekommen.«

»Immerhin wissen die Kolleginnen jetzt, dass ihr etwas vorhabt.«

»Das ist aber auch alles.«

»Ärgere dich nicht. Es erfordert viel Geschick, Menschen zu führen. Es ist normal, wenn einem das nicht auf Anhieb gelingt.«

»Irgendwie habe ich das Gefühl, dass das ganze Durcheinander meine Schuld ist. Ich habe das erste Treffen vermasselt. Und jetzt wollen sie Lotte kündigen.«

Kurt blieb stehen und sah sie an.

»So? Woher weißt du das?«

»Meine Freundin Evi ist Telefonistin im Fernsprechamt, sie hat ein Gespräch der Behördenleitung belauscht.«

»Hm. Nun ja, mit dieser Kündigung war wohl zu rechnen. Jemand, der unter dem Verdacht einer Kindstötung steht, hat in den Augen der Reichspost seinen Arbeitsplatz verwirkt. Vielleicht könnt ihr diese Kündigung wenigstens für euren Protest ausnutzen. Lotte ist die erste Kollegin, die gehen muss, oder?«

»Ja. Aber sie wird nicht rausgeworfen, weil sie Kriegsaushilfe ist. Sie sitzt im Gefängnis, das ist der Grund.«

»Irgendjemand von euch wird im Anschluss gehen müssen. Die nächste Kündigung werden sie nicht mit einem Verstoß gegen Strafgesetze begründen können.«

»Du meinst also, ich soll die Entlassung von Lotte ausschlachten, um die Kolleginnen aufzuwiegeln?«

Kurt lächelte.

»Um den Gegner in die Enge zu treiben, ist beinahe alles erlaubt.«

»Ich finde, wir sollten den Anstand wahren. Lottes Unglück taugt nicht, um Aufruhr zu schüren. Ihr Fall ist besonders heikel.«

»Du entscheidest, was du tust. Aber bedenke, für deine Kolleginnen steht viel auf dem Spiel. Sie kämpfen um Lohn und Brot. Wenn du sie führen willst, musst du sie überzeugen, da ist jedes Mittel recht.«

»Schöne Worte. Ich wünschte, ich könnte so gut reden wie du.«

»Mach einen Kurs in Rhetorik bei uns, dann fällt es dir leichter, vor einer Versammlung zu sprechen.«

»Ich bin kein Mitglied in eurem Verein, schon vergessen?«

»Ist mir bekannt. Ich werde mich mit Gregor Stratmann beraten, vielleicht lässt sich ausnahmsweise etwas für dich arrangieren.«

»Wirklich? Meinst du, das wäre möglich?«

»Ich kann es dir nicht zusagen, ohne zuvor mit unserem amtierenden Sekretär gesprochen zu haben, aber vielleicht wäre es für beide Seiten ein Gewinn.«

»Das wäre schön.«

»Wir finden eine Lösung. Wer weiß, am Ende wirst du noch die neue Rosa Luxemburg.«

»Lieber nicht. Ich habe viel weniger Schneid als sie, schätze ich. Lebt sie überhaupt noch, die rote Rosa?«

»Das fragen wir uns alle, niemand weiß etwas Genaues. Viel Hoffnung habe ich nicht. Es gibt Leute, die sagen, die Frau wurde von Militärs umgebracht.«

»Von den Gerüchten habe ich gehört.«

Regine blieb stehen.

»Sag mal, wohin gehen wir eigentlich? Ich glaube, ich bin noch nie in dieser Gegend gewesen.«

»Wir sind im Prenzlauer Berg. Unser Ziel ist die Barnimstraße.«

»Barnimstraße? Da ist doch das Frauengefängnis.«

»Richtig. Paula hat mich gebeten, das Bündel hier im Gefängnis abzugeben.« Kurt deutete auf die Rolle aus Stoff unter seinem Arm. »Zahnbürste, Seife und Kamm. Alles für Lotte.«

»Warum geht Paula nicht selbst zu ihrer Schwester und bringt ihr das Zeug?«

Kurt zuckte nur leicht mit den Schultern.

»Ich vermute, sie hat Angst.«

»Wovor sollte sie Angst haben? Sie besucht ihre Schwester, das ist nicht verboten. Lotte wird es ohnehin von ihr erwarten.«

»Mag sein, aber bis zu Lottes Verhaftung haben die Schwestern Wellmann unter einem Dach gelebt. Die Polizei könnte auf den Gedanken kommen, dass sie Komplizinnen waren. Wie sollte Paula sich gegen einen Vorwurf dieser Art wehren?«

»Wenn die Polizei gegen Paula etwas in der Hand hat, müssen die Schupos nicht warten, bis sie in der Barnimstraße auftaucht. Die können jederzeit zu ihr nach Hause kommen und sie festnehmen.«

»Wer weiß, ob Paula nicht genau deshalb die ehemals gemeinsame Wohnung mit Lotte bereits verlassen hat.«

»Hat sie dir gesagt, dass sie das getan hat?«

»Nein. Das ist nur eine Vermutung von mir. Ich habe Paula nicht danach gefragt.«

»Sie war bei dir?«

»Sie war im Gewerkschaftshaus, wir haben miteinander gesprochen.« Kurt musterte sie mit einem kurzen Seitenblick. »Du bist jetzt aber nicht eifersüchtig, oder?«

»Nein.« Regine versuchte zu lächeln, energisch schüttelte sie den Kopf. »Nein, bin ich nicht.«

»Ich verstehe, du versuchst, nicht eifersüchtig zu sein. Du kämpfst dagegen an – trifft diese Beschreibung es besser?«

»Was soll ich jetzt sagen? Tut mir leid, dass ich so jung und unerfahren bin? Tut mir leid, dass ich Gefühle habe und dich auf keinen Fall verlieren will? Ich werde mich bemühen, dazuzulernen und so gelassen zu werden, wie du es bist. Wäre das in Ordnung für dich?«

»Weiß nicht. Ist vielleicht ein bisschen zu viel des Guten, wenn du mich fragst.«

Kurt grinste. Sie konnte nicht anders und musste lachen.

»Gut, dann verweigere ich die Aussage. Ich muss mich nicht selbst belasten, habe ich mal irgendwo gelesen.«

»Aha.«

»Und außerdem gehe ich nicht mit rein ins Gefängnis. Ich hasse Gefängnisse. Ich warte draußen.«

Sie hörte sein Lachen – Kurt legte ihr eine Hand unter das Kinn und hob ihren Kopf an, sodass sie ihm direkt in die Augen sehen musste.

»Weißt du was, Liebes? Es stört mich nicht. Du kannst mit reinkommen oder es bleiben lassen. Hauptsache, du wartest auf mich, bis ich wiederkomme.«

»Das werde ich. Egal, wie lange es dauert. Ich werde immer auf dich warten, überall. Ich liebe dich nämlich, weißt du?«

Kurt zögerte, er sah sich kurz um, doch sie waren allein auf weiter Flur. Nirgendwo war eine Menschenseele zu sehen. Es handelte sich um einen verschlafenen, langweiligen Sonntag unter bedecktem Himmel. Niemand war in der Nähe, also zog Kurt sie an sich. Gleich darauf fanden sich ihre Lippen zu einem Kuss. Eine Welle aus Wärme und Leidenschaft erfasste Regine und spülte alles fort, was ihrem Glück vielleicht entgegenstand. Nur sie beide waren wichtig – dass sie zusammen sein konnten, war alles, was zählte. Im Übrigen hatte sie die Wahrheit gesagt. Sie würde auf ihn warten, überall und immer wieder. In den Armen dieses Mannes war Regine so glücklich wie noch nie zuvor in ihrem ganzen Leben.

Evi kannte Clärchens Ballhaus nur dem Namen nach, dabei war sie schon oft daran vorbeigelaufen – der graue Kasten lag nicht weit entfernt von der Wohnung, die Siegfried bis vor Kurzem in diesem Viertel sein Eigen genannt hatte. Dass Eckstein hier so lange gelebt hatte, verblüffte Evi insgeheim immer noch, denn die Gegend rund um die Oranienburger Straße besaß keinen guten Ruf. In den vielen Kneipen und Lokalen gab es häufig Schlägereien, Straßenprostitution war an der Tagesordnung. Das Viertel galt schon vor dem Krieg als heißes Pflaster, hatte aber an Beliebtheit inzwischen noch dazugewonnen. Seit Kriegsende wurde in dieser Ecke der Stadt jede Nacht gefeiert und getanzt. Wer das große Töten an West- oder Ostfront überlebt hatte, wollte das Leben wieder mit jeder Pore seines Körpers spüren. Rund um die Oranienburger Straße war Nacht für Nacht viel los. Durch die Gassen rund um das Postfuhramt bis hin zum Rosenthaler Platz taumelten nach Einbruch der Dunkelheit feierlustige Menschen, die den Schmerz und die Wunden des Krieges in reichlich Alkohol versenkten, im exzessiven Tanz alle Not ausschwitzten und, von Drogen berauscht, von einem Lokal zum nächsten schwebten, als gäbe es kein Morgen. Evi kannte diese Straßenzüge, aber in der Dunkelheit kam ihr die Gegend fremd und unheimlich vor. Misstrauisch musterte sie den Torweg, hinter dem Clärchen ihr Ballhaus betrieb. Die wenigen Meter dorthin waren schlecht beleuchtet, unter dem Torbogen roch es nach Erbrochenem und Urin. Sollte sie sich wirklich in dieses Dunkel begeben? Plötzlich raschelte es neben ihr, ein Fluch drang an ihr Ohr, in Panik fuhr sie herum. Nur ein paar Schritte entfernt hinter den Ascheimern bewegte sich etwas.

»Lass los, du Idiot! Du Dreckskerl …«

Ein leiser Schrei erklang, erschrocken wich Evi zurück. Ihre erste Eingebung war davonzulaufen, doch das konnte sie nicht tun. Ganz in der Nähe schien jemand in Bedrängnis zu sein, musste sie nicht versuchen, dem Menschen zu helfen? Es war die Stimme einer Frau gewesen, die sie gehört hatte.

Mit fahrigen Bewegungen holte Evi ihre Taschenlampe aus der Handtasche. Die Leuchte war ein teures, amerikanisches Modell, ein Geschenk von Siegfried aus den Zeiten, in denen sie im Anschluss an die Treffen mit ihm bei Nacht allein in der Finsternis unterwegs gewesen war. Noch immer war die kleine Lampe ausgesprochen hilfreich. Ihr Lichtstrahl tanzte jetzt über die Mauern. Evis Hand zitterte, während der Lichtkegel den Torweg erfasste. Ganz langsam huschte er über die Ascheimer an der Wand.

»Hallo? Alles in Ordnung, oder soll ich Hilfe holen?«

Ein paar Sekunden lang tat sich nichts, bis auf einmal krachend einer der Ascheimer zu Boden ging. Evi sprang zurück, schon preschte eine Gestalt an ihr vorbei. Ein Mantelsaum streifte sie, gleich darauf hörte sie, wie die Schritte des Flüchtenden auf der Straße verhallten. Eine zweite Gestalt verließ den Platz hinter den Mülltonnen und hielt auf sie zu.

»Keine Angst, Süße, ich tu dir nichts.«

Evi ließ den Lichtkegel ihrer Lampe zu ihrem Gegenüber wandern: Es war eine Frau, die als Schutz gegen das grelle Licht der Taschenleuchte eine Hand vor das Gesicht hielt.

»O bitte, mach das Ding aus, das ist ja furchtbar. Ich geh dir ganz sicher nicht an die Klamotten, keine Sorge.«

Evi tat wie ihr geheißen, schlagartig wurde es dunkel um sie herum.

»Ich bin Roswitha. Hab Dank für deine Hilfe.«

»Gern geschehen.«

»Der Kerl eben hatte eine Schraube locker. Keine Gewalt, sag ich immer, nicht für alles Geld der Welt. Und wer bist du, mein kleiner Engel? Hast du auch einen Namen?«

»Ich heiße Evi.«

»Gut gemacht, Evi. Braves Mädchen.«

Roswitha zog eine Packung aus der Tasche ihres eng anliegenden Kleidchens, dessen Stoff selbst in dem miserablen Licht auf dem Hinterhof dünn und verblichen wirkte.

»Rauchst du? Echter Tabak. Ich spendiere dir eine. Hast du dir verdient.«

»Nein danke.«

»Hast recht, ist besser so. Kostet bloß ein Heidengeld, das verdammte Nikotin. Und die Zähne werden auch gelb von dem Zeug.«

»Kommt das öfter vor? Dass jemand übergriffig wird, meine ich?«

»Ja, leider. Gehört wohl zu meinem Beruf. Und was ist mit dir? Bist offensichtlich keine Kollegin. Wartest du auf irgendwen?«

Evi zögerte. Lohnte es sich, Roswitha von Gerald zu erzählen? Im Grunde sprach nichts dagegen. Wahrscheinlich kannte sie nicht nur ihre Kundschaft, sondern auch die Musiker, die in den Lokalen ringsum zum Tanz aufspielten.

»Ich bin auf der Suche nach jemandem. Er ist Cellist, spielt auch Geige. Eine Freundin meinte, ich könnte ihn vielleicht in Clärchens Ballhaus treffen. Es treten viele Musiker hier auf, sagt sie.«

Roswitha lachte leise, sie gurrte beinahe wie eine Taube. Sie war groß und überragte Evi mindestens um einen Kopf.

»Einen Musiker suchst du also. Solchen Kerlen solltest du nicht hinterherlaufen, Süße, es lohnt sich nicht. Ich hoffe, du bist nicht in Schwierigkeiten seinetwegen.«

»Nein. Darum geht's nicht, keine Sorge.«

»Wie heißt er denn, dein Don Juan?«

»Gerald Dennewitz. Er ist früher häufig im Café Königin Luise aufgetreten.«

Ein Streichholz flammte auf, erlosch jedoch sofort wieder. Roswitha hustete kurz, es klang, als hätte sie sich verschluckt.

»Dennewitz? Ich kenne tatsächlich jemanden, der so heißt.«

Evi schnappte nach Luft, ihr Herz machte einen kleinen Sprung. Sie war auf der richtigen Spur, endlich.

»Bist du sicher?«

»Ziemlich sicher, ja. Wenn du willst, bringe ich den besagten Herrn zu dir.«

»Oh, Roswitha, das wäre ...«

»Würde dich allerdings eine Kleinigkeit kosten.«

»Wie bitte? Ich habe dir eben aus der Patsche geholfen, ohne mich hätte der Kerl hinter den Ascheimern sonst was mit dir gemacht! Dafür könntest du mir auch einen kleinen Gefallen erweisen.«

»Überschätz deinen Einsatz als Heldin vom Dienst mal nicht, Süße. Ohne dich hätte ich dem Kerl selbst eine reingehauen, das darfst du mir glauben. Ich bin gut in Form, weißt du?«

»Dann werde ich mir das nächste Mal euren Ringkampf nur aus der Ferne ansehen.«

Roswitha lachte auf.

»Bist nicht auf den Mund gefallen, das ist gut.«

»Nein, bin ich nicht. Im Übrigen habe ich nichts, was ich dir geben könnte. Ich werde da reingehen und selbst nach Gerald suchen.«

»Nur zu, versuch dein Glück. Allerdings spielen in dem Laden jede Nacht mindestens drei Musikkapellen. Jemanden in dem Lokal ausfindig zu machen, ist nicht so einfach. Es ist deine Zeit, die dabei draufgeht.«

Evi zögerte. Roswitha schien ihre Zweifel zu spüren, sie machte einen Schritt auf Evi zu.

»Wenn die Angelegenheit schnell über die Bühne gehen soll, rate ich dir, meine Dienste in Anspruch zu nehmen. Ich mach dir einen Sonderpreis.«

»Ich habe kein Geld dabei.«

»Muss ja kein Geld sein. Ware lacht, Herzchen. Du besitzt doch bestimmt ein gut gefülltes Puderdöschen oder einen Parfümflakon? Mehr braucht es nicht, um mich glücklich zu machen.«

Schweigend griff Evi in den kleinen bestickten Stoffbeutel an ihrem Handgelenk, sie zog einen Lippenstift hervor – es war eine Leihgabe von Gretchen, aber für den Fall, dass diese Nacht ihr den lang ersehnten Durchbruch bei der Suche nach ihrem Bruder einbrachte, war sie bereit, den Lippenstift zu opfern. Sie würde Gretchen einen neuen kaufen.

»Das ist ein fabelhafter Lippenstift in einem kräftigen Rot, nicht zu dunkel und nicht zu hell.«

»Lass mich sehen.«

»Nichts da.« Blitzschnell ließ Evi den Lippenstift wieder in ihrem Stoffbeutel verschwinden. »Nur, wenn du mir weiterhilfst, bekommst du ihn.«

»Hach, wie misstrauisch bist du denn. Ich muss verrückt sein, mich darauf einzulassen, aber ich habe eben ein gutes Herz.« Ihr glockenhelles Lachen ertönte. »Wehe, du bist nicht mehr hier, wenn ich zurückkomme.«

»So was würde ich niemals tun, Roswitha. Ich bin eine ehrliche Haut, genau wie du.«

Eine Kaskade von schallendem Gelächter ging über Evi nieder, dann wandte Roswitha sich ab. Evi sah zu, wie ihre große, schmale Gestalt im Eingang des Gebäudes gegenüber verschwand. Sie schob die Hände in die Taschen ihres Mantels, jetzt konnte sie nur noch warten. Die Nacht war frisch, Evi fröstelte ein wenig. Unruhig ging sie unter dem Torbogen auf und ab. Ihrem Gefühl nach verstrich die Zeit viel zu langsam. Jedes Mal, wenn irgendwo eine Tür oder ein Fenster zuschlug, immer, wenn irgendwo ein paar Takte Tanzmusik zu hören waren, fuhr sie herum. Es war kalt hier draußen, fauchend zog der Wind über den Hof. Allmählich breitete sich ein leichtes Unbehagen in ihr aus. Wie lange sollte sie auf Roswithas Rückkehr warten? Was, wenn die Frau überhaupt nicht wiederkam?

Auf einmal öffnete sich mit einem lauten Knarren die große Eingangstür des Lokals gegenüber. Zwei Personen tauchten vor dem Eingang des Gebäudes auf, eine davon war zweifellos Roswitha. Evi lief los, doch kurz bevor sie den Mann in Roswithas Begleitung erreichte, trat Roswitha ihr in den Weg.

»Halt mal, Süße, nicht so eilig. Erst meine Belohnung.«

Entnervt und mit fahrigen Bewegungen holte Evi den Lippenstift aus der Tasche, den Roswitha mit einem strahlenden Lächeln entgegennahm, bevor sie ihn in der Tasche ihres Kleidchens verschwinden ließ.

»Danke dir. Viel Spaß euch beiden. Schönen Abend noch.«

Roswitha ging – der Mann, den sie zurückgelassen hatte, trat stattdessen näher. Er betrachtete Evi kopfschüttelnd und mit großen Augen.

»Eva-Maria? Bist du das?«

Der Klang seiner Stimme ließ alle ihre Hoffnungen von einer Sekunde zur nächsten zu Staub zerfallen. Ihr Bruder hätte niemals Eva-Maria zu ihr gesagt, für Gerald war sie seine Evi. Es musste ihr Vater sein, den Roswitha hierhergebracht hatte, auch er hieß Dennewitz, auch er war Musiker.

»Vater? Bist du das?«

»Ja, natürlich bin ich das – wen hast du denn erwartet? Was hat diese Aktion zu bedeuten, sag mal. Wieso bist du nicht selbst ins Lokal gekommen? Ich bin fast zu Tode erschrocken, als dieses Geschöpf mich in meiner Garderobe aufgesucht hat.«

»Dieses Geschöpf, wie du die Frau nennst, war sehr hilfsbereit.«

»Sie hat behauptet, es sei dringend. Ich habe mir weiß Gott was für Sorgen gemacht.«

»Ach ja? Das ist mal was ganz Neues für dich.«

»Wie bitte?«

Evi schüttelte entnervt den Kopf, ihre Laune war endgültig im Eimer. Sollte dieser sich anbahnende Streit mit ihrem Vater alles sein, was sie heute Nacht als Lohn für ihre Bemühungen erntete? Frierend rieb sie sich die Oberarme – es zog auf diesem verdammten Hinterhof wie nichts Gutes. Ihre Geduld näherte sich ihrem Ende.

»Du weißt genau, was ich sagen will. Du kümmerst dich um deine Familie schon seit einiger Zeit nicht mehr.«

»Das stimmt nicht, mein Kind. Wir zwei haben uns eine Weile nicht gesehen, aber deiner Mutter habe ich in den letzten Wochen mehrere Besuche abgestattet.«

»So, tatsächlich?«

»Gut möglich, dass sie dir nichts davon erzählt hat. Im Übrigen – wie sprichst du eigentlich mit mir?«

»Lassen wir das, ich bin nicht deinetwegen gekommen. Ich hatte gehofft, Gerald zu finden.«

»Du wolltest zu deinem Bruder?«

»Ja, stell dir vor. Ich habe alle meine Hoffnung unnützerweise in ein Wiedersehen mit meinem Bruder gesetzt. Kann nicht schaden, einen Mann in der Familie zu haben, der sich verantwortlich fühlt.«

»Wenn Gerald in Clärchens Ballhaus Musik machen würde, hätte ich es euch längst gesagt.«

»Bei einem deiner zahlreichen Besuche im Brunnenviertel, meinst du?«

»Ja, genau das meine ich.«

»Gut, dann ist die Welt ja wieder in Ordnung. Ich habe nicht das Geringste erreicht heute Nacht, und du machst genauso weiter wie bisher.«

»Was redest du da? Ich werde mir von dir nicht sagen lassen, wie ich meine Ehe zu führen oder mein Leben zu leben habe, mein Kind.«

»Natürlich nicht, warum solltest du auch? Wäre dennoch schön, wenn du Mutters Rechnungen bezahlen würdest. Bisher habe ich das allein gemacht, falls dir das entgangen ist.«

»Dein Ton gefällt mir nicht, Eva-Maria. Es ist jetzt genug. Wir können das alles miteinander besprechen, aber nicht hier draußen und um diese Uhrzeit.«

»Die Freiheiten, die du dir nimmst, gehen zu meinen Lasten, begreifst du das nicht? Was du zum Unterhalt der Familie beisteuerst, langt hinten und vorne nicht.«

»Vielleicht habe ich nicht mehr, das ich euch geben kann. Ist dir der Gedanke schon mal gekommen?«

»O ja, er ist mir gekommen. Wenn dem so ist, solltest du den Beruf wechseln. Ich habe mir heute hier die Nacht um die Ohren geschlagen, um Gerald zu treffen. Erst hatte ich dich aufsuchen wollen, aber es erschien mir nicht lohnend. Gibt dir das nicht zu denken?«

»Es reicht jetzt, Evi. Ich bin immer noch dein Vater.«

»Ich weiß, sonst würde ich überhaupt nicht mehr mit dir reden. Und jetzt gehe ich schlafen. Hat ja doch alles keinen Zweck. Gute Nacht.«

Ohne sich noch einmal umzusehen, marschierte Evi davon. Sie ließ ihren Vater allein in der Dunkelheit zurück. Sie bedauerte keines der Worte, die sie ihm eben entgegengeschmettert hatte. Sie war enttäuscht – von ihm und von dieser Nacht, in der sich alle ihre Hoffnungen zerschlagen hatten. Keinesfalls wollte sie sich seine Ausflüchte weiter anhören, sein Gerede tröstete sie nicht. Nach endlosen Gesprächen darüber, wer in ihrer Familie in welcher Weise versagt hatte, stand ihr zu dieser späten Stunde nicht der Sinn.

Wie sollte es nun weitergehen? Hatte sie sich nicht vor Kurzem erst vorgenommen, die Suche nach Gerald spätestens bei dem nächsten Fehlschlag zu beenden? Vielleicht erledigte sich die Geschichte nach diesem Reinfall ohnehin. Es gab keinen Weg, den sie noch gehen konnte, um Gerald wiederzufinden.

Sie war allein mit ihrem Kummer und würde es bleiben, es zeigte sich einfach kein Licht am Horizont. Nirgendwo in dieser eiskalten Nacht erwartete sie die Aussicht auf Wärme und Veränderung. War dies der Zeitpunkt, an dem sie aufgeben musste?

10. Kapitel

Bernardine fühlte sich von aller Welt verlassen. Würde Gott der Herr sich ihrer annehmen, wenn sie ihn demütig darum bat? In ihrer Familie stand ihr wegen der Geschichte um den Mantel inzwischen niemand mehr bei. Ernst-Ludwig sowieso nicht, auf den war kein Verlass, noch nie gewesen. Und auch Evi, mit der sie über Jahre hinweg in gutem Einvernehmen gelebt hatte, wandte sich nun gegen sie. In den Augen der Tochter machte sie alles falsch. Jeden kleinen Misserfolg rieb ihr das Kind neuerdings unter die Nase. Bernardine meinte zu wissen, woran das lag: Sie trug nichts zum Familieneinkommen bei, daher war ihr Ansehen gering. Für ihre Tochter war sie nutzlos geworden. Dass sie Evi darüber hinaus am vergangenen Sonntag nicht zum Gottesdienst begleitet hatte, um sich bei Madame Godefroy zu entschuldigen, hatte bei Evi das Fass zum Überlaufen gebracht. Seitdem sprach das Kind freiwillig kein Wort mehr mit seiner Mutter.

Bernardine blickte zu Boden.

Der Krieg und seine Folgen hatten sie zu Boden geworfen. Da war sie bei Weitem nicht die Einzige, aber sie fühlte sich den Wechselfällen des Lebens mittlerweile schutzlos ausgeliefert. Wie entsetzlich einsam sie doch war. Niemand bemerkte den Schmerz, der sie mehr und mehr aushöhlte.

Immer, wenn sie glaubte, noch tiefer könne sie nicht fallen, gab ihr jemand einen Stoß – prompt stürzte sie über die nächste Klippe, prompt ging es ein Stück weiter abwärts mit ihr. Mit welchen wundervollen Hoffnungen und Erwartungen war sie als junges Ding ins Leben getreten? Und wo endete das alles jetzt?

Bernardine war heute Morgen in die Unterkirche am französischen Dom gekommen, um Gott den Herrn um geistliche Führung zu bitten. Seit einer Stunde schon saß sie hier, doch sie konnte sich nicht auf ihr Gebet konzentrieren. Immer wieder irrten ihre Gedanken zurück in die Ruppiner Straße: Die Situation war noch schwieriger geworden, seitdem sich ein Schriftstück der Polizei in ihrem Besitz befand. Evi hatte richtiggelegen mit ihrer Vermutung, die Kriminalpolizei hatte Bernardine zu einer Anhörung vorgeladen. Wegen des Mantels natürlich. Aktenzeichen, Stempel und dazu die barschen Formulierungen der Behörde ließen keinen Zweifel an der Echtheit des Schreibens.

Bernardine befand sich mehr denn je in Bedrängnis. Niemand war da, der sich aus freien Stücken um sie kümmerte oder ihr eine helfende Hand reichte. In ihrer Not hatte sie in diesem Haus Zwiesprache mit Gott halten wollen. Sie liebte diesen Ort. Der helle Raum mit dem in die Höhe strebenden Gewölbe besaß etwas Erhabenes, der Anblick der prachtvollen Barockorgel in ihrem goldenen Strahlenkranz gab ihr an anderen Tagen stets neue Kraft. Überall die Pastellfarben und das gedämpfte Licht, alles atmete eine Leichtigkeit, wie sie bei den Bauherren im Rokoko üblich gewesen war. Bernardine war es gewohnt, sich hier auszuruhen, heute jedoch war sie nervös. Sobald das Kirchenportal sich öffnete, fuhr sie herum, jeden Neuankömmling nahm sie genau unter die Lupe. War es jemand aus der Gemeinde? Eine Glaubensschwester, die den neuesten Klatsch verbreitete? Ihre Ruhe fand Bernardine nicht, nicht in der Weise, wie sie es sich erhofft hatte. Vielleicht war es doch keine gute Idee gewesen hierherzukommen.

»Madame Dennewitz, wie schön, Sie zu sehen.«

Hastig hob sie den Kopf. Ihr Pastor stand auf einmal im Mittelgang des Kirchenschiffs, sie hatte ihn nicht kommen hören. Er wirkte bemüht und freundlich wie stets, aber schauspielerte er nicht nur? Seine heitere Gelassenheit passte nicht zur Situation, auch in seinen Augen war sie eine Diebin.

Bernardine wartete, doch Boumann machte keine Anstalten weiterzugehen und sie allein zu lassen. Er war in Zivil und hatte offenbar Zeit, denn er nahm neben ihr in der Kirchenbank Platz. In jedem anderen Fall hätte sie sich geehrt gefühlt, heute fühlte sie sich gestört.

Boumann beugte sich ein wenig zu ihr hinüber.

»Ich habe Sie am letzten Sonntag bei unserem Gottesdienst vermisst, Madame Dennewitz. Wir waren verabredet, nicht wahr?«

Bernardine spürte, wie eine heiße Röte in ihre Wangen schoss und sich über das ganze Gesicht ausbreitete.

»Diese Verabredung hatte meine Tochter für mich getroffen, Monsieur.«

»Ja, in der Tat. Es ist schade, dass Sie nicht gekommen sind. Wollen Sie nicht vielleicht Ihrer Familie zuliebe die unleidliche Geschichte um den Mantel aus der Welt schaffen?«

»Natürlich will ich das, aber nicht unter den Augen der gesamten Gemeinde. Ich bin gerne bereit, mich mit Ihnen und Madame Godefroy allein zu treffen.«

Monsieur Boumann nickte und sah sie gleichzeitig sorgenvoll an. Sie kannte ihn gut genug, um zu wissen, dass er mit ihrer letzten Antwort keineswegs zufrieden war.

»Ich verstehe, aber ich fürchte, diese Gelegenheit haben wir verpasst.«

»Welche Gelegenheit? Pardon, aber ich verstehe nicht, Monsieur.«

»Madame Godefroy war über Ihr Ausbleiben am letzten Sonntag sehr enttäuscht. Ich glaube nicht, dass sie einem neuen Treffen ohne Weiteres zustimmen wird. Wenn Sie sich bei ihr entschuldigen möchten, wird Ihnen nun wohl nichts anderes übrig bleiben, als in die Villa der Familie Godefroy nach Zehlendorf zu fahren.«

Bernardine schluckte. Schon wieder eine Komplikation, mit der sie nicht gerechnet hatte. Zehlendorf war nicht ihr Revier. Die Gegend gehörte zu den wohlhabenden Vororten im Westen der Stadt. Klein und unbedeutend würde sie sich zwischen den Villen der reichen Leute fühlen. Madame Godefroy saß auf einem hohen Ross, immer schon. Die Frau wollte vom Rest der Welt hofiert werden, aber was den Mantel anging, gab es keinen Anlass dafür. Bernardine war unschuldig. Allmählich wünschte sie sich, das verflixte Kleidungsstück nicht zurückgegeben zu haben, dann wäre wenigstens etwas dran gewesen an den Vorwürfen, die man ihr machte. So jedoch fühlte sie sich zu Unrecht schlecht behandelt. Diese unsägliche Geschichte zog immer weitere Kreise, das konnte nicht richtig sein. Mit klopfendem Herzen wandte sie sich dem Pastor zu.

»Ich bin schuldlos an dieser Affäre, Monsieur Boumann. Ich hatte niemals die Absicht, den Mantel zu behalten. Im Gegenteil, ich wollte helfen. Für meinen Irrtum werde ich nun bestraft, dabei ist kein Schaden entstanden.«

»Ich glaube Ihnen, Madame, aber Sie müssen das nicht mir erklären, sondern Madame Godefroy. Sie möchte die Einzelheiten des Vorfalls aus Ihrem Munde hören. Ich finde das verständlich.«

»Sie weiß doch längst, wie es wirklich war. Die Entschuldigung, die sie verlangt, dient nur meiner Demütigung.«

»Sie mögen das so sehen, aber ich fürchte, einen anderen Ausweg gibt es nicht. Springen Sie über Ihren Schatten, und gehen Sie zu Madame Godefroy, damit wir alle diese Angelegenheit vergessen können.«

»Das sagt sich so leicht.«

»Ich weiß, dass es Sie schmerzt. Und dennoch rate ich Ihnen, es zu tun, damit Frieden werden kann.« Boumann stand auf. »Gott der Herr möge Sie auf Ihrem Weg leiten, Madame.«

Der Pastor nickte und ging, seine Schritte hallten gespenstisch laut durch das Kirchenschiff. Hatten seine Worte ihr geholfen? Bernardine hatte das Gefühl, durch das Gespräch mit ihrem Prediger noch ein Stück kleiner geworden zu sein. Die Vorstellung, bei Madame Godefroy um Vergebung bitten zu müssen, bedrückte sie. Reglos und mit geschlossenen Augen hockte sie in ihrer Kirchenbank. Ob es ausreichte, auf Gottes Schutz zu vertrauen, wenn ein Treffen bevorstand, das einem zutiefst beängstigend erschien? In Zehlendorf würde sie erniedrigt und brüskiert werden, sie ahnte es. Man raubte ihr die Selbstachtung. Vor Kurzem hatte es eine Revolution in diesem Land gegeben, doch tatsächlich hatte sich kaum etwas verändert. Noch immer mussten die kleinen Leute denjenigen in den Hintern kriechen, die angeblich etwas Besseres waren.

Bernardine war hundeelend zumute. Hastig suchte sie nach ihrem Taschentuch. Heiße Tränen drängten danach, geweint zu werden. Es war ihr ganzes Dasein, das sie betrauerte. Viele Fehlentscheidungen hatte sie getroffen, das wusste sie, aber wie sollte sie daran noch etwas ändern? Ihre Eltern hatten sie vor der Ehe mit Ernst-Ludwig gewarnt. Es war ein Fehler gewesen, ihn zu heiraten – aber musste sie denn tatsächlich so sehr für diesen Fehltritt büßen?

Immer wieder, für den Rest ihres ganzen Lebens?

Mit fahrigen Bewegungen durchwühlte Regine den Kleiderschrank ihrer Eltern. Draußen hatte es kurz nach ihrer Heimkehr vom Dienst zu regnen begonnen, sie brauchte eine Kopfbedeckung, die sie vor diesem unfreundlichen Wetter schützte. Im strömenden Regen durch die halbe Stadt zu laufen, das konnte mit einer Erkältung enden. Dieser Montag war ohnehin schrecklich gewesen, die Katastrophen nahmen kein Ende. Begonnen hatte es damit, dass der Schichtleiter ihr Hermann Kaiser als Begleiter für die heutige Tour aufgenötigt hatte. Als junge und flinke Zustellerin von einem Kriegsversehrten mit Holzbein begleitet zu werden, empfand sie als Zumutung. An jeder zweiten Straßenlaterne hatten sie wegen des Kollegen eine Pause machen müssen. Immer wieder war Kaiser stehen geblieben und hatte versucht, sie in ein Gespräch zu verwickeln – wahrscheinlich aus Atemnot oder weil er erschöpft war. Wäre der Kerl nur irgendein armes Schwein gewesen, dem sie an der Front das Bein weggeschossen hatten, wäre ihr Urteil über ihn milder ausgefallen. Doch Hermann Kaiser war kein armes Schwein, er war ein Spion. Der Mann hatte sich von der Behördenleitung kaufen lassen und schnüffelte nun einer Handvoll Frauen hinterher, die während des Krieges für geringen Lohn körperlich schwere Arbeit geleistet hatten. In Regines Augen musste man auf jemanden wie Kaiser keine Rücksicht nehmen.

Und nun war sie seinetwegen zu spät dran. Der Feierabend hatte sich verzögert, dabei hatte sie gehofft, Kurt heute Abend noch einmal zu sehen. Ab morgen würde es schwierig werden, sich mit ihm zu treffen, denn Kurt hatte eine Aushilfstätigkeit angenommen. Für den Rest des Monats arbeitete er als Drucker. Das Geld, das seine Gewerkschaft ihm zahlte, reichte nicht zum Leben. Er musste dazuverdienen und konnte dankbar sein, wenn ihm das gelang. Es war notwendig, was er tat, aber es machte ihre Lage nicht einfacher.

Verärgert betrachtete Regine die Ausbeute an Hüten, die sie auf dem Fußboden ausgebreitet hatte. Die meisten von Mutters Kopfbedeckungen waren altmodischer Krempel, Modelle, die niemand mehr trug. Ein einziges Exemplar kam für sie infrage, ein Topfhut aus Samt mit langer Feder, aber ausgerechnet dieser Hut war Mutters bestes Stück. Durfte sie den aufsetzen bei dem Regen da draußen?

»Regine? Was machst du denn hier?«

Ihr Vater stand auf einmal im Schlafzimmer, er musterte sie mit einem zutiefst erstaunten Gesichtsausdruck. Sein Blick glitt über die Kleidungsstücke, die auf dem Fußboden verstreut waren. Hastig fing Regine an, wieder Ordnung in die Garderobe ihrer Mutter zu bringen.

»Ich habe nach einer Kopfbedeckung gesucht. Ich brauche irgendetwas, das ich bei dem Wetter tragen kann.«

»Soso. Und wo willst du noch hin um diese Zeit?«

»Ich habe keinen einzigen vernünftigen Hut. Und mein Wintermantel ist derartig schäbig, dass er mir fast von den Rippen fällt.«

»Warum bleibst du nicht einfach zu Hause und ruhst dich aus?«

Erbittert schüttelte Regine den Kopf. Sie würde ihren Vater jetzt bestimmt nicht in die Geschichte ihrer großen Liebe einweihen. Die Debatten, die ein solches Bekenntnis auslösen würde, konnte sie im Moment nicht ertragen. Laut klappernd sortierte sie die Kleiderbügel auf der Stange im Kleiderschrank.

»Ich habe nur diese hässliche Dienstmütze und einen Strohhut, den ich bei dem Regen nicht aufsetzen kann.«

»Mag sein, aber das beantwortet meine Frage nicht.«

»Ich wollte zu Evi.«

»Das sind nur ein paar Meter. Nimm doch den Schirm mit.«

»Ich möchte mich ab und an auch mal vernünftig kleiden, weißt du? Ich laufe wie eine Vogelscheuche rum.«

Regine wollte erwidern, doch in diesem Augenblick zog Vater ein zerknicktes Stück Papier aus seiner Hosentasche. Er glättete den Zettel und hielt ihn ihr unter die Nase.

»Schau dir das hier bitte mal an. Kennst du den Schrieb? Angeblich macht der Wisch bei euch im Dienst die Runde.«

Zögernd griff Regine nach dem Blatt Papier. Sie überflog die Zeilen – Lottes Flugblatt hatte also endlich auch den Weg zu ihrem Vater gefunden. Erstaunlich, dass das Schreiben immer noch im Umlauf war.

»Woher hast du das?«

»Ein ehemaliger Kollege hat es mir mitgebracht. Wir haben gestern Abend bei ihm Karten gespielt. Nun sag schon, was weißt du darüber?«

Schulterzuckend reichte Regine das Flugblatt zurück. Sie hatte im Augenblick wirklich keine Zeit, sich mit diesem alten Kram zu befassen.

»Es ist eine Weile her, dass der Zettel bei uns im Dienst von Hand zu Hand gegangen ist.«

»Es heißt, eine Frau sei deswegen verhaftet worden. Sie sitzt im Gefängnis, habe ich gehört.«

»Das stimmt nicht, das ist nur Gerede. Niemand wird wegen eines einzigen Flugblattes ins Zuchthaus gesteckt.«

»Und warum erzählst du mir erst jetzt davon? Bei euch ist von Streik die Rede, heißt es. Was weißt du darüber?«

»Das sind Gerüchte. Wenn ich dir den ganzen Klatsch und Tratsch erzählen würde, der im Dienst derzeit umgeht, würden wir morgen noch hier stehen.«

Mit Schwung warf Regine die Tür des Kleiderschranks zu. Dieser Tag würde nicht besser werden, wenn sie sich mit

Lottes Flugblatt herumschlug. Sie wollte zu Kurt, die Zeit lief ihr davon. Sie maß ihren Vater mit einem ungeduldigen Blick.

»Soweit ich weiß, ist die Kollegin wegen einer Straftat verhaftet worden, die überhaupt nichts mit dem Dienst zu tun hat. So erzählt man es sich jedenfalls.«

»Wie auch immer, ich finde es bedenklich, dass du über diese Vorfälle nicht mit mir sprichst.«

»Ich habe die Geschichte nicht für wichtig befunden. Ich muss einen Kriegsversehrten einarbeiten, das beschäftigt mich viel mehr.«

»Früher haben wir uns jeden Tag über die Vorkommnisse im Dienst unterhalten. Ich habe das Gefühl, dass du mich neuerdings meidest.«

»Tue ich nicht, ich habe im Moment einfach viel um die Ohren.«

»Ich meine es nur gut, mein Kind, ich möchte dich vor Fehlern bewahren. Du kannst von meinen Erfahrungen lernen.«

»Ich weiß, Vater.«

»Als Tochter eines Postlers hast du gute Aussichten, im Herbst einen Vertrag als Zustellerin zu bekommen, diesmal ist er vielleicht unbefristet. Das geht aber nur, wenn du deinen Vorgesetzten bis dahin nicht unangenehm auffällst.«

»Sie stellen sowieso nur noch Männer als Zusteller ein, davon habe ich bereits erzählt. Es nutzt mir nicht viel, dass mein Vater bei der Post war. Ich bin kein Mann.«

»Ich glaube nicht, dass sie den Vorsatz umsetzen können. Du musst gesund sein, wenn du jeden Tag mehrere Kilometer bei Wind und Wetter auf der Straße unterwegs sein willst. Die meisten Kriegsheimkehrer sind dazu gar nicht in der Lage.«

»Es gibt aber eine Weisung der Regierung, wonach Frauen nicht weiterbeschäftigt werden sollen.«

Regine wandte sich der Tür zu. Sie fand es unglaublich anstrengend, dieses Gespräch in einem halbwegs höflichen Ton zu führen. Vaters irrwitziger Glaube an seine ehemaligen Vorgesetzten war anscheinend durch nichts zu erschüttern. Noch immer schien er davon überzeugt zu sein, dass sie als seine Tochter gute Aussichten bei der Reichspost besaß.

Die Arme vor dem Oberkörper verschränkt, stand er ihr gegenüber. Sie war nicht in der Lage, ihn einfach alleine zu lassen, obwohl sie es gerne getan hätte.

»Ich kann immer noch zu deinem Personalchef gehen und mit ihm reden.«

»Nein, bitte tu das nicht. Meine Vorgesetzten dürfen eine Anweisung der Regierung nicht außer Acht lassen. Da nützt es nichts, wenn man Bittgänge unternimmt und in der Personalabteilung buckelt.«

Vater runzelte die Stirn, auch er wirkte inzwischen gereizt. Mit ein bisschen Pech würden sie gleich aneinandergeraten.

»In was für einem Ton sprichst du eigentlich mit mir?«

»Entschuldige. Aber wir haben uns über diese ganze Angelegenheit doch bereits mehrfach ausgetauscht. Im Augenblick sieht es nicht gut aus für die weiblichen Zustellerinnen bei der Reichspost.«

Einen Moment blieb es still im Raum, Regine hoffte, diese unsinnige Unterhaltung beendet zu haben, als sie im nächsten Moment Vaters Hand auf ihrer Schulter spürte.

»Wer weiß, vielleicht hast du recht.« Mit einem Mal wirkte er nachdenklich. »Aber ... Aber gerade aus diesem Grund solltest du zweigleisig fahren.«

»Zweigleisig? Was meinst du damit?«

»Du solltest dir alle Möglichkeiten offenhalten, das meine ich damit. Mutter hat gestern Bäckermeister Smolka getroffen. Er stand in seinem Laden, der Erkältung zum Trotz.«

»Aha, und weiter?«

»Sie hat von ihm ein Brot ohne Lebensmittelkarte geschenkt bekommen. Er ist ein netter Mensch, der Adam Smolka.«

Regine runzelte die Stirn. Sie ahnte, worauf das hinauslief. Eine neue Lobeshymne auf Adam Smolka hatte ihr zu ihrem Glück gerade noch gefehlt.

»Er hat auch seine Einladung an uns erneuert. Nächsten Sonntag um halb vier sind wir bei ihm zu Gast.«

Regine schnappte nach Luft, zögerte aber mit der Antwort. Die Sache mit dem Bäckermeister aus der Hussitenstraße wollte sie eigentlich liebend gerne aus der Welt schaffen. War es nicht vielleicht doch an der Zeit, ihren Eltern von Kurt zu erzählen? Nur, was sollte sie ihnen über ihre große Liebe sagen? Dass sie einen Gewerkschafter kennengelernt hatte, jemanden, der nebenbei als Buchdrucker arbeiten musste, weil er sich sonst von seiner Hände Arbeit nicht ernähren konnte? Das klang nicht eben verlockend. Machte es irgendeinen Sinn, ihrem Vater einen Mann ans Herz zu legen, der zur Untermiete in dem Viertel hinter dem Stettiner

Bahnhof hauste? Schon das Wort »Gewerkschafter« würde ihm die Zornesröte ins Gesicht treiben. In den Vereinigungen der Arbeitnehmer tummelten sich nach Meinung ihres Vaters nur renitente Kommunisten und Sozialisten. Als ehemaliger Beamter sah er kaum eine Notwendigkeit für die Existenz von Gewerkschaften.

Kurt würde in diesem Haus keinen einfachen Stand haben. Er war es sicherlich gewohnt, sich mit den Vorurteilen anderer Leute auseinanderzusetzen, nur zweifelte Regine daran, dass ihr Vater im Gegenzug bereit war, Kurts Anstrengungen zu würdigen. Vater würde auf seiner Meinung beharren, so wie er stets auf seinen Ansichten beharrte.

Es war still geworden zwischen ihnen, doch Regine wusste, dass sie die Neuigkeiten über ihre große Liebe eines Tages mit den Eltern würde teilen müssen.

»Du begleitest uns doch am Sonntag, nicht wahr?«

Vater musterte sie mit einem Seitenblick, in dem ein Hauch von Zweifel lag. Regine hätte seine Miene nicht gerade als ängstlich bezeichnet, aber immerhin schien er sich seiner Sache nicht ganz sicher zu sein. Jetzt würde sie Entschlossenheit zeigen müssen.

»Nein, ich werde euch nicht begleiten, tut mir leid. Ich habe nicht vor, Adam Smolka zu heiraten, von daher ist dieser Besuch witzlos. Ich will ihn nicht ermutigen.«

»Du kennst ihn doch gar nicht. Gib ihm und dir wenigstens die Gelegenheit …«

»Wozu?«

»… herauszufinden, wer er ist und ob ihr nicht doch zueinanderpasst.«

»Stell dir vor, das weiß ich bereits. Männer wie er haben keine Geheimnisse.«

»Wie kannst du dir da so sicher sein?«

»Ist dir eigentlich klar, dass Smolka polnischer Staatsbürger ist? Er besitzt keinen deutschen Pass.«

»So? Nein, das wusste ich nicht. Aber hat uns das zu interessieren?«

»Wenn ihr mich mit diesem Mann verheiratet, bin ich in Zukunft auch eine Smolka. Die Leute werden mich und meine Kinder für Polen halten.«

»Unsinn, dich kennt man doch bei uns im Viertel. Es leben etliche Menschen hier, die mit Nachnamen Lewandowski und Zielinski heißen. Niemand stört sich daran.«

»Da machst du es dir zu einfach. Hast du nicht mitbekommen, dass die Leute während des Krieges mehrfach Smolkas Fensterscheiben beschmiert haben? Polacke, geh nach Hause, stand da.«

»Narrenhände …«

»Die wildesten Geschichten wurden über ihn erzählt. Seine eigenen Nachbarn hielten Smolka auf einmal für einen russischen Spion. Angeblich mischte er Rattenkot und Mäusedreck in sein Mehl.«

»Dumme Menschen reden dummes Zeug. Das ist nichts Neues. Das sind alte Geschichten, der Krieg ist vorbei.«

»Der Krieg ist nur ein Beispiel von vielen. Wer fremd ist, steht häufig allein. Smolka geht es mit Sicherheit auch darum, das in Zukunft zu ändern. Wenn er mit einer deutschen Frau verheiratet ist, kann er einen deutschen Familiennamen annehmen. Lorenz klingt einfach besser als Smolka.«

»Jetzt widersprichst du dir aber selbst. Wenn er deinen Namen annimmt, wäre das Problem des Familiennamens ja wohl gelöst.«

Regines Vater schüttelte den Kopf, seine Augen hatten sich zu Schlitzen verengt. Er wirkte angestrengt – sie kannte ihn lange genug, um zu wissen, dass er kurz davorstand, vor Wut zu platzen.

»Du glaubst doch nicht ernsthaft, dass ein ehrenwerter Mann wie Bäcker Smolka nur um dich wirbt, weil du einen deutschen Nachnamen hast. Wenn es ihm darum gehen würde, könnte er sich unter Hunderten von jungen Frauen eine aussuchen. Die meisten würden ihn mit Handkuss nehmen, schon allein, weil er mit seinem Betrieb etwas vorzuweisen hat.«

»Dann sollen sie ihn doch nehmen, ich gebe ihn frei. Ich heirate keinen Mann, nur, weil er einen gut gehenden Betrieb sein Eigen nennt. Ein bisschen mehr sollte da schon sein, aber zwischen mir und Adam Smolka ist nun mal nichts. Er ist mir von Herzen gleichgültig, und das wird auch so bleiben.«

»Er ist ein aufrechter und grundehrlicher Mann. Ganz egal, was an seiner Schaufensterscheibe stand, er wird dich gut behandeln und für dich sorgen. Bedeutet dir das tatsächlich nichts? Zumal in Zeiten wie diesen, in denen es landauf und landab nichts zu beißen gibt?«

Regine war nahe daran, den Kopf zu schütteln, doch sie ließ es bleiben. Dieser Streit brachte sie an die Grenzen ihrer Geduld, nur war sie bemüht, das nicht zu zeigen.

»Es reicht mir nicht, wenn mein Bauch voll ist, Vater.

Auch das Herz verlangt sein Recht. Ich werde diesen Mann nicht heiraten. Er ist viel zu alt für mich.«

»Du bist reichlich hochmütig, mein Kind. Dir ist hoffentlich klar, dass die Frauen deiner Generation keine große Auswahl an Heiratskandidaten haben werden.«

»Das weiß ich.«

»Der Krieg hat eine ganze Generation von Männern getötet oder schwer beschädigt, damit werdet ihr leben müssen. Im Übrigen kann eine junge Frau von einem älteren und erfahrenen Ehemann viel lernen.«

»Lieber Himmel, diese abgedroschenen Phrasen helfen mir nicht weiter. Das sind die Sprüche von gestern, dabei leben wir in einer neuen Zeit. Der Kaiser ist weg vom Fenster, in der neuen Republik dürfen die Frauen mitreden. Und stell dir vor, sie tun es auch.«

»Du bist aufsässig, Regine.«

»Und du bist leider uneinsichtig. Die Zeiten, in denen die Eltern ihre Kinder ohne deren Zustimmung verheiratet haben, sind vorbei. Ich werde meinen eigenen Weg gehen.«

»Ach ja, meinst du? Und wie soll er aussehen, dein eigener Weg?« Die Stimme ihres Vaters klang amüsiert. »Wenn du ausziehen willst, bitte sehr. Du kannst gern allein wirtschaften, dann rede ich dir nicht mehr drein. Der Verdienst bei der Reichspost dürfte allerdings nicht ausreichen, um dich über Wasser zu halten – zumal du ja davon ausgehst, deine Anstellung demnächst zu verlieren.«

»Ich lasse mich nicht in eine Ehe drängen. Nicht von dir und nicht von Mutter, von niemandem. Smolka passt nicht zu mir. Das ist mein letztes Wort.«

Regine packte ihren Rock und drehte sich so schwungvoll um, dass der Rocksaum um ihre Fußknöchel wirbelte. Mit zwei großen Schritten war sie aus dem Raum, kraftvoll schlug sie die Tür hinter sich zu. Ihr Auftritt war alles andere als taktvoll gewesen, das wusste sie. Smolkas Herkunft hatte ihr dazu gedient, ihn in ein schlechtes Licht zu rücken, in dieser Hinsicht hatte sie ein schlechtes Gewissen. Bisher hatte es sie nie gestört, dass der Mann aus Bromberg in Westpreußen stammte und seine Familie polnische Wurzeln besaß. Sie hatte in ihm einzig den fleißigen Handwerker in den besten Jahren gesehen, jemanden, der ein unbescholtenes, wenn auch langweiliges Leben führte. Im Augenblick jedoch war ihr jedes Mittel recht, um sich Adam Smolka vom Leibe zu halten. Den Weg in eine arrangierte Ehe, den sie nach dem Willen ihrer Eltern gehen sollte, hätte sie auch dann nicht freiwillig beschritten, wenn es Kurt nicht gegeben hätte.

Regine riss ihren Mantel an sich, der am Haken an der Garderobe hing. Um Kurt im Gewerkschaftshaus anzutreffen, war es vermutlich mittlerweile zu spät. Trotzdem, sie musste raus, sie brauchte frische Luft. Den kurzen Weg zu Evi nebenan würde sie auch im strömenden Regen schaffen. Evi musste sie trösten, so, wie sie es immer getan hatte, wenn zu Hause die Not am größten war.

Obwohl es nach Schichtende regnete, hatte Evi es nicht besonders eilig, nach Hause zu kommen. Sie brauchte Zeit, um über die letzten Stunden im Dienst nachzudenken. Einmal mehr hätte der Aufsicht führende Beamte sie um ein Haar dabei erwischt, wie sie lauschte. Es war fatal, aber das Mithören fremder Telefonate drohte ihr zur Gewohnheit zu werden. Allzu oft blieb sie nach dem Aufbau der Verbindung in der Leitung. Auch heute hatte sie wie gebannt dem Gespräch zweier Männer gelauscht, und das nur, weil eine der beiden Stimmen sie an ihren Bruder erinnert hatte. Erneut war ihr bewusst geworden, dass sie die Suche nach Gerald nicht aufgeben konnte. Der Fehlschlag in Clärchens Ballhaus war ihr im Gedächtnis geblieben, aber der Wunsch, Geralds Schicksal aufzuklären, war dennoch sehr lebendig. Von allen Familienmitgliedern war ihr Bruder für sie immer die wichtigste Person gewesen. Er war stets an ihrer Seite, er gab auf sie acht und unterstützte sie, wenn es nötig schien. Mehr als einmal hatte er sie vor Fehlern bewahrt: Nie würde sie vergessen, dass er sie als Fünfjährige aus dem Müggelsee hatte fischen müssen, weil sie sich als Nichtschwimmerin zu weit von der Uferzone entfernt hatte.

Vielleicht lag es an der brüchigen Ehe ihrer Eltern, dass sie ihrem Bruder derart nahestand? Es gelang Evi nicht, ihn zu vergessen, egal, wie oft man ihr dazu riet, die Suche nach ihm aufzugeben. Allen Zweifeln zum Trotz hatte sie sich die Nummer des Teilnehmers notiert, an dessen Apparat sich heute Nachmittag Geralds Stimme gemeldet hatte. Berlin Stadtmitte, Anschluss Nummer 272, diesen Teilnehmer würde sie überprüfen.

»Evi, na endlich! Wo warst du denn so lange?«

Evi fuhr herum, eine Hand lag auf ihrer Schulter. Regine war auf einmal neben ihr, pitschnass sah sie aus, in ihrer Stimme klang ein leicht vorwurfsvoller Unterton mit. Der Knoten an ihrem Hinterkopf hatte sich gelöst, ein paar nasse Strähnen hingen ihr ins Gesicht. Erstaunt betrachtete Evi die Freundin.

»Was machst du denn hier? Waren wir etwa verabredet?«

»Nein, aber ich habe auf dich gewartet.«

»Du meine Güte, du bist völlig durchnässt. Komm unter meinen Schirm, bevor du noch mehr durchweichst. Warum bist du nicht ins Haus gegangen?«

Evi deutete auf das Gebäude, in dem sie mit ihrer Mutter lebte.

»Ich brauchte einfach ein bisschen frische Luft. Ich war so wütend auf meinen Vater, weißt du?«

»Du musst mir alles erzählen, aber lass uns erst mal reingehen, sonst holst du dir einen Schnupfen.«

Gemeinsam betraten sie das Treppenhaus der Mietskaserne gegenüber. Evi klappte ihren Schirm zusammen und drehte sich um.

»Also, was ist passiert?«

»Es gab Ärger zu Hause. Immer weiß mein Vater alles besser. Er setzt mich unter Druck wegen diesem neuen Verehrer, von dem ich nichts wissen will. Ständig versucht er, mir den Mann aufzuschwatzen. So kann das nicht weitergehen.«

»Er hält den Bäckermeister für die perfekte Partie, nehme ich mal an?«

»Allerdings. Ich soll den Mann besser kennenlernen, dabei ist Smolka zu alt für mich. Langweilig ist er obendrein.«

Evi lachte leise, während sie auf der untersten Stufe der Treppe Platz nahm.

»Im Vergleich zu deinem Kurt jedenfalls, von dem dein Vater aber noch nichts weiß, richtig?«

»Heute bot es sich nun wirklich nicht an, meinen Vater in die Geschichte mit Kurt einzuweihen.«

»Du wirst wohl nicht drum herumkommen, deinen Eltern alles zu erzählen.«

»Ich weiß. Heute habe ich meinem Vater erst mal gesagt, dass ich keinen Polen heiraten werde.«

Evi runzelte die Stirn.

»Mit diesen Worten?«

»Ja.« Regine blickte hinunter auf ihre nassen Hände. Sie schämte sich. Evi kannte ihre beste Freundin gut genug, um das nachempfinden zu können.

»Ich weiß, das war nicht in Ordnung.«

»Wie wäre es denn, wenn du mit deiner Mutter sprichst? Wenn sie deine Partei ergreift …«

»Tut sie nicht. Sie steht immer meinem Vater bei. Sie gönnt sich keine eigene Meinung, das hat sie noch nie getan.«

»Komisch, meine Mutter ist das ganze Gegenteil, die widerspricht meinem Vater, wo sie nur kann.«

Regine lächelte, doch ein Hauch von Resignation spiegelte sich dabei auf ihren Zügen.

»Die goldene Mitte wäre ideal.«

»Ja. Ich wünschte, ich könnte dir helfen. Aber ich weiß auch gerade nicht, wo mir der Kopf steht.«

»Wieso denn das?«

»Der Schichtleiter hat mich als Springerin eingeteilt.«

»Das ist natürlich ziemlich anstrengend.«

»Obendrein schulde ich einer Kollegin einen Lippenstift.«

»Einen Lippenstift? Wieso?«

»Ich war in Clärchens Ballhaus, ich dachte, ich könnte

dort nach Gerald suchen. Ich habe den Lippenstift genutzt, um eine Auskunft zu bekommen, aber …«

»Lass mich raten – du hast deinen Bruder nicht gefunden, und der Lippenstift ist weg?«

»Ja, leider. Rate mal, welcher Musiker mit dem Familiennamen Dennewitz bei Clärchen Tanzmusik macht.«

»Dein Vater.«

»Genau. Ich war voller Hoffnung …«

»Immerhin hast du auf diese Weise wieder einmal mit ihm gesprochen, oder?«

»Das schon, aber es kommt ja nie etwas Gescheites dabei heraus. Es dauert keine fünf Minuten, bis wir anfangen, uns zu streiten.«

»Kein Wunder. Es ist nicht in Ordnung, wie er euch behandelt.«

»Darin sind wir uns einig.«

»Ich finde, du verausgabst dich zu sehr im Moment. Vielleicht solltest du bei der Suche nach deinem Bruder eine Pause einlegen. Es wäre doch naheliegender, erst mal die Ehe deiner Eltern in Ordnung zu bringen.«

Evi lachte kurz auf. Dass der Vorschlag von Regine kam, schien ihr bemerkenswert. Die Ehe ihrer Eltern war unrettbar verloren, niemand wusste das besser als Regine.

»Meine Eltern sind wie Hund und Katze. Du kennst sie, alle beide.«

»Aber es strengt dich zu sehr an, andauernd auf der Suche nach deinem Bruder zu sein. Deine Mutter hatte doch an einen Kriegskameraden von Gerald geschrieben, oder? Was ist daraus geworden?«

»Herbert Theiß in Wittstock wird uns keine große Hilfe mehr sein. Seine Schwester hat an seiner Stelle geantwortet, ihr Bruder hält sich in einer Nervenheilanstalt auf. Scheinbar lebt er schon länger dort. Er ist nicht ansprechbar.«

Regine runzelte die Stirn.

»Das ist alles sehr enttäuschend, aber ich befürchte, du verrennst dich da in etwas. Bisher hast du keine Spur von Gerald gefunden. Reicht es nicht allmählich?«

»Versetz dich bitte mal in meine Lage. Was habe ich vom Leben zu erwarten, wenn Gerald nicht nach Hause kommt? Für den Rest meiner Tage werde ich mich um meine Mutter kümmern müssen, weil mein Vater es nicht tut.«

Regine ließ sich neben Evi auf der Treppenstufe nieder. Behutsam legte sie ihre Hand auf die von Evi.

»Das geht vorüber. Irgendwann heiratest du, spätestens dann muss deine Mutter allein zusehen, wie sie fertig wird.«

»Wer sollte so dumm sein und mich heiraten? Ganz ehrlich, der Mann, der das tut, müsste verrückt sein.«

»Aber nein, nicht doch. Du wirst jemanden finden, du bist hübsch und gescheit, du verdienst eigenes Geld. Dein Zukünftiger wird dich lieben, der fragt nicht groß nach deiner Mutter oder deinem Vater.«

»Da bin ich mir nicht so sicher, aber lassen wir das Thema vorerst ruhen. Ich brauche anderweitig deine Hilfe. Kennst du jemanden in der Abrechnungsstelle des Fernmeldeamtes? Irgendein Mädchen, das dir einen Gefallen schuldet?«

Erstaunt hob Regine die Augenbrauen.

»Was hast du denn jetzt auf einmal mit der Abrechnungsstelle? Neulich wolltest du doch noch …«

»Beantworte einfach nur meine Frage. Kennst du dort jemanden?«

»Eine Cousine meiner Kollegin Henriette arbeitet da. Wieso fragst du?«

»Könntest du für mich herausfinden, zu welchem Teilnehmer die Telefonnummer 272 in Stadtmitte gehört? Am besten Namen und Adresse.«

»Sag bloß, du hast mal wieder eine neue Spur, die dich zu deinem Bruder führen soll.«

»Lass mich bitte nicht hängen. Ich komme an die Namensregister der Fernsprechteilnehmer nicht ran. Nur die Kolleginnen in der Abrechnungsstelle haben Einblick.«

»Ich weiß.«

»Es ist wichtig. Ich spüre, dass Gerald nicht tot ist. Ich fühle es, mein Herz sagt es mir.«

Regine seufzte.

»Ich fürchte, du läufst einem Trugbild hinterher. Dein Bruder könnte überall sein, Evi. In einem Lazarett, in einem Kriegsgefangenenlager …«

»Oder auf einem Soldatenfriedhof. Das hatten wir alles schon. Ich bitte dich trotzdem um deine Unterstützung. Dieses eine Mal noch, hörst du? Danach gebe ich Ruhe. Ich verspreche es.«

»Wer's glaubt …«

»Ich höre mir im Gegenzug auch mindesten einhundert Geschichten über Kurt Bödeker an, und zwar ohne mit der Wimper zu zucken. Ich verspreche es dir hoch und heilig.«

Regine starrte Evi mit weit aufgerissenen Augen an. Gleich

darauf mussten sie beide lachen, Regines Gesichtsausdruck war einfach zu komisch.

»Verzeih mir, beste Freundin von allen, aber das ist das Einzige, was ich dir im Moment anbieten kann. Geschichten über deinen Kurt gibt es bestimmt genug, oder? Und wem außer mir kannst du sie erzählen?«

Evi kicherte, Regine stimmte ein – schon hallte ihr Gelächter durch das Treppenhaus. Kurz darauf lagen sie sich lachend in den Armen – immer würden sie einen Weg zueinander finden, immer würde die eine für die andere da sein. Was für ein großes Glück es doch war, eine gute Freundin zu haben.

11. Kapitel

»Ruhe, bitte! Es spricht zu Ihnen Herr Ministerialdirigent Doktor Erwin Preisler.«

Regine stellte sich auf die Zehenspitzen, um über die Köpfe der Umstehenden nach vorne schauen zu können. Dieser Morgen im Dienst wartete mit einer Überraschung auf. Im Postfuhramt herrschte große Aufregung, hoher Besuch war im Haus. Eigens für den Mann mit dem üppigen Schnauzer hatte man in der Mitte der Halle ein Rednerpult aufgebaut. Die Zustellerinnen waren allesamt in die geheiligte Schalterhalle gerufen worden, dorthin, wo sonst nur Beamte ihren Dienst taten. Dass sich heute die Kriegsaushilfen hier versammelten, musste etwas zu bedeuten haben. Der große Raum wirkte beeindruckend – bei jeder anderen Gelegenheit wäre Regine aus dem Staunen nicht mehr herausgekommen, schließlich gab es unter der gewaltigen Kuppel des Postfuhramtes einiges zu sehen. Die steinernen Ornamente an den Wänden zeigten Hunderte von Figuren und Gesichtern, durch schmale Rundbogenfenster über ihnen fiel ein diffuses Licht. Doch sie waren sicherlich nicht zu ihrem Vergnügen hier. Die Anspannung war spürbar groß, ließ die Luft im Raum vibrieren. Siegfried Eckstein verbeugte sich tief vor seinem Gast und machte Platz, damit der Mann aus dem Reichspostministerium hinter dem Pult Aufstellung nehmen konnte. Während Preisler die Enden seines Schnurrbartes zwirbelte, ließ er die Blicke über die versammelten Zustellerinnen gleiten. Schweigend standen sie ihm gegenüber, eng zusammengedrängt, eine Masse in blauen Uniformen, die Gesichter blass, die Mienen reglos. Gute Nachrichten erwartete sicherlich keine der Frauen. Der Besuch des hohen Beamten löste nichts als Beklemmungen aus.

Preisler räusperte sich.

»Guten Morgen, Kolleginnen. Ich bin gekommen, um Ihnen im Namen des Ministers den Dank für Ihre Dienste auszusprechen. Jeder Bürger dieser Stadt weiß, was Sie in den letzten vier Jahren für die Reichspost geleistet haben. Dafür gebührt Ihnen Anerkennung.«

Leises Gemurmel entstand im Saal, doch als Eckstein nach vorne trat und schweigend den Finger auf die Lippen legte, verstummten die Frauen.

»Inzwischen ist Frieden in unserem Land. Ich hoffe, dass Sie viele Ihrer Brüder, Verlobten und Ehemänner bereits wieder zu Hause in die Arme schließen konnten. Wir sind ausgesprochen dankbar für jeden Soldaten, der in die Heimat zurückkehren konnte. Und nun brauchen diese tapferen Männer Arbeit, damit sie ihre Familien ernähren können.«

»Als wenn es keine Frauen geben würde, die dringend Arbeit brauchen. Der Kerl ist ein Schwachkopf.«

Emma war aufgetaucht, kopfschüttelnd drängte sie sich in die Reihe neben Regine, doch Regine antwortete nicht. Ihre ganze Aufmerksamkeit galt Erwin Preisler, der fahrig wirkte. Der Mann fühlte sich erkennbar nicht wohl in seiner Haut.

Immer wieder rückte er den Knoten seiner Krawatte gerade, der unter dem Ausschnitt seiner Weste hervorlugte. Er räusperte sich erneut.

»Kolleginnen, Sie alle wissen vermutlich, dass die Regierung darauf besteht, so viele der heimgekehrten Männer wie möglich im Dienst der Reichspost unterzubringen.«

Ein Zischen ging durch den Saal, diesmal getragen von einem Unterton der Empörung. In die anwesenden Postbotinnen kam Bewegung, sie steckten die Köpfe zusammen. Beschwichtigend hob Siegfried Eckstein am Rednerpult beide Hände. Er sah aus wie Jesus am See Genezareth, auch wenn er mit Sicherheit niemals über ein Gewässer wandeln würde. Preisler wirkte ebenfalls alarmiert, der Schnauzer zuckte nervös über seinen Mundwinkeln.

»Kolleginnen! Ich kann verstehen, dass viele von Ihnen den Veränderungen mit Sorge entgegenblicken. Das zuständige Ministerium wird mit Sicherheit alles in seiner Macht Stehende tun, um die unvermeidlichen Entlassungen angemessen zu gestalten. Wir werden jeden Fall prüfen.«

»Wie schön! Vielen Dank auch!«

Leises Gelächter flackerte auf, die Zustellerinnen begannen, miteinander zu flüstern. Kaum eine der Anwesenden schien die Botschaft von Doktor Preisler als Ermutigung aufzufassen.

»Ruhe bitte! Lassen Sie den Herrn Ministerialdirigenten aussprechen!«

Eckstein reckte sich, inzwischen war seine Unruhe unübersehbar. Kleine rote Flecken hatten sich auf seinen Wangen gebildet.

»Sie dürfen sicher sein, dass wir nichts übereilen werden. Jede Kriegsaushilfe wird angehört. Niemand von Ihnen muss die Befürchtung haben, dass ohne Beteiligung der Betroffenen eine Entscheidung fällt.«

»Sparen Sie sich den Aufwand! Wir fliegen raus, das ist alles!«

Regine drehte sich um, sie hatte Hettis Stimme erkannt, auch wenn sie die Kollegin nirgendwo entdecken konnte. Das Stimmengewirr um sie herum schwoll an und wurde zu einem Getöse, das jede weitere Verständigung fast unmöglich machte. Preisler klopfte auf sein Pult, doch was er auf Hettis Zwischenruf erwiderte, ging in dem allgegenwärtigen Lärm unter, der in das Kuppelgewölbe aufstieg.

»Geschieht denen recht, diesen Schwachköpfen. Was haben die uns da für einen Hampelmann vorbeigeschickt?«

Emma lachte leise, während sich hinter dem Rednerpult Ratlosigkeit breitzumachen schien. Eckstein nahm Preisler beim Arm und flüsterte ihm etwas zu.

»Habt ihr gehört? Im Ministerium prüfen sie jeden Einzelfall! Jetzt wird alles gut, Gott sei Dank!«

Eine neue Zwischenruferin war zu vernehmen, ihrer Bemerkung folgte eine Welle von Gelächter. Die Reihen lösten sich auf, die Frauen standen jetzt in kleinen Gruppen zusammen und besprachen sich. Niemand schien mehr dazu bereit, dem Herrn Ministerialdirigent zuzuhören, der mit fassungslosem Gesicht an seinem Rednerpult verharrte. Mit einem derart unhöflichen Betragen hatten anscheinend weder dieser Herr Preisler noch Siegfried Eckstein gerechnet. Die Ansprache des Herrn aus dem Ministerium drohte zum Desaster zu werden. Insgeheim verspürte Regine einen Hauch von Zufriedenheit. Vielleicht hatten sie mit ihrer Versammlung in der Remise neulich etwas zu der aufmüpfigen Stimmung unter den Frauen beigetragen?

»Kolleginnen! Ihren männlichen Angehörigen gilt jetzt unsere ganze Sorge!«

Herr Doktor Preisler hatte seinen letzten Satz mit Leibeskräften herausgebrüllt, er war mit einem Mal puterrot im Gesicht. Ein gellender Pfiff ertönte.

»Wenn das so ist, dann heiraten Sie mich, Herr Doktor! Ich brauche einen männlichen Angehörigen, und zwar schnell! Wann gehen wir zum Standesamt?«

Gelächter brandete auf, ein paar Frauen klatschten Beifall. In der Schalterhalle herrschte inzwischen ein undurchdringliches Stimmengewirr, während Siegfried Eckstein zunehmend in Panik zu geraten schien. Einmal noch ließ er seinen unstet wirkenden Blick über die Versammlung gleiten, dann nahm er den Ministerialdirigenten beim Arm, er drängte seinen Gast in Richtung Ausgang. Die beiden Männer verschwanden durch eine Hintertür, die krachend hinter ihnen ins Schloss fiel. Ihr Abgang wurde mit Pfiffen quittiert, der Tumult im Raum erhob sich erneut, obwohl auch der diensthabende Schichtleiter anwesend war. Seine Miene wirkte verärgert, er gestikulierte, doch was er sagte, war nicht zu verstehen, die allgemeine Unordnung wollte nicht kleiner werden. Es dauerte ein paar Minuten, dann wandten die ersten Kolleginnen sich ab und verließen einfach den Saal.

Emma lachte, es klang böse.

»Glückwunsch, das war ein voller Erfolg. Was haben die sich bloß bei dieser idiotischen Veranstaltung gedacht?«

Kopfschüttelnd holte Emma eine ihrer geliebten Zigaretten aus der Tasche ihrer Uniformjacke und schob sie sich zwischen die Lippen. Regine zuckte mit den Schultern.

»Die sind es gewohnt, dass wir kuschen, sobald ein hohes Tier vor uns steht.«

»Anscheinend haben diese Sesselfurzer im Ministerium die Novemberrevolution verpennt.«

»Uns kann es nur nützen, wenn die Herrschaften im Ministerium sich nach Strich und Faden blamieren.«

»Ja, sehe ich auch so.« Regine schulterte ihre schwarze Ledertasche, die sie zwischen ihren Füßen abgestellt hatte. Sie musste los. Nur wenn sie sich schnell davonmachte, konnte sie Hermann Kaiser entkommen, der sie auch heute auf ihrer Tour begleiten sollte. Emma griff nach ihrem Arm.

»Warte. Ich habe was mit dir zu bereden.«

»Jetzt?«

»Es ist dringend. Die Sache mit dem Streik spitzt sich zu, der Termin heute Morgen hat es bewiesen. Wir brauchen unbedingt ein Streikkomitee.«

»Einverstanden. Lassen wir die Frauen darüber abstimmen, wer sie im Arbeitskampf vertreten soll.«

»Das dauert zu lange. In der Behördenleitung ist etwas im Gange, haben wir ja eben gehört. Wir müssen denen zuvorkommen. Wir dürfen den Ereignissen nicht immer hinterherlaufen.«

»Natürlich nicht, aber...«

Emma klopfte Regine auf die Schulter.

»Ich ernenne dich hiermit zu unserer Streikführerin. Du, Hetti und ich, wir bilden das Streikkomitee.«

»Was denn, einfach so? Ohne die Kolleginnen zu fragen?«

»Jedes Mal die ganze Meute zusammenzutrommeln ist zu aufwendig. Das braucht zu viel Zeit.«

»Aber wir können uns nicht selbst zu unseren Anführerinnen machen, Emma. Das geht nicht.«

»Natürlich geht das. Wir sind es, die die Sache vorantreiben.«

»Ich weiß nicht, ob die anderen Frauen das genauso sehen. Sie haben das Recht mitzubestimmen, was geschieht.«

Emma winkte ab.

»Die können sich jederzeit melden, wenn ihnen etwas nicht passt, aber wir müssen Tempo machen. Derzeit treten wir nur auf der Stelle. Vielleicht sollten wir uns tatsächlich Rat von den Männern bei der Gewerkschaft holen.«

»Wenn du mich fragst, sollten wir uns zuallererst bei den anderen Zustellerinnen erkundigen, ob sie mit uns als ihren Vertreterinnen einverstanden sind.«

»Wir reden morgen darüber. Um achtzehn Uhr am Engelufer, da belauscht uns niemand. Ich sage Hetti Bescheid. Ich zähle auf dich, Regine.«

Emma zog ab. Regine blieb allein zurück, sie empfand das Tempo, das Emma neuerdings vorlegte, eher als verstörend. Natürlich wollten sie vorwärtskommen, aber sich ohne Rücksprache mit den anderen einfach einen Posten zuzuschanzen, den es bisher gar nicht gegeben hatte, das ging zu weit. Sie würden das morgen Abend klären müssen.

Erneut packte Regine ihre Tasche, endlich machte sie sich

auf den Weg. Der Ausgang des Gebäudes kam gerade in Sichtweite, als sie den Lärm wahrnahm, der ihr schon gestern den ganzen Tag verleidet hatte. Ein Holzbein näherte sich – sie kannte dieses Knirschen und Poltern inzwischen, dieses Reiben auf hartem Untergrund. Regine schloss für ein paar Sekunden die Augen und wünschte sich weit fort, aber sie wusste, für einen erfolgreichen Fluchtversuch war es zu spät. Emma hatte sie zu lange aufgehalten. Sie saß in der Falle.

»Fräulein Lorenz, so warten Sie doch!«

Widerwillig wandte Regine sich um. Hermann Kaiser hatte sie aufgespürt. Der Schweiß stand ihm auf der Stirn, als er schnaufend neben ihr stehen blieb. Ihr war es ein Rätsel, wie der Mann in seinem Zustand eines Tages den Zustelldienst bei der Reichspost ohne fremde Hilfe erledigen wollte.

»Guten Morgen.«

Kaiser nahm die Mütze vom Kopf und strich sich über das straff nach hinten gekämmte Haar. Eine tiefe Querfalte hatte sich auf seiner Stirn gebildet.

»Gut, dass ich Sie hier antreffe. Ich habe lange überlegt, aber ich muss Ihnen sagen, dass ich es nicht richtig finde, was Sie tun.«

»Wie bitte?«

»Glauben Sie, dass ich es nicht mitbekomme, wenn Sie schlecht über mich reden? Ich hab Sie beobachtet. Ich weiß, dass Sie mit dem Mannweib von Kraftfahrerin über mich herziehen.«

»Das tue ich nicht, wie kommen Sie darauf?«

»Ich hoffe nur, dass Ihren männlichen Angehörigen im Krieg niemand ein Bein weggeschossen hat.«

»Wir haben uns über die Ansprache des Herrn aus dem Ministerium ausgetauscht. Das ist alles.«

»Das glauben Sie doch selbst nicht.«

»Es war so.«

Regine beobachtete, wie Kaisers Gesichtszüge sich verfinsterten. Im Grunde lag er nicht mal falsch mit seiner Vermutung, natürlich lästerte sie bei anderer Gelegenheit über ihn. Nur war ausgerechnet heute dafür keine Zeit gewesen.

Kaiser zog die Jacke seiner Uniform gerade. Seine Geste wirkte trotzig.

»Ich weiß, dass ich Ihnen lästig bin.«

»Wenn Sie es sagen.«

»Tun Sie nicht so scheinheilig.«

»Nein, Sie haben recht, das muss nicht sein. Wir können offen reden. Es war nicht meine Idee, Sie für diese Tätigkeit einzuteilen, Herr Kaiser.«

»Was soll das heißen?«

»Dass ich Zweifel an Ihrer Eignung hab, das sage ich Ihnen ganz offen. Als Postbote taugen Sie nicht mehr. Dafür braucht man zwei gesunde Beine.«

»Das ist ja wohl eine Unverschämtheit ...«

»Beweisen Sie mir das Gegenteil. Sie übernehmen heute die Verteilung der Tagespost. Und zwar allein. Hier ist die Tasche.«

Kaiser riss die Augen weit auf. Er war bestürzt, sie sah es ihm an. Ganz sicher würde es ihn an seine Grenzen bringen, den ganzen Tag die übervolle Tasche zu schleppen. Dennoch, es gab kein Zurück, der Kerl hatte sie schon zu lange gequält.

Um seine Mundwinkel zuckte es.

»Was soll das heißen? Wollen Sie etwa nur tatenlos danebenstehen, während ich arbeite?«

»Haben Sie doch gestern auch gemacht.«

»Ich war noch nicht so weit. Ich musste mich erst einmal zurechtfinden. Außerdem – dazu sind Sie nicht befugt.«

»In Zukunft werden Sie immer allein auf Tour sein.«

»Das weiß ich, ich bin ja kein Idiot.«

»Hat auch niemand behauptet. Wir haben zwei Postläufe, einen am Vormittag, einen am frühen Nachmittag. Derzeit sind Sie zu langsam bei der morgendlichen Runde. Wenn das so bleibt, fällt in Zukunft für einen Teil der Postkunden die erste mit der zweiten Zustellung zusammen. Das kann Ärger geben.«

»Was soll der belehrende Tonfall?«

»Ich möchte, dass Sie heute die Tasche bei sich haben. Damit Sie sehen, welches Tempo für eine zügige Erledigung der Aufgabe notwendig ist. Daran hapert es nämlich.«

Kaiser verzog das Gesicht, aber er konnte sie nicht mehr täuschen: Er war kein gelernter Briefträger, der Mann war nichts weiter als ein Spion der Behördenleitung. Mochte er sich heute im Zustelldienst an der Tagespost abarbeiten, dann erwies er der Allgemeinheit damit wenigstens einen Dienst.

Regine nahm ihre Ledertasche von der Schulter und stellte sie auf den Boden. Das große und unhandliche quadratische Ding mit einer Klappe, deren Verschluss leider hakte – wie eine Anklage stand es zwischen ihr und Kaiser auf dem Mosaikfußboden des Dienstgebäudes. Auch heute war die Tasche bis zum Rand gefüllt mit Umschlägen, Zeitungen und Reklame.

Der Gang um sie herum war menschenleer. Alle anderen Zustellerinnen hatten längst ihren Dienst angetreten, aber Kaiser rührte sich nicht.

»Bitte sehr, los geht's. Wir haben ohnehin schon Verspätung. Ihr Ministerium zählt auf Sie.«

»Sie können nicht einfach den Anweisungen Ihres Schichtleiters zuwiderhandeln.«

»Ich habe die Anweisung erhalten, Sie einzuarbeiten. Genau das tue ich. Ich helfe Ihnen, Ihre Tätigkeit selbstständig zu bewältigen.«

Regine wandte sich ab, ihr Rock wirbelte um ihre Knöchel. Sie ging und ließ Kaiser stehen. Sollte er sich doch beim diensthabenden Beamten beschweren. Gestern war er ihr nur hinterhergehumpelt, heute konnte er beweisen, was er zu leisten imstande war.

Sie machte sich auf den Weg zur Tür, ein Lächeln huschte über ihr Gesicht. Es tat ihr gut, diesem Mann eins auszuwischen. Einen frühen Feierabend würde sie wahrscheinlich auch heute nicht haben, aber dafür gönnte sie sich das Vergnügen, den Spion Hermann Kaiser wie an einem Nasenring durch ihr Stadtviertel zu führen.

Evi hatte einmal mehr um einen Tag Urlaub nachsuchen müssen, sehr zum Unwillen ihrer Vorgesetzten. Im Dienst stand es für sie wahrhaftig nicht zum Besten, aber sie konnte nicht anders, der große und diesmal vielleicht alles entscheidende Moment war da. Regine hatte ihr die Adresse geliefert, nach der sie suchte: Der Teilnehmer in Berlin Mitte mit der Telefonnummer 272 lebte im Westen der Stadt und war eine Frau. Marjorie von Hagen, was für ein seltsamer Name. Lohnte es sich wirklich, diese Adresse aufzusuchen? Anfangs war Evi verunsichert gewesen, aber sie machte sich trotzdem auf den Weg. Ihre Ruhe würde sie erst wiederfinden, wenn sie auch dieser Spur bis zu ihrem Ende gefolgt war.

Es war früh am Tag, als sie das Haus verließ. Ihr Magen knurrte, aber sie ignorierte den Hunger und bahnte sich ihren Weg durch die morgendliche Stadt. Mit der Elektrischen am Ziel angelangt, stellte sie fest, dass es sich bei dem Barbarossaplatz in Schöneberg um einen angenehmen Ort mit einer großen Grünanlage in der Mitte handelte. Rundherum hatten sich Straßencafés und kleine Geschäfte angesiedelt. Die Fassaden der Häuser wirkten stattlich, viele der Wohnungen besaßen einen Balkon. Konnte ihr Bruder sich eine Unterkunft in dieser Gegend leisten? Nicht ausgeschlossen immerhin, dass er hier irgendwo nur in einem kleinen Zimmerchen zur Untermiete hauste.

Evi blieb vor dem Haus mit der Nummer zwölf stehen. Sie hatte keine Ahnung, wie sie hineingelangen sollte, doch just in diesem Moment kam der Zufall ins Spiel. Der Briefträger trat aus dem Gebäude – die Reichspost, dein Freund und Helfer. Evi nahm die drei Stufen in das Haus hinein im Eilschritt, hastig schlüpfte sie durch die gerade noch einen Spaltbreit geöffnete Tür. Der Anblick, der sich ihr im Treppenhaus bot, beeindruckte sie sehr. Was für eine Pracht, was für eine Verschwendung. Mannshohe Spiegel warfen ihr Spiegelbild von den Wänden zurück, sie war von Marmor und Stuck umgeben. Bunte Bleiglasfenster auf dem Treppenabsatz tauchten das gesamte Erdgeschoss in rotes und grünes Licht. Eine breite Treppe mit einem schmiedeeisernen Geländer führte hinauf in die oberen Etagen. Das hier hatte nichts gemein mit der Ruppiner Straße und ihren Mietskasernen, das hier war eine andere Welt.

Zögernd, den Blick auf die Türschilder rechts und links von ihr gerichtet, stieg Evi in den zweiten Stock hinauf, dort fand sie tatsächlich, wonach sie gesucht hatte. Geralds Name stand neben einer der Wohnungstüren linker Hand. Anstatt erfreut zu sein, spürte sie nur bodenlose Überraschung, unwirklich kam ihr die Szene vor. Träumte sie nur? Ihr drohte schwindelig zu werden – so plötzlich am Ziel zu sein, machte ihr beinahe Angst. Vorsichtshalber berührte sie das Türschild mit dem Namen ihres Bruders, zaghaft fuhren ihre Finger über die kühle Oberfläche. Sie ließ die Hand sinken, ihre Fingerspitzen fühlten sich an wie betäubt. Reglos stand sie im Treppenhaus und wusste nicht weiter, ihr Herz flatterte wie ein eingesperrter Vogel in seinem Käfig. Lauter irrwitzige Vermutungen schossen ihr durch den Kopf: Was, wenn es gar nicht Gerald war, der sie hinter dieser Tür erwartete? Wenn jemand den Namen ihres Bruders angenommen, ihn gestohlen hatte und nun zu Unrecht trug? Andererseits, warum sollte jemand dergleichen tun? Sie musste den nächsten Schritt wagen, um sicherzugehen. Mit klopfendem Herzen drückte Evi den Klingelknopf an der Tür vor ihr. Es läutete, aber nichts bewegte sich in der Wohnung.

Hatte sie den Weg umsonst gemacht?

Enttäuscht kehrte sie zum Treppenaufgang zurück, kraftlos ließ sie sich auf die oberste Treppenstufe sinken. Für einen

Moment schloss sie die Augen. Die inzwischen vertraute Müdigkeit bemächtigte sich ihrer, das ständige Hin und Her im Dienst laugte sie aus. Sie ließ sich gegen das Treppengeländer sinken, sie spürte, wie sie in den Schlaf glitt, und wehrte sich nicht. In wirren Träumen lief sie weiter durch die Straßen der Stadt, sie trieb durch ein diffuses Halbdunkel, bis Lärm in unmittelbarer Nähe sie aufschreckte. Unten im Erdgeschoss wurde mit voller Wucht eine Tür zugeworfen. Ein Blecheimer schepperte, Schritte näherten sich. Eine Frau in einem dunklen, schlichten Kleid und mit einer verblichenen Schürze vor dem Bauch kam die Treppe hinauf. »Concierge« hatte man diese Leute vor dem Krieg genannt, sie waren Wärterin, Putzfrau und Pförtnerin in einem. Jedes größere Haus, das Eindruck schinden wollte, hatte zu Kaisers Zeiten einen Dienstboten dieser Art beschäftigt, der kehrte und fegte, die Post annahm und die Leute mit Klatsch versorgte.

Die Frau mit dem Eimer war stehen geblieben, sie musterte Evi von Kopf bis Fuß.

»Ach, kiek an, wir ham Besuch. Sie müssen schon entschuldijen, dass ick frage, aber zu wem wollense? Herumlungern im Treppenhaus is nich. Hat die Hausverwaltung verboten.«

Evi stand auf. Sah sie etwa aus, als ob sie hier herumlungern wollte? Sie versuchte, kerzengerade zu stehen, aber sie fühlte sich schwach in der Magengegend. Das Frühstück fehlte.

»Also, watt is? Kann ick helfen?«

Die Frau zupfte an dem Umschlagtuch aus dunkler Wolle, das sie sich um den Oberkörper geschlungen hatte.

»Ich wollte zu Herrn Dennewitz, aber ich fürchte, er ist nicht zu Hause.«

»Ach, ick verstehe.« Die Concierge neigte den Kopf und schürzte die Lippen, als wolle sie einen guten Wein kosten. »Ja, der Herr hat öfter Damenbesuch.«

Evi runzelte die Stirn, im ersten Augenblick glaubte sie sich verhört zu haben. Die Frau mit dem Eimer sortierte mit leisem Geschepper ihre Gerätschaften, während Evi ihr zusah – die seltsame Andeutung über Geralds Besucherinnen ging ihr nicht aus dem Sinn.

»Entschuldigen Sie, aber was sagten Sie da gerade?«

»Der Herr Dennewitz is 'n höflicher Mensch. Schönheit und jutes Benehmen ziehen die Damenwelt an. Manchmal isses wie im Taubenschlag bei ihm.«

Evi zögerte mit einer Antwort. Eine Beleidigung lag in den Worten der Fremden, aber noch wusste sie den Vorwurf nicht recht zu erfassen, der in ihren Sätzen gelegen hatte. Die Frau sah auf. Sie grinste auf eine Art und Weise, die Evi nicht als freundlich empfand.

»Nüscht für unjut, Fräulein, aber ham Se det nötig?«

»Wie bitte?«

»Sie sind jung und hübsch, Sie finden auch so jemanden für Ihr Vergnügen. Für det, was Se hier kriegen können, würde ick meene Knete nicht ausgeben. Wenn Se mich fragen, verschwenden Se Ihre Zeit.«

»Tut mir leid, aber ich verstehe nicht. Ich kenne Herrn Dennewitz von früher. Er ist Musiker. Sind Sie sicher, dass hier keine Verwechslung vorliegt?«

»Musiker? Wegen seiner Musik kommen die Damen jedenfalls nicht, da bin ick mir sicher.«

Die Concierge unterdrückte ein neuerliches Grinsen, Evi

bemerkte es, obwohl die Frau gleich darauf das Gesicht abwandte und wieder dazu überging, mit ihrem Eimer zu hantieren. Diese Person war Evi zutiefst unsympathisch, eine schreckliche Tratschtante offenbar. Warum kümmerte sich dieses alte Schrapnell nicht um ihre eigenen Angelegenheiten?

»Ick muss weiter, hab Treppendienst oben. Schönen Tach noch.«

Die Concierge zog ab, sie stapfte die Treppen hinauf. Ein paar Sekunden lang stand Evi noch wie benommen auf der Treppe, dann eilte sie zur Wohnungstür. Sie konnte nicht unverrichteter Dinge nach Hause gehen. Was auch immer hier los sein mochte, es war an der Zeit, sich mit Gerald auszutauschen. Wenn diese bösartige alte Schachtel eben mit ihren Unterstellungen richtiglag und ihr Bruder wirklich mit irgendeiner Art von käuflicher Liebe sein Geld verdiente, dann wusste sie jetzt zumindest, warum er den Weg nach Hause bisher gescheut hatte. Den Eltern zu erklären, wovon er lebte, wäre einer Katastrophe gleichgekommen.

Mit zitternden Händen zog Evi einen Zettel aus ihrer Handtasche und kritzelte ein paar Worte auf das Stück Papier in ihren Händen.

Melde dich bei mir. Es ist dringend. Deine Eva-Maria.

Sie bückte sich und schob hastig das Blatt Papier unter der Wohnungstür hindurch. Dann drehte sie sich um und eilte treppab.

Selten zuvor war sie so froh gewesen, einen Ort verlassen zu können. Ein Schwall von Kälte schlug ihr draußen entgegen, aber die frische Luft tat ihr gut, sie machte den Kopf frei und gab ihr Raum zum Nachdenken. Ihre Gedanken wurden klarer – schlagartig wusste sie, dass sie keinen Grund haben durfte, Gerald zu verurteilen, ohne ihn zuvor angehört zu haben. Immerhin hatte sie ihn von nun an wieder in ihrer Nähe, jedenfalls hoffte sie das. Wenn er als bezahlter Liebhaber vermögender Frauen tätig war, dann gab es eine Vorgeschichte dazu. Sie wollte abwarten, bis sie die Umstände kannte, unter denen ihr Bruder tatsächlich lebte.

Geduld musste sie haben, Geduld – nur noch ein kleines bisschen.

12. Kapitel

»Fräulein Lorenz, wie schön, Sie zu sehen. Sie wollen zu Kurt, nicht wahr?«

Regine wartete wie verabredet nach Feierabend im Innenhof des Gewerkschaftshauses auf Emma, als ihr plötzlich Gregor Stratmann gegenüberstand. Mit einem wohlwollend wirkenden Lächeln im Gesicht schüttelte er ihr die Hand.

»Kurt ist leider nicht da. Er arbeitet derzeit in der Schlegelstraße, Druckerei Walter, kennen Sie die?«

»Nein, aber Kurt hat mir gesagt, dass er für den Rest des Monats selten hier sein wird. Ich bin nicht seinetwegen gekommen.«

»Sondern?«

»Ich treffe mich mit ein paar Kolleginnen. Es geht um die Entlassungen bei der Reichspost. Ich hoffe, das ist Ihnen recht?«

»Natürlich können Sie hier zusammenkommen. Ich werde Ihnen den kleinen Saal im Erdgeschoss aufschließen, dort ist es nicht so kalt.«

»Vielen Dank. Das ist sehr nett.«

Stratmann nickte und ging. Er war gerade in einem der angrenzenden Gebäude verschwunden, als Emma den Hinterhof betrat. Sie kam offensichtlich aus dem Dienst und hatte sich nur einen dunklen Mantel über ihre Postuniform geworfen. Unter dem Saum des Kleidungsstücks schauten ihre Kniebundhosen hervor, ihre blaue Dienstmütze hielt sie in der Hand.

»Donnerwetter, das ist ja ein riesiger Laden. Den Herrschaften von der Gewerkschaft scheint es an nichts zu mangeln. Alles von den Mitgliedsbeiträgen der Gewerkschaftsmitglieder bezahlt, was?«

»Keine Ahnung, ist das jetzt wichtig? Ich dachte, du bringst Hetti mit.«

»Sie kommt ein bisschen später, hat sie gesagt. Sie musste noch mal kurz nach Hause, zwei ihrer Kinder haben Fieber.«

»Ach herrje, das wusste ich nicht. Dann fangen wir schon mal an? Wir können auch reingehen, ich habe die Erlaubnis, den Versammlungsraum im Erdgeschoss zu nutzen.«

»Lass uns lieber draußen bleiben. Ich halte es für besser, wenn wir das Gebäude nicht betreten.«

Überrascht runzelte Regine die Stirn.

»Warum denn das? Es zieht auf dem Hof.«

»Wir sind es als Briefträgerinnen nicht anders gewohnt, oder? Ich möchte mich nicht ohne Not in die Arme dieses Vereins werfen. Die anderen Frauen würden uns das übel nehmen.«

»Wieso? Ist doch verständlich, dass wir es vorziehen, warm und trocken zu sitzen, anstatt in der Kälte zu stehen.«

»Denen von der Gewerkschaft geht es darum, neue Mitglieder zu werben, deshalb sind die freundlich zu uns. Die brauchen unsere Beiträge und hohe Mitgliederzahlen.«

»Na und? Sie kämpfen für eine gute Sache. Warum soll man sie dabei nicht unterstützen?«

»Wir bleiben unabhängig, Regine. Wir lassen uns von niemandem vereinnahmen.«

»Ich bin sicher, dass wir nicht bei denen eintreten müssen, um ein paar Stunden ihre Räume zu nutzen.«

»Vorsicht ist die Mutter der Porzellankiste.«

»Das ist Unfug. Wir können jeden Verbündeten gebrauchen. Mit den paar Frauen in unserem Zustellbezirk werden wir nicht viel ausrichten.«

»Guck an. Warum machst du denn überhaupt mit, wenn du unseren Kampf sinnlos findest?«

»Ich habe den Arbeitskampf nicht grundsätzlich infrage gestellt. Ich sage nur, dass wir allein nicht genug erreichen werden.«

»Ich möchte nicht, dass uns zu viele Leute in die Suppe spucken. Die wichtigen Arbeiterführer in der Gewerkschaft sind allesamt Männer.«

»Und wenn schon – sie vertreten die Interessen jedes arbeitenden Menschen.«

»So, meinst du? Bei uns geht es aber um ein Problem, das nur wir Frauen haben. Die weiblichen Kriegsaushilfen sollen gekündigt werden. Männer werden sogar neu eingestellt.«

»Das schon, aber …«

»Ich habe Zweifel, dass es von den großen Gewerkschaftern irgendwen kratzt, wie es uns geht. Von den Frauen ist sowieso kaum eine in der Gewerkschaft.«

Regine kniff die Augen zusammen, sie brauchte einen Moment, um die Botschaft der Kollegin sacken zu lassen. War es nicht ein bisschen sehr engstirnig, was Emma da gerade von sich gab?

»Hör mal, du warst diejenige, die das Gewerkschaftshaus als Treffpunkt vorgeschlagen hat.«

»Als Treffpunkt, genau. Als einen Ort, an dem wir uns versammeln und niemand uns belauscht.«

Regine reichte es allmählich, in ihr staute sich der Unmut. Wie konnte man nur so halsstarrig und kleinlich sein?

»Das ist doch einfach nur dämlich, Emma. Wir schneiden uns ins eigene Fleisch, wenn wir die Mitwirkung von Männern grundsätzlich ablehnen. Es gibt eine Reihe von Kollegen, die erfahrener sind als wir. Ihr Wissen kann uns helfen, Fehler zu vermeiden.«

»Frauen haben mindestens genauso viel Grips wie Männer.«

»Das stimmt. Aber hier geht es um Erfahrungen, die die männlichen Arbeiterführer uns voraushaben. Mir ist egal, ob mir ein Mann oder eine Frau zur Seite steht. Hauptsache, es ist hilfreich, was er oder sie vorschlägt.«

»Der erste Mann, der im Dienst zu uns gestoßen ist, war ein Verräter, Regine. Stichwort Hermann Kaiser. Macht dich das nicht nachdenklich?«

»Willst du damit sagen, dass du alle Gewerkschafter für Verräter hältst?«

»Nein. Aber ich möchte, dass wir zunächst eine Grundlage für unsere Arbeit im Streikkomitee schaffen. Wir sollten nicht fremden Männern hinterherlaufen, denen wir eventuell nicht vertrauen können.«

»Ohne Hilfe von außen wird das alles viel länger dauern. Uns rennt die Zeit davon.«

»Wenn wir es falsch anpacken, können wir auch nur verlieren.«

Emma fischte eine Zigarette aus der Tasche ihres Mantels und schob sich den Glimmstängel zwischen die Lippen.

»Ich finde, du übertreibst. Wir sollten Hetti fragen, was sie darüber denkt.«

»Das können wir gerne tun.«

Entnervt drehte Regine sich um, ihr Blick ging zum Torweg. Wo blieb Hetti eigentlich? Noch immer war niemand zu sehen – hatte die Kollegin ihre Verabredung etwa vergessen? Wenn sie nicht mehr kam, würde dieses Treffen ohne Ergebnis bleiben. Die Stimmung zwischen ihr und Emma war schon jetzt gereizt, Einigkeit war nicht in Sicht. Emmas Unnachgiebigkeit sorgte dafür, dass sie nicht vorwärtskamen.

Ein paar Minuten vergingen in Stille. Endlich ließ Emma ihre Kippe fallen und trat sie auf dem Pflaster aus.

»Gleich sieben Uhr durch, wir warten schon eine Stunde auf Hetti. Anscheinend ist ihr was dazwischengekommen.«

»Was schlägst du vor?«

»Irgendwann muss ich mich auch wieder bei meinen Leuten blicken lassen. Ich hatte nicht vor, den ganzen Abend hier herumzustehen. Lass uns nach Hause gehen. Wir sehen morgen weiter.«

»Dann hätten wir uns den langen Weg gleich sparen können.«

»Konnte ja keiner wissen, dass Hetti nicht auftaucht. Wir verschieben das Gespräch. Ich muss morgen früh raus.«

Ohne Regine die Hand zum Abschied zu reichen, wandte Emma sich ab. Die Schöße ihres Mantels flatterten im Wind, sie verschwand vom Hof. Verstört sah Regine ihr hinterher: Die Begegnung eben hatte eine tiefe Unzufriedenheit in ihr ausgelöst. Wenn Emma weiter derart verbissen an ihren Ansichten festhielt und nicht bereit war, Zugeständnisse zu machen, würde jede Zusammenkunft mit ihr viel Kraft erfordern. Ob Hetti wirklich in der Lage sein würde, Frieden zwischen ihnen zu stiften? Henriette Lange war ein herzensguter Mensch, nur war sie Witwe und Mutter von fünf Kindern. Seitdem ihr Ehemann im Krieg gefallen war, ging ihre Schwiegermutter ihr zur Hand, aber genügte das? Wie viel Zeit würde sie für die Vorbereitung eines Arbeitskampfes erübrigen können? Wenn sie auf Hettis Mitwirkung verzichteten, sah es allerdings nicht besser aus. Mit Emma allein würde Regine nicht zurechtkommen. Der harten Linie ihrer Kollegin wollte und konnte sie sich nicht anschließen. Entmutigt und verzagt machte Regine sich auf den Weg ins Brunnenviertel. Es schien ihr, als würde das Dickicht, durch das sie sich quälen musste, immer undurchdringlicher.

Wo war der Ausweg aus dem Irrgarten, in dem sich ihr Streik gerade zu verlaufen drohte?

Wieder eine Nachtschicht. Evi war die ständig wechselnden Arbeitszeiten leid, bei jedem neuen Schichtbeginn fühlte sie sich ein Stück kraftloser. Sie pendelte nur noch zwischen ihrem Bett in der Ruppiner Straße und dem Fernsprechamt. Kaum jemals reichte die Zeit dazu, um etwas anderes zu tun, als zu arbeiten oder zu schlafen. Das war kein Leben, schon die Aussicht auf den nächsten Tag machte sie müde. Im Übrigen hätte sie jetzt weiß Gott anderes zu tun gehabt. Geralds Spur weiter zu folgen, war ihr ein dringendes Bedürfnis, aber ihr fehlte die Kraft dazu.

Widerstrebend betrat Evi am späten Nachmittag den Umkleideraum im Postfuhramt. Sie schlüpfte gerade in den blauen Kittel der Telefonistinnen, als die Tür aufflog und Gretchen hereingewirbelt kam. Die Kollegin schien gute Laune zu haben, kein Wunder, für sie begann jetzt der Feierabend.

»Evi, wie schön, dich zu sehen. Hast du einen Moment für mich? Ich muss dir unbedingt was erzählen.«

Gretchen nahm Evi beim Arm und zog sie mit zu der Holzbank an der Wand. Evi nahm Platz, aber Begeisterung über das Zusammentreffen mit Gretchen verspürte sie wenig. Sie würde Gretchen endlich beichten müssen, was mit dem kostbaren Lippenstift geschehen war.

»Was ist los? Du guckst wie sieben Tage Regenwetter.«

»Ist das ein Wunder bei meinen Arbeitszeiten?«

»Ich weiß, du bist Springerin, aber da ist hoffentlich ein Ende in Sicht, oder? Hast du deinen Schichtführer schon mal gefragt?«

»Nein, noch nicht.«

»Dann tu es. Heute noch.«

»Du siehst gut aus. Wie das blühende Leben.«

Gretchen machte keine Anstalten, darauf etwas zu erwidern, aber wozu denn auch? Es war offensichtlich, dass es ihr gut ging. Ihr Zustand machte Evi zu schaffen. Dieses strahlende Selbstbewusstsein, gemeinsam mit dem Hauch von

Selbstzufriedenheit, der Gretchen umgab, das alles machte Evi deutlich, was sie mit der Beziehung zu Siegfried Eckstein verloren hatte. Sie vermisste die Lichtblicke in ihrem Leben. Die Affäre mit Eckstein hatte eine Abwechslung bedeutet. Siegfried war kein schlechter Liebhaber, er war erfahren und darauf bedacht, der Frau an seiner Seite Zuneigung und Aufmerksamkeit zu schenken. Vor allem zu Beginn ihrer Liebelei hatte er sich einfühlsam und großzügig gezeigt. Natürlich wäre ihre Affäre auf Dauer kein Quell ewiger Freude geblieben. Evi wusste das, und doch vermisste sie Siegfrieds Zärtlichkeiten, seitdem die Geschichte mit ihnen vorüber war.

Sie schluckte und senkte den Kopf. Sie wollte keine Schwäche zeigen, doch die Tränen ließen sich kaum zurückhalten. Gretchen beugte sich zu ihr hinüber und strich ihr sanft über den Rücken.

»Ach, Evchen, was ist nur los mit dir? Du siehst aus, als hättest du großen Kummer. Rede mit mir, vielleicht kann ich dir helfen.«

»Die Suche nach meinem Bruder strengt mich einfach zu sehr an. Nebenbei als Springerin zu arbeiten, ist furchtbar.«

»Das glaube ich dir.«

Energisch fuhr Evi sich mit dem Ärmel ihres Kittels durch das Gesicht.

»Sag mal, könntest du mir vielleicht einen Gefallen tun und dich bei Eckstein für mich verwenden? Ich brauche einen neuen Dienstplan. Eventuell kann Siegfried sich meinen Schichtführer zum Gespräch holen?«

Es wurde still – Evi wurde bewusst, dass sie einen Fehler gemacht hatte. Es wäre besser gewesen, Gretchen nicht um diesen Gefallen zu bitten. Selbst wenn sie sich erbarmte und Eckstein mit Evis Sorgen behelligte, würde der Oberpostrat voraussichtlich nichts unternehmen. Siegfried hatte ihr auf der Beerdigung seiner Frau gezeigt, dass sie seiner Vergangenheit angehörte – einer Vergangenheit … Vergangenheit, mit der er nichts mehr zu tun haben wollte. Gretchen stand auf, geschmeidig schlüpfte sie aus ihrem Kittel und hängte ihn in ihren Spind.

»Eckstein macht die Dienstpläne nicht, Liebes, das fällt nicht in seine Zuständigkeit. Du musst deinen Schichtleiter ansprechen, der ist zuständig dafür. Wenn der Mann dich schikanieren will, hast du das Recht, dich zu beschweren. Vorher nicht. Tut mir leid, aber so sehe ich es.«

Evi nickte wortlos – es war besser, das Thema nicht zu vertiefen. Gretchen würde ihr nicht helfen, das stand fest.

»Da ist noch etwas, was ich dir sagen wollte. Du hast mir neulich Abend einen Lippenstift geliehen, erinnerst du dich?«

»Natürlich erinnere ich mich. Was ist mit dem Ding?«

»Ich habe den Lippenstift verloren. Er ist weg.«

»Und weiter?«

»Nichts weiter. Es tut mir leid. Sobald ich wieder flüssig bin, sehe ich zu, dass ich für Ersatz sorge.«

Gretchen fuhr herum, ihre Mundwinkel hoben sich, zuerst grinste sie nur, dann begann sie laut zu lachen. Ihr Gelächter wirkte echt, es kam von Herzen.

»Du meine Güte, und ich dachte schon, dir wäre bei Clärchen etwas zugestoßen. Vergiss den Lippenstift! Ich habe keinen Pfennig dafür bezahlt. Siegfried hat ihn mir geschenkt. Wenn er weg ist, ist er eben weg.«

»Ist das dein Ernst?«

»Und ob. War sowieso nicht meine Farbe.«

»Aber ein Lippenstift ist kostbar. Ich möchte nicht wissen, was Eckstein auf dem Schwarzmarkt dafür hingeblättert hat.«

Gretchen prustete erneut los, der letzte Satz schien sie noch mehr zu amüsieren als Evis Geständnis zuvor.

»Auf dem Schwarzmarkt? Du bist süß. Der Oberpostrat begibt sich doch nicht auf den Schwarzmarkt, Herzchen. Wenn Herr Eckstein etwas haben will, geht er in einen Laden und blättert die Scheine hin, die für die Ware verlangt werden.«

»Du meinst, er zahlt die horrenden Preise, die derzeit üblich sind?«

»Da bin ich mir sicher.«

»Aber so ein Lippenstift ist unglaublich teuer.«

»Und wenn schon. Eckstein leidet keine Not, der verdient besser als wir zwei zusammen. Seine Frau hat ihm Geld hinterlassen, sie kam aus einer vermögenden Familie. Wozu soll er sparen? Schwarzmarkt, dass ich nicht lache.«

Evi antwortete nicht, nachdenklich starrte sie zu Boden. Während ihrer gemeinsamen Zeit war sie davon ausgegangen, dass Siegfried sich wenigstens ein bisschen anstrengte, wenn er sie beschenkte. Sie hatte sich ihn bei Nacht auf dunklen Hinterhöfen vorgestellt, immer auf der Hut vor der Polizei: Das waren die im Krieg üblichen Geschäfte gewesen, schließlich gab es in den Läden selten etwas Anständiges zu kaufen. Nun gut, die Zeiten änderten sich eben. Die Regale der Läden waren mittlerweile besser gefüllt, auch wenn sich ein Normalsterblicher die Artikel, die dort ausgestellt waren, kaum leisten konnte.

»Erzähl mal von Clärchens Ballhaus. Hast du etwas erreicht bei deinem Besuch?«

Gretchen holte ihren Wintermantel aus dem Schrank. Quietschend schloss sich die Tür ihres Spinds.

»Ich habe eine vielversprechende Spur, bestimmt ergibt sich daraus etwas. Ich muss nur die Zeit haben, um mich darum zu kümmern ...«

Gretchen stieß einen leisen Seufzer aus.

»Eine Spur hast du, soso. Ich weiß nicht, ob das so eine gute Idee ist, da nachzuforschen. Du machst dich damit kaputt, Herzchen. Ehrlich, du bist so was von blass in letzter Zeit, du hast Schatten unter den Augen, die sind so dunkel und so tief wie die Spree.«

»Ach ja? Danke für das Kompliment.«

»Ich fürchte, dass du zusammenklappst, wenn das so weitergeht. Eine riesige Großstadt nach einem Menschen durchsuchen zu wollen, ist aussichtslos. An der Front musst du dich umtun. Wenn du in Frankreich jemanden kennen würdest, wäre es etwas anderes, aber so?«

»Ich habe eine Adresse, unter der ...«

»Entschuldige, aber es ist kein Wunder, wenn du erschöpft bist. Die Suche nach deinem Bruder fordert dich zu sehr.«

»Nein, das finde ich nicht. Die Ungewissheit über sein Schicksal ist viel schlimmer als die Suche nach ihm.«

»Du ziehst die Sache falsch auf, glaub mir. In Frankreich oder Belgien könntest du etwas erreichen, aber da lassen sie keine Deutschen rein. Wir sind die Bösen.«

»Ja, das stimmt.«

»Ich verstehe, dass es dir wehtut, so machtlos zu sein, aber willst du nicht wenigstens vorübergehend einen Schlussstrich ziehen?«

Evi hob eine Hand, doch Gretchen war mit ihrem Wintermantel beschäftigt. Sie schien Evis Geste nicht wahrzunehmen und sprach einfach weiter.

»Wenn dein Bruder noch leben würde, würde er sich melden.«

Evi winkte endgültig ab, sie wollte das Gespräch an dieser Stelle nicht fortsetzen. Seitdem sie die Wohnung am Barbarossaplatz entdeckt hatte, gab es für sie keinen Zweifel mehr, dass Gerald sich in der Stadt aufhielt. Der Verdacht allerdings, den sie seitdem mit sich herumtrug, setzte ihren Bruder nicht in das beste Licht. Gerald als bezahlter Begleiter wohlhabender, wahrscheinlich meist älterer Frauen, das ging vorerst niemanden etwas an.

Evi stand auf, sie verschloss ihren Schrank und ließ den Schlüssel in die Tasche ihres Kittels gleiten.

»Ich muss hoch, Gretchen. Ich darf nicht zu spät kommen.«

»In Ordnung, du willst nicht darüber reden. Eines noch, bevor du gehst.«

»Ja?«

Evi hatte die Türklinke bereits in der Hand, aber sie hielt inne: Mit einem Mal wirkte Gretchen nervös.

»Es geht um Siegfried.«

»Schon wieder?«

»Entschuldige, ich weiß, das interessiert dich nicht mehr, aber für mich ist es wichtig.«

Gretchens Stimme klang auf einmal ein wenig zittrig.

»Ja? Was genau willst du mir sagen?«

»Gestern hat Siegfried den Mietvertrag für die neue Wohnung unterschrieben. Ab dem 1. Mai leben wir zusammen in Kreuzberg. Ich weiß, dass du nicht mehr über Eckstein sprechen willst, aber für mich ist er jetzt ein Teil meines Lebens.«

»Aha. Und weiter?«

»Ich bin so unsicher und fühle mich irgendwie allein. Verstehst du mich denn gar nicht? Ich ziehe das erste Mal mit einem Mann zusammen.«

»Glückwunsch, dann bist du doch auf der Zielgeraden. Du holst das Äußerste aus ihm heraus, war es nicht das, was du erreichen wolltest?«

»Das ist ungerecht, Evi! Ich bin offen und ehrlich zu dir, ich ziehe dich ins Vertrauen.«

»Ja, und wozu soll das gut sein? Warum sollte ich jede Einzelheit über eure Affäre wissen wollen? Für mich fühlen sich deine Berichte an wie lauter Nadelstiche.«

»So ist es nicht gemeint. Du bist nicht nur meine Kollegin, du bist mir eine Freundin, jemand, mit dem ich über alles reden kann …«

»Vielleicht versetzt du dich auch mal in meine Lage. Die Wohltaten, die Siegfried dir angedeihen lässt, habe ich an seiner Seite nicht erfahren. Wahrscheinlich hat er mich nicht genug geliebt – das ist es jedenfalls, was ich durch deine Erzählungen immer wieder vorgeführt bekomme.«

»Das habe ich aber damit nicht sagen wollen. Ich dachte, bevor der Klatsch dich erreicht …«

»Der Klatsch verschont mich sowieso nicht, Gretchen. Ich kann deine Begeisterung leider nicht teilen, denn ich kenne Siegfried Eckstein. Er ist in der Lage, ganz schnell den Kurs zu wechseln. Man kann ihm nicht trauen. Sieh dich vor, auf einmal bist du für ihn der Schnee von gestern.«

»Warum gehst du mich so an? Warum stößt du mich ein ums andere Mal vor den Kopf?«

»Es tut mir weh, von deinem Glück zu hören, es kränkt mich, es verletzt meinen Stolz. Mir ist nichts von der Liebe des Oberpostrats geblieben außer der Verachtung, mit der er mich jetzt straft. Ich kann die Zeit mit ihm nicht einfach aus meinem Herzen tilgen, das müsste dir doch klar sein.«

Gretchen kam näher, nur einen kleinen Schritt von Evi entfernt blieb sie stehen.

»Vielleicht hat Eckstein Angst vor dir.«

»Angst? Warum sollte er?«

»Du könntest plaudern und damit seinen Ruf beschädigen. Er will Karriere machen, da kann er keinen Skandal gebrauchen.«

»Hat er dir das gesagt?«

»Nein, das ist bloß eine Vermutung. Du verlangst, dass ich mich in deine Lage versetze, aber versetz du dich auch mal in seine. Ich glaube, er versucht, dich mit seinem Verhalten auf Abstand zu halten. Er will dir zeigen, wie mächtig er ist, damit du bloß nicht auf die Idee kommst, Rache an ihm nehmen zu wollen.«

Einen Moment lang blieb es still im Umkleideraum. Evi war ins Grübeln gekommen. Dies war die erste vernünftige Erklärung für Ecksteins Verhalten, die ihr seit der Trennung von diesem Mann zu Ohren kam. Ihr Herzschlag verlangsamte sich ein wenig, sie wurde ruhiger. Wenn es stimmte, dass der Oberpostrat ihre Rachegelüste fürchtete, dann gab ihr das zumindest ein wenig von ihrem Selbstbewusstsein zurück.

Sie hob den Kopf.

»Du meinst, das könnte eine Erklärung sein?«

»Ich finde es naheliegend.«

Evi versuchte zu lächeln, auch wenn sie fühlte, dass es ihr nicht gelang.

»Du hast Eckstein inzwischen lieb gewonnen, nicht wahr? Du verteidigst ihn unablässig mir gegenüber ...«

»Ich weiß nicht, ob es Liebe ist, die ich fühle. Aber ich verachte ihn auch nicht. Er bemüht sich um mich, er sorgt für mich, er gibt mir ein Zuhause. Außer meinen Eltern hat das bisher niemand für mich getan. Es beeindruckt mich, auch wenn mein Glück vielleicht nicht für die Ewigkeit gemacht ist. Verstehst du das?«

»Ja, ich glaube schon.«

Gretchen breitete die Arme aus und zog Evi an sich. Widerstandslos ließ Evi sich umarmen, ihr Kopf sackte auf Gretchens Schulter.

»Sei nicht mehr traurig, Evi. Heb dir deine Zuneigung für den Richtigen auf. Du bist jetzt frei und kannst einen Mann wählen, der zu dir passt.«

Evi nickte kaum merklich. Vielleicht hielt die Zukunft tatsächlich Möglichkeiten bereit, von denen sie noch überhaupt nichts ahnte. Es war nicht auszuschließen, dass sie eines Tages froh darüber sein würde, sich nicht mehr mit Eckstein abgeben zu müssen. Langsam löste sie sich aus Gretchens Umarmung.

»Danke, dass du mich zu trösten versuchst.«

»Keine Ursache. Ich bin deine Freundin, vergiss das nicht. Und nun auf zu deinem Schichtleiter. Sag ihm deine Meinung, er hat es verdient.«

Mit einem Lächeln auf den Lippen verließ Evi den Umkleideraum. Vielleicht war ihre Lage doch nicht so aussichtslos, wie sie bis eben vermutet hatte.

Auf dem Heimweg in die Ruppiner Straße begleiteten Regine fast ausschließlich finstere Gedanken. Dieser Tag war auf ganzer Linie ein Reinfall gewesen, daran würde der bevorstehende Feierabend nichts ändern. Nicht nur, dass die Zusammenkunft mit Emma unerfreulich verlaufen war, auch der Streit mit den Eltern über die Verbindung mit Bäckermeister Smolka war nicht aus der Welt. Vor allem Vater trug es ihr nach, dass sie sich so vehement gegen diesen Heiratskandidaten stemmte. Die Lage war angespannt, keiner von ihnen machte den ersten Schritt für eine Versöhnung. Es belastete Regine, dass in der Beziehung zu Smolka keine Klärung in Sicht war. Erfüllt von dunklen Vorahnungen, betrat sie den Flur der elterlichen Wohnung. Es war still, einen Moment lang hoffte sie, dass ihr Vater ausgegangen sei, doch gleich darauf öffnete sich die Küchentür. Während sie an der Garderobe Uniformjacke und Mütze ablegte, gab ihr Vater ihr von der Türschwelle aus einen Wink – sie wusste, was das zu bedeuten hatte. Nun würde sie sich nicht länger um eine Aussprache mit ihm herumdrücken können.

Die Küche wirkte heute Abend nicht ganz so ungemütlich

wie in den vergangenen Wochen. Ein Holzscheit knackte, im Herd glomm ein Feuer, das ein wenig Wärme im Raum verbreitete. Vater deutete auf die Stühle am Tisch.

»Komm, setz dich. Es ist höchste Zeit, dass wir miteinander reden.«

Regine gehorchte, obwohl sie lieber davongelaufen wäre – zu Kurt, zu Evi, zu irgendjemandem, der sie besser verstand und ihre Ansichten teilte.

»Wo ist Mutter? Arbeitet sie noch?«

Vater schüttelte den Kopf.

»Nein. Sie hat sich hingelegt, es geht ihr nicht gut.«

»Was fehlt ihr denn?«

»Sie hatte Kopfweh, als sie nach Hause kam.«

»Schon wieder?«

»Ja. Mit dir spricht sie wahrscheinlich nicht darüber, aber es geht ihr zunehmend schlechter.«

Regine wartete schweigend, eine unbestimmte Angst machte sich in ihr breit. Der schwierige gesundheitliche Zustand ihrer Mutter war ihr nicht verborgen geblieben. Die harte Arbeit als Waschfrau machte ihr zu schaffen. Während der letzten vier Jahre hatte es kaum Aufträge gegeben, der Krieg hatte das Leben auf mannigfaltige Weise gelähmt. Mittlerweile half Isolde Lorenz jedoch wieder an zwei oder drei Tagen pro Woche in fremden Haushalten als Zugehfrau aus. Wenn sie danach zu ihnen in die Wohnung zurückkehrte, wirkte sie jedes Mal sehr müde und matt.

Vater beugte sich vor. Sein Blick verhieß nichts Gutes.

»Doktor Kramer hat Rheuma bei deiner Mutter festgestellt. Er rät ihr dazu, nicht mehr als Waschfrau zu arbeiten.

Die Arbeit in den Waschkellern fremder Leute schadet ihr sehr.«

Regine nickte, Rheuma, natürlich, die Krankheit der Waschfrauen. Geschwollene Knöchel, Schmerzen überall – der Ratschlag des Hausarztes klang vernünftig, nur würde der Wegfall von Mutters Lohn sich unangenehm in der Familienkasse bemerkbar machen. Wie sollte es weitergehen, wenn das kleine, aber regelmäßige Einkommen der Mutter ausblieb? Die Teuerung im Land war groß. Viele Waren schien es nur zu immens hohen Preisen zu geben. Die Löhne hielten mit den Preisen nicht Schritt. Auch ihr Gehalt als Postbotin war seit Jahren nicht gestiegen. Der Staat war durch die immensen Kriegsschulden überfordert.

»Ich habe unsere Lage in den vergangenen Tagen überdacht, Regine. Solange du noch Arbeit hast, mag es gerade so hinkommen, aber leicht wird es nicht.«

Regine richtete sich auf ihrem Stuhl auf, sie ahnte bereits, worauf diese Unterredung hinauslaufen sollte.

»Ich verstehe. Wir haben Geldsorgen, da kommt die Werbung von Bäckermeister Smolka gerade recht. Der Mann ist gut durch den Krieg gekommen, er wird es auch durch die Nachkriegsjahre schaffen.«

»Dass Smolka ein fleißiger Mann und außerdem ein guter Handwerker ist, spricht in deinen Augen hoffentlich nicht gegen ihn.«

»Nein, das tut es nicht. Aber dass ihr euer Augenmerk allein darauf legt, was er verdient, das stört mich. Ich finde es ärgerlich, dass ihr bereit seid, eure einzige Tochter zu verkaufen.«

Mit einem schwachen Lächeln im Gesicht lehnte Vater

sich auf seinem Stuhl zurück, langsam und scheinbar geduldig verschränkte er die Hände. Regine ließ sich von seiner äußerlichen Ruhe nicht täuschen. Er wusste, was er mit dieser Eheschließung von ihr verlangte. Dass er so gelassen dabei wirkte, brachte sie gegen ihn auf. Das Lächeln auf seinem Gesicht war die ganze Zeit über nicht erloschen.

»Wir verkaufen dich nicht, mein Kind. Alles, was ich mir wünsche, ist, dass du dir die Möglichkeiten, die sich auftun, in Ruhe durch den Kopf gehen lässt. Smolka ist ein anständiger Mensch. Ich bin sicher, er hat dich sehr gerne. Wenn er von dir spricht, ist er voll des Lobes. Ich weiß, für dich ist es nicht die große Liebe, aber solche Gefühle brauchen manchmal Zeit, um zu wachsen.«

Regine lachte leise, sie winkte ab. Die alten Phrasen, das typische Gerede der Eltern, sie konnte es nicht mehr hören. Es schmerzte sie, mit den immer gleich lautenden Bemerkungen abgespeist zu werden.

»Gefühle, die langsam wachsen, wie schön das klingt. Ich wusste, dass du so was in der Art sagen würdest.«

»Ich sage es, weil es stimmt. Du hättest ein gutes Leben an der Seite dieses Mannes. Wir müssten uns um dich keine Sorgen mehr machen. Mutter und ich, wir können uns einschränken. Aber du sollst alles haben, was du zu deinem Glück brauchst. Deshalb erwägen wir die Ehe mit Adam Smolka.«

»Entschuldige, aber bisher warst du fest davon überzeugt, dass ich im Herbst bei der Reichspost einen neuen Vertrag bekomme. Wozu brauche ich da einen Mann wie Smolka für mein tägliches Butterbrot?«

»Ich habe gehofft, dass du bei der Post bleiben kannst,

aber du stellst deine Weiterbeschäftigung ja selbst infrage. Ich kann nicht mehr ausschließen, dass du richtigliegst. Du kennst inzwischen die Verhältnisse besser als ich.«

Regine runzelte die Stirn, es fiel ihr schwer, in diesem Gespräch die Oberhand zu behalten. Für seinen Versuch, ihr das Leben so angenehm wie möglich zu machen, konnte sie ihren Vater schlecht tadeln.

Vater stand auf und setzte den alten verbeulten Wasserkessel auf den Herd.

»Weder Mutter noch ich möchten, dass du in einer Ehe unglücklich bist. Aber wir möchten dich in Sicherheit wissen. Es ist ungewiss, was in den nächsten Jahren noch auf uns zukommt.«

»Der Preis dafür ist hoch, weißt du? Mich zieht nichts zu diesem Mann. Er ist zu alt, ich finde ihn langweilig, und er gefällt mir auch ansonsten nicht.«

»Du bist voreilig. Nimm dir wenigstens die Zeit, mehr über ihn zu erfahren. Es ist in deinem Interesse, dass du in dieser schwierigen Zeit das Richtige tust, meinst du nicht?«

Regine wandte den Blick ab. Das Gespräch ging wieder in die falsche Richtung, nur sah sie kaum Möglichkeiten, daran etwas zu ändern. Einmal mehr wagte sie es nicht, auf Kurt zu sprechen zu kommen. Es half ihr nicht weiter, wenn sie ihren Vater verärgerte, die Lage war schon heikel genug. Eine Verbindung mit Kurt würde die Zukunftssorgen in dieser Familie nicht mildern, nicht, bevor Kurt es wenigstens bis zum Gewerkschaftssekretär gebracht hatte. Wann und ob das überhaupt der Fall sein würde, stand in den Sternen.

Mit der Teekanne in der Hand drehte Vater sich zu ihr um.

»Du bist noch jung, Regine, dein Leben liegt vor dir, da kann noch viel geschehen.«

»Ja, sicher. Ich könnte beispielsweise einen Mann kennenlernen, an dem mir mehr liegt als an dem Bäckermeister um die Ecke.«

»Richtig. Aber vergiss nicht, unsere Heimat ist durch den Krieg ausgeblutet und verarmt, die nächsten Jahre werden hart.«

»Das gilt für alle Menschen in diesem Land.«

»Wozu willst du dich derart unnötig quälen? Deine Eltern haben vierzig lange Jahre hart gearbeitet. Sieh dich um, was ist dabei herausgekommen? Willst du das gleiche armselige Leben führen wie wir? Im Grunde können wir dankbar sein, dass uns weiterer Kindersegen versagt blieb. Ansonsten wärst du noch größerer Armut ausgesetzt.«

Regine blieb der Mund offen stehen, sie fand keine passende Erwiderung. So abfällig hatte sie ihren Vater noch nie über das Leben ihrer Familie sprechen hören. War er nicht immer ungeheuer stolz darauf gewesen, es bis zum Unterbeamten gebracht zu haben? Schweigend hockte sie am Tisch, sie wusste nicht, was sie sagen sollte.

»Vielleicht belassen wir es erst mal dabei. Denk darüber nach, was ich dir gesagt habe. Ich gehe rüber und schaue nach Mutter.«

Vater wandte sich ab, die Tür fiel ins Schloss, Regine blieb allein. Erschöpft ließ sie den Oberkörper auf den Tisch sinken. Sie war ratlos. Noch nie hatte sie sich so verzweifelt gefühlt. Diese Streitgespräche mit ihrem Vater liefen inzwischen in vorhersehbarer Manier ab, sie schenkten einander nichts, kamen aber auch nicht vorwärts dabei. Sie wollte Adam Smolka nicht zum Mann, aber wenn sie seine Werbung zurückwies und die Verbindung mit Kurt nicht zustande kam, standen sie in der Tat vor dem Nichts. Würde sie in dem Fall schuld sein an der wirtschaftlichen Not ihrer Eltern? Es war ungerecht, ihr allein die Verantwortung für das Überleben der Familie aufzubürden. Der verlorene Krieg, der Aufruhr im Land, die allgemeine Lebensmittelknappheit – alles Mögliche hatte daran mitgewirkt, dass es derzeit bergab ging. Und nun sollte sie auf ihre große Liebe verzichten, weil der Kaiser sich mit dem Rest der Welt angelegt hatte und seitdem nichts mehr so war, wie es sein sollte? Die Pflichten einer Tochter, wie weit konnten die gehen?

Regine schob den Stuhl zurück und stand auf.

Sie musste mit jemandem über ihre Angst und ihre Zweifel sprechen. Allein konnte sie diese Last nicht tragen. Vielleicht würde der Zwiespalt, in dem sie sich ihrer Eltern wegen fühlte, zu einer ersten großen Belastungsprobe für ihre Liebe zu Kurt werden? Es konnte nicht in seinem Sinne sein, wenn ihre Eltern versuchten, ihr einen Mann aufzunötigen, den sie nicht haben wollte – andererseits sollte Kurt sich auch nicht in die Enge getrieben fühlen durch ihre Not.

Regine seufzte. Niemand hatte ihnen beiden das Paradies auf Erden versprochen, aber sie hatte auch nicht geahnt, wie schwer es sein würde, sich nur für eine Weile wie im siebten Himmel zu fühlen.

13. Kapitel

Das Gespräch mit Gretchen kreiste noch in ihrem Kopf, selbst jetzt, Stunden später, konnte Evi die Unterhaltung mit der Kollegin nicht vergessen. Sie setzte sich im Bett auf und blickte zum Fenster. Die Nachtschicht war vorbei, aber Gretchens Bekenntnisse im Umkleideraum gestern Abend hatten Evi auch im Schlaf nicht losgelassen. Ob Gretchens Vermutungen über Ecksteins Rachegelüste zutrafen und was der Oberpostrat inzwischen wirklich von ihr dachte – Fragen wie diese rumorten in Evi. Sie wusste, dass sie dieser abgehalfterten Liebe zu viel Raum ließ in ihrem Herzen, nur fiel es ihr unendlich schwer, die Grübeleien zu beenden. Aus dem Vorstoß beim Schichtleiter war gestern auch nichts geworden. Barsch hatte der Mann sie an ihren Platz zurückgeschickt, nachdem sie ihr Anliegen kurz hatte vortragen dürfen. Keine Springerin mehr zu sein, blieb vorerst ein Traum.

Wie spät mochte es inzwischen sein? Es war hell in ihrem Zimmer, aber das besagte wenig. Wenn sie nach einer Nachtschicht tagsüber schlafen musste, ärgerte sie sich jedes Mal über die fadenscheinigen Gardinen am Fenster, die das Tageslicht kaum zurückhielten. In der Wohnung war es heute zudem unruhig. Nebenan wurde gelacht, eine Tür fiel zu. Mutter hatte anscheinend Besuch – war Vater zu einer seiner

Stippvisiten erschienen? Evi schlug die Bettdecke zurück und stand auf, sie war entschlossen, die sich bietende Gelegenheit zu nutzen, um ihren Eltern ins Gewissen zu reden. Die beiden mussten einen Weg finden, ihre ehelichen Streitigkeiten beizulegen.

Hastig streifte Evi Rock und Bluse über, sie steckte die Haare auf und eilte über den Flur. An der Wohnzimmertür hielt sie inne und lauschte, doch die Stimme des Besuchers war kaum zu verstehen. Mutter plauderte und lachte in einem fort, ihre Worte überschlugen sich beinahe. Seit wann lösten Vaters Besuche solche Stürme der Begeisterung in ihr aus?

Leise öffnete Evi die Wohnzimmertür, doch der Anblick, der sich ihr gleich darauf bot, ließ sie wie vom Blitz getroffen auf der Türschwelle verharren. Es war nicht ihr Vater, der sich mit der Mutter unterhielt. Für ein paar Sekunden war Evi derart fassungslos, dass sie kaum zu atmen wagte. Dort drüben am Tisch saß Gerald. Evis Herz klopfte ungestüm, von einer Sekunde zur nächsten begann ihr Puls zu rasen. Mehr als vier Jahre Hoffen und Bangen, und nun war ihr Bruder da und unterhielt sich mit Mutter, als wäre nichts gewesen? Gerald hatte sie bemerkt, er erhob sich, mit ausgebreiteten Armen kam er auf sie zu. Sie ging zu ihm und ließ sich umarmen, sie hielt ihren Bruder ganz fest und musste dabei die Augen schließen, um den unerwarteten Ansturm von Glücksgefühlen auszuhalten. Gerald war zurück. Einer ihrer kühnsten Wünsche schien sich zu erfüllen. Evi hob den Kopf und betrachtete ihn. Ihr Bruder wirkte unversehrt, vor allem wirkte er ungebrochen. Sein Lächeln, das sie so liebte, ging über in ein Strahlen.

»Schwesterlein! Ich freue mich, dich zu sehen. Ich habe dich sehr vermisst.«

»Ich dich auch, Bruderherz. Du kannst dir nicht vorstellen, wie ich um dich gebangt habe, während du dort draußen warst.«

Gerald nickte nur, während Evi einen Schritt zurücktrat und ihn ausführlich musterte. Seine Kleidung saß wie angegossen, keines seiner Kleidungsstücke machte einen verschlissenen oder altmodischen Eindruck. Er war frisch rasiert, er duftete nach Seife und einem Rasierwasser, das sie an ihm noch nicht kannte. Seine Schuhe fielen ihr auf, das schwarze Leder schimmerte, als wäre es erst vor Kurzem auf Hochglanz poliert worden. Hatte dieser über alle Maßen grausame Krieg ihrem Bruder wirklich nichts anhaben können? Es war nahezu unglaublich, aber für den Augenblick sah es so aus. Erleichterung zog wie ein warmer Strom durch Evis Glieder.

»Es ist wunderbar, dass du da bist.« Ein sanfter Unterton lag in ihrer Stimme, dem aber glücklicherweise nichts Weinerliches anhaftete. Sie war dankbar, dass sie die Kraft besaß, um dem Durcheinander ihrer Gedanken und Gefühle standzuhalten. »Du glaubst nicht, wie sehr ich mich nach diesem Augenblick gesehnt habe.«

»Du warst mit deiner Sehnsucht nicht allein, Evi. Ich habe oft an dich gedacht, deine Briefe waren mir ein großer Trost. Manchmal waren eure Nachrichten das Einzige, wofür es sich draußen im Feld zu leben lohnte.«

»Ist es nicht ein Segen, dass Gerald wieder bei uns ist?« Mutter hatte sich von ihrem Platz erhoben, mit geröteten Wangen verharrte sie am Tisch, ihre Blicke huschten zwischen ihren Kindern hin und her. Es war nicht zu übersehen, dass Bernardine den Augenblick in vollen Zügen genoss. Sie strahlte wie seit Langem nicht.

»Ich konnte es kaum glauben, als dein Bruder heute Morgen auf einmal vor mir stand. Gott der Herr hat uns ein großes Geschenk gemacht. Wir können ihm gar nicht genug danken dafür.«

Evi beließ es bei einem Kopfnicken. Mutters Lobpreisungen für ihren Gott mussten noch warten, im Moment war nur Gerald wichtig. Vorsichtig tastete Evi nach der Hand ihres Bruders.

»Es wäre ein unfassbares Glück, wenn du wirklich ganz unverletzt davongekommen bist. Ist das so, Bruderherz?«

»Aber ja, es geht mir gut.«

»Das freut mich, aber warum hast du dich so lange nicht bei uns gemeldet? Wir haben uns große Sorgen gemacht. Mutter ist regelmäßig beim Suchdienst des Deutschen Roten Kreuzes vorstellig geworden. Sogar im Kriegsministerium ist sie deinetwegen gewesen ...«

Mutter winkte energisch ab.

»Jetzt nicht, Evi. Das ist nicht der richtige Zeitpunkt. Wir tragen einander nichts nach. Dass unsere Familie wieder vereint ist, ist eine große Freude. Gerald ist bei uns, das ist alles, was zählt.«

Evis Augenbrauen hoben sich, sie fühlte sich zu Unrecht von ihrer Mutter getadelt. Natürlich war sie dankbar dafür, ihren Bruder unter den Lebenden zu wissen, aber sie konnte die Ungewissheit und die Sorgen der letzten Monate nicht einfach verdrängen. Sie hatte keine Mühen gescheut, um

Gerald wiederzufinden, warum sollte sie diese Tatsache jetzt verschweigen? Fest entschlossen, sich von ihrer Mutter nicht irritieren zu lassen, nahm sie erneut ihren Bruder in den Blick.

»Wo hast du nach Kriegsende gesteckt, Gerald? Die meisten Männer sind schon vor Weihnachten von der Front zurückgekehrt. Wir dagegen haben seit Monaten nichts von dir gehört. Warst du in Kriegsgefangenschaft oder in einem Lazarett?«

»Kind, ich bitte dich. Warum musst du deinen frisch heimgekehrten Bruder mit solchen Fragen quälen? Du benimmst dich unmöglich.«

»Nein, Mutter, lass nur.«

Gerald hob eine Hand, er schien Evis Fragen nicht ausweichen zu wollen.

»Ein Kamerad hatte mich eingeladen. Er lebt in der Nähe von Wittenberge an der Elbe, sein Vater ist dort Gutsverwalter. Ich habe die Einladung gerne angenommen, ich brauchte Ruhe. Ich wollte Abstand gewinnen von den Ereignissen im Schützengraben.«

»Aber lieber Junge, das verstehen wir doch.« Mutter legte Gerald einen Arm um die Schultern. »Es ist niemand hier, der dir das übel nimmt.«

»Natürlich nimmt dir das niemand übel, davon bin ich weit entfernt.«

Evi warf ihrer Mutter einen verärgerten Blick zu. Warum war sie so strikt dagegen, dass man ihrem Sohn ein paar naheliegende Fragen stellte? Die Mutter hatte doch selbst unter Geralds Abwesenheit gelitten, oder etwa nicht? Evi wollte wissen, was in der Zwischenzeit im Leben ihres Bruders vorgefallen war. Sie blickte ihm direkt ins Gesicht.

»Ich habe für alles Verständnis, nur hätte ich gerne früher erfahren, dass du in Sicherheit bist. Du hättest uns schreiben können.«

»Ich brauchte einfach eine Pause, um zu mir zu finden.«

»Ein kleines Lebenszeichen hätte gereicht. Es hätte kein endlos langer Brief sein müssen.«

»Ich wollte ein Weilchen für mich sein, Schwesterchen. Ich musste mich sammeln, ich musste wieder eins werden mit der Welt. Ich hatte einen Kameraden gebeten, sich bei euch zu melden, aber anscheinend hat er es vergessen.«

Mutter trat zwischen Evi und Gerald, nervös rang sie die Hände.

»Kinder, nun ist es aber gut. Das alles liegt hinter uns. Wenn Gerald sich in Wittenberge wohlgefühlt hat, dann ist gegen seine Entscheidung nichts zu sagen.«

Evi schüttelte den Kopf, blieb diesmal aber stumm. Mit ihrem Vater stritt ihre Mutter regelmäßig, doch auf ihren Sohn ließ sie nichts kommen.

Bernardine lächelte.

»Lasst uns nach vorne schauen und nicht zurück. Es gibt so viele Familien, die ihre Söhne, Brüder und Ehemänner verloren haben. Wir sind verschont geblieben, das ist ein großes Glück.«

Besitzergreifend schob sie den Arm unter den ihres Sohnes.

»Was hast du jetzt vor, mein Junge? Falls du ein Engagement als Musiker suchst, kann dein Vater dir vielleicht helfen.«

»Mag sein, aber im Moment habe ich nicht vor, wieder als Musiker zu arbeiten, Mutter.«

»Nicht?«

Mutters Augen wurden groß, sie wirkte ebenso erstaunt wie verwirrt.

»Aber von irgendetwas musst du leben. Deine Schwester tut ihr Möglichstes, nur ist der Dienst im Fernsprechamt anstrengend und wird nicht gut bezahlt.«

»Keine Sorge, Mutter. Ich werde mich bemühen, dich zu unterstützen. Darum geht es doch, nicht wahr?«

»Ich wollte dich nicht bedrängen. Das war wirklich nicht meine Absicht.«

Mutter verstummte, sie hatte den Blick abgewandt. Jetzt wirkte sie betreten, über ihre Ehekrise und die daraus resultierenden finanziellen Schwierigkeiten sprach sie nicht gern – schon gar nicht mit ihren Kindern. Bernardine kehrte zu ihrem Sessel zurück und ließ sich dort in die Polster sinken. Von ihrer anfänglichen Ausgelassenheit war nichts mehr zu spüren. Daran, dass ihre Ehe gescheitert war, wurde sie nicht gerne erinnert. Die ganze Misere ihrer misslungenen Beziehung zu ihrem Ehemann schien erneut auf ihr zu lasten. Sie wirkte verzagt. Vielleicht war es genug fürs Erste. Evis Blick kreuzte sich mit dem ihres Bruders.

»Was hältst du davon, wenn du uns nächsten Sonntag zum Kaffee besuchst, Bruderherz? Wir können auch Vater dazubitten, damit er erfährt, dass du heimgekehrt bist.«

Mutter hob den Kopf.

»Ja, das ist eine gute Idee, kümmere dich doch bitte darum, Evi. Ich denke, ich sollte mich jetzt eine Weile ausruhen. Ich spüre einen Anflug von Kopfschmerzen.«

»Tu das, Mutter, ruh dich aus. Ich begleite Gerald hinaus.«

Gemeinsam mit ihrem Bruder verließ Evi das Wohnzimmer, an der Wohnungstür blieben sie noch einmal stehen. Evi beugte sich vor und senkte die Stimme.

»Tut mir leid, dass deine Begrüßung ein wenig aus dem Ruder gelaufen ist. Du hast dir unser Wiedersehen sicher anders vorgestellt. Das ist meine Schuld.«

»Mach dir darüber keine Gedanken.«

»Ich möchte unbedingt, dass du dich bei uns willkommen fühlst. Es ist nur ...«

»Du bist verärgert über mein Verhalten und fühlst dich vernachlässigt, ich kann es verstehen. Die Concierge hat mir erzählt, dass du am Barbarossaplatz gewesen bist. Du hast alles Recht der Welt, mir Vorwürfe zu machen.«

»Es geht mir nicht darum, dir Vorwürfe zu machen, aber die Jahre ohne dich waren schrecklich. Die Einsamkeit hat tiefe Kerben in mein Herz geschlagen. Ich habe niemals aufgehört, an deine Heimkehr zu glauben, obwohl ich manchmal nahe daran war zu verzweifeln.«

»Ich kann mir vorstellen, dass du es schwer hattest, Schwesterherz.«

»Auch Mutter ist das alles nicht leichtgefallen. Sieh sie dir an, sie ist alt geworden. Und Vater ist mittlerweile völlig in der Versenkung verschwunden. Die Streitereien über sein Unvermögen, die Familie zu ernähren, haben ihn fortgetrieben. Inzwischen taucht er so gut wie gar nicht mehr auf.«

»Das tut mir leid für euch beide. Ich hatte nicht erwartet, dass es hier so schlimm aussieht.« Behutsam nahm Gerald ihre Hand. »Ich hätte mich früher bei dir melden sollen, ich weiß. Ich habe ein schlechtes Gewissen deswegen, aber es war nicht leicht, den Krieg hinter sich zu lassen. Diese Bilder und Geräusche fressen sich in die Seele, weißt du?«

»Es war bestimmt grauenvoll ...«

»Es ist erstaunlich, was der Mensch alles aushält, ohne den Verstand zu verlieren, aber für mich ist die letzte Schlacht noch nicht vorüber. Die Gräueltaten verfolgen mich. In meinen Träumen sehe ich die Gliedmaßen meiner Kameraden durch die Luft fliegen. Ich sehe ihre pulsierenden Wunden, ich höre das Quietschen der Ratten und die Schreie der Sterbenden. Manchmal habe ich des Abends Angst, zu Bett zu gehen. Ich fürchte mich vor der Stunde zwischen Schlaf und Erwachen. Träume können quälen, weißt du?«

»Oh, Gerald, das tut mir leid ...«

»Ich sollte das eigentlich für mich behalten. Es hilft niemandem, darüber zu reden.«

Das Lächeln in Geralds Gesicht war erloschen. Täuschte sie sich, oder zitterte die Hand, mit der er die ihre hielt? Mutter hatte recht, es war besser, ihn nicht mit Vorwürfen zu traktieren. Er hatte Schweres durchgemacht. Jetzt musste sie herausfinden, wie sie ihm helfen, ihn unterstützen konnte.

»Du kannst dich mir anvertrauen, wann immer du möchtest. Ich höre dir zu.«

»Danke dir, aber ich glaube, es ist besser, diese Grausamkeiten so schnell wie möglich zu vergessen. Nicht daran rühren, dann werden die Erinnerungen schon irgendwann weichen.«

»Ich weiß nicht, ob das so einfach wird, Gerald. Wenn du jemanden suchst, der dir beisteht, ich tue es gern.«

Ihr Bruder antwortete nicht, er löste sich von ihr. Mit unbewegtem Gesicht nahm er seinen Mantel vom Haken an der Garderobe.

»Ich muss jetzt weiter, Schwesterchen. Gibt es etwas, was du dringend brauchst? Sag es mir, vielleicht kann ich es beschaffen.«

»Was wir brauchen, ist jemand, der ein Machtwort spricht. Unsere Mutter hat ein Strafverfahren am Hals, hat sie dir davon erzählt?«

Geralds Augen wurden groß, er war sichtlich erstaunt.

»Ein Strafverfahren? Du meine Güte, was hat sie denn verbrochen?«

»Angeblich hat sie einer Glaubensschwester den Wintermantel gestohlen. Mutter versucht, die Sache zu ignorieren, aber das bringt sie nur noch tiefer ins Elend.«

»Wie bitte? Warum macht sie so was? Geht es euch so hundserbärmlich, dass ihr nichts mehr zum Anziehen habt?«

»In ihren Augen ist es eine falsche Anschuldigung.«

»Sobald ich das nächste Mal mit ihr allein bin, rede ich mit ihr darüber. Das verspreche ich dir.«

»Danke.«

»Nicht verzagen, Evi. Wir zwei sind jetzt vereint, zu zweit bringen wir unser Familienleben wieder ins Lot.«

Gerald breitete die Arme aus, Evi ließ sich hineinsinken. Sie hätte in diesem Augenblick gerne gespürt, dass ihr eine Last von den Schultern genommen worden war, doch so fühlte es sich nicht an. Gerald war eben doch nicht vollkommen unversehrt, er hatte durchaus gelitten. Dieser seltsame Ausflug nach Wittenberge, seine Albträume, das waren deutliche Signale. Sie würde zusehen müssen, wie sie ihm half, da herauszukommen. Er war zurück, doch seine Rückkehr brachte neue Kümmernisse in ihr Leben. Geralds Heimkehr bedeutete nicht das Ende all ihrer Sorgen, das war eine Illusion, an die sie sich nicht länger klammern durfte.

Ihre Tatkraft war einmal mehr gefragt. Keine der Schwierigkeiten, mit denen sie sich quälte, würde sich in Luft auflösen. Wenigstens waren sie nun wieder zu zweit, Bruder und Schwester, ein Herz und eine Seele.

Das immerhin war etwas, das der Krieg nicht hatte kaputt machen können.

»Ich muss Sie ermahnen, Fräulein Lorenz.«

Der Dienst hatte soeben begonnen – man schrieb den 1. April, aber Regine konnte sich kaum vorstellen, dass ihr Schichtleiter aus diesem Grund zu Scherzen aufgelegt war. Bis eben hatte sie vor einem der hohen Regale ihre Tagespost für die heutige Tour sortiert, jetzt wandte sie sich ihrem Schichtleiter zu. Otto Spohn gehörte zu den männlichen Beamten der Reichspost, denen es Freude machte, seine weiblichen Zustellerinnen zurechtzuweisen. Er war alles Mögliche, nur ein netter Kerl war er keineswegs. Was konnte der Mann von ihr wollen? Der Zustand ihrer Uniform war erträglich, Mutter kümmerte sich regelmäßig um Flecken, Risse und ausgeblichene Stellen. Lag eine Kundenbeschwerde vor? Oder ging es um Hermann Kaiser, diesen Verräter? Ganz offensichtlich wagte er es nicht, noch einmal die direkte Auseinandersetzung mit ihr zu suchen. Stattdessen versteckte er sich vermutlich hinter dem Rücken ihres gemeinsamen Vorgesetzten, um ihr eins auszuwischen.

»Darf ich fragen, worum es geht, Herr Spohn?«

Spohn fuhr sich mit der flachen Hand über das Kinn, er schien nach den richtigen Worten zu suchen. Bis Kriegsende hatte er einen dieser hässlichen Rauschebärte getragen, die ihren jeweiligen Besitzer um Jahre älter machten. Neuerdings kam er glatt rasiert zum Dienst. Wesentlich ansehnlicher wurde er dadurch ihrem Empfinden nach allerdings nicht. Nachdenklich verschränkte der Schichtleiter die Hände hinter dem Rücken.

»Mir ist zu Ohren gekommen, dass Sie unseren neuen Kollegen wegen seiner Kriegsverletzung angegangen sind. Haben Sie mir dazu etwas zu sagen?«

»Mit allem Respekt, Herr Spohn, aber das stimmt so nicht. Herr Kaiser hatte eine Behauptung aufgestellt, die nicht zutraf. Ich habe sie ihm gegenüber richtiggestellt. Mit seiner Kriegsverletzung hatte das nicht das Geringste zu tun.«

»Soso. Darf man denn erfahren, was der Kollege für eine Behauptung aufgestellt hat?«

»Herr Kaiser hat den Eindruck, dass ich schlecht über ihn gesprochen habe. Das entspricht nicht der Wahrheit. Ich hatte mich mit einer Kollegin über die Ansprache des Herrn Ministerialdirigenten unterhalten, die gerade zu Ende war.«

Spohn musterte sie von Kopf bis Fuß, er schien an der Richtigkeit ihrer Antwort zu zweifeln, sah aber anscheinend auch keine Möglichkeit, ihre Aussage zu entkräften. Ein paar Sekunden wirkte er unentschlossen, mit zusammengekniffenen Augen musterte er sie. Insgeheim verfluchte Regine den

Mann mit dem Holzbein. Was für eine maßlos übertriebene Schilderung von dem kleinen Vorfall gestern mochte Hermann Kaiser bei Otto Spohn abgeliefert haben?

»Ich erinnere Sie mit Nachdruck daran, dass die tapferen Männer, die an der Front ihr Leben für uns riskiert haben, unsere Hochachtung erwarten dürfen. Wir pflegen in den Reihen der Reichspost einen kollegialen Umgang. Insbesondere in Zeiten der Einarbeitung neuer Kollegen sind wir hilfsbereit und geduldig. Haben Sie das verstanden, Fräulein Lorenz?«

»Natürlich, Herr Spohn.«

Regine nickte, wenn auch nur zaghaft. Gerne wäre sie dem Vorwurf, den der Schichtleiter ihr machte, deutlicher entgegengetreten. Hermann Kaiser war ein Lügner und Betrüger. Er spionierte den Postbotinnen dieses Bezirks hinterher, er verriet die Frauen bei der Behördenleitung. Wo blieb seine Anerkennung für die Leistungen, die die Frauen in dieser Stadt während des Krieges erbracht hatten? Allzu gern hätte Regine ihrem Vorgesetzten die Meinung gesagt, aber Spohn würde sich ihren Verdacht gegen Kaiser nicht einmal in Ruhe anhören. Schließlich waren es nichts als Vermutungen, die sie vorzubringen hatte.

»Sind wir uns einig?«

»Ja, Herr Spohn.«

»Ich hoffe, Ihnen ist bewusst, dass ich bei einer Wiederholung von Vorfällen dieser Art Meldung bei der Personalabteilung machen muss. Und nun gehen Sie an Ihre Arbeit.«

Regine schwieg, endlich zog der Schichtleiter ab. Sobald er außer Sicht war, verstaute sie die letzten Packen mit Briefumschlägen in ihrer Umhängetasche und verließ den Saal. Sie brauchte frische Luft. Sie konnte diese himmelschreiende Ungerechtigkeit kaum ertragen. Kaiser war ein Spitzel, dem Mann gebührte keinerlei Achtung. Der Kerl machte ihr nur Schwierigkeiten, der war zu nichts zu gebrauchen. Ihre Wut auf ihn vergrößerte sich mit jedem Tag. Wann würden sie diesen Burschen endlich loswerden? Regine hastete davon, doch kaum, dass sie den Betriebshof betreten hatte, sah sie eine Gestalt auf sich zueilen. Hetti kam ihr mit fliegenden Röcken entgegen. Ihre Dienstmütze saß schief auf dem Kopf, ihre Tasche wippte im Laufschritt auf ihrer Hüfte auf und ab. Völlig außer Atem blieb sie stehen.

»Regine, du bist mein rettender Engel.«

»Was ist passiert?«

»Kannst du bitte für mich heute zwei Straßen von meiner Tour übernehmen? Hast einen bei mir gut, ich verspreche es.«

»Mache ich natürlich, aber was ist denn los? Du siehst aus, als wäre der Teufel hinter dir her.«

»Hat Emma dir nichts erzählt? Meine Kinder haben hohes Fieber und einen schlimmen Husten. Ich war die ganze Nacht auf den Beinen, ich bin völlig hinüber. Heute muss ich früher nach Hause, meine Schwiegermutter schafft das nicht allein.«

»Ach, Hetti, das tut mir leid.«

»Ausgerechnet meine Jüngste hat es am ärgsten erwischt. Wenn ich nur irgendwas hätte – Hustensaft oder Hühnersuppe, egal was. Irgendein Hausmittel …«

»Frag doch mal die Kollegin Karla Weigand, die hat Verwandte auf dem Land. Vielleicht kann sie irgendwas für dich auftreiben.«

»Mache ich. Ansonsten wäre ich heilfroh, wenn du mich heute entlasten könntest.«

»Aber klar. Komm mit raus auf die Straße, dann gibst du mir die Sendungen, die du loswerden willst.«

Seite an Seite verließen sie den Hof, im Schatten einer Litfaßsäule blieben sie stehen. Hetti griff in ihre Umhängetasche.

»Vielen Dank, dass du das für mich tust, Regine. Ich würde dich und Emma auch gerne unterstützen. Tut mir so leid, dass ich nicht am Gewerkschaftshaus war ...«

»Schon gut, das holen wir beim nächsten Mal nach.«

»Nein. Ich weiß, dass ihr mich dabeihaben wollt, aber es hat keinen Zweck. Es ist mir im Moment alles zu viel, ich kann mir den Streik nicht auch noch aufhalsen.« Hetti hielt inne, sie sah auf.

»Bist du sicher? Es wäre so viel leichter, wenn du mitmachst. Du hast vernünftige Ansichten. Und jetzt, wo Lotte ausgefallen ist ...«

»Lieb, dass du das sagst, aber es hilft euch nicht, wenn ich erst zusage und es dann doch nicht schaffe.«

»In ein paar Tagen sieht es wieder anders aus. Deine Kinder werden gesund, ganz sicher.«

»Es geht wirklich nicht. Vielleicht ist Lotte bald wieder frei und kann euch unterstützen.«

»Ich glaube, die gute Lotte hat ihre Kündigung längst im Briefkasten gehabt, die sehen wir nicht wieder.«

»Ihre Schwester tut so, als wären die Vorwürfe gegen Lotte frei erfunden.«

»Ach ja?«

»Und ob. Ich habe Paula zufällig auf einer meiner Touren getroffen. Sie meint, dass sich Lottes Unschuld vor Gericht erweisen wird. Angeblich hat Lotte neuerdings sogar einen Anwalt.«

»So?«

Regine war erstaunt, diese Wendung überraschte sie. War es Kurt, der dafür gesorgt hatte, dass Lotte Wellmann einen Rechtsbeistand bekam? Kopfschüttelnd wandte sie sich der Kollegin zu.

»Ich wünsche Lotte alles Gute, aber ich kann mir nur schwer vorstellen, dass sie straffrei bleibt. Bis die Polizei dich wegen irgendwas in den Knast bringt, muss einiges passieren, oder?«

Hetti zuckte mit den Achseln. Keines der Argumente, die Regine vorbrachte, schien sie vollends zu überzeugen.

»Mag sein. Aber dass Lotte eine Engelmacherin ist, kann ich mir ebenso wenig vorstellen.«

»Emma behauptet, jeder im Dienst hätte das gewusst.«

»Ich habe nie davon gehört, aber vielleicht liegt das an mir. Hat mir fünf Kinder eingebracht, dass ich mich nie getraut habe, was zu unternehmen.«

»Aber dafür bist du gesund und munter. Ist ja wohl nicht ganz gefahrlos, die Geschichte.«

»Stimmt.«

Hetti reichte ihr einen Packen Briefe, den Regine in ihrer Tasche verstaute.

»Lotte hat ihre Macken, aber Engelmacherei passt nicht zu ihr. Kindstötung in Hunderten von Fällen, ich bitte dich. Unsere Lotte?«

»Ich wünsche mir, dass du recht hast.«

»Und jetzt muss ich los, sonst wird es nichts mit dem frühen Feierabend. Mach's gut, und hab vielen Dank für deine Hilfe.«

Hetti strebte davon, gleich darauf war sie hinter der nächsten Straßenecke verschwunden. Regine sah der Kollegin hinterher, um ihre Lage war sie nicht zu beneiden. Und doch doch wäre ihre Beteiligung an der Vorbereitung des Arbeitskampfes wünschenswert gewesen. Hettis Besonnenheit wäre ein Ausgleich zu Emmas manchmal aufbrausender Art gewesen. Sie würden sich nach jemand anderem umschauen müssen. Blieb die Frage, was dran war an den Vorwürfen, die die Polizei Lotte Wellmann machte. Noch immer spürte Regine ein leises Unbehagen, wenn sie an das Verhältnis dachte, das Kurt zu den Schwestern Wellmann pflegte.

Sie sah zu Boden. Sie wollte keine Zweifel haben, sie wollte sich nicht quälen mit ihrem Misstrauen. Kurt war ihre erste große Liebe, warum konnte sie das nicht einfach genießen? Regine packte den Schultergurt ihrer Tasche, sie musste weiter. An Kurt durfte sie dieser Tage ohnehin nicht allzu oft denken, er war vollauf mit seiner Arbeit in der Druckerei beschäftigt. Die Sehnsucht nach ihm beherrschte ihre Tage. Sie musste einen Weg finden, ihn wiederzusehen, und zwar so bald wie möglich.

Endlich machte sie sich auf den Weg. Es gab eine Menge, worüber sie auf ihrer heutigen Runde nachzudenken hatte.

Hätte sie es nicht ahnen müssen? Endlich war Evi mal wieder zu einer Tagesschicht im Fernmeldeamt eingeteilt, doch nun kam es gleich knüppeldick. Kaum am Arbeitsplatz eingetroffen, war sie zur Behördenleitung zitiert worden. Weil das Ende ihrer Zeit als Springerin gekommen sei, hatte sie geglaubt. Dass man ihr für ihren Einsatz danken und ihr einen neuen Arbeitsplan aushändigen würde, hatte sie gedacht. Lächerlich. Wie naiv von ihr.

Keine fünf Minuten später stürmte sie die Treppe wieder hinunter. Sie musste raus, sie brauchte Licht und Luft. Nur fort von hier, keinen dieser Heuchler dort oben wollte sie jemals wiedersehen. Sie war das Opfer einer Intrige, was sonst? Evi lief, sie verhedderte sich in ihren Röcken und hatte Mühe, in der Senkrechten zu bleiben.

Sie war raus.

Hier war Schluss.

Völlig außer Atem erreichte sie das Parterre. Im Waschraum sank sie zu Boden, das Papier in ihrer Tasche knisterte bösartig bei jeder Bewegung. Ihr Körper war in Aufruhr, sie war ein zitterndes Bündel, nicht in der Lage zu begreifen, wie ihr geschah. Völlig benommen hockte sie auf den eiskalten Fliesen. Alles um sie herum schien sich zu drehen. Ihr war entsetzlich schwindelig im Angesicht des Abgrunds, der sich vor ihr auftat. Oben in der Personalabteilung hatte man ihr die Kündigung überreicht, was für ein verheerender Schlag. Wie hatte es nur dazu kommen können? War das Ecksteins Werk? Und wenn dem so war, wie genau hatte er das geschafft?

Evi schluckte, sie würgte beinahe. Übelkeit stieg in ihr auf und machte es ihr unmöglich, sich zu rühren. Sie dachte an

Mutters Lamento, wenn sie von der Kündigung erfuhr. Die Last, die sie nun beide für Gerald sein würden. Das neuerliche Aufflammen der Streitigkeiten zwischen Vater und Mutter, weil es nun noch knapper wurde als bisher. Sie sah das alles kommen und konnte doch nichts dagegen tun.

Evis Blick irrte durch den Raum, ihr Herz hämmerte hart in der Brust, es wollte sich nicht beruhigen. Fristlose Kündigung, sofortige Räumung des Arbeitsplatzes, Auszahlung des noch ausstehenden Lohnes. Abgabe der Schlüssel für das Hauptgebäude. Hausverbot, Hausverbot, Hausverbot hallte es in ihrem Kopf.

Ein Desaster.

Evi versuchte, sich aufzurappeln, die Fliesen waren einfach zu kalt. Sie richtete sich auf, hatte aber Mühe, einen klaren Gedanken zu fassen. Alles, woran sie denken konnte, war der Triumph, den ihre Entlassung für Siegfried Eckstein bedeuten musste. Der Mann konnte sich freuen, sie los zu sein – aber warum hatte er das getan? Seit ihrer Trennung hatten sie kein einziges Wort miteinander gesprochen. Er ging ihr aus dem Weg, aus seiner Sicht war das sogar verständlich. Sie gehörte nicht mehr zu seinem Leben. Reichte seine nur noch dezent spürbare Abneigung ihr gegenüber aus, um sie kündigen zu wollen? Neue Scherereien hatte sie ihm seit der Beerdigung seiner Frau nicht gemacht. Sie war für sich geblieben, hatte sich bemüht, ihn zu vergessen.

Evi suchte in den Weiten ihres Kittels nach einem Taschentuch, fand aber keines. Ob dieser Kurt Bödeker, der Gewerkschafter, den Regine aufgetan hatte, ihr helfen könnte? Eher nicht. Eine Klage gegen die Reichspost, selbst wenn die Gewerkschaft sie finanziell unterstützte, würde ihr nicht helfen. Solange die Richter in diesem Land genauso alt und scheintot waren wie die Herren in der Leitung dieser Behörde, würde eine junge Frau vor Gericht keinen Sieg gegen die Reichspost davontragen. Es musste einen anderen Weg geben, um beruflich wieder Fuß zu fassen.

Gerade in dem Moment, in dem Evi sich energisch mit dem Ärmel ihres Kittels durch das Gesicht fuhr, betrat Gretchen den Waschraum. Sie wirkte besorgt, hastig eilte sie Evi entgegen.

»Hier bist du. Was ist denn los? Du hast vor einer halben Stunde deinen Platz verlassen, ich habe gedacht, dir sei etwas zugestoßen.«

»Ist es auch. Du wirst nicht erraten, was passiert ist.«

»Schlechte Nachrichten? Du bist ganz blass.«

Evi biss sich auf die Unterlippe. Jetzt, wo sie darüber sprechen musste, hatte sie Mühe, die Fassung zu wahren. Langsam klaubte sie ihre Kündigung aus der Tasche ihres Kittels, sie präsentierte Gretchen das Papier, die es überflog. Gleich darauf schnappte die Kollegin hörbar nach Luft.

»Das glaube ich nicht. Gekündigt? Und auch noch fristlos. Womit begründen die das? Hier steht ›innerbetriebliche Gründe‹. Was soll das sein?«

Evi zuckte mit den Schultern.

»Es hätte Unregelmäßigkeiten gegeben, heißt es.«

»Aha. Und was ist damit genau gemeint?«

»Ich denke, einer der Aufsicht führenden Beamten hat mitbekommen, dass ich ab und an die Telefongespräche meiner Teilnehmer mitgehört habe.«

»Na und? Da müssen sie uns alle rauswerfen, wenn das der Grund ist.«

»Vielleicht habe ich's in letzter Zeit ein bisschen übertrieben.«

Gretchen sah auf. Ihr Blick verhärtete sich. Misstrauen und Neugierde schienen sich auf einmal darin die Waage zu halten.

»Tatsächlich. Und warum hast du das getan? Gelauscht, meine ich? Geht es etwa immer noch um Siegfried dabei?«

»Anfangs war es seinetwegen. Und dann konnte ich nicht mehr aufhören damit. Ich hab mich selbst da reingeritten, ich wusste um die Gefahren.«

»Allerdings. Die können uns im Dienst abhören, und das tun sie auch. Sie sagen uns immer wieder, dass Kontrollen stattfinden.«

»Ja, ich weiß. Wahrscheinlich bin ich auf eine ihrer schwarzen Liste geraten und wurde dann häufiger überprüft. Hab schon gehört, dass es so läuft.«

»Möglich wäre es.«

»Eckstein könnte sich eingemischt haben. Er hat die Macht dazu, er ist unser Personalchef.«

»Weshalb sollte er dich jetzt noch schikanieren wollen? So ist er nicht, Evi.«

»Du kannst ihn ja danach fragen.«

Gretchens Stirn bewölkte sich. Wortlos reichte sie Evi das Kündigungsschreiben zurück.

»Kann ich machen.«

»Das war ein Scherz, Gretchen. Ich weiß, ihr redet nicht über Dienstliches.«

»Grundsätzlich nicht, aber …«

»Ach was, spar dir die Mühe. Es war für die da oben eine günstige Gelegenheit, um mich vor die Türe zu setzen. Vielleicht hat der Oberpostrat sie genutzt, vielleicht auch nicht. Es spielt keine Rolle mehr.«

»Ich glaube einfach nicht, dass er so bösartig ist.«

»Ich habe nicht gesagt, dass er bösartig ist. Ich …«

»Wenn er dich hätte kündigen wollen, hätte er es gleich nach eurer Trennung getan. Es ist vorbei, begreif das endlich. Du spielst für ihn keine Rolle mehr, das ist eine Tatsache.«

Evi lächelte schwach, doch ihre Zweifel waren mit diesem Wortwechsel nicht beseitigt. Aus Gretchens Sicht war es vielleicht sogar verständlich, dass sie ihren Siegfried gegen alle Vorwürfe verteidigte. Anderenfalls hätte sie den Gedanken zulassen müssen, dass ihr eines Tages nach dem Ende ihrer Affäre ebenfalls eine Kündigung drohen konnte. Evi musterte die Kollegin: Es war nicht zu übersehen, dass Gretchens Reaktionen sich veränderten. Immer öfter erklärte sie Ecksteins Angelegenheiten auch zu den ihren – so war es bei der Beerdigung von Lydia Eckstein gewesen, nun wiederholte es sich. Davon, den Oberpostrat um sein Geld zu erleichtern und ihn dann sitzen zu lassen, war mittlerweile jedenfalls nicht mehr die Rede.

Draußen auf dem Gang öffnete sich eine Tür, die gleich darauf heftig zugeschlagen wurde. Evi zuckte zusammen. Gretchen wandte sich ab.

»Hör zu, ich muss wieder rein. Lass den Kopf nicht hängen. Wir bleiben in Verbindung, ja? Wenn du in Not sein solltest, dann melde dich. Vielleicht kann ich helfen.«

»Das ist lieb von dir, aber du hast diese Misere nicht verursacht.«

»Und wenn schon. Wenn ich dich unterstützen kann, tue ich das.«

Evi nickte, doch ein leises Misstrauen meldete sich in ihr. Konnte sie Gretchen immer noch vertrauen? Ecksteins Verhalten war zu einer Quelle des ständigen Argwohns und wiederkehrender Streitereien zwischen ihnen geworden. Die Skepsis war da und ließ sich nicht verdrängen. Evis Beziehung zu dieser Kollegin war schwierig, dennoch lächelte sie, so gut es ging.

»Danke dir für das Angebot. Das ist sehr nett.«

»Warte, da fällt mir etwas ein. Eine Cousine von mir arbeitet in der Telefonzentrale des KaDeWe. Vielleicht kann sie wegen einer neuen Anstellung etwas für dich tun. Ich werde mit ihr reden, fragen kostet nichts.«

»Danke, aber warum tust du das? Demnächst sind wir noch nicht mal mehr Kolleginnen.«

»Du bist wie eine Schwester für mich, das weißt du doch. Zu Hause bin ich nur von Männern umgeben.« Gretchen kam zu Evi zurück, zaghaft legte sie ihr die Hände auf die Schultern. »Ich habe vier Brüder, da braucht man eine gute Freundin. Keine, die gleich kuscht, sondern jemanden, der eine eigene Meinung hat. Du bist so eine Person.«

»Findest du?«

»Ja, das finde ich. Du traust dich was, das gefällt mir. Du hast deinen eigenen Kopf. Ich möchte die Freundschaft mit dir nicht aufgeben.«

Evi neigte zustimmend den Kopf, war sich aber ihrer Gefühle nicht ganz sicher. Konnte Gretchen sich einer ehemaligen Konkurrentin ohne jeden Hintergedanken wirklich derart liebevoll zuwenden? Vielleicht gelang es ihr nur, weil Evis Absturz so vollkommen war. Was auch immer hinter Gretchens Fürsorge stecken mochte, Evi konnte es sich nicht leisten, irgendeine Form von Hilfe abzulehnen. Ihre Aussichten auf dem übervollen Arbeitsmarkt waren miserabel. Ohne jede Unterstützung sah ihre Zukunft düster aus.

Gretchen löste sich von ihr und ging zur Tür.

»Ich muss wieder rein, sonst kündigen sie mich auch noch. Wegen überlanger Toilettengänge.«

»Du hast recht. Das geht nicht. Die Reichspost ist immer pünktlich.«

Gretchen blinzelte ihr zu, dann verließ sie den Waschraum. Evi blieb allein zurück. Sie musste die neue Lage mit Gerald besprechen. Und mit Regine natürlich, auch wenn die derzeit tief in ihren Gewerkschaftskram verstrickt war. Ihrer Freundschaft tat der Streik der Kriegsaushilfen, der da kommen sollte, nicht gut. Regine hatte kaum Zeit, sie hetzte hierhin und dorthin, war immer unterwegs. Wenigstens konnte man ihr vertrauen, sie hatte Evi noch nie verraten, nicht an Eckstein und auch sonst an niemanden.

Bei Gretchen hingegen war sich Evi nicht ganz sicher.

Langsam ging sie daran, ihre Dienstkleidung abzulegen. Zum letzten Mal schlüpfte sie aus dem unkleidsamen Kittel der Telefonistinnen. Ihn loszuwerden war immerhin eine Erleichterung. Verärgert warf sie den blauen Lappen in ihren Spind. Was auch immer als Nächstes geschah, eine Pause durfte es in ihrem Leben nicht geben. Kein langes Luftholen, kein Innehalten, kein Nachdenken – das konnte sie sich nach ihrer Kündigung nicht leisten. Sie musste sich um einen neuen Arbeitsplatz kümmern. Mutters Auseinandersetzungen mit der Justiz musste sie gleichfalls vorantreiben, diese Schlacht war noch nicht vorbei.

Die Mutter eine Diebin, die Tochter eine, die anderer Leute Gespräche am Telefon belauschte. Wie gut das passte.

Evi biss sich auf die Unterlippe. Ein Berg von Aufgaben lag vor ihr, lauter anstrengende Unterredungen standen ihr bevor. Sie hatte geglaubt, mit Geralds Rückkehr aus dem Krieg würden die Dinge einfacher werden. Nun stellte sich heraus, wie töricht sie gewesen war. Ein paar ihrer Fehler aus jüngster Vergangenheit kamen ihr nun in die Quere, aber was half es denn? Sie würde versuchen, auch diese Schwierigkeiten zu beheben. Einen Schritt nach dem anderen musste sie tun, um aus dem tiefen Tal zu kommen, in das sie geraten war. Nicht stehen bleiben, nicht zurückschauen und mit dem Schicksal hadern, das brachte sie nicht voran. Kämpfen musste sie. Noch war sie nicht am Ende. Es würde weitergehen, irgendwie.

14. Kapitel

Heute Nachmittag wollte sie der Druckerei Perlemann einen
Besuch abstatten – Kurt arbeitete dort, doch ausgerechnet
heute zog sich Regines Zustelltour unerwartet in die Länge.
Zwei Empfänger von behördlichen Einschreiben waren nicht
zu Hause und mussten benachrichtigt werden. Die Inhabe-
rin des Zeitschriftenladens in der Rügener Straße beschwerte
sich über eine verspätete Zustellung. Und dann war da noch
der Briefschlitz des Hausbriefkastens in der Badstraße Nummer 33. Er hing derartig windschief in seiner Verankerung,
dass er sich nicht mehr richtig öffnen ließ. Der Briefkasten
dahinter quoll über von Papier, offenbar war er tagelang nicht
geleert worden – wohnte hier überhaupt noch jemand? Dieser Tag bescherte ihr eine unerfreulich aufwendige Runde, die
Lauferei nahm kein Ende – es war bereits früher Abend, als
Regine endlich den Hinterhof erreichte, auf dem die Druckerei Perlemann zu finden sein sollte.

Mit klopfendem Herzen schlich sie durch den dunklen
Torweg, hinter dem sich ein von hohen Gebäuden umstan-
dener Hof auftat. Sie fühlte sich nicht wohl in ihrer Haut –
sie war nicht angemeldet, was, wenn Kurt sie gar nicht hier
haben wollte? Falls er unter einem ungnädigen Chef oder unfreundlichen Vorarbeiter zu leiden hatte, war ihr Besuch keine

gute Idee. Sie wollte dem Mann, den sie liebte, keinen Ärger machen – sollte sie vielleicht besser wieder verschwinden?

Regine blieb stehen und sah sich um.

Der Hinterhof wirkte trist, nirgendwo fand sich auch nur eine Spur von Grün. Eine Einöde aus Stein umgab sie, es waren keine spielenden Kinder in Sicht, niemand hatte Wäsche aufgehängt. Der Einfahrt gegenüber lag ein flacher Anbau mit einem Schindeldach – das musste der Betrieb sein, in dem Kurt derzeit tätig war. Regine hielt darauf zu, doch auch dieses Gebäude wirkte verlassen. Offensichtlich war sie zu spät dran, in der Druckerei hatte man schon Feierabend gemacht. Ohne große Hoffnung darauf, hier noch jemanden anzutreffen, blieb Regine an einem der Fenster stehen. Sie schirmte die Augen mit der Hand ab, um einen Blick in das Innere des Gebäudes zu werfen. In dem Halbdunkel dort drinnen erkannte sie einen leeren Gang mit zahlreichen Türen, irgendwo dahinter musste sich die Maschinenhalle der Druckerei befinden. Nicht das leiseste Geräusch störte die Stille.

Resigniert ließ Regine vom Fenster ab. Anscheinend war sie vergeblich durch die halbe Stadt bis zum Rosenthaler Platz gelaufen. Es war zum Verzweifeln, aber sie hatte Kurt verpasst. Warum versuchte er nicht ausnahmsweise einmal, sie zu treffen? Er wusste doch, wo sie zu finden war. Stattdessen besorgte er Lotte Wellmann einen Rechtsanwalt. Und das, obwohl Lotte kurz vor ihrer Verhaftung nicht besonders freundlich von ihm gesprochen hatte. Regines Laune sank rapide. Sie wollte den Hinterhof gerade verlassen, als sich knarrend eine Tür hinter ihr öffnete.

»Oh, sieh mal einer an, das Fräulein von der Reichspost ist da. Was machst du denn hier?«

Das war Kurt, sie erkannte seine Stimme sofort. Er trug seine dunkelgrüne Joppe samt Schirmmütze, ein inzwischen vertrauter Anblick. Regine sah zu, wie er die Tür des Gebäudes hinter sich abschloss und den Schlüssel in der Tasche seiner Jacke verschwinden ließ. Einmal mehr setzte ihr Herz aus – ganz egal, wo er auftauchte, sie sehnte sich nach seiner Nähe.

»Ist was passiert bei euch? Tritt der Reichspostminister aus Angst vor euren wilden Streiks zurück?«

Kurt grinste, doch Regine erwiderte sein Lächeln nicht.

»Danke der Nachfrage, dem Reichpostminister geht's gut. Ich wollte dich sehen, ich hoffe, ich störe nicht. Der Kollege Stratmann hat mir verraten, dass du hier bist.«

»Sieh an, Gregor, diese Plaudertasche. Was ist, möchtest du eine Führung durch unsere Druckerei?«

»Nein, ich glaube nicht. Ich möchte etwas mit dir besprechen.«

»Nur zu.«

Regine senkte den Kopf. Plötzlich kam ihr überhaupt nicht mehr wichtig vor, was sie zu sagen hatte. In Wahrheit war es ihre dämliche Eifersucht, die sie hierhergetrieben hatte. Sie sah auf, Kurt wartete, also heraus damit. Alles andere wäre feige gewesen.

»Ich habe gehört, dass du Lotte einen Anwalt beschafft hast. Paula läuft rum und erzählt es den Kolleginnen.«

Kurt sah sie an, kaum merklich schüttelte er den Kopf.

»Nein, Kleines, das hab ich nicht getan, und das weißt du

auch. Ich habe mit dem Anwalt der Gewerkschaft über Lottes Fall gesprochen, darum hattest du mich gebeten. Mehr ist nicht passiert.«

»Dann hat Paula in dem Punkt wohl nicht die Wahrheit gesagt.«

»Nicht ganz jedenfalls. Vielleicht war sie der Meinung, Lotte würde einen Anwalt über unsere Gewerkschaft bekommen. Fräulein Wellmann hat nämlich einen Antrag auf Mitgliedschaft bei uns gestellt.«

»Was denn, jetzt, während sie im Gefängnis sitzt?«

»Ja, warum denn nicht? Das ist ihr gutes Recht. Sie hat vermutlich gehofft, dass wir ihr einen Rechtsbeistand bezahlen, aber der Rechtsschutz für unsere Mitglieder gilt nur, soweit es vor Gericht um arbeitsrechtliche Fragen geht.«

»Ach ... Weiß Lotte das schon?«

»Nein, noch nicht. Ich werde zu ihr gehen und es ihr erklären. Dein Einverständnis vorausgesetzt.«

»Mein Einverständnis? Zu viel der Ehre. Du machst dich lustig über mich.«

»Ja, Kleines, ganz recht. Gut erkannt.«

Kurt kam zu ihr und legte ihr einen Am um die Schulter. Sie konnte nicht zu ihm aufsehen, ohne rot zu werden, das fühlte sie. Es war so schön, bei ihm zu sein, aber sie war auch hier, um ein paar Dinge mit ihm zu klären. Wie konnte sie in Worte fassen, was sie bewegte? Sie hatte nicht vor, mit Blick auf seine Gewerkschaftsangelegenheiten halsstarrig und kleinkariert zu wirken, aber sie wollte wissen, was zwischen ihm und den Geschwistern Wellmann vor sich ging. Sie wagte es, den Kopf zu heben und in seinen Blick einzutauchen.

Kurt zuckte leicht mit den Schultern.

»Ich habe dir alles über meine Beziehungen zu den Schwestern Wellmann gesagt, Regine. Du weißt, dass Paula mir nichts mehr bedeutet.«

»Mag sein, aber sprich bitte nicht mit mir, als wäre ich ein dummes Ding ohne Verstand.«

»Das lag nicht in meiner Absicht, aber irgendetwas musste ich dir ja sagen. Ich spüre, dass du eifersüchtig bist. Glaub mir, es macht wenig Sinn, die Schwestern Wellmann zu beneiden.«

»Großartig, so, wie du es sagst, klingt es ganz einfach. Ich danke dir für diese Belehrungen.«

»Ich wollte dich nicht belehren. Ich habe versucht, dir etwas zu erklären, das ist ein Unterschied.«

»Für mich ist es nicht so einfach, mich stets genau richtig zu verhalten. Ich will dir nicht auf die Nerven gehen, aber ich kenne dich noch nicht besonders gut. Du hast nicht viel Zeit für mich. Wenn sich Fragen auftun und ich die Antworten nicht kenne, fange ich an, selbstständig nach Erklärungen zu suchen.«

»Und die Erklärungen findest du in aller Regel bei Paula und Lotte?«

Kurt schob die Hände in die Taschen seiner Joppe. Für ein paar Sekunden standen sie einander schweigend gegenüber. Regine wusste, er hatte recht. Es fehlte ihr an Vertrauen. Vielleicht unterstützte er die Schwestern Wellmann tatsächlich nur, weil er Gewerkschafter war. Er nahm sich der Anliegen der Menschen in seiner Umgebung an, das konnte sie ihm nicht verübeln. Kurt hatte sich auch für die drohenden

Entlassungen bei der Post interessiert, anderenfalls wären sie einander nie begegnet. Sollte sie ihm seine Selbstlosigkeit zum Vorwurf machen? Das wäre der falsche Weg gewesen. Sie musste lernen, mit seiner Einstellung zu leben, anderenfalls war sie nicht die richtige Frau für ihn.

Tapfer blickte sie ihm in die Augen.

»Entschuldige bitte, ich habe den falschen Ton gewählt. Es tut mir leid.«

»Du musst dich nicht entschuldigen. Wenn du Fragen hast, dann ist es richtig, sie mir zu stellen. Vielleicht stimmt es, dass ich Lotte gegenüber nachgiebiger bin und mich um ihr Schicksal sorge. Das liegt aber nicht daran, dass ich für sie oder Paula eine tiefe Zuneigung empfinde.«

»Sondern? Woran liegt es deiner Meinung nach?«

»Lotte hat mir trotz der Trennung von ihrer Schwester im Sommer 1914 einen Gefallen erwiesen. Ich schulde ihr etwas, das ist der Grund, warum ich mich ihr gegenüber erkenntlich zeigen möchte.«

»So? Das wundert mich. Ich hatte immer den Eindruck, dass sie nicht besonders gut auf dich zu sprechen ist.«

»Mag sein. Dennoch hat sie mir kurz nach Ausbruch des Krieges die Adresse ihres Cousins gegeben. Der Mann besitzt einen kleinen Bauernhof in Pommern, er suchte damals Erntehelfer. Ich wollte nicht zum Militär, hab's nicht eingesehen, mich für den Kaiser erschießen zu lassen. Also bin ich fast ein Jahr auf dem Hof von Lottes Cousin geblieben. Hab mit angepackt, wo immer es ging, und mir so mein tägliches Brot verdient.«

»Und dann?«

»Irgendwann fingen die Leute an, komische Fragen zu stellen. Der Gendarm interessierte sich für mich, auf einmal wollte er meine Papiere sehen. Ich fühlte mich im Dorf nicht mehr sicher, also habe ich mich im Juni 1915 mehr oder weniger freiwillig bei den Behörden gemeldet. Damals dachte ich, dass das Schlachten in Frankreich bald ein Ende haben würde.«

»Hatte es aber nicht.«

»Nein, hatte es nicht. Unsere Leute mussten noch drei weitere Jahre in den Schützengräben aushalten.«

Regine musterte Kurt eindringlich.

»Drei Jahre, über die du nicht gerne sprichst.«

»Ja, Regine, ganz genau. Ich gehöre nicht zu den Leuten, die unablässig vom Krieg erzählen. Dass es furchtbar war, hast du bestimmt schon von anderen Heimkehrern gehört. Der Dienst in der Infanterie war ein Freifahrschein in die Hölle. Mehr muss man darüber nicht wissen.«

»Aber du hast es überlebt. Und weißt du was? Ich danke dem Himmel dafür.«

»Schön, dass du das sagst.«

Kurt schwieg, sein Blick ging in die Ferne, er wirkte abwesend. Ganz sicher holten ihn jetzt seine Erinnerungen an Frankreich ein, in Gedanken kehrte er an die Front zurück – sie bedauerte ihre Fragerei, sie hatte ihn nicht an einen Ort schicken wollen, den er kurz zuvor als die Hölle bezeichnet hatte. Behutsam nahm sie seine Hand.

»Ich würde mich freuen, wenn du öfter mit mir über deine Erfahrungen und Erlebnisse sprichst. Ich weiß so gar nichts über dich. Wie bist du aufgewachsen, wie geht es deiner Familie? Wer sind deine Freunde hier in der Stadt, wie und wo lebst du? Ich kann dich nur kennenlernen, wenn ich deinen Alltag teilen darf. Ich fühle mich oft ausgeschlossen.«

»Das braucht doch etwas Zeit, schätze ich. Du hast es fürchterlich eilig mit allem, was uns beide angeht.«

»Und mir kommt es vor, als ob du es überhaupt nicht eilig hättest damit. Ich habe wenig Erfahrung, aber ich dachte immer, im ersten Überschwang einer großen Liebe würde man alles teilen wollen.«

»Vielleicht hat mich das Leben in der Hinsicht ein bisschen vorsichtiger gemacht.«

»Wegen Paula, meinst du?«

Kurt kam näher, er zog sie an sich.

»Nicht nur. Die Ehe meiner Eltern war nicht besonders glücklich, ihre Armut und ihr Kinderreichtum setzte ihnen zu. Es war nicht leicht, zu meiner Familie zu gehören.«

»Tut mir leid, das zu hören.«

Sie fühlte Kurts intensive Blicke auf sich gerichtet.

»Ist dir noch nie aufgefallen, dass die so genannten kleinen Leute oftmals sehr viel Kummer und Leid in ihrem Leben erfahren? Diese Menschen sind schlecht ausgebildet und verdienen wenig Geld. Sie haben oft große Familien, die sie nicht aus eigener Kraft ernähren können. Sie leben in dunklen Löchern und werden häufiger krank. Da greift eins ins andere.«

»Mag sein, aber was hat das mit uns beiden zu tun?«

»Sehr viel. Ich denke oft darüber nach, wie man die Lebensverhältnisse für die hart arbeitenden Menschen in diesem Land verbessern kann. Eine gute Ausbildung, ein solider Beruf, danach sollte man streben. Und außerdem ist es wichtig, einen Menschen an seiner Seite zu haben, der zu einem passt.«

»Das finde ich auch.«

»Das freut mich, denn unsere Verbindung ist stärker, wenn wir uns in wichtigen Punkten einig sind. Ob wir zueinanderpassen, erfahren wir nur, wenn wir uns gut kennenlernen. Ich möchte herausfinden, wer du bist. Und du solltest umgekehrt auch ein Interesse daran haben, genau zu erfahren, wer ich bin. Aus diesem Grund möchte ich nichts überstürzen.«

Regine wollte antworten, doch sie zögerte. Kurt wollte mit Bedacht vorgehen, aber war die Liebe nicht etwas, das ungestüm war und wild? Ein Feuer, das ständig genährt werden musste, damit es brannte? Andererseits stimmte sehr vieles von dem, was er sagte. Sich Hals über Kopf in ein Abenteuer zu stürzen, das sie beide in Not und Elend brachte, konnte nicht das Richtige sein. Früh gefreit hat oft gereut, sagte man das nicht im Scherz? Es war etwas Wahres daran, das musste sie zugeben.

»Es ist nicht Gott, der zusammenfügt, was zusammengehört, Regine. Wir Menschen treffen diese Entscheidung. Ein Mann und eine Frau entscheiden sich füreinander. Und das sollten sie in aller Ruhe und mit Umsicht tun.«

Regine nickte, für ein paar Sekunden schwirrte ihr der Kopf. So ernsthaft und eindringlich hatte Kurt noch nie mit ihr gesprochen. Es ehrte sie, dass er ihr seine Gedanken anvertraute, aber was genau bedeuteten seine Worte mit Blick auf ihre große Liebe? Kurt war ein paar Jahre älter als sie, aber er besaß klare Einstellungen, die er ihr zuliebe nicht aufgeben würde. Er würde nichts Übereiltes tun, das hatte er ihr deutlich zu verstehen gegeben. Eine Beziehung von jetzt auf gleich, das durfte sie mit ihm nicht erwarten. Sie würde Ausdauer beweisen müssen. Nur beharrliche Zuwendung würde ihn von der Ernsthaftigkeit ihrer Gefühle überzeugen. Leider war Geduld keine ihrer stärksten Tugenden. Dennoch wollte sie versuchen, ihm eine gute Gefährtin zu sein. Sie liebte diesen Mann. Kurt war attraktiv, sie fand ihn anziehend und klug. Ein Leben ohne Not und Armut, das wollte sie genauso sehr wie er. Wenn Kurt den Weg dorthin kannte, dann war schon das allein ein guter Grund, ihm treu zu bleiben.

Als Zeichen ihrer Zustimmung nahm sie erneut seine Hand.

»Ich verstehe. Und was soll werden, wenn du es nicht bis zum Gewerkschaftssekretär bringst? Wenn sie dich nicht haben wollen auf diesem Posten, willst du dann wieder als Drucker arbeiten?«

»Nein, das will ich mit Sicherheit nicht. Die Arbeit ist schmutzig und laut, sie macht krank. Mit den Druckern ist das genau wie mit den Bergleuten. Zu viel Staub in der Luft, zu viel Lärm, zu viel Hektik.«

»Gut, aber was schwebt dir vor, wenn du nicht Stratmanns Nachfolger wirst?«

»Das weiß ich noch nicht, aber ich denke, meine Aussichten sind nicht schlecht. Stratmann ist der derzeit amtierende Gewerkschaftssekretär und befürwortet meine Kandidatur. Ohne ihn zurate zu ziehen, wird man den Posten nicht vergeben.«

Kurt legte eine Hand unter ihr Kinn und zwang sie auf diese Weise, zu ihm aufzusehen.

»Ich glaube, es genügt für heute, oder? Du siehst müde aus. Ich bringe dich nach Hause.«

»Ich finde es gut, dass wir dieses Gespräch geführt haben.«

»Ich auch.«

»Darf ich mir noch etwas wünschen? Ich würde es schön finden, wenn du mich nicht immerzu Kleines nennst.«

»Aber du bist klein.«

»Nein, bin ich nicht. Du bist es, der ein paar Zentimeter zu groß geraten ist.«

Er lächelte in der für ihn typischen Weise, um seine Mundwinkel zuckte es kurz.

»Ich hoffe, daran wird unsere Liebe nicht scheitern.«

»Bestimmt nicht. Schon eher daran, dass ich deiner Gewerkschaft noch nicht beigetreten bin. Auf diesen Schritt wartest du, nicht wahr?«

»Wäre schön, wenn du dich dazu entschließen könntest. Es zeigt mir, dass du meinen Kampf unterstützt. Aber ich will dich nicht drängen. Das ist allein deine Sache.«

»Ich bin in Gedanken sowieso ständig bei dir und deinem Verein, ich werde es also nicht vergessen. Ich liebe dich nämlich, weißt du? Du bist der wichtigste Mensch in meinem Leben. Der einzige, dem ich angehören möchte.«

»Ich liebe dich auch, Regine. Sehr sogar.«

Kurt zog sie an sich, endlich fand sie sich in seinen Armen wieder. Sie blickte zu ihm auf, sie sah das Leuchten in seinen Augen, sie spürte seine Hände, die sanft über ihren Rücken glitten. Sie fand es liebenswert, dass er behutsam mit ihr umging. Immer war er mit seinen Zärtlichkeiten darum bemüht, sie seine Größe und Kraft vergessen zu machen. Er beugte sich zu ihr hinunter, sie küssten sich. Eine Woge aus Glück erfüllte sie.

Er würde sein Bekenntnis zu ihr niemals bedauern, das versprach sie ihm insgeheim. Er war der einzige Mann, den sie sich an ihrer Seite vorstellen konnte. Nicht einen Tag lang sollte er es bereuen, wenn er bei ihr blieb.

Sie hatte sich in die Höhle des Löwen begeben und war nicht darin zerfleischt worden. Bernardine versuchte, sich ihre Verwunderung darüber nicht anmerken zu lassen. Gerald sollte nicht erfahren, wie groß ihre Sorgen mit Blick auf diesen Termin gewesen waren. Ihre diesbezüglichen Gefühle spielten zum Glück keine Rolle mehr, denn es war nahezu vollbracht. Inzwischen war sie dankbar, dass ihr Sohn mit Nachdruck heute Morgen darauf bestanden hatte, sie nach Zehlendorf zu begleiten. Gemeinsam wollten sie »diese Sache« aus der Welt schaffen, hatte er gemeint – da hatte er allerdings vermutlich noch nicht geahnt, wie kalt und abweisend Madame Godefrey sein konnte. Die Frau zog erwartungsgemäß alle Register. Sie hatte ihre Gäste nur im Foyer ihrer Villa empfangen, nicht mal die Mäntel hatte man ihnen abgenommen. Wäre ihr Sohn nicht dabei gewesen, so wäre Bernardine wieder gegangen, doch das hatte sie Gerald nicht antun wollen. Während die Godefrey mit unbewegtem Gesicht unter dem gewaltigen Kronleuchter im Foyer stand und reglos zuhörte, schilderte Gerald ihr die Ereignisse im Gemeindehaus im Detail. Der Irrtum den Mantel betreffend, die verschlossene Tür des Gemeindehauses bei der Rückkehr dorthin – keine der Einzelheiten schien die gnädige Frau zu beeindrucken. Ganz sicher hätte Bernardine irgendwann die Geduld mit dieser eingebildeten Person verloren, doch ihr Sohn tat das nicht. Mit einem höflichen Lächeln machte er der Godefrey Komplimente, so lange, bis sich endlich die Andeutung eines Lächelns auf ihrem Gesicht zeigte. Bernardine sah es mit einer gewissen Missbilligung, verstand aber, dass die Frau sich geschmeichelt fühlte. Gerald war eine noble Erscheinung. Allein der Hut, den er trug, zeigte seinen auserlesenen Geschmack. Einen Borsalino mit breiter Krempe hatte er gewählt, eine Kopfbedeckung aus edelstem Filz, die er in Händen hielt, während er mit der Godefrey sprach. Bernardine empfand tiefen Stolz auf ihren Sohn, der so erwachsen geworden war. Er verhielt sich inmitten der sie beide umgebenden Pracht, als würde er jeden Tag in Kreisen wie diesen verkehren. Es war beeindruckend, was der Junge aus sich gemacht hatte, dem Krieg zum Trotz.

»Und darum, Madame, möchte ich Sie bitten, die Entschuldigung meiner Mutter anzunehmen. Ich versichere Ihnen, ein Vorfall wie dieser wird sich nicht wiederholen. Was meine Mutter tat, war unüberlegt, aber sie tat es in guter Absicht.«

Gerald hatte seine kleine Rede beendet, ein paar Sekunden blieb es still. Bernardine hatte nicht vor, den Worten ihres Sohnes etwas hinzuzufügen, es lohnte sich nicht. Madame Godefrey beachtete sie ohnehin nicht mehr. Gerald war es, dem sie sich voll und ganz widmete, er hinterließ sichtlich Eindruck. Madame hob die Hände, die selbst aus der Entfernung ungeheuer makellos und gepflegt wirkten. Diese Frau hatte mit Sicherheit niemals in ihrem Leben hart arbeiten müssen.

»Gut, Monsieur Dennewitz, ich verstehe Ihr Vorbringen als Entschuldigung, nicht wahr? Sollte dem so sein, dann wollen wir die Angelegenheit als erledigt betrachten.«

Gerald nickte unmerklich. Der nur angedeuteten Geste schickte er ein charmantes Lächeln hinterher.

»Ich danke Ihnen, Madame. Ich hoffe sehr, dass Sie sich auch dazu entschließen können, die Strafanzeige in dieser Sache zurückzuziehen.«

»Die Strafanzeige, natürlich. Ich werde darüber nachdenken.«

Madame reckte ihren ehedem schönen, schlanken Hals, der mittlerweile von kleinen Fältchen gezeichnet war. Sie wandte sich Bernardine zu, doch jetzt fand sich in ihrem Blick weder Milde noch Vergebung.

»Sie hätten es uns allen leichter gemacht, Madame Dennewitz, wenn Sie sich früher erklärt hätten. Ihr Zögern hat uns überflüssigerweise Schwierigkeiten bereitet.«

Bernardine war nahe daran, etwas zu erwidern – was sollte das jetzt? Konnte diese Frau sich gar nicht in andere Menschen hineinversetzen? Bernardine hatte mit sich zu kämpfen gehabt, schließlich war sie unschuldig. Allein mit ihrer Anwesenheit hier nahm sie bereits eine unverdiente Buße auf sich. Was hätte es denn geholfen, wenn sie einen Tag früher in Zehlendorf aufgetaucht wäre? Gerald schien Bernardines Empörung zu spüren, er griff sanft nach ihrem Arm. Er hatte recht, es war nicht ratsam, sich auf ein Streitgespräch einzulassen. Gerald trat noch einmal vor, er lächelte mit aller Kraft.

»Ich danke Ihnen, dass Sie uns Ihre Zeit geopfert haben, Madame. Ich bin sicher, Sie werden eine angemessene Entscheidung treffen.«

Gerald deutete eine leichte Verbeugung an, gleich darauf waren sie entlassen. Madame schickte nach einem Diener, der sie zur Tür brachte, schon knirschte draußen der Kies unter ihren Schritten. Gerald wirkte ruhig und gefasst, er war zufrieden, das spürte sie.

»Ich glaube, wir dürfen hoffen, dass diese Sache damit ein Ende hat, Mutter. Es ist nicht zu erwarten, dass Madame ihre Anzeige aufrechterhalten wird.«

»Wozu auch? Es ist schließlich kein Schaden entstanden. Sie müsste sehr engstirnig sein, wenn sie auf einer weiteren Verfolgung der Angelegenheit besteht.«

Mit einer geübten Bewegung rückte Gerald seinen Hut zurecht.

»Zumindest, was den Mantel angeht, dürftest du aus deiner Zwangslage befreit sein.«

»Meine Zwangslage habe ich nicht selbst gewählt, mein Junge. Ich habe das nicht mutwillig getan.«

»Ich weiß, Mutter.«

Gerald blieb stehen, er holte schwarze Lederhandschuhe aus der Tasche seines Mantels und streifte sie über. Bernardine sah es mit Erstaunen: Diese Handschuhe mussten teuer gewesen sein, sie waren aus feinstem Kalbsleder. Wie konnte ihr Sohn sich nur diese wunderschönen und kostspieligen Dinge leisten? Sie hatte an vielen Tagen noch nicht einmal genug Geld im Portemonnaie, um anständiges Gemüse für eine Suppe zu kaufen. Bernardine wagte es nicht, ihren

Sohn danach zu fragen. Stattdessen drückte sie sachte seinen Arm.

»Ich danke dir, dass du mitgekommen bist. Eigentlich wäre es die Sache deines Vaters gewesen, mich zu begleiten. Aber du weißt ja, wie er ist.«

»Ja, ich weiß, wie ihr beide seid. Und genau darüber möchte ich mit dir sprechen.«

Bernardine stockte für ein paar Sekunden der Atem, sie spürte, dass sie nervös wurde. Die Aussicht darauf, mit ihrem Sohn über den Zustand ihrer Ehe sprechen zu müssen, gefiel ihr nicht. Sie wusste, dass ihre Kinder erwachsen und in der Lage waren, sich auch mit schwierigen Themen auseinanderzusetzen, aber was zwischen ihr und ihrem Ehemann im Argen lag, ging nur sie und Ernst-Ludwig etwas an. Sie konnte sich schwer vorstellen, dass eines ihrer Kinder ihr bei der Lösung ihrer Eheprobleme weiterhelfen würde. Sowohl Gerald als auch Evi waren jung und optimistisch. Ganz sicher glaubten sie noch an die heilende Macht der Liebe, nur wirkte die in ihrem Fall schon lange nicht mehr.

Gerald musterte sie intensiv.

»Dein Leben muss sich verändern, Mutter, ich denke, das weißt du. Von Vater ist nicht viel zu erwarten. Wenn du dir nicht selbst ein Einkommen verschaffst, wirst du eines Tages tatsächlich hungern und frieren.«

»Sprich nicht so über deinen Vater, hörst du? Dein musikalisches Talent verdankst du ihm.«

»Das bestreite ich nicht, aber wir wissen beide, dass Vater daraus nichts gemacht hat. Du warst es, die ihm das immer wieder vorgehalten hat.«

»Nun ja. Vielleicht könnte er sich einfach mehr anstrengen? Jetzt, nach dem Krieg, wird es neue Gelegenheiten geben …«

»Das steht nicht zu erwarten, Mutter, und das weißt du. Vater hat dich verlassen, es gibt keinen Grund, große Hoffnungen auf ihn zu setzen. Evi wird eines Tages eine Familie gründen, spätestens dann kann auch sie dich nicht mehr unterstützen. Und ich werde auf Dauer ebenso wenig alle deine Rechnungen zahlen können.«

»Und wenn schon, mein Junge. Wir sind im Krieg auch ohne dich zurechtgekommen. Es war schwer, und wir haben dich vermisst, aber …«

»Was das Geld betrifft, war es Evi, die zurechtgekommen ist, Mutter. Ihr habt von ihrem Gehalt gelebt. Du kannst ihr nicht für den Rest ihres Lebens die Last aufbürden, dich zu versorgen. Das ist zu viel verlangt. Es geht ihr nicht gut damit, es überfordert sie. Merkst du nicht, wie es um sie steht?«

»Du meinst, es überfordert deine Schwester, für ihre Mutter zu sorgen? Ich habe mein ganzes Leben lang für euch gesorgt, weißt du? Soll ich aufhören zu essen oder mich zu kleiden? Ich bin sehr sparsam mit allem …«

»Sei nicht albern, darum geht es nicht. Natürlich weiß ich, dass du dich um uns gekümmert hast, als wir Kinder waren, aber Evi verdient jeden Pfennig, den du ausgibst, in anstrengenden Tag- und Nachtschichten. Wie lange soll sie das durchhalten? Bis du stirbst? Bis sie zusammenbricht unter der Last? Was stellst du dir vor?«

»Also bitte, wenn deine Mutter nur eine Last ist, mit der

ihr euch quält – das ist wenig schmeichelhaft, aber was soll ich dazu sagen? Ich habe nichts, womit ich Geld verdienen könnte. Zu meiner Zeit war es nicht üblich, junge Frauen in Fabriken zu schicken oder sie in Postämtern zu beschäftigen ...«

»Nein, aber noch ist es nicht zu spät, um etwas an den Verhältnissen zu ändern.«

Bernardine schnappte nach Luft. So gerne sie ihren Sohn auch hatte, mit diesem Vorschlag ging er zu weit. Sie war seine Mutter, sie war Ehefrau und Hausfrau. Stets hatte sie sich bemüht, alle in sie gesetzten Erwartungen zu erfüllen, und doch war es nicht genug? Die Geringschätzung, die aus den Worten ihres Sohnes sprach, kränkte Bernardine sehr. Mitten auf dem Bürgersteig blieb sie stehen.

»Mein lieber Junge, ich bin mir der Tatsache bewusst, dass es für Evi schwer war in den letzten Jahren. Aber denkst du ernsthaft, ich hätte nichts geleistet in der Zeit? Ich war unermüdlich auf den Beinen, ich habe mich nicht auf dem Sofa ausgeruht.«

»Das behaupte ich auch nicht.«

»Ich habe getan, was mir möglich war. Ich bin nun mal nur Hausfrau, aber ich tue mein Möglichstes. In meinem Elternhaus ging man davon aus, dass ein Mann, der sich eine Frau wählt, sie auch ernähren kann. Auf das Leben einer Ehefrau wurde ich zu meiner Zeit vorbereitet, mehr nicht.«

»Ja, ich weiß. Und man ging damals auch davon aus, dass eine Ehe nicht scheitert und dass es keinen Krieg mehr geben würde. Aber die Zeiten ändern sich, Mutter.«

»Und das ist meine Schuld?«

»Nein. Aber ich möchte, dass du darüber nachdenkst, was du tun kannst, um deine Lage zu verbessern. Wovon willst du in Zukunft leben?«

Bernardines Hand wanderte zum Kragen ihres Mantels, angespannt, wie sie inzwischen war, fing sie an, an den Knöpfen herumzunesteln. Was sollte sie auf die Frage antworten? Ihre Aussichten waren schon seit Langem bescheiden. Vorerst hatte sie sich darauf konzentriert, sich nach dem Ende des Krieges und einer Wiedervereinigung der Familie zu sehnen. Ihr ganzes Herz hatte sie daran gehängt, doch in den Augen ihres Sohnes genügte das nicht. Gerald wirkte kühler und entschlossener denn je. Was genau erwartete er von ihr? Welches Wunder sollte sie vollbringen, um auf einmal aller Sorgen ledig zu sein? Einer Frau mit ihrer Herkunft und ihrem Hintergrund, noch dazu in ihrem Alter, standen längst nicht mehr alle Wege offen, das musste ihm einleuchten. Bevor sie jedoch ihren Zweifeln Ausdruck verleihen konnte, begann Gerald erneut zu sprechen.

»Du musst versuchen, dein eigenes Geld zu verdienen, Mutter. Du könntest dich einer älteren Dame als Gesellschafterin zur Verfügung stellen. Oder du unterrichtest Französisch, die Sprache ist immer noch gefragt. Du könntest zum Beispiel französischsprachige Korrespondenzen übernehmen.«

Bernardine öffnete den Mund, aber sie war nicht in der Lage, sofort etwas zu erwidern. Ihr Sohn stellte sich seine eigene Mutter als Dienstbotin fremder Leute vor? Das war neu – und es kränkte sie. Die Erniedrigung, die damit verbunden war, bohrte sich wie ein Stachel in ihr Fleisch. Gerald bemerkte es nicht, er sprach einfach weiter.

»Entweder du verdienst dir etwas Geld dazu, oder du versöhnst dich mit Vater. Mehr Möglichkeiten sehe ich nicht.«

»So? Ich dachte, du ziehst zunächst einmal wieder bei uns ein, damit wir eine richtige Familie sein können. Dein Zimmer ist frei ...«

»Ich habe inzwischen eine eigene Wohnung, Mutter.«

»Eine eigene Wohnung ...«

»So ist es. Es gefällt mir dort sehr gut. Ich komme nicht in die Ruppiner Straße zurück. Auch Evi wird nicht auf Dauer bei dir wohnen. Wir sind erwachsen.«

»Ja, sicher, aber für den Übergang, ich dachte ...«

»Es geht in diesem Gespräch allein um dich. Wenn du im Alter nicht in sehr ärmlichen Verhältnissen leben willst, musst du etwas unternehmen.«

»Ich glaube, da überschätzt du meine Möglichkeiten.«

»Fleiß und Bescheidenheit, Arbeit als Lebenszweck, das ist es doch, was dein Glaube predigt? Nur, wer sich nützlich macht, kommt in den Himmel.«

»Dein Ton gefällt mir nicht, mein Junge. Hör auf, mich andauernd zu maßregeln. Es kleidet dich nicht, so überheblich zu sein.«

»Es sollte nicht überheblich klingen, es tut mir leid, wenn du es so empfindest.«

Bernardine schwieg, doch die Worte ihres Sohnes lasteten schwer auf ihr, er tadelte sie in einem fort. Nichts von dem, was sie im Leben vollbracht hatte, ließ er gelten. Ihr zitterten die Hände, sie konnte kaum noch verbergen, wie sehr seine Worte sie verletzten. Es tat weh, so wenig Dankbarkeit und Verständnis zu ernten. Sie hielt einen Moment inne, um sich zu sammeln, erst dann sah sie ihrem Sohn wieder ins Gesicht.

»Und du? Was ist mit dir? Du wirst doch wieder als Musiker arbeiten, oder? Du hast ein ausgezeichnetes Konservatorium besucht. Es hat uns unsere gesamten Ersparnisse gekostet, dir diesen Abschluss zu ermöglichen.«

»Ich will nicht ausschließen, dass ich wieder musiziere, aber sicher ist es nicht. Mach dir keine Sorgen, was das anbelangt. Ich bin nicht untätig.«

»Im Gegensatz zu mir, meinst du.«

»Du wirst dir etwas überlegen müssen, Mutter. Dieses Land wird noch lange mit den Folgen des Krieges zu kämpfen haben.«

»Ich sehe das nicht so schwarz. Unser Heimatland wird sich erholen. Deutschland ist eine tätige Nation mit vielen klugen Köpfen.«

»Deutschland hat Kriegsschulden in unermesslicher Höhe. Die Alliierten werden darauf bestehen, dass wir sie bis auf den letzten Pfennig begleichen. Ab sofort ist jeder seines eigenen Glückes Schmied, ob er will oder nicht.«

Erneut nahm Gerald ihren Arm, er ging mit ihr die Straße hinab. Bernardine folgte ihm, aber sie blieb still, ihr schwirrte der Kopf. Wie konnte Gerald nur so erbarmungslos sein? Alles, woran sie geglaubt hatte, schien sich in grauem Nebel aufzulösen. Sie fühlte sich hilflos und verloren. Jede Gewissheit, jede Sicherheit und jede Zuversicht wichen aus ihrem Herzen. Ihr war, als hätte irgendjemand eine glühend heiße Nadel in einen Ballon hineingestoßen, aus dem nun die Luft entwich.

Sie würde Zeit brauchen, um dieses Gespräch zu verkraften, doch die Zeit allein würde ihr nicht helfen. Im Grunde kündigte ihr Sohn ihr seine unbedingte Gefolgschaft auf, das hatte er noch niemals getan. Wozu hatten sie ihre Familie gegründet, wenn sie von nun an ganz allein zurechtkommen sollte? Sie konnte sich ein Leben dieser Art nicht vorstellen – jeden Tag zu einer Arbeitsstelle zu gehen, die ihrem Stand und ihrer Erziehung nicht entsprach und sich dort Leuten unterzuordnen, die vielleicht gering von ihr dachten und sie auch so behandelten. Wie sollte sie eine solche Veränderung einfach hinnehmen? Sie fühlte sich unverstanden und isoliert in ihrer eigenen Familie. Wäre ihr Vater noch am Leben gewesen, er hätte die Vorschläge seines Enkels nicht gutgeheißen. Leider lebte Geralds Großvater nicht mehr, um ihm den Kopf zurechtzusetzen. Und ihr eigener Ehemann, Ernst-Ludwig Dennewitz, scherte sich einen Teufel um ihr Wohlergehen.

Bernardine schlug den Blick nieder. Wie konnte dieses Zusammentreffen, dem sie mit Hoffnung entgegengesehen hatte, nur so traurig enden?

Die Zustellrunde am nächsten Tag sollte die Entscheidung bringen. Ein allerletzter Anlauf, und dann musste die Geschichte mit Smolka ein Ende haben.

Regine hielt den kleinen Packen Briefe fest umklammert, den sie heute in der Bäckerei abzuliefern hatte. Sie rückte den Schultergurt ihrer Tasche zurecht, dann klopfte sie an der Hintertür der Backstube und trat ein. Früher war sie gerne hier gewesen, ganz arglos hatte sie in der Nähe des Ofens Platz genommen und sich einen heißen Tee oder ein ofenwarmes Brötchen servieren lassen. Die kleinen Unterhaltungen mit dem Meister hatte sie nicht als ernsthafte Annäherung seinerseits begriffen. Um das Wetter war es bei ihren Gesprächen gegangen, um den Alltag im Brunnenviertel und den Mangel an lebenswichtigen Waren aller Arten. Doch Smolka hatte ihr belangloses Geplauder offenbar genügt, um falsche Schlüsse daraus zu ziehen. Heute würde sie ihm ihre Wahrheiten präsentieren müssen.

Drinnen in der Backstube umfing Regine der Duft nach warmer Milch und Hefe. Sie sah sich um, aber es schien niemand in der Nähe zu sein. Ein vergoldeter Käfig an der Wand neben dem Fenster fiel ihr auf, den hatte es früher nicht gegeben. Hinter den Gitterstäben hockte ein kleiner gelber Vogel und schaute sie mit schief gelegtem Köpfchen an. Niedlich war der, seine glänzenden Knopfaugen schimmerten kohlrabenschwarz. Und wie der neugierig guckte – Regine war sofort angetan, auch wenn sie wusste, dass Tiere in der Backstube nach irgendeiner preußischen Vorschrift sicherlich verboten waren. Den Blick auf den Vogel gerichtet, breitete sie die Post für Smolka auf dem runden Tisch aus, an dem er seine Pausen zu verbringen pflegte. Als sie an den Käfig herantrat, flatterte der kleine Kerl hinter Gittern aufgeregt. Er hatte offenbar Angst vor ihr. Vielleicht betrachtete der Vogel die Gitter seiner Behausung nicht als Schutz? Die Welt war randvoll mit Lebewesen, die größer und stärker waren als ein kleiner Vogel.

»Gefällt er Ihnen, Fräulein Regine? Eine Kundin hat ihn

bei mir gelassen. Im Gegenzug für ihre Schulden, die sie nicht begleichen konnte.«

Smolka war da, er stand dicht hinter ihr. Er berührte sie nicht, doch sie konnte seine Nähe spüren. Regine fühlte die Wärme, die er verbreitete, doch in ihr regte sich nichts. Wäre es Kurt gewesen, so hätte der Überschwang ihrer Gefühle keine Grenzen gekannt. Doch so blieb es still, sie war in der Lage, ein freundliches, aber nicht überschwängliches Lächeln aufzusetzen, als sie sich zu Adam Smolka umdrehte.

»Erstaunlich, dass der Vogel durch den Krieg gekommen ist. Vogelfutter war in den letzten Jahren bestimmt schwer zu organisieren.«

»Bestimmt, aber der Vogel hat überlebt und wird in meiner Bäckerei nicht verhungern. Als der Kleine zu mir kam, sah er aus wie ein gerupftes Hühnchen, aber sehen Sie ihn sich jetzt an. Hat er sich nicht gut erholt?«

»Er ist sehr hübsch.«

»Ein Kanarienmännchen. Wenn er guter Laune ist, unterhält er die ganze Backstube mit seinem Gesang.«

Smolka entfernte sich, er ging zum Tisch und nahm seine Post an sich.

»Vielleicht haben Sie Spaß daran, den kleinen Kerl mit nach Hause zu nehmen, Fräulein Regine. Sie mögen Vögel doch, nicht wahr?«

Regine sparte sich die Antwort. Dass sie Tiere gerne hatte, war kein Geheimnis. Jeder, der sie ein bisschen besser kannte, wusste das. Langsam nahm sie ihre Dienstmütze vom Kopf, strich ihre Haare glatt und wusste im gleichen Moment, dass das hier ein hartes Stück Arbeit werden würde.

»Ich bin hier, um etwas anderes mit Ihnen zu besprechen, Herr Smolka.«

»So? Wenn es um das Futter geht, das bekommen Sie selbstverständlich von mir. In der Backstube kann der Vogel leider nicht bleiben. Tiere am Arbeitsplatz, das gibt Scherereien mit den Behörden.«

Der Bäckermeister wandte sich dem Herd an der Wand zu, auf dem stets eine kleine Kanne mit Getreidekaffee vor sich hin köchelte.

»Überlegen Sie es sich, Fräulein Regine. Bei Ihnen wäre Hänschen in guten Händen, da bin ich mir sicher.«

»Ich kann das Geschenk nicht annehmen, Herr Smolka.«

»Meinen Sie nicht, es ist an der Zeit, dass Sie mich Adam nennen?«

»Vor allem ist es an der Zeit, dass wir offen miteinander sprechen. Ich hoffe, ich treffe den richtigen Ton.«

Jetzt drehte Smolka sich um, endlich schien er den ernsten Unterton in ihrer Stimme als Warnung zu begreifen. Seine Augen jedenfalls wirkten unnatürlich groß, was seinem runden Gesicht einen zutiefst erstaunten Ausdruck verlieh.

»Tun Sie nichts Unüberlegtes, liebes Fräulein.«

»Nein, keine Sorge, meine kleine Ansprache ist wohlüberlegt. Es geht darum, Ihnen reinen Wein einzuschenken, Herr Smolka. Ich habe eine Bekanntschaft mit einem Mann gemacht, der im Alter zu mir passt und den ich in kurzer Zeit sehr lieb gewonnen habe. Ich setze große Hoffnungen auf unsere Verbindung.«

»So, tun Sie das. Und das gilt umgekehrt genauso?«

»Ja.«

Regine hielt den Atem an, jetzt stieg ihre Aufregung doch ein wenig. Sie hatte sich Kurt genähert, sie war sich ihrer Empfindungen für ihn sicher, aber ob aus ihnen auf Dauer ein Paar werden würde, war noch längst nicht absehbar.

Mit einem leisen Ächzen ließ sich Smolka auf einen der Stühle am Tisch sinken. Er wirkte nicht besonders überrascht – vielleicht war er aber auch nur geschickt darin, seine Gefühle zu verbergen. Schweigend sah Regine zu, wie er die kleine weiße Kappe vom Kopf nahm, die er in der Backstube zu tragen pflegte. Ein Schopf dunkler und nur an den Schläfen grau melierter Haare wurde darunter sichtbar.

»Wissen Ihre Eltern davon?«

»Noch nicht. Aber das wird sich ändern.«

»Und was macht er beruflich, der junge Mann?«

»Er ist Buchdrucker, aber was spielt das für eine Rolle?«

»Das spielt eine große Rolle, glauben Sie mir. Der junge Mann muss Sie ernähren können, das ist heutzutage nicht so einfach.« Smolka nahm sie ins Visier, er musterte sie ausführlich, aber er wirkte weder verblüfft noch schien er erzürnt zu sein. »Glauben Sie mir, ich verstehe Sie durchaus. Ich bin um einiges älter als Sie, das dürfte Sie stören.«

»Es ist nicht nur das Alter, das uns trennt, Herr Smolka. Wir haben auch sonst wenig gemeinsam.«

»Im Alltag haben wir einander bisher recht gut verstanden. Möchten Sie mir nicht die Gelegenheit geben, Ihnen zu zeigen, wer ich wirklich bin?«

Regine war entschlossen, die Frage nicht zu beantworten. Sie wollte diese Geschichte hinter sich bringen. Was sie nicht wollte, war, über Smolkas Charakter zu debattieren.

»Ich hätte alles unternommen, um Ihnen ein sorgenfreies Leben zu schenken, Fräulein Lorenz. Aber vielleicht ist es nicht das, wonach Sie suchen.«

»Nein, das ist es nicht. Jedenfalls nicht in erster Linie.«

»Ich war mir zwar mit Ihrem Herrn Vater darüber einig, dass der Schutz, den unsere Ehe für Sie bedeutet hätte, Ihnen zum Vorteil gereicht hätte. Als Ehefrau eines gut gestellten Handwerkers wären Ihnen Hunger und Armut erspart geblieben.«

»In dem Punkt widerspreche ich Ihnen nicht. Aber der Mensch lebt nicht vom Brot allein, nicht wahr?«

»Ohne Brot geht es auch nicht.«

»Glauben Sie mir, es wäre nicht gut, wenn Sie mich zu einer Heirat nötigen. Eine glückliche Ehe kann daraus nicht werden. Beide Seiten sollten die Verbindung wünschen, finde ich.«

»Darin sind wir uns einig. Nur ist es kurzsichtig, dass Sie mein Angebot nicht einmal prüfen wollen. Sie sind mir lieb und teuer geworden, Fräulein Lorenz, ich weiß Ihre Vorzüge zu schätzen. Vergessen Sie das nicht.«

»Das ehrt mich, nur ändert es nichts an meinen Gefühlen.«

»Bedenken Sie, was Ihre Ehe mit einem jungen Mann zur Folge haben wird. Sie gehen damit denselben Weg, den schon viele blühende Mädchen gegangen sind. Innerhalb weniger Jahre haben Sie eine Schar von Kindern am Rockzipfel hängen, sind nur noch müde, hungrig und ausgelaugt. Ein Kind nach dem anderen muss versorgt werden, das Einkommen reicht nicht, der Hunger kehrt ein.«

»Sie scheinen mir ein Prophet zu sein, Herr Smolka.«

»Nein, gewiss nicht. Ich bin nur ein Mann mit Lebenserfahrung, das genügt.« Der Bäckermeister maß Regine erneut mit einem langen Blick. »Glauben Sie mir, ich kenne viele solcher Geschichten. Meist ist die Frau diejenige, die die Zeche zahlt, wenn etwas falsch läuft in der Ehe. Das ist der Preis der anfänglich großen Liebe.«

»Sie haben recht, häufig sind es die Frauen, die den Preis bezahlen. Aber es gibt auch andere Beispiele dafür, wie glückliche Paare ihr Zusammensein meistern.«

»Ich will Ihnen Ihre Träume nicht schlechtreden, liebes Fräulein, missverstehen Sie mich nicht. Ich möchte nur, dass Sie die unterschiedlichen Wege sehen, die Ihnen offenstehen.« Smolka ließ sie nicht aus den Augen, er musterte sie intensiv. »Die Ehe, die ein Mädchen eingeht, beeinflusst ihren ganzen weiteren Lebensweg. Diese Entscheidung kann Ihr Schicksal besiegeln. Ist Ihnen das klar?«

»Das ist mir bewusst. Aber wer garantiert mir, dass ich mich nicht auch als Ihre Frau um eine Schar von Kindern kümmern müsste? Brauchen Sie keinen Erben für Ihre Bäckerei, Herr Smolka?«

»Bäckereien gibt es genug auf der Welt. Für einen Erben würde ich Ihre Gesundheit nicht riskieren, liebes Fräulein. Ein gemeinsames Kind wäre schön, doch wenn es das Schicksal nicht will ... Es gibt Mittel und Wege.«

Regine spürte, wie sie errötete, doch Smolka schien es nicht wahrzunehmen. Er gestikulierte, während er weitersprach.

»Was ich Ihnen biete, ist eine andere Sorte von Leben, liebes Fräulein. Bei mir haben Sie ein warmes Zuhause mit allen Annehmlichkeiten, die eine junge Frau sich nur wünschen kann. Sie würden bei mir in Haushalt und Laden mitarbeiten, so viel Sie mögen. Für alles, was darüber hinausgeht, sind unsere Angestellten zuständig. Sie schenken mir die Freude Ihrer Gesellschaft, dafür beschenke ich Sie mit Sicherheit und Wohlstand. Treue, Rücksichtnahme und Wärme sind viel wert im Leben.«

»Ich habe keinen Zweifel daran, dass Sie mir ein gutes Dasein bieten würden. Doch ich werde nur einen Mann heiraten, den ich von ganzem Herzen liebe.«

»Sie sind jung und romantisch veranlagt, das verstehe ich. Aber eine erste Verliebtheit schwindet oft schnell, wenn sie auf die Härten des Alltags trifft. Überlegen Sie es sich gut. Ich nehme es Ihnen nicht übel, wenn Sie Bedenkzeit brauchen.«

»Die brauche ich nicht, bitte glauben Sie mir. Freiwillig werde ich nicht Ihre Frau, das steht fest. Wie sagten Sie eben so schön? Ich bin jung und romantisch. Die Liebe wird siegen.«

Regine machte kehrt, sie setzte ihre Dienstmütze auf und verließ eilig die Backstube. Nicht einmal dem Vogel an der Wand gönnte sie einen letzten Blick, dabei hätte sie diesen hübschen kleinen Sänger gerne mit nach Hause genommen. Sie verzichtete auf das Tier und auf alle anderen Wohltaten, die ein Leben an der Seite von Adam Smolka bedeutet hätte. Sie tat es in voller Absicht und ganz bewusst, fest entschlossen, diese Entscheidung niemals zu bedauern. Und nun? Fühlte sie sich jetzt frei zu tun, wonach es sie verlangte? Regine hatte sich die Aussprache mit Smolka als großen Befreiungsschlag vorgestellt, aber so fühlte es sich nicht an. Eine gewisse Beklemmung blieb bei ihr zurück. Kurt besaß ein einnehmendes und anziehendes Wesen, er war von beeindruckender Gestalt. Sein Lächeln war ein Geschenk, er konnte reden, er besaß Überzeugungen, für die er sich einsetzte. Aber Ersparnisse hatte er nun mal nicht. Wenn sie ihre Anstellung bei der Reichspost verlor, besaß sie kein Einkommen mehr. Und falls Kurt nicht auf den Posten bei seiner Gewerkschaft berufen wurde, den er anstrebte, woher sollten dann die Mittel kommen, die sie für einen gemeinsamen Hausstand brauchten?

Der Gelegenheitslohn eines Aushilfsbuchdruckers, der arbeitete, wenn seine Gewerkschaft ihm die Zeit dafür ließ, reichte mit Sicherheit nicht aus, um eine Familie zu ernähren. Sie würde sich nach einem neuen Erwerb umtun, aber es war fraglich, ob sie Arbeit finden würde. Frauen wurden derzeit kaum eingestellt, es gab genügend arbeitslose Männer. Fast jeder zweite Mann in dieser Stadt suchte eine Anstellung.

Das waren Tatsachen.

Sie zeigten recht deutlich, dass sie beide als Paar gerade auf dem Weg waren, den sie nach Kurts Willen keinesfalls beschreiten sollten. Zwei Menschen der sogenannten Arbeiterklasse, die nicht genug Einkommen erwirtschafteten, um anständig zu leben – diese Beschreibung passte auch auf sie beide. Ihrer großen Liebe zu Kurt war sich Regine sicher, aber sie mochte noch so verliebt sein, es stellten sich drängende Fragen.

Vater würde sie einem gnadenlosen Verhör unterziehen, sobald er von Kurt erfuhr.

Mitten auf dem Bürgersteig blieb Regine stehen. Sie sah zu, wie die Menschen an ihr vorbeiströmten. Die meisten Leute waren auf dem Weg nach Hause. Fabrikarbeiter in Arbeitskleidung, junge Frauen, die einen Kinderwagen schoben, ältere mit Einkaufsnetzen in der Hand, sie alle schienen zu wissen, wohin sie wollten. Nur bei ihr war das plötzlich anders. Sie fühlte sich, als hätte sie mit dem Befreiungsschlag, den sie sich ersehnt hatte, auch ein Stück an Gewissheit verloren. Ein Leben mit Kurt schien ihr zumindest möglich, aber würde es ein Leben in Sicherheit sein?

Regine schluckte, denn Smolkas Worte zeigten Wirkung bei ihr, genau das hatte er beabsichtigt. Er hatte ihr deutlich gemacht, worauf sie verzichtete, wenn sie ihn verschmähte. Klugerweise hatte er die einzige Karte gespielt, die ihm als älterer Mann zur Verfügung stand: Er war Herzkönig in diesem Spiel, ein Mann von Bedeutung und mit Gewicht. Einer, der Nachsicht zeigen konnte, weil er sich nicht mehr jeden Tag um sein Überleben sorgen musste. Geregelte Verhältnisse, eine solide Grundlage – das war es, was Kurt nicht besaß. Ein Leben an seiner Seite würde notgedrungen harter Arbeit gewidmet sein.

Jetzt war es an ihr, die richtige Wahl zu treffen. Ihr kleines Glück war noch längst nicht in trockenen Tüchern, das wusste sie.

15. Kapitel

Eine Menschentraube hatte sich an dem schmiedeeisernen Tor gebildet, das den Hof zur Straße abgrenzte. Es ging keinen Zentimeter mehr voran, dabei wollte Evi den ungastlichen Ort möglichst schnell verlassen. Ihr Besuch im KaDeWe war ein völliger Reinfall gewesen. Gretchens anderslautenden Vorhersagen zum Trotz hatte man sie in der Personalabteilung des Warenhauses nicht besonders freundlich empfangen. Ohne einen festen Termin hätte sie keine Aussicht, ein Bewerbungsgespräch zu führen, hatte man ihr gesagt – der herablassende Ton der Sekretärin im Vorzimmer des Personalchefs war vom Feinsten gewesen. Mit ein paar Sätzen hatte man sie abgefrühstückt, schon kurze Zeit später stand sie wieder draußen auf dem Gang. Es hatte nichts geholfen, dass sie den Namen von Gretchens Cousine erwähnte, die hier als Telefonistin arbeitete. Ebenso wenig hatte man sich dafür interessiert, dass sie ihren Beruf immerhin bei der Reichspost gelernt hatte. Angeblich war im ganzen Haus kein Posten für eine Telefonistin frei.

Das Ergebnis dieses Auftritts war niederschmetternd.

Wahrscheinlich war sie zu siegesgewiss gewesen. Hoffnungsvoll und ohne jeden Argwohn war sie hierhergekommen – wie naiv zu glauben, dass in diesem renommierten

Haus ganz sicher eine neue Anstellung auf sie warten würde. Ihr morgendliches Hochgefühl war verflogen. Deprimiert und ratlos hatte Evi das Kaufhaus verlassen und geriet nun im Hinterhof in ein Gedränge, das sie hier nicht erwartet hatte. Ihre Handtasche unter den Arm gepresst, schob sie sich langsam voran, umringt von anderen Frauen, lauter Angestellten, die ihre Mittagspause nutzen wollten, um in der Stadt eine Besorgung zu machen. Der Torweg war verstopft, alles voller Köpfe und Leiber. Weiter vorne brandeten Stimmen auf, Rufe und Gelächter waren zu hören. Evi stellte sich auf die Zehenspitzen und entdeckte jenseits der wogenden Menge zwei Männer, die an der schmiedeeisernen Pforte Flugblätter verteilten. Die Roten vermutlich, die mit ihrer Propaganda den Leuten die Mittagspause stahlen. Seit Kriegsende waren ihre Fußtruppen überall, sie brachten ihre Flugschriften unter die Leute und schwangen dabei große Reden. Die Gefolgschaft von Rosa Luxemburg und Karl Liebknecht hatte während der Revolution Verluste erlitten, das Militär hatte den Kommunisten böse zugesetzt. Trotzdem besaßen diese Leute noch immer viele begeisterte Anhänger, besonders hier, in der Hauptstadt. Das Nachkriegselend war für die Berliner groß genug, um die Parolen der Roten anziehend zu finden.

So auch heute. Niemand murrte, die Kaufhausangestellten schienen sich über die Störung nicht aufzuregen. Im Gegenteil, die Belagerung wurde geduldet, einige der weiblichen Beschäftigten blieben sogar stehen, um ein paar Worte mit den Kommunisten am Tor zu wechseln. Der größere der Männer, eine Gestalt von beeindruckender Statur, nutzte jede sich bietende Gelegenheit, um mit den jungen Frauen zu scherzen. Für jede Verkäuferin hatte er ein nettes Wort, er strahlte und rief den Frauen etwas hinterher, wenn sie kichernd und mit roten Wangen ihrer Wege gingen.

Evi kniff die Augen zusammen. Und wenn es keine Kommunisten waren, die ein paar Schritte von ihr entfernt darum kämpften, die Welt zu verändern? Der Große mit der Schiebermütze war imposant, ein Hüne beinahe. Offensichtlich versprühte er Charme und besaß eine große Klappe – so ähnlich stellte Evi sich Kurt Bödeker vor, den Gewerkschafter, der Regines Herz im Sturm erobert hatte. Sie kannte ihn bisher nicht, Regine hielt den Burschen wie eine besondere Kostbarkeit unter Verschluss.

Papier raschelte, eine junge Frau hatte eines der begehrten Flugblätter zu fassen bekommen. Evi baute sich neben ihr auf und überflog die Zeilen auf dem Handzettel. Es ging um den Achtstundentag und den Kampf um bezahlten Urlaub, also doch die Gewerkschafter. Evi atmete tief ein: So wie es aussah, war ihr heute das erste Zusammentreffen mit Kurt Bödeker vergönnt, was für ein schöner Zufall. Das galt es auszunutzen. Sie reihte sich in die Schlange der Wartenden ein. Glücklicherweise ließ der Zustrom an Kaufhausangestellten allmählich nach, die Mittagszeit war fast vorüber. Sobald alle Beschäftigten des Warenhauses an ihren Arbeitsplatz zurückgekehrt waren, würden die Gewerkschafter ihren Einsatz am Tor bestimmt beenden. Evi reckte sich: Ein paar Sekunden nur noch, dann war sie gleichauf mit Bödeker. Lächelnd drückte er ihr eines seiner Flugblätter in die Hand. Sie nahm es entgegen, ging jedoch nicht weiter.

»Herr Bödeker?«

Ein fragender Blick aus seinen dunklen Augen streifte sie. »Kennen wir uns?«

»Bisher nicht. Ich bin Eva-Maria Dennewitz, Regines Freundin. Vielleicht haben Sie schon von mir gehört.«

»Sie arbeiten im KaDeWe?«

»Das würde ich gerne, aber heute hatte ich mit meiner Bewerbung kein Glück. Können wir uns vielleicht einen Moment unterhalten?«

Im ersten Moment wirkte Kurt Bödeker unentschlossen, doch dann löste er sich von seinem Platz. Er deutete in den hinteren Bereich des Hofes, gemeinsam zogen sie sich in eine menschenleere Mauernische auf dem Hinterhof zurück. Bödeker musterte sie mit unverhohlenem Interesse.

»Evi also. Freut mich, Sie kennenzulernen. Ich habe in der Tat schon einiges über Sie gehört.«

»Regine hat mir auch von Ihnen erzählt. Nur Gutes, natürlich.«

Sein Gesicht mit den schönen, dunklen Augen blieb unbewegt.

»Sie sind die Telefonistin, der man gekündigt hat. Falls Sie den Beistand der Gewerkschaft brauchen …«

»Ich glaube nicht, vielen Dank. Es wird nicht leicht werden, aber ich bin sicher, dass ich bald eine neue Anstellung finde.«

»So, meinen Sie? Nun, ich wünsche es Ihnen.«

»Sie wollen Gewerkschaftssekretär werden, habe ich gehört?«

»Ja, genau das ist meine Absicht. Noch nicht spruchreif allerdings.«

Er blinzelte ihr zu, poussierte er mit ihr? Vielleicht wollte er nur ihre Sympathie gewinnen, das war verständlich.

»Die Gewerkschaftsarbeit macht sicher Freude. Umringt von all den jungen Frauen …«

»Ich stehe nicht hier in der Kälte, um Spaß zu haben, verehrtes Fräulein Dennewitz. Mir geht es um die Anliegen der arbeitenden Menschen, sowohl der Männer als auch der Frauen.«

»Gut, wenn man das auseinanderhalten kann, nicht wahr? Privates und Berufliches, meine ich.«

»Was bringt Sie auf die Idee, dass ich nicht zwischen privaten und beruflichen Angelegenheiten unterscheiden kann?«

Evi runzelte die Stirn – sie war zu weit gegangen, sie wusste es. Sie durfte diesen Mann nicht verärgern, mit welchem Recht? Nur, weil sie zuletzt schlechte Erfahrungen mit den Ecksteins dieser Welt gemacht hatte? Das war nicht fair.

»Entschuldigen Sie. Ich wollte Sie nicht beleidigen. Vielleicht bin ich unsere Unterhaltung ein bisschen falsch angegangen.«

Sie spürte, dass sie bis zu den Haarspitzen hinauf errötete, das war ihr schon lange nicht mehr passiert. Dieser Kurt Bödeker war sehr direkt, das war kein grüner Junge mehr. Der war es gewohnt, mit härteren Bandagen zu kämpfen.

»Ich möchte mich nur vergewissern, dass Regine die richtige Wahl getroffen hat. Wir beide sind seit Langem gut befreundet.«

»Und Sie meinen, die Frage, ob ich der Richtige bin, können Sie zwischen Tür und Angel entscheiden?«

»Nein, das kann ich wahrscheinlich nicht, da haben Sie recht.«

»Die Zeit wird zeigen, was aus mir und Regine wird. Sie ist eine interessante junge Frau. Ich bewundere es, wie sie sich für ihre Kolleginnen einsetzt. Sie ist ein heller Kopf, mutig ist sie obendrein.«

»Das finde ich auch. Sehen Sie es mir nach, dass ich mich einmische, aber ich möchte ihr ersparen, was mir widerfahren ist. Meine erste große Liebe war nichts als eine Enttäuschung. Ich leide noch immer etwas darunter, dieses Erlebnis gehabt zu haben.«

»Das tut mir leid, aber das muss nicht immer so sein, nicht wahr?«

»Nein, natürlich nicht. Es ist nur – Regines Eltern haben eine andere Partie für sie im Sinn. Es gibt da einen wohlhabenden Bäckermeister bei uns im Viertel, der sich für Regine interessiert. Wenn es nach ihren Eltern ginge, wären die beiden schon verlobt. Wussten Sie davon?«

»Bisher nicht.«

Bödeker beobachtete sie aufmerksam, aber es fiel ihr noch immer schwer, auch nur zu erahnen, was er wohl gerade dachte. Er zuckte mit keiner Miene, obwohl sie den Eindruck hatte, dass er ihr seine volle Aufmerksamkeit schenkte. Kein Wunder, dass Regine sich in diesen Mann verliebt hatte. Große Menschen konnten einen unbeholfenen und schwerfälligen Eindruck machen, doch bei Bödeker war das nicht der Fall. Er wirkte hellwach und engagiert, er zeigte Interesse, blieb dabei wachsam und konzentriert. Evi war angetan, das musste sie zugeben.

»Nun ja, das war im Grunde alles, was ich Ihnen sagen wollte. Ich wünsche Ihnen beiden alles Glück dieser Erde.«

Bödeker erwiderte nichts, aber um seine Mundwinkel zuckte es. Ihr schien es, als würde ihn ihre Einmischung in sein Privatleben eher amüsieren. Vielleicht hatte sie sich lächerlich gemacht, aber wenn, dann in bester Absicht. Sie hatte Regine helfen und sich ein Bild von Kurt Bödeker machen wollen. Viel vorzuweisen hatte sie im Anschluss an diese Begegnung allerdings nicht. Er konnte reden, der Mann von der Gewerkschaft, das wusste sie nun. Ein paar dunkle Locken hatten sich unter dem Schirm seiner Mütze hervorgewagt und fielen ihm in die Stirn.

Das war es dann wohl. Evi faltete das Flugblatt der Gewerkschaft zusammen. Langsam schob sie es in den kleinen Beutel, der an ihrem Handgelenk hing.

»Eines noch, bevor ich gehe. Sie wissen sicher, dass Regine keine Geschwister hat. Mit ihrem Lohn trägt sie zum Unterhalt der Familie bei. Die Mutter ist Waschfrau, der Vater ein pensionierter Briefträger. Die Familie Lorenz besitzt nicht viel, worauf sie sich finanziell stützen kann.«

»Daher die Neigung zu diesem Bäckermeister. Ich verstehe.«

Evi nickte. Sie hatte alles gegeben. Sie hatte versucht, diesem Mann irgendwie klarzumachen, dass Regine für ihn kein Spielzeug sein durfte. Kurt Bödeker war Regines erste Liebe, ihr fehlte jede Erfahrung. Dabei ging es für sie um viel, nicht nur in der Liebe, sondern auch im Beruf. Wenn sie jetzt eine falsche Entscheidung traf, würde das ernsthafte Folgen haben.

Ein greller Pfiff ertönte, Bödeker drehte sich um. Sein Begleiter am Tor gestikulierte, offenbar wollte er seinen Einsatz am KaDeWe beenden. Bödeker streckte seine Hand aus, Evi nahm sie zögerlich.

»Es ist Zeit, ich muss los. Wir haben noch ein paar andere Betriebe vor uns. War nett, Sie kennengelernt zu haben. Viel Glück auf der Suche nach einem Arbeitsplatz.«

»Danke. Ist nicht leicht im Moment.«

»Ich weiß. Manchmal kann es helfen, sich mit anderen auszutauschen. Unsere Frauengruppe trifft sich jeden Donnerstagabend um achtzehn Uhr im Gewerkschaftshaus am Engelufer. Vielleicht haben Sie Interesse. Sie sind jederzeit willkommen, Fräulein Dennewitz.«

Evi nickte, sie sah zu, wie Kurt Bödeker mit seinem Gewerkschaftskameraden den Hof verließ. Gleich darauf war der Torweg leer, sie blieb allein zurück. Dieser Mensch ließ wirklich keine Gelegenheit aus, um für seine Gewerkschaft zu werben, sein Einsatz war beeindruckend. Einen schlechten Eindruck hatte er nicht auf sie gemacht. Mit ein bisschen Glück hatte Regine vielleicht tatsächlich den richtigen Mann an der Angel.

Evi lächelte still in sich hinein. Sie war froh, dass sie ihrer besten Freundin dieses Glück gönnen konnte. Sie selbst sehnte sich nicht danach, sich erneut zu verlieben, vielleicht hätte sie sonst die Eifersucht gepackt, doch davon keine Spur. Ihr Herz fühlte sich taub an, seitdem die Liebe zwischen ihr und Siegfried Eckstein zerbrochen war. Wie lange würde es dauern, bis sie sich aus dieser Starre befreien konnte?

Hastig wandte Evi sich ab, ihre Grübelei musste ein Ende haben. Sie strebte davon, ohne auch nur einen Blick zurückzuwerfen.

Insgeheim fragte Regine sich, wie lange es im Dienst noch so weitergehen sollte. Auch heute plagte sie sich mit Hermann Kaiser als Begleiter. Der Kerl war nichts weiter als eine Last, zumal sie ihn mehr denn je verdächtigte, ein Verräter zu sein. Bei jedem Wort, das sie in seiner Gegenwart sprach, musste sie aufpassen. Nicht, dass Kaiser sie noch viel gefragt hätte. Dass sie ihn neulich den ganzen Tag die Posttasche hatte schleppen lassen, schien er ihr sehr übel zu nehmen. Er beobachtete sie aufmerksam, sprach jedoch nur noch wenig. Nach wie vor war er ihr nicht sonderlich nützlich – zu oft musste er stehen bleiben, um zu Atem zu kommen. Der Mann mit dem Holzbein hielt sie ständig auf. Sie musste sich zusammenreißen, um ihn nicht andauernd anzufahren, schließlich hatte sie von ihrem Schichtleiter seinetwegen schon einen Rüffel bekommen. Wie konnte die Behördenleitung der Meinung sein, einer wie er eignete sich zum Briefträger?

Heute hatten sie immerhin die erste Hälfte ihrer Tour durch das Brunnenviertel hinter sich gebracht, als sie gemeinsam einen Hinterhof unweit des Fabrikgeländes der Allgemeinen Elektrizitätsgesellschaft in der Voltastraße erreichten. Im Kellergeschoss des Hinterhauses hatte Regine Post abzuliefern. Bis vor Kurzem hatte hier im Souterrain eine junge Familie mit drei kleinen Kindern gelebt. Die schlichte Holztür der Behausung dieser Leute besaß keinen Briefkasten. Es gab auch sonst keine Vorrichtung, die dafür vorgesehen war, Post in Empfang zu nehmen. Regine klopfte an die Tür, einmal und immer wieder, doch niemand öffnete. Das Schreiben einfach unter dem Türspalt durchzuschieben war ihr offiziell verboten. In der Gegenwart von Hermann Kaiser kam diese einfache Lösung ohnehin nicht infrage.

»Was ist? Keiner da?«

Kaiser kam näher, sie nickte bloß. Leise quietschend öffnete sich irgendwo über ihnen ein Fenster. Während Regine überlegte, wie sie ihr Schreiben loswerden konnte, ging auf einmal ohne Vorwarnung ein nasser, übel riechender Schwall auf sie nieder. Blitzschnell machte Regine einen Satz beiseite, aber Hermann Kaiser war zu langsam, die kalte Dusche erwischte ihn mit voller Wucht. Kaiser fluchte, Regine sah auf – hatte da etwa jemand seinen Nachttopf über ihnen ausgeleert? Im zweiten Stock schwang ein Fensterflügel im Wind, doch es war niemand zu sehen. Hermann Kaiser neben ihr schüttelte sich wie eine nasse Katze. Der Ärmel seiner Uniform und ein Hosenbein hatten sich dunkel verfärbt. Vom Stoff seiner Uniform ging ein beißender Geruch aus.

»So eine Schweinerei! Was soll das? Einen Kriegsversehrten so zu behandeln …«

Regine rückte ein Stückchen von dem Mann ab. Seine Uniform verbreitete inzwischen einen starken Gestank nach Urin. Es mussten Fäkalien gewesen sein, die man über ihm ausgegossen hatte. Wer entleerte seinen Nachttopf, ohne zuvor einen Blick nach draußen zu riskieren? Das war wirklich eine Gemeinheit.

Kaiser war erkennbar wütend.

»Sehen Sie sich das an, meine ganze Uniform ist eingesaut. Wer macht so was?« Der Kollege warf ihr einen vorwurfsvollen Seitenblick zu, ließ ihr jedoch keine Zeit, um zu antworten. »Ich muss nach Hause, sonst hole ich mir in diesem nassen Lappen den Tod. In dem Aufzug kann ich mich sowieso nirgendwo mehr blicken lassen.«

»Dann gehen Sie, ich schaffe das hier auch allein.«

»Riechen Sie nichts, Fräulein Lorenz? Das stinkt wie die Hölle. Das ist Pisse, die sie über mir ausgekippt haben.«

»Sicher war es ein Versehen. Irgendjemand hat nicht aufgepasst, als er seine nächtlichen Hinterlassenschaften beseitigen wollte ...«

»Das glauben Sie doch selbst nicht. Ich kann mir denken, woher das kommt.«

»Wie bitte?«

»Ich weiß, dass ich in Ihren Kreisen nicht wohlgelitten bin. Der erste Mann, der nach Hause zurückkommt und den Frauen bei der Post die Arbeit wegnimmt. Noch dazu einer mit Holzbein ...«

»Was soll das denn? Wollen Sie etwa behaupten, dass ich mit dem Missgeschick etwas zu tun habe?«

»Beweisen kann ich es nicht, aber auf den Kopf gefallen bin ich auch nicht. Sagen Sie Ihren Kolleginnen, dass sie sich vorsehen sollen. Ich weiß mich zu wehren.«

»Was wollen Sie damit sagen?«

»Ich lasse mich nicht ungestraft beleidigen. Ich bin Träger des Verwundetenabzeichens für das Deutsche Heer, gestiftet von Kaiser Wilhelm persönlich. Für mich gibt es Mittel und Wege, ich habe Beziehungen, das dürfen Sie mir glauben, Fräulein Lorenz.«

Mit zusammengekniffenen Augen musterte Hermann Kaiser sie kurz, dann wandte er sich ab und humpelte davon. Regines Blick ging zu dem Fenster im Treppenhaus, das noch immer sperrangelweit offen stand. Zum Glück hatte der Vorfall keinen größeren Schaden angerichtet. Eine Uniform konnte man säubern, das ließ sich reparieren. Es waren eher die wilden Drohungen des Kollegen, die ihr Sorge bereiteten. Angeblich besaß Kaiser also Beziehungen – genau das war es, was sie befürchtete, obwohl es sicherlich nicht Wilhelm II. und der von ihm gestiftete Orden war, über den sie sich in diesem Zusammenhang Gedanken machte. Wenn der Mann mit dem Holzbein sich erneut beschwerte, dann mit Sicherheit bei der Behördenleitung. Was das anging, hatte er Mittel und Wege, das glaubte sie ihm sogar. Hatte er sich mit seinen wuterfüllten Äußerungen eben nicht selbst als Verräter enttarnt?

Nicht auszuschließen, dass von Hermann Kaiser eine Spur zu dem Mann in der Direktion führte, der ihn als Spitzel bei den Zustellerinnen untergebracht hatte. Oder waren Kaisers Reden nur Hirngespinste, Phrasen und Wunschvorstellungen eines bis in die Seele verwundeten Mannes?

Regine wusste, es war an der Zeit, mit den anderen Frauen darüber zu reden. Eilig verließ sie den Hinterhof, den unzustellbaren Brief noch in der Hand. Die Lage spitzte sich zu. Sie würde das Gespräch mit den Kolleginnen suchen, so bald wie möglich.

Mit zusammengekniffenen Augen beobachtete Evi, wie Gretchen auf ihrem Stuhl im Café Königin Luise elegant die Beine übereinanderschlug. Das Kleid, das sie trug, war das neu? Der Stoff war leicht transparent, darunter schimmerte ein Unterkleid in einem beigefarbenen Ton. Der eckige Kragen des Kleides betonte Gretchens schönen, schlanken Hals und ihre zierlichen Schultern.

»Lass mich mal bestellen, ich übernehme das. Du bist eingeladen.«

Zögernd ließ Evi die Hand sinken, mit der sie eben die Bedienung auf sich hatte aufmerksam machen wollen. Eigentlich hatte sie mit Gretchen über die Ereignisse im KaDeWe sprechen wollen, doch ihre ehemalige Kollegin hatte sich ihre Geschichte einfach nur angehört und kaum kommentiert. Im Anschluss daran jetzt also diese großzügige Geste. Neben Gretchen kam Evi sich mittlerweile wie Aschenputtel vor.

»Tut mir leid, dass du im KaDeWe keinen Erfolg hattest. Wenn du möchtest, spreche ich meine Cousine noch einmal darauf an.«

»Nein danke, lass mal. Ich möchte ihr nicht zur Last fallen. Die Vorzimmerschnepfe in der Personalabteilung hat behauptet, es sei im ganzen Haus keine einzige Stelle für eine Telefonistin frei.«

»Aber du brauchst einen neuen Arbeitsplatz, das rechtfertigt jeden Einsatz.«

Evi lächelte, denn in dem Punkt immerhin hatte Gretchen vollkommen recht. Ihre Aufmerksamkeit ging allerdings schon wieder in eine andere Richtung. Gretchen musterte ihre Fingernägel, sie schien zufrieden zu sein mit dem Ergebnis.

»Ich habe übrigens Eckstein auf dein Zeugnis angesprochen. Er will sich darum kümmern. Es wird einen brauchbaren Inhalt haben, das hat er mir versprochen.«

»Tatsächlich?«

»Ja. Er wird sich den Entwurf vorlegen lassen und ihn falls notwendig eigenhändig überarbeiten.«

»Ich weiß nicht, ob mir das weiterhelfen wird.«

»Siegfried will dir nichts Böses, glaub es mir doch endlich. Ihr seid nicht im Unfrieden voneinander geschieden. Außerdem weiß er, dass wir befreundet sind. Schon mir zuliebe wird er sich um die Sache kümmern.«

»Wenn er wirklich etwas für mich tun wollte, hätte er meine Kündigung verhindert.«

Mit einem Kopfschütteln griff Gretchen nach Evis Hand und drückte sie.

»Ich sage es dir nur ungern, aber ich fürchte, deine Kündigung hast du selbst verursacht. Wir werden im Dienst ständig darauf hingewiesen, dass das Mithören fremder Gespräche verboten ist.«

»Niemand hält sich daran, das hast du neulich selbst gesagt.«

»Aber dich haben sie auf frischer Tat ertappt, das ist etwas anderes. Es ist sicher nicht Ecksteins Schuld, dass du deine Anstellung verloren hast. Er möchte, dass Frieden zwischen euch herrscht.«

»Sagt er das?«

»Ja. Und ich vertraue ihm.«

»Es läuft gut mit euch beiden, nicht wahr? Du strahlst vor Glück. Wohnt ihr eigentlich inzwischen zusammen?«

»Ja, das tun wir. Ich habe es gut getroffen, Evi. Eckstein ist großzügig und liebevoll mir gegenüber. Wer weiß, vielleicht ist da noch mehr drin.«

»Was meinst du damit?«

»Eine Verlobung, zum Beispiel.«

Evi riss die Augen auf.

»Eine Verlobung? Im Ernst? Du willst ihn heiraten?«

»Wir werden sehen. Siegfried braucht eine Heimat und eine Familie, ich spüre das. Es geht ihm um weit mehr als nur um eine Wohnung.«

»Wie romantisch.«

»Ich finde es nur natürlich. Er möchte ein Zuhause haben, außerdem ist er es seinem Ruf schuldig, ein verheirateter Mann zu sein. Er will Karriere machen, da ist es von Nutzen, ein solides Familienleben vorweisen zu können.«

»Eckstein und ein solides Familienleben? Das wäre mir neu. Weißt du, wie viele Affären der Mann in den letzten Jahren hatte? Er ist berühmt dafür, nichts anbrennen zu lassen.«

»Ja, ich bestreite es nicht. Aber vielleicht haben sich die Dinge mit dem Tod seiner Frau ja geändert? Vielleicht hat er bei mir gefunden, wonach er gesucht hat.«

»Entschuldige, aber in meinen Ohren klingt das wie ein Märchen.«

»Wir werden alle älter und weiser, oder nicht?«

Evi lag eine spitze Bemerkung auf den Lippen – hatte Gretchen nicht bisher darauf bestanden, nicht in Eckstein verliebt zu sein? Sie hätte die Kollegin gerne an diese Beteuerungen erinnert, aber sie wurden von der Bedienung gestört, die an ihren Tisch trat und nach ihren Wünschen fragte. Gretchen orderte zwei Tassen Bohnenkaffee und Gebäck dazu – insgeheim bewunderte Evi, mit welcher Grazie diese Frau mittlerweile Anweisungen gab. Gretchen wirkte wie eine Dame von Welt, wie jemand, der auf der sonnigen Seite des Lebens stand und das genau wusste.

Seitdem sie mit Eckstein zusammenwohnte, hatte sie ein wenig an Gewicht zugelegt, auch das stand ihr gut.

Einmal mehr spürte Evi gallebittere Eifersucht in sich aufsteigen. Ihr war es versagt geblieben, mit Eckstein eine ähnlich schöne Zeit zu erleben. Sicher, der Tod seiner Ehefrau hatte dabei eine Rolle gespielt – aber war das der einzige Grund für die durchschlagenden Veränderungen im Leben des Oberpostrats, von denen nun Gretchen profitierte? Warum hatte sie sich Siegfrieds Zuneigung nicht erhalten können?

Gretchen beugte sich über den Tisch und fasste nach Evis Hand.

»Schau nicht so traurig. Es bricht einem ja das Herz, dir dabei zuzusehen, wie du dich plagst. Ich weiß, dass es dir schwerfällt loszulassen, aber das Beste wäre, Frieden zu machen mit dem, was geschehen ist.«

»Das sagst du so. Du genießt alle Vorzüge einer Situation, die mich ins Unglück gestürzt hat ...«

»Ich werde dich daran teilhaben lassen, wann immer es möglich ist, das habe ich dir schon einmal versprochen. Tue ich etwa nicht mein Möglichstes, um dir zu helfen? Siegfried sagt, du bist herzlich eingeladen, uns in der Möckernstraße zu besuchen. Ist das nicht ein Zeichen seines guten Willens?«

Evi schwieg. Ecksteins Betragen kam ihr seltsam vor, aber vermutlich wollte er Gretchen den Umgang mit einer lieb gewonnenen Freundin nicht verderben. Wenn er Gretchen die Begegnungen mit Evi untersagte, würde das ihr junges

Glück belasten. Im Grunde war es klug von ihm, diese Freundschaft zu fördern, zumal Evi ihm kaum noch schaden konnte. Sie war wegen Fehlverhaltens im Dienst entlassen worden, die Kündigung hielt sie dem Fernmeldeamt fern und warf obendrein kein gutes Licht auf sie. Sie stellte für Siegfried keine Gefahr mehr dar.

Der Kaffee wurde serviert, Gretchen schwärmte von dem Heißgetränk, das ihrer Meinung nach heute ganz außergewöhnlich gut schmeckte. Evi nickte zu allem, was Gretchen erzählte, es ergab keinen Sinn, ihr zu widersprechen. Die Geschichte mit Eckstein war gelaufen, sie würde sich anderswo eine Zukunft erarbeiten müssen. Ein einziger Fehlversuch in Sachen Bewerbung, was war das schon? Es gab noch mehr Kaufhäuser in dieser Stadt, es gab Hotels, es gab die großen Zeitungsverlage. Überall existierten Telefonzentralen, und mit Telefonzentralen kannte sie sich aus.

»Was ist, kommst du?«

Evi hob fragend die Augenbrauen. Anscheinend hatte sie gerade eben etwas verpasst.

»Am Sonntag zum Kaffee. Ich habe dich zu uns eingeladen. Damit du unsere neue Wohnung siehst.«

»Das ist nett von dir, aber ich finde, dafür ist es noch zu früh.«

»Ach komm schon, das ist doch albern. Ich würde dir so gerne alles zeigen.«

Evi schwieg eisern, sie wurde das Gefühl nicht los, dass Gretchen sie absichtlich quälte. Das Glück mit Eckstein, die neue Wohnung, der ganze Wohlstand, der sie umgab – und Evi besaß nichts von alledem. Ihre Anstellung war futsch, die

Aussichten waren trübe. Gretchen wusste das genau. Es störte Evi, dass die ehemalige Kollegin ihr gegenüber nicht zartfühlender war. Warum taten Frauen das einander an? Warum versuchten sie sich ständig gegenseitig zu überbieten, wenn es um die Eroberung eines Mannes ging? Regine hätte niemals versucht, auf diese Weise in Konkurrenz zu ihr zu treten.

Gretchen plauderte unverzagt weiter, aber Evi hörte ihr kaum noch zu. Ecksteins neues Glück besichtigen, das wollte sie mit Sicherheit nicht. Sie brauchte einen eigenen Erfolg, etwas, das ihr Selbstbewusstsein stärkte. Eine neue Anstellung, eine eigene Wohnung, solide Schritte in ein selbstständiges Leben. Vielleicht hatte Gerald eine Idee, wie sie dieses Ziel erreichen konnte? Sie würde erneut zu ihm gehen. Sie war bereit, einiges zu tun, um Arbeit zu finden. Irgendetwas musste sich ergeben, es konnte nicht anders sein.

Gretchen würde schon noch sehen, was in ihr steckte.

»Das heißt, du wusstest über die Attacke Bescheid und hast mich nicht vorgewarnt? Fabelhaft, recht schönen Dank auch.«

Regine musterte Emma mit einem kritischen Seitenblick. Sie hatte den frühen Montagmorgen genutzt, um sich mit der Kollegin zurückzuziehen, direkt am Eingangstor des Betriebsgeländes waren sie außerhalb der Sicht- und Hörweite des Pförtners. In gebotener Kürze hatte sie Emma von Hermann Kaisers Missgeschick erzählt, doch die schüttelte nur mit gleichgültiger Miene den Kopf.

»Es gab nichts, wovor ich dich hätte warnen können. Ich

habe zufällig ein Gespräch mit angehört, in dem sich die Kolleginnen über Herrn Kaiser ereifert haben. Mir kam es so vor, als wenn sie ihm gerne eins ausgewischt hätten, aber mehr habe ich nicht mitbekommen.«

»Zumindest hättest du mir sagen können, dass die Frauen etwas planen. Dann wäre ich gewarnt gewesen.«

Emma schüttelte erneut den Kopf, sie wirkte genervt. Offensichtlich wollte sie Regines Vorwürfe nicht auf sich sitzen lassen.

»Was genau hätte ich denn sagen sollen? Dass die Kolleginnen den Neuen nicht leiden können? Dass sie davon träumen, ihm mal so richtig eins auszuwischen? Was hättest du damit angefangen?«

»Wenn wir den Arbeitskampf der Postlerinnen gemeinsam anführen wollen, heißt das auch, dass wir uns über Neuigkeiten austauschen.«

»Ach ja? Ich dachte, dir ist klar, dass die anderen Frauen den Kriegskrüppel nicht ausstehen können.«

»Darum geht's nicht. Ich habe den Eindruck, dass du dich als alleinige Anführerin siehst, du arbeitest nicht wirklich mit mir zusammen. Du möchtest die Nummer eins sein, diejenige, die alles weiß und alles regelt.«

Emma schob die Mütze auf ihrem Kopf ein Stück in den Nacken.

»Alleinige Anführerin, das ist doch Unfug. Du bist beleidigt, aber ich frage mich ernsthaft, was ich mit dieser Attacke auf den Mann mit dem Holzbein zu tun habe. Ich war es nicht, die Hermann Kaiser mit einer Ladung Fäkalien übergossen hat.«

Regine wollte antworten, doch in diesem Moment hallte ein empörter Schrei über das Betriebsgelände. Es war die von Wut erfüllte Stimme einer Frau, die bis auf die Straße hinauszuhören war. Regine fuhr herum.

»Was war das denn?«

»Keine Ahnung. Komm, lass uns nachsehen.«

Emma eilte zurück auf den Hof, Regine folgte ihr. Der Anblick, der sich ihnen dort bot, war erstaunlich. Eine kleine Menschenmenge hatte sich versammelt, die Zustellerinnen der Frühschicht standen am Fuß der Treppe des Dienstgebäudes und starrten zu Hetti hinauf, die oben auf dem Treppenabsatz wild gestikulierte. Mit dem Zeigefinger ihrer ausgestreckten rechten Hand deutete sie immer wieder auf Hermann Kaiser, der nur ein paar Schritte entfernt Aufstellung genommen hatte. Regine war erstaunt, doch offenbar braute sich dort drüben einmal mehr etwas gegen den Neuen zusammen. Hetti wirkte aufgelöst – waren das Tränen, die ihr über das Gesicht liefen?

»Hermann Kaiser, du bist ein Verräter! Eine Kollegin anzuschwärzen, so was tut nur ein Arschloch!«

Hettis Stimme verhallte, während sie in die Seitentasche ihrer Uniform griff und gleich darauf ein Stück Papier in die Höhe hielt. Der Wind griff danach, er ließ das Papier wie eine Fahne durch die Luft flattern.

»Sie haben mich gekündigt, Leute, ich bin raus!«

Die Frauen am Fuß der Freitreppe steckten die Köpfe zusammen, sie begannen zu flüstern. Überraschung und Betroffenheit zeigte sich auf ihren Gesichtern.

Hetti stampfte mit dem Fuß auf, sofort wurde es still.

»Und wieso haben die mich gekündigt? Weil Hermann Kaiser mich bei der Behördenleitung angeschwärzt hat. Ich bin ein ›unzuverlässiges Element‹, sagen die da oben, ich sei die ›Rädelsführerin einer illegalen Streikbewegung‹. Was für ein Quatsch! Von wem haben die das, wenn nicht von unserem neuen Freund Hermann Kaiser?«

Gemurmel erhob sich auf dem Betriebshof, die Unruhe unter den Frauen am Fußende der Freitreppe stieg sichtlich. Hetti machte einen Satz nach vorn, sie raffte ihre Röcke und hastete die Stufen vor dem Gebäude hinunter. Mit großen Schritten hielt sie auf Kaiser zu. Im ersten Moment schien es, als wollte sie dem Mann an die Gurgel gehen, doch sie blieb mit erbitterter Miene vor dem Kollegen stehen und funkelte ihn mit großen Augen an. Ihr Zeigefinger schnellte vor, es sah aus, als wolle sie Kaiser aufspießen.

»Weißt du, was du bist? Eine Ratte bist du! Die da oben haben dich auf uns angesetzt, um uns auszuspionieren. Raus mit der Sprache, was bezahlen sie dir dafür? Was haben sie dir versprochen, du verdammter Judas?«

Erneut ging ein Raunen durch die Menge. Regine wurde allmählich nervös. Mussten sie und Emma hier nicht einschreiten? Sie hielten sich für die gemeinsamen Anführerinnen dieses Arbeitskampfes, brachte das nicht auch eine gewisse Verantwortung mit sich, sogar wenn es um Kanaillen ging wie Hermann Kaiser? Auch Hetti mussten sie helfen, die sich hier womöglich um Kopf und Kragen redete. Regine zögerte, auch Emma neben ihr rührte sich nicht, obwohl es Regines Empfinden nach längst genug war mit diesem Auftritt. Hetti dagegen schien noch nicht fertig zu sein mit Hermann Kaiser. Sie machte einen weiteren Satz auf den Kollegen zu, der ein Stück zurückwich. Mittlerweile war er kreidebleich im Gesicht.

»Der Teufel soll dich holen, du Ratte! Deinetwegen bin ich arbeitslos! Spione wie dich brauchen wir nicht in unserem Bezirk!«

Hetti gab den umstehenden Frauen einen energischen Wink.

»Wenn ihr nicht die Nächsten sein wollt, die er verpfeift, dann schnappt ihn euch, Kolleginnen! Zeigt diesem Idioten, was ihr von ihm haltet! Das Schwein soll büßen!«

»Was soll denn das? Ich habe niemandem etwas getan!«

Hastig hob Kaiser beide Hände vor sein Gesicht. Zitternd stand er da, vermutlich hielt er es für wenig aussichtsreich, mit seinem Holzbein einen Fluchtversuch zu unternehmen. Die Zustellerinnen hatten ihn umringt, sie waren ihm bedrohlich nahegerückt. Irritiert nahm Kaiser seine Mütze vom Kopf und schob sie sich unter den Arm.

»Lasst mich in Ruhe! Ich habe nichts mit dieser Kündigung zu tun!«

»Wer's glaubt, wird selig. Seitdem du hier deine Runden drehst, haben wir nichts als Schwierigkeiten. Was glaubst du denn, woran das liegt?«

Hettis Lachen ertönte, es klang schauerlich. Kaiser zuckte schwach mit den Schultern.

»Ihr werdet sowieso gekündigt, es ist egal, ob ich in diesem Bezirk arbeite oder nicht! Ihr müsst alle gehen, ihr seid nur Aushilfen. Das hat nichts mit mir zu tun!«

Es wurde totenstill. Die auf dem Hof versammelte Menge schien innezuhalten. Niemand rührte sich.

Regine wandte sich Emma zu, die reglos neben ihr verharrte.

»Komm, die Sache läuft aus dem Ruder. Wir müssen was tun.«

»Nö, lass mal. Wozu willst du das Arschloch da unten beschützen?«

»Es bringt uns nichts, wenn die Kolleginnen auf Hermann Kaiser losgehen. Es wird Strafmaßnahmen der Behördenleitung geben, wenn die Frauen handgreiflich werden.«

Regine wollte sich auf den Weg machen, doch Emma packte ihren Arm und hielt sie zurück.

»Warte wenigstens noch ein paar Minuten. Der Krüppel verdient kein Mitleid, der hat sich eine kleine Abreibung verdient.«

»Die Frauen machen sich strafbar, wenn sie dem Kerl an die Wäsche gehen. Wir haben keine Beweise für Hettis Anschuldigungen.«

»Ein Arbeitskampf ist kein Ringelreihen mit Anfassen, Regine. Ich finde, wir können durchaus mal Flagge zeigen.«

»Mensch, kapier es doch, die Frauen kriegen es mit der Polizei zu tun, wenn sie einen Kollegen auf dem Postgelände angreifen. Das ist Hausfriedensbruch, das ist Körperverletzung.«

Emma grinste.

»Sagt wer? Dein Gewerkschafter? Vielleicht ist es ja auch Notwehr.«

»*Mein* Gewerkschafter hat damit nichts zu tun, oder siehst du ihn hier irgendwo? Unser Feind ist die Direktion, nicht der Hampelmann da unten. Kaiser zu attackieren ist sinnlos.«

Emma antwortete nicht. Noch immer lag eine gespannte Stille über dem Betriebshof, bis sich laut quietschend eine der Türen des Dienstgebäudes öffnete. Siegfried Eckstein war auf der Freitreppe vor dem Postfuhramt aufgetaucht, seine Wangen leuchteten in einem gefährlich wirkenden Hellrot. Die Hände in die Taille gestemmt, blieb er stehen, hinter ihm bauten sich vier weitere Postler in Uniform auf. Mit ernster Miene nahmen die männlichen Kollegen an der Seite des Oberpostrats Aufstellung. Eine gespenstische Ruhe machte sich breit, bis Eckstein die Arme hob – einmal mehr erinnerte seine große Geste an Jesus, der die Menge segnet, nur zeigte seine Miene keine Spur von christlicher Nächstenliebe.

»Was ist hier los? Erklärt mir mal jemand, was das hier werden soll?«

Ein Windstoß fuhr über den Hof, doch die anwesenden Kolleginnen schwiegen beharrlich. Eckstein reckte sich, er war kein großer Mann, aber er spielte sich gerne auf. Als Mitglied der Behördenleitung war er bestimmt nicht ohne Kenntnis der Direktion hier unten. Kerzengerade aufgerichtet, nahm er eine Zustellerin nach der anderen ins Visier.

»Auf dem Dienstgelände der Reichspost wird niemand verprügelt oder beschimpft, das sollten Sie eigentlich wissen. Was ihr Frauen hier treibt, ist Hausfriedensbruch und versuchte Körperverletzung.«

Ecksteins Worte verhallten, aber die Wände der benachbarten Gebäude warfen den Klang seiner Stimme als dumpfes Echo zurück. Einige der Frauen senkten die Köpfe, die Gesichter der anderen Kolleginnen wirkten betreten. Ihr Widerstand bröckelte, das spürte Regine, ihnen allen saß jetzt die Angst im

Nacken. Schon rückten die ersten Zustellerinnen einen Schritt von Hermann Kaiser ab, während Eckstein den Arm hob und das Zifferblatt seiner Armbanduhr betrachtete.

»Die Frühschicht hat vor acht Minuten begonnen. Es gehen alle an die Arbeit, sofort!«

Der Oberpostrat drehte sich schwungvoll um und riss die Türe hinter sich auf, es schien, als hätte sich sein ohnehin schon bis unter die Haarspitzen gerötetes Gesicht während seiner kurzen Ansprache noch eine Spur stärker gerötet.

»Schluss mit dem Theater, ich sage es zum letzten Mal. Ihr werdet erwartet, hier im Flur wird man sich eure Personalien notieren. Wer beim Zählappell nicht von seinem Schichtleiter angetroffen wird, fliegt zum nächsten Ersten raus, ist das klar?«

Ein Raunen ging durch die Menge, es dauerte nicht lange, bis sich eine Kollegin aus dem Kreis der Frauen löste und den Weg zum Dienstgebäude antrat. Zögernd tat die nächste Zustellerin es ihr gleich, eine Postlerin nach der anderen verschwand im Gebäude. Die Versammlung auf dem Hof löste sich auf, die Frauen zogen an Hetti vorbei, ohne sie eines Blickes zu würdigen.

Emma schnaufte, sie wirkte wütend.

»Eckstein, dieser verfluchte Idiot. Darf der das überhaupt? Das ist Erpressung.«

»Die Behördenleitung hat das Hausrecht. Für die Herren in der Chefetage ist es Arbeitsverweigerung, wenn wir nicht pünktlich mit der Schicht anfangen. Die alten Männer sitzen am längeren Hebel. Ich muss rein, es hilft nichts.«

»Bringt ja leider auch nichts mehr, hier draußen rumzustehen.«

Regine zuckte leicht mit den Schultern.

»Das war unüberlegt, Hetti hätte das mit uns absprechen sollen. Wird schwer werden, die Kolleginnen in Zukunft zu Aktionen gegen die Behördenleitung zu überreden. Jetzt haben sie Angst.«

»Noch ist nicht aller Tage Abend, oder? Geh erst mal rüber, damit du keinen Ärger bekommst.«

Schweigend machte Regine sich auf den Weg ins Dienstgebäude. Tatsächlich wurde sie dort auf dem Flur bereits von Eckstein und seinen Männern erwartet. In immer noch sehr aufrechter Haltung schritt Eckstein die Reihen der inzwischen eingetroffenen Kolleginnen ab. Sein albernes Gehabe sollte den Frauen wohl einen Eindruck von der Macht vermitteln, die die Behördenleitung über ihre Aushilfen ausübte. Widerstrebend gesellte Regine sich zu den anderen Zustellerinnen. Sicher würde Eckstein gleich noch einmal die Gelegenheit ergreifen, um ihnen eine Strafpredigt zu halten. Schweigend starrte Regine die Wand ihr gegenüber an – es war eine Demütigung, hier verharren zu müssen. Stellte dieser traurige Zählappell das vorläufige Ende ihrer hochfliegenden Träume in Sachen Arbeitskampf dar?

Vielleicht.

Sie war müde, sie fühlte sich ernüchtert. Ob Kurt noch eine Idee haben würde, mit der sie ihre aussichtslose Lage wieder verbessern konnten? Oder hatte Hettis glückloser Aufstand ihnen ein für alle Mal den Wind aus den Segeln genommen? Endete ihr Arbeitskampf mit diesem missglückten Angriff, bevor er überhaupt richtig begonnen hatte?

16. Kapitel

Eine derart fürstliche Mahlzeit hatte Evi seit einer Ewigkeit nicht genossen, der Tisch in Geralds Wohnung war an diesem Morgen nur mit Köstlichkeiten gedeckt. Es gab Rührei, frisch aufgebackenes Weißbrot und echte Butter. Gerald servierte Bohnenkaffee mit reichlich Milch, eine Mischung, die er »Café au Lait« nannte. Auch Marmelade und geräucherten Schinken hatte er besorgt, Evi schwelgte in längst vergessen geglaubten Genüssen. Die Unterhaltung war ungezwungen, sie plauderten fröhlich, ohne auch nur eines der schwierigen Themen zu berühren, die sie beide belasteten. Nachdem sie ihr gemeinsames Frühstück beendet hatten, verließ Gerald den Raum und kehrte mit einer Hutschachtel zurück. Lächelnd hob er den Deckel an und zauberte einen Glockenhut hervor, es handelte sich um ein hinreißendes Exemplar in einem prachtvollen Blau. Die hoch aufgeschlagene Krempe war mit einem Blumenmuster verziert, das von Silberfäden durchzogen war – selten hatte Evi etwas derart Schönes gesehen, geschweige denn besessen. Sie wusste kaum, wie ihr geschah, dieser Vormittag war voller Wunder. Es bestand kein Zweifel daran, dass Gerald ihr diesen Hut zum Geschenk machen wollte. Es musste ihm finanziell wirklich gut gehen.

»Lass uns zum Spiegel gehen, damit du den Hut anprobieren kannst. Ich hoffe, er passt dir.«

»Der ist wirklich für mich?«

»Für wen denn sonst?«

Gerald war bereits aufgestanden, sie folgte ihm in den Flur. Dort an der Garderobe setzte sie ihre neue Kopfbedeckung auf, sie war wirklich wunderschön. Die Krempe verschattete die Augen ein wenig, doch so war es Mode neuerdings. Ihr Gesicht wirkte geheimnisvoller, wie sie fand – außerdem passte die Farbe des Hutes wunderbar zu der Farbe ihrer Augen. Dieses Geschenk war eine großzügige Gabe, auch wenn sie ein paar Schuhe viel dringender gebraucht hätte.

»Gefällt er dir?«

»Und ob. Er ist bezaubernd. Wie bist du darauf gekommen, mir so etwas Schönes zu kaufen?«

»Ich pflege die Bekanntschaft mit einer Dame, die in der Goltzstraße einen Salon für Hutmoden betreibt. Vielleicht hast du ihr Geschäft schon mal gesehen?«

»Ich glaube nicht, aber mir ist, als hätte ich den Namen seiner Besitzerin schon einmal gehört. Marjorie von Hagen, ihr Name steht auch auf deiner Wohnungstür. Dein Telefonanschluss ist auch von ihr beantragt worden.«

»Richtig. Sie hat mir diese Wohnung überlassen.«

»Und sie selbst lebt nicht hier?«

»Nein. Marjorie ist Engländerin, sie war mit einem deutschen Offizier verheiratet. Sie wohnt in Steglitz.«

»Weiß sie, dass du in dieser Wohnung auch andere Damen empfängst? Von Berufs wegen, meine ich?«

»Ich gehe davon aus, dass sie es weiß.«

»Und es stört sie nicht?«

»Ich glaube, wir machen uns beide keine Illusionen über die Art unserer Beziehung. Marjorie ist eine intelligente, elegante und sehr großzügige Frau.«

»Sie gehört zu deinen Kundinnen?«

»Nein, so sehe ich sie nicht. Für mich bedeutet die Bekanntschaft mit ihr viel mehr, als ich mit Worten erklären kann. Sie ist ein besonderer Mensch. Du musst sie kennenlernen, um mich zu verstehen.«

»Entschuldige, wenn ich immerzu nachfrage, aber bedeutet das, ihr seid ein Liebespaar?«

»Ich glaube kaum, dass diese Bezeichnung auf uns passt. Es gibt Dinge auf Erden, die sich nur schwer in Worte fassen lassen. Marjorie ist zehn Jahre älter als ich, sie ist eine angesehene Witwe mit einem sehr gut florierenden Gewerbe. Ihre Zuneigung bedeutet mir viel, aber öffentlich wird sie sich nicht zu mir bekennen, und ich kann das verstehen.«

Gerald hob den Kopf. Um seine Mundwinkel zuckte es, doch es reichte nicht für ein Lächeln. Evi glaubte, die Traurigkeit nachempfinden zu können, die ihn wahrscheinlich erfüllte. Da hatte er endlich eine Frau gefunden, die er liebte, und dann versperrten Konventionen ihm den Weg zu seinem Glück. Sich dieser Liebe niemals sicher sein dürfen, musste eine schwere Belastung für ihn sein. Es war ein hoher Preis, den ihr Bruder für sein gutes Leben bezahlte.

Evi wandte sich ihm zu und nahm Gerald in den Arm.

»Wenn sie Witwe ist, kann ihr doch niemand mehr Vorschriften machen, oder? Wenn sie dich erwählt hat, kann sie auch mit dir leben.«

»So einfach ist das nicht.«

»Ich weiß. Aber du könntest deine neue Betätigung an den Nagel hängen, dann wärst du für deine Marjorie frei.«

»Wir wissen doch beide, worum es geht, Evi. Ich verkaufe meinen Körper, damit mir selbst und unserer Familie genug Geld zur Verfügung steht.«

»Du hast eine solide Ausbildung zum Musiker, du hast das Konservatorium besucht. Ganz sicher kannst du dir einen Ruf als Cellist erarbeiten ...«

Kopfschüttelnd schob Gerald sie ein wenig von sich fort. »Du bist herrlich romantisch, Schwesterchen. Ich wünschte, ich könnte die Welt mit deinen Augen sehen.«

Wortlos zuckte Evi mit den Schultern. Anscheinend führte sie sich albern auf, aber sie fand ihren Vorschlag keineswegs abwegig. Eckstein zum Trotz glaubte sie an die große Liebe, nur zählten in Geralds Welt solche schwärmerischen Vorstellungen wohl nicht. Er legte ihr einen Arm um die Schulter und führte sie in die Küche zurück.

»Ich fürchte, Marjorie sieht keinen Grund, ihren Familienstand mir zuliebe zu ändern. Immerhin stehen zehn Jahre Leben zwischen uns.«

»Nun ja, das ist ein Argument ...«

»Außerdem würde das, was andere Menschen über unsere Verbindung zu sagen hätten, ihr mit Sicherheit wehtun. Ich möchte ihr das Gerede und die Ächtung durch Freunde und Bekannte ersparen. Niemand soll schlecht über sie sprechen. Derzeit treffen wir uns nur gelegentlich und auch dann nur im Schutz der Dunkelheit.«

»Das ist jammerschade, Gerald. Warum willst du es als

Musiker nicht wenigstens versuchen? Wenn deine Marjorie ein gutes Herz hat, wird sie dich unterstützen.«

Gerald winkte ab.

»Musiker sind im Moment nicht sonderlich gefragt, Schwesterchen. Sieh dir unseren Vater an.«

»Dein Talent ist größer als seines.«

»Sag so etwas bitte nicht in seinem Beisein. Es würde ihn tief verletzen.«

»Du wirst verstehen, dass ich auf Vater nicht sonderlich gut zu sprechen bin. Ich wüsste nicht, warum ich auf ihn Rücksicht nehmen sollte. Er hat uns im Krieg im Stich gelassen …«

»Mutter hat ihren Teil dazu beigetragen, wenn du mich fragst. Du kennst ihre Kapriolen, sie sitzt auf einem furchtbar hohen Ross. Aber Schluss damit, lass uns nach vorne schauen. Ich möchte dir Marjorie vorstellen.«

»Tatsächlich? Wann denn?«

»Demnächst. Sie sucht eine Mitarbeiterin, die ihr im Laden zur Hand geht. Es muss jemand mit guten Umgangsformen sein, jemand, der Geschmack hat und es versteht, mit Kunden zu verhandeln. Ich habe an dich gedacht. Was hältst du davon?«

Unwillkürlich riss Evi die Augen weit auf – konnte ein Mensch wirklich so viel Glück haben? Vielleicht wartete hier ein neuer Arbeitsplatz auf sie. Eine Einnahmequelle und neue Aufgaben, das war es, was sie im Moment am meisten brauchte.

»Ich wäre sehr glücklich, wenn ich wieder arbeiten könnte. Bei meiner Entlassung aus dem Dienst darf es nicht bleiben.

Ich würde alles dafür tun, um eine neue Anstellung zu bekommen. Was genau wären denn meine Aufgaben in dem Salon?«

»Zunächst einmal wärst du eine Aushilfe im Verkauf. Du würdest die Kundinnen empfangen und helfen, sie zu bedienen. Du solltest freundlich, adrett, pünktlich und fleißig sein.«

»Das schaffe ich alles. Keine ist so freundlich, so fleißig und pünktlich wie ich. Der Rauswurf bei der Reichspost wirkt nach, das darfst du mir glauben.«

»Gut. Marjorie hat nämlich einen Ruf zu verlieren. Sie verkauft nicht nur Hüte, sie fertigt auch eine eigene Kollektion an und bildet Modistinnen aus. Zu dem Geschäft gehört eine Werkstatt mit vier Angestellten. Ehedem ließen die Kaiserin und Damen des Hofes dort fertigen. Du musst dich anstrengen, versprich mir das.«

»Das werde ich tun, Bruderherz, ganz bestimmt. Modistin ist ein wunderschöner Beruf. Vielleicht könnte ich bei Marjorie lernen, Hüte zu machen? Es muss ja nicht bei der Verkäuferin bleiben.«

Gerald schmunzelte. Er hatte am Tisch Platz genommen und lehnte sich auf seinem Stuhl zurück. Mit einer eleganten Bewegung schlug er die Beine übereinander.

»Für dich ist Marjorie vorerst Frau von Hagen, bitte vergiss das nicht. Du bist die jüngste Verkäuferin, ein Neuzugang und damit die Letzte in der Rangordnung.«

»Ich werde bescheiden auftreten und mich unterordnen, keine Sorge. Es wäre traumhaft, wenn ich dortbleiben dürfte. Und es wäre auch gut für dich, wenn ich Erfolg habe, nicht wahr?«

»So, meinst du?«

»Aber ja. Du kannst mich ab und an sicherlich im Geschäft besuchen. Mit ein bisschen Glück siehst du deine Marjorie bei der Gelegenheit. Zwei Fliegen mit einer Klappe schlagen, nenne ich das.«

Gerald lachte.

»Du bist hoffnungslos romantisch, Schwesterchen.«

»Damit kann ich leben. Der Krieg sollte nicht völlig vergeblich gewesen sein.«

»Wie meinst du das?«

»Wir haben beide viel durchmachen müssen, aber wir haben überlebt. Wir sind Bruder und Schwester, wir stützen einander, wo immer es geht. Wenn wir zusammenhalten, sieht die Zukunft ein kleines Stück rosiger aus, finde ich.«

»Wenn du es sagst …«

»Es ist Zeit für einen Neubeginn, und den wagen wir zu zweit und nicht allein.«

»Übermorgen um halb zehn Uhr hole ich dich ab, ich werde dich in der Goltzstraße vorstellen. Mach dich hübsch, und trag den Hut, den ich dir geschenkt habe.«

»Selbstverständlich. Bis er völlig zerschlissen ist, werde ich keinen anderen mehr tragen. Ich danke dir von ganzem Herzen.«

»Und jetzt trinken wir darauf, dass wir uns wiedergefunden haben. Ich habe noch eine Flasche Sekt in der Speisekammer. Der Anlass ist es wert, findest du nicht?«

»Sekt? Um diese Uhrzeit? Ich habe seit mindestens fünf Jahren keinen Sekt mehr getrunken.«

Gerald stand auf.

»Dann ist es höchste Zeit, findest du nicht? Die Dinge fügen sich, du wirst sehen.«

»Ja, ich hoffe es sehr. Leider gilt das nicht für unsere Eltern.«

»Die sind erwachsen. Entweder sie raufen sich zusammen, oder sie lassen es eben bleiben. Diese Entscheidung können wir ihnen nicht abnehmen.«

»Nein, vermutlich nicht.«

Schweigend sah Evi zu, wie Gerald die Tür der Speisekammer öffnete. Sie fühlte sich durch ihr Gespräch mit ihm gestärkt. Von nun an konnte es nur bergauf gehen. Sie stand zu ihrem Bruder, komme, was da wolle. Genau wie vor dem Krieg würden sie ein Herz und eine Seele sein, einander ganz nah. Einer würde den anderen begleiten und halten, ihm mit Rat und Tat zur Seite stehen, das war auch früher so gewesen.

Eine neue Anstellung war auch in Sicht. Mit etwas Glück würde sie keine Verkäuferin bleiben. Sie hatte tausend Pläne und Gedanken dazu, wie es beruflich weitergehen konnte. Als Hutmacherin Fuß in dieser Stadt zu fassen, war ein schönes Ziel. Und Gerald würde eines Tages zu seiner geliebten Musik zurückfinden. Es musste alles ein glückliches Ende nehmen, wenn sie beide nichts unversucht ließen, um dem Leben das Beste abzutrotzen.

Lustlos streifte Bernardine durch die Stadt. Sie war nicht eben in allerbester Laune, obwohl sie ausnahmsweise ein bisschen Geld dabeihatte, das sie ausgeben konnte – sogar ausgeben musste, wenn es nach ihrem Sohn ging. Gestern Abend hatte Gerald ihr gemeinsam mit einem kleinen Bündel an Geldscheinen einen Zeitungsartikel auf den Küchentisch gelegt. Ein hübsches Kleid sollte sie sich besorgen, am besten auch ein Paar neue Schuhe, hatte er gemeint. Gerald hatte ein Stellenangebot in einer Tageszeitung ausfindig gemacht – eine französischsprachige Korrespondentin mit guten Grammatikkenntnissen wurde von einem Handelsunternehmen gesucht, natürlich sollte es jemand mit Erfahrung sein. Für Bernardine war klar, dass sie damit nicht gemeint war. Das Angebot richtete sich an jüngere Menschen, an Leute, die die Handelsschule besucht hatten oder wenigstens schon mal eine Anstellung im Büro besessen hatten. Wenn jemand eine solche Arbeit zu vergeben hatte, dann würde er damit keine ältere Frau ohne Vorkenntnisse betrauen.

Es war witzlos, überhaupt zu dem Einstellungsgespräch zu gehen, nur, um sich von Jüngeren ausstechen zu lassen. Und doch sah sie sich genötigt, sich den Wünschen ihres Sohnes zu fügen. Sie wollte Gerald nicht vor den Kopf stoßen, das konnte sie nicht wagen.

Bernardine blieb stehen, ganz unbewusst hatte sie den Weg ins Scheunenviertel eingeschlagen. Hier war die Auswahl an gebrauchter Kleidung groß, ein Altkleiderhändler reihte sich in diesem Viertel an den nächsten. Wenn sie sich während des Krieges ein Stück Stoff hatte leisten können, dann hatte sie es im gebrauchten Zustand in diesen Gassen erworben. Auch heute würde sie es nicht anders halten. Niemand sollte ihr vorwerfen, dass sie das Geld ihres Sohnes mit vollen Händen zum Fenster rauswarf. Allerdings war sie nicht entschlossen, sich etwas zu kaufen. War es nicht sinnvoller, Geralds sicherlich mühsam erworbenes Bargeld für Nahrungsmittel oder Kohlen auszugeben? Sie ahnte, welchen Sturm der Entrüstung ein solches Vorgehen bei ihrem Sohn auslösen würde. Da Ernst-Ludwig, dieser vollkommen unfähige Ehemann, sie im Stich gelassen hatte, war sie ihren Kindern auf Gedeih und Verderb ausgeliefert. Ein unangenehmer Gedanke – sie hatte es bisher nie so gesehen, und doch drängte sich diese Schlussfolgerung auf. Bernardine konnte es drehen und wenden, wie sie wollte, sie war nicht länger Herrin ihrer Entschlüsse. Wie eine Marionette zappelte sie an den Fäden desjenigen, der sie ernähren konnte. Verärgert biss sie sich auf die Unterlippe. Was waren das für seltsame Ideen, die sie hier ausbrütete?

Nachdenklich stand sie auf dem Trottoir, als sich die Tür eines Ladens im Souterrain gegenüber auftat. Ein junger Mann betrat den Bürgersteig, er trug den dunklen, schlichten Mantel und den hohen schwarzen Hut, in dem die Kleiderjuden Tag für Tag im Scheunenviertel zu sehen waren. Bernardine beobachtete, wie der junge Unbekannte sich auf einen mitgebrachten Schemel stellte. Mithilfe einer Metallkette befestigte er ein Kleidungsstück an dem Ausleger seines Ladenschildes. Der Stoff flatterte wie wild auf dem Kleiderbügel, während der Verkäufer wieder in seinem Laden verschwand.

Bernardine kniff die Augen zusammen.

Konnte das wahr sein, oder wurde sie gerade Opfer einer Sinnestäuschung? Langsam überquerte sie die Straße. Sie wollte das Ausstellungsstück in Augenschein nehmen, das dort über dem Bürgersteig baumelte. Kornblumenblau, eine schöne Farbe, die man nicht alle Tage zu Gesicht bekam. Das Modell besaß einen ausgefallenen, aber durchaus kleidsamen Schnitt und einen auffallend großen Kragen, den man aufstellen konnte bei Kälte. Er war es, der Mantel von Madame Godefrey baumelte im Scheunenviertel auf der Straße, jeder Irrtum war ausgeschlossen. Unter Tausenden von Kleidungsstücken hätte Bernardine diesen Mantel auf Anhieb wiedererkannt. Madame Godefreys ganzer Stolz hing beim Kleiderjuden in der Hirtenstraße.

Bernardine rang nach Luft, sie wusste nicht, was sie dazu sagen sollte. Was hatte diese überhebliche, verwöhnte Person dazu bewogen, einen solchen Aufstand um ihr Eigentum zu machen, wenn sie den Mantel dann gleich nach Rückerhalt aus ihrem Kleiderschrank verbannte? Sie musste ihn unmittelbar, nachdem Evi ihn ins Pfarrhaus zurückgetragen hatte, verkauft haben. Wie konnte die Godefrey nur? Auf einer Aussprache hatte Madame bestanden, mit einem Strafverfahren hatte sie gedroht, in den Staub hatte Bernardine sich vor dieser dummen Pute werfen müssen. Und wozu das alles? Wozu die Demütigungen, der ganze Trubel, der nur dazu geeignet gewesen war, Bernardine im Ansehen der restlichen Welt herabzusetzen – und nun war der Mantel plötzlich nichts mehr wert, er hing beim Kleiderjuden und konnte für ein paar Mark von jedermann erstanden werden.

Unfassbar.

Bernardine war empört, ihr Herz bäumte sich mit jedem Schlag gegen diese Ungerechtigkeit auf. Was gab dieser impertinenten Person das Recht, sich derart zu betragen?

Das war gemein, das war würdelos. Sie waren keine Bluts-
verwandten, aber sie waren Glaubensschwestern. Sie teilten
eine ehrenwerte Tradition, in der sie beide als Hugenottin-
nen standen – nur schien das wenig zu besagen in den Augen
einer Madame Godefrey, die sich sichtlich für etwas Besseres hielt. Kein Anstand im Leib hatte die Frau. Warum ver-
barg sie den Mantel nicht einfach in den Tiefen ihres sicher
riesengroßen Kleiderschrankes, wenn sie ihn nicht mehr tragen mochte, nachdem Bernardine ihn für kurze Zeit besessen
hatte?

Es brodelte in Bernardine, es war genug, sie fühlte das.
Seit Jahren ließ sie sich herumstoßen und schlecht behandeln. Seitdem sie ihr Elternhaus verlassen hatte, ging es nur
bergab. Sie war Opfer eines Schicksals, das es nicht gut mit
ihr meinte. Andere zogen an ihr vorbei und gaben ihr bestän-
dig das Gefühl, nichts wert zu sein. Dem würde sie ein Ende
bereiten. Sie musste sich ihr Leben neu einrichten. Sie durfte
nicht länger auf Ernst-Ludwig bauen, das brachte nichts. Sie
würde etwas Eigenes finden, etwas, das sie als Mensch aus-
zeichnete. Damit konnte sie sich ein Einkommen schaffen,
sei es nun aufgrund ihrer guten Erziehung oder aufgrund
ihrer Sprachkenntnisse, irgendetwas würde ihr schon weiterhelfen. Überall würde sie vorstellig werden, wenn nur eine
Aussicht darauf bestand, dass man ihr eine bezahlte Anstellung gab. Ab heute wendete sich ihr Los. Sie wollte nicht
länger an der Seite eines Mannes, der es zu nichts gebracht
hatte, zu den Ärmsten der Armen zählen. Bernardine straffte
den Rücken, sie drehte sich um und warf einen Blick in das
Fenster hinter ihr. Helle Bluse, dunkler Rock, das trug man

im Büro, sie wusste es von Evi. Genau das brauchte sie und zähen Durchhaltewillen obendrein.

Sie würde es den anderen schon zeigen.

Bernardine packte die Türklinke der Ladentür und trat ein.

»Da ist sie ja! Unser Geburtstagskind ist auf die Minute pünktlich. Herzlichen Glückwunsch zum 21. Geburtstag, Regine.«

Kurt breitete die Arme aus und zog Regine an sich – dass er an diesen besonderen Anlass gedacht und ihretwegen in aller Herrgottsfrühe zum Postfuhramt in der Oranienburger Straße gekommen war, war ihr schönstes Geschenk. Helle Freude loderte in ihr auf – jedes Mal, wenn sie Kurt um sich hatte, war sie glücklich. Dass sie die Zuneigung dieses Mannes gewonnen hatte, erfüllte Regine mit Stolz. Viel mehr als seine Anwesenheit brauchte sie nicht, um diesen Tag zu feiern.

Sie strahlte ihn an.

»Guten Morgen. Ich freue mich, dass du gekommen bist.«

»Aber natürlich. Ich wollte mir die Gelegenheit nicht entgehen lassen, um ein neues Mitglied in den Reihen unserer Gewerkschaft zu begrüßen. Zumal, wenn du das neue Mitglied bist.« Kurts Augen leuchteten vor Begeisterung. »Ab heute bist du volljährig. Damit kannst du frei entscheiden, ob du zu uns gehören willst.«

»Ich weiß. Ich hoffe, du bist nicht nur so früh aufgestanden, um mir das zu sagen.«

Er schüttelte den Kopf. Für ein paar Sekunden wirkte er

verlegen. Es rührte Regine zu sehen, dass seine Wangen sich unter ihren eindringlichen Blicken röteten. So etwas passierte sonst immer nur ihr.

»Entschuldige, natürlich bin ich nicht der Gewerkschaft wegen hier. Es geht mir um dich und niemanden sonst.«

Regine hätte Kurt gerne geküsst, doch sie wagte es nicht, nicht hier am Tor, vor aller Augen. Ein paar Kolleginnen zogen auf dem Weg zum Dienstgebäude an ihnen vorbei und beäugten sie im Vorübergehen. Es missfiel manchen Leuten, wenn junge Paare auf der Straße Zärtlichkeiten austauschten.

»Sehen wir uns heute Abend? Ich muss dir dringend etwas erzählen.«

Kurts Gesicht verdunkelte sich, sie erahnte seine Antwort bereits.

»Tut mir leid, aber ausgerechnet heute Abend kann ich nicht. Stratmann wünscht mich zu sehen. Es geht um die neue Besetzung des Sekretariats, du weißt schon …«

Für ein paar Sekunden trübte seine Auskunft ihre Vorfreude auf den Tag, aber dann fing sie sich. Hatte sie sich nicht selbst und aller Welt versprochen, dass sie Geduld haben und Kurts Tätigkeit unterstützen würde?

Sie neigte zustimmend den Kopf.

»Gut, aber ich brauche deine Hilfe. Ich finde, dass Hettis Ausfall gegen Hermann Kaiser nicht das Ende unseres Arbeitskampfes sein kann.«

»Das finde ich auch.«

»Wir Zustellerinnen dürfen nicht klein beigeben, nur, weil die Behördenleitung ihre Krallen ausfährt.«

»Ich denke, dass ihr weitermachen solltet. Wenn diese

Geschichte mit deiner Kollegin Hetti erst mal in Vergessenheit geraten ist ...«

»So lange will ich nicht warten. Ich war gestern in der SPD-Parteizentrale und habe mir eine Liste der weiblichen SPD-Reichstagsabgeordneten geben lassen.«

Kurt warf ihr einen fragenden Blick zu.

»So? Wozu denn das?«

»Ich möchte eine der SPD-Politikerinnen für unsere Sache gewinnen. Vielleicht kann diese Frau ihre Stimme für die weiblichen Kriegsaushilfen erheben. Das hat viel mehr Gewicht, als wenn wir uns allein abstrampeln, findest du nicht?«

»Ja, das ist eine gute Idee.«

»Ich finde sie großartig. Wir Frauen dürfen neuerdings wählen, da müssen unsere Anliegen in der Politik berücksichtigt werden. Was ist unser Wahlrecht denn sonst wert?«

Kurt verschränkte die Arme vor dem Oberkörper, er nickte kaum merklich.

»Du hast recht, aber einfach wird das nicht. In Sachen Weiterbeschäftigung kämpfst du gegen eine Verordnung, die die Regierung gerade erst erlassen hat.«

»Allein die Tatsache, dass die Vorschrift von ganz oben kommt und nagelneu ist, hält mich nicht auf.«

»Ich weiß, dich hält nichts und niemand auf, wenn du dich zu etwas entschlossen hast. Das finde ich so faszinierend an dir.«

»Danke, aber ich glaube, was eine gewisse Hartnäckigkeit angeht, stehen wir beide einander nicht nach. Du rätst mir nicht ab, oder?«

»Nein, tue ich nicht. Es wäre allerdings wichtig, die richtige Ansprechpartnerin zu finden. Die Frauen haben es nicht leicht im Parlament, schätze ich. Sie sind Neulinge und kämpfen mit Vorurteilen.«

»Das mag sein. Wie gesagt, ich dachte an eine Frau aus der SPD. Ihr Wort sollte nach Möglichkeit Gewicht haben bei den Genossen.«

»Dazu fällt mir Marie Juchacz ein. Sie hat vor Kurzem als erste Frau vor einem deutschen Parlament gesprochen. Sehr gute Rede übrigens. Stand in allen Zeitungen, landauf und landab. Soweit ich weiß, sitzt sie im Bundesvorstand der SPD und kennt Friedrich Ebert persönlich.«

»Ja? Das klingt gut, das gefällt mir. Bei ihr werde ich die Eingabe machen.«

»Petition nennt man das.«

»Dann eben eine Petition. Irgendetwas muss passieren, verstehst du? Alles, was wir bisher erreicht haben, ist, dass Hermann Kaiser uns nicht mehr hinterherspioniert.«

Kurt hob den Kopf – immer mehr Kolleginnen zogen an ihnen vorbei und warfen ihnen im Vorübergehen neugierige Blicke zu. Kurt griff nach dem Ärmel von Regines Uniform und zog sie ein Stück näher zu sich heran.

»Nicht so laut, man kann dich auf dem ganzen Hof hören.«

Er beugte sich zu ihr hinunter, für einen kurzen Moment legte er den Zeigefinger auf seine Lippen, dann begann er zu flüstern.

»Was ist aus diesem Hermann Kaiser geworden? Wo ist der abgeblieben? Du sprichst überhaupt nicht mehr von ihm. Habt ihr ihm im Pferdestall die Augen ausgekratzt?«

»Das war nicht nötig. Er soll um seine Versetzung in einen

anderen Zustellbezirk gebeten haben, heißt es. Hier in der Oranienburger Straße ist er nach dem Vorfall mit Hetti nicht wiederaufgetaucht.«

»Gratuliere. Das ist ein Erfolg, wenn ihr den los seid.«

»Der nächste Spion der Behördenleitung wird nicht lange auf sich warten lassen.«

»Aber diesmal seid ihr gewarnt. Der nächste Kollege wird es nicht so einfach bei euch haben. Jeder Mann, der neu dazukommt, wird bestimmt misstrauisch beäugt werden.«

»Dessen kannst du sicher sein. Die Vorfälle in letzter Zeit haben bei einigen Kolleginnen Eindruck hinterlassen. Ein paar von ihnen haben mich inzwischen angesprochen, sie wollen bei uns mitmachen. Beim nächsten Mal wird es uns nicht schwerfallen, ein vernünftiges Streikkomitee zusammenzubringen. Emma und ich sind nicht mehr allein, der Widerspruchsgeist der Frauen ist geweckt.«

»Das klingt gut, diesen Erfolg habt ihr euch verdient. Was deine Petition betrifft – wenn du möchtest, können wir den Text gemeinsam zu Papier bringen. Wie wäre es am nächsten Sonntagnachmittag?«

»Bist du sicher, dass du dann Zeit für mich erübrigen kannst?«

»Sonntag habe ich Zeit, sonst hätte ich es nicht angeboten.«

»Und wo kann ich dich finden? Bisher weiß ich nicht einmal, wo du wohnst.«

»Das lässt sich ändern. Ich habe ein Zimmer zur Untermiete in der Schlegelstraße Nummer 12, dritter Stock. Ich wohne dort mit einem Gewerkschaftskollegen. Alfred freut sich, dich kennenzulernen.«

»Alfred, also, wie nett. Ich werde kommen, ganz bestimmt.«

Kurt zog Regine zu sich heran. Ihre Lippen fanden sich zu einem innigen Kuss. Diesmal schien es ihnen beiden vollkommen gleichgültig zu sein, wer ihnen hier draußen zusehen konnte.

Regine wusste, mit diesem Mann hielt sie ihr Glück in den Armen. Mochte da kommen, was wollte, ihre Liebe zu Kurt würde größer sein als jedes Hindernis, das sich ihnen in den Weg stellte.

Zum ersten Mal stand Evi in der Mittagszeit ohne Aufsicht im Geschäft. Ihr war nicht ganz wohl bei dem Gedanken, heute ohne die Unterstützung einer Kollegin bedienen zu müssen. Es würde nicht einfach werden, sie war erst seit Kurzem hier. Dennoch ahnte sie, dass es eine Auszeichnung war, wenn man sie schon nach einer so kurzen Zeit der Einarbeitung mit der Kundschaft allein ließ. Sie würde sich alle erdenkliche Mühe geben. In Sachen Hutmode hatte sie bereits einiges gelernt. Jeden Tag versuchte sie, sich von den erfahrenen Verkäuferinnen etwas abzuschauen, auch den Modistinnen im Atelier sah sie regelmäßig über die Schulter. Wie ein neues Modell als Entwurf gezeichnet, der Rohling geformt, gedämpft, getrocknet und gebügelt wurde, um ihm dann mit Bändern, Blüten und Federn den letzten Schliff zu geben, das interessierte Evi sehr. Für ihr Leben gerne hätte sie sich selbst an der Herstellung eines Hutes versucht, aber vorerst kam das nicht in Betracht. Das Verkaufen sollte sie erlernen, die Beratung der Kunden war es, die man ihr aufgetragen hatte.

Die Uhr an der Wand hinter dem Ladentisch zeigte zehn Minuten nach zwölf. Sie würde noch eine Weile allein im Laden sein, bis ihre eigene Mittagspause begann, aber das war kein Grund, um nervös zu werden. Bisher war der Tag ruhig verlaufen, doch plötzlich kündigte das Schrillen der Ladenklingel die Ankunft einer Kundin an. Evi verließ ihren Platz hinter dem Verkaufstresen.

Eine junge Frau mit einem tief ins Gesicht gezogenen Glockenhut hatte den Laden betreten und stand jetzt abwartend neben der Eingangstür. Evi grübelte: Wo hatte sie den Hut dieser Frau schon einmal gesehen? Sie dachte angestrengt nach, während die Kundin ein Modell aus hellem Filz betrachtete, das auf einem hölzernen Ständer direkt neben dem Eingang ausgestellt war.

»Guten Tag. Wie kann ich Ihnen helfen?«

Die angesprochene Person drehte sich um und blickte direkt in Evis Gesicht. Es war Gretchen, die vor Evi stand. Damit, Ecksteins neue Geliebte hier anzutreffen, hatte Evi nicht gerechnet. Ein paar Sekunden lang blieb es still, dieses Zusammentreffen kam überraschend, doch Evi war sich ihrer Pflichten bewusst. Sie war jetzt eine Angestellte dieses Geschäfts. Sie hatte freundlich, unterwürfig und dienstbeflissen zu sein – dass Gretchen bis vor Kurzem eine Kollegin, vielleicht sogar eine Freundin gewesen war, spielte keine Rolle mehr.

Evi setzte ihr schönstes Lächeln auf.

»Gretchen, was für eine Überraschung. Herzlich willkommen. Was kann ich für dich tun?«

Gretchens Gesicht blieb unbewegt. Nur langsam hoben sich ihre Mundwinkel, ihr Lächeln war kaum wahrnehmbar.

»Evi, das ist wirklich eine Überraschung. Du hast hier eine neue Anstellung gefunden, nehme ich an?«

»Richtig, ich bin hier angestellt, und es gefällt mir sehr. Es ist schön, beruflich etwas mit Mode zu tun zu haben.« Evi strahlte, Gretchen durfte ruhig spüren, dass es ihr gut ging. »Du suchst nach einem neuen Hut für den Frühling?«

Blitzschnell senkte Gretchen den Blick, sie schaute zu Boden. Ihr Betragen wirkte seltsam. Ihr Gesichtsausdruck, ihre Haltung, alles an ihr drückte ein Schuldbewusstsein aus, das Evi sich nicht recht erklären konnte. Es war nichts verkehrt daran, sich für die aktuelle Hutmode zu interessieren, auch wenn Gretchen sich dafür einen ziemlich teuren Laden ausgesucht hatte. Endlich hob sie den Kopf, ein Anflug von Resignation lag auf ihren Gesichtszügen.

»Ach, was soll's, ich will dir die Wahrheit sagen. Du erfährst es ja doch früher oder später. Es wird in der Zeitung stehen, und selbst wenn nicht, Klatsch und Tratsch finden immer ihren Weg, nicht wahr?«

»Klatsch und Tratsch? Ich weiß nicht, wovon du sprichst.«

»Ich heirate im nächsten Monat. Siegfried hat mich um meine Hand gebeten.«

»Oh.«

»Ja. Er möchte das Trauerjahr für seine verstorbene Frau nicht mehr abwarten. Er hat endlos lange an der Seite seiner kranken Frau gehofft und gebangt, sagt er. Es sei nicht notwendig, noch einmal zwölf Monate ins Land gehen zu lassen, bevor für ihn etwas Neues beginnt, sagt er.«

»So, sagt er das.«

»Ja. Wir werden nur im kleinsten Kreis feiern, es wird keine kirchliche Hochzeit geben. Du bist mir nicht böse, oder?«

Gretchen griff nach Evis Hand und drückte sie sanft. In ihrem Blick lag etwas aufrichtig Flehendes, vielleicht eine Bitte um Vergebung? Offensichtlich hatte sie ein schlechtes Gewissen.

»Ich weiß, unser Vorhaben wird dir merkwürdig erscheinen. Schließlich habe ich stets beteuert, dass ich Siegfried nicht liebe.«

»Das hast du mehrfach gesagt, ja.«

»Aber Gefühle ändern sich, nicht wahr? Ich weiß diesen Mann inzwischen zu schätzen. Er ist aufmerksam und fürsorglich. Siegfried behandelt mich gut. Vielleicht ist ein Leben an seiner Seite das Beste, was mir jemals widerfahren wird. Ich habe nicht viele Chancen, Evi. Ich bin nicht wie du.«

»Was meinst du damit?«

»Du hast Kampfgeist, du lässt dich nicht unterkriegen. Dafür bewundere ich dich.«

»Zu viel der Ehre. Bei dieser Anstellung hier habe ich Unterstützung von meinem Bruder bekommen. Allein wäre ich wahrscheinlich noch nicht so weit.«

»Dein Bruder? Er lebt also. Freut mich sehr, das zu hören, wirklich.«

Evi wollte etwas erwidern, doch Gretchen kam ihr zuvor. Eilig hob sie die rechte Hand.

»Warte, eines möchte ich dir noch sagen. Ich kann verstehen, wenn du von mir enttäuscht bist, was die Hochzeit mit

Siegfried angeht. Aber versuch bitte die Geschichte mit meinen Augen zu sehen. Hättest du einen Heiratsantrag von Siegfried Eckstein abgelehnt?«

Evi zögerte, sie brauchte einen Moment, um darauf eine ehrliche Antwort zu finden. Es war nicht leicht, die Neuigkeiten zu verdauen, die Gretchen mitgebracht hatte – aber sie war bemüht, nach außen die Haltung zu wahren. Selbst wenn sie noch immer traurig gewesen wäre, hätte sie es Gretchen nicht wissen lassen. Das ging gegen ihre Ehre, also richtete sie sich auf und straffte die Schultern.

»Für mich stellt sich die Frage nach einer Ehe mit Eckstein nicht mehr, Gretchen. Ich wundere mich nur, dass er schon bereit ist, eine neue Verbindung einzugehen. Seine Lydia ist gerade einmal seit ein paar Wochen unter der Erde …«

»Das stimmt, aber ich kann ihn verstehen. Er möchte Vater werden. Kann man es ihm verdenken? Mit seiner ersten Frau blieb ihm eine Familie versagt. Dass er sich nach Kindern sehnt, spricht doch eher für als gegen ihn, denke ich.«

Evi neigte leicht den Kopf, es war das Einfachste, Gretchen in diesem Punkt nicht zu widersprechen. Eine Hochzeit und Kinder, es standen offenbar große Veränderungen an in Gretchens Leben. Evi zögerte – tat es ihr etwa doch noch weh, das alles zur Kenntnis nehmen zu müssen? Sie wappnete sich gegen den Schmerz, der nun noch einmal aufzukeimen drohte, und beschloss im gleichen Moment, alle ihre Gedanken dazu für sich zu behalten. Sollte Gretchen glücklich sein, jedenfalls für den Augenblick. Die eigentliche Frage war doch, was sie in einer Ehe mit Eckstein zu erwarten hatte. Siegfried wollte sicherlich einen Sohn und

Erben seines Namens, mit einer Tochter würde er sich nicht zufriedengeben, so gut kannte Evi diesen Mann. Was, wenn Gretchen diese Erwartung nicht erfüllen konnte? Sie bekam ihre Chance, weil sie jung war und leidlich hübsch – aber vor allen Dingen war sie verfügbar. Sie war die derzeit amtierende Geliebte des Oberpostrats und kam von daher als Ehefrau in Betracht. Wenn es mit Gretchen aus irgendeinem Grund nicht funktionierte, würde Eckstein sie verstoßen, da war Evi sich fast sicher.

Und Gretchen? Was dachte, was fühlte sie wirklich? Liebte sie Siegfried Eckstein inzwischen tatsächlich aufrichtig?

Evi wusste, sie würde die Wahrheit nicht erfahren, aber sie hatte beschlossen, auch nicht mehr danach zu fragen. Ecksteins Unbeständigkeit, seine Affären und Winkelzüge, das lag hinter ihr, es gehörte zu ihrer Vergangenheit. Sie wollte damit abschließen. Ihr war seit der Trennung nur Gutes widerfahren, denn sie hatte ihren Bruder wiedergefunden. Scheinbar bemühten sich auch ihre Eltern neuerdings darum, sich zu verständigen. Mutter ging neue Wege, sie war auf Stellensuche, das war vor Kurzem noch nicht denkbar gewesen. Auch Vater sah offenbar ihren Willen, etwas zur Zukunft der Familie beizutragen. Er hatte zugestimmt, sie mit monatlich festen Beträgen zu unterstützen. Sogar regelmäßige Besuche in der Ruppiner Straße sollte es geben.

Mit Geralds Rückkehr in ihr Leben war Evi ihrem Ziel ein Stück nähergekommen. Sie wollte unabhängig und frei sein. Die Intrigen im Fernsprechamt interessierten sie höchstens noch am Rande, das hatte keinen Einfluss mehr auf ihren Alltag. Die Jahre als Ecksteins Geliebte waren Zeitverschwendung gewesen, diese Episode hatte sie nicht weitergebracht. Womit also sollte sie hadern, wenn das alles jetzt hinter ihr lag?

Lächelnd wandte sie sich Gretchen zu, die in diesem Augenblick nur noch eine Kundin unter vielen für sie war. Zurück zum Tagesgeschäft, das war das Beste in dieser Angelegenheit.

»Dann nehme ich mal an, du suchst nach einer passenden Kopfbedeckung für das Standesamt. Soll es ein Hut mit einem Schleier sein? Oder lieber etwas mit einer größeren Krempe?«

»Ich weiß nicht, ich wollte mich erst mal umsehen …«

»Wir haben Modelle in reinem Weiß oder Elfenbein, woran hast du gedacht? Es sind auch wunderschöne Hüte in Pastellblau dabei, nur für den Fall, dass du nichts Weißes trägst.«

»Natürlich trage ich etwas Weißes. Das lasse ich mir nicht nehmen. In Betracht kommt auch Elfenbein, aber eine andere Farbe kommt überhaupt nicht infrage. Ich bin eine Braut, da mache ich keine Kompromisse.«

»Ganz, wie du möchtest.«

Gretchen verzog den Mund, sie wirkte ein wenig gekränkt. Evi dagegen lächelte eisern, sie beschloss, diese kleine Missstimmung einfach zu übergehen. Mit zwei Schritten war sie am Fenster. In der Schaufensterdekoration stand ein neues Modell, das erst gestern Nachmittag die Werkstatt verlassen hatte. Es war eine mit rosa Stoffrosen geschmückte beige Cloche.

»Wie gefällt dir der hier? Ist der Hut nicht entzückend? Wie gemacht für eine Braut!«

»Ja, der ist bezaubernd.«

»Unsere Hutmacherin kann anstelle der Blumen auch eine Borte in der gewünschten Farbe anbringen. Resedagrün ist im kommenden Frühjahr sehr gefragt. Ich glaube, die Farbe würde gut zu deinen Augen passen. Möchtest du das Modell probieren?«

Evi reichte Gretchen den Hut, die ihn zögernd und ein wenig irritiert entgegennahm. Vermutlich war sie erstaunt über den Elan und die Höflichkeit, mit der Evi sie bediente. Hatte Gretchen tatsächlich erwartet, dass Evi noch immer jammern und klagen würde, wenn Siegfried Eckstein ihr abhandenkam?

Auf keinen Fall.

Sie war nicht mehr eifersüchtig, ganz sicher nicht. Sie würde Gretchen den schönsten Hut verkaufen, den eine zukünftige Frau Eckstein bezahlen konnte. Im Anschluss daran würde sie in ihrer Mittagspause versuchen, Regine auf ihrer Zustelltour abzupassen. Die beste Freundin von allen feierte heute nämlich ihren 21. Geburtstag. Regine und ihr Kurt, dieser Laden, Gerald und vielleicht eines Tages Marjorie als Geralds ständige Gefährtin, das alles gehörte zu ihrem zukünftigen Leben. Die Aussichten waren wundervoll.

Mehr hatte sie zu alldem nicht mehr zu sagen.

Berliner Morgenpost

Dienstag, den 27. Mai 1919

Petition weiblicher Kriegsaushilfen wird Thema im Reichstag

Von unserem Hauptstadtkorrespondenten Hartwig Walter

Berlin Eine von rund fünfzig weiblichen Kriegsaushilfen unterzeichnete Petition soll noch vor der Sommerpause des Parlaments im Petitionsausschuss des Reichstages erörtert werden. Die zeitlich befristet angestellten Postzustellerinnen setzen sich gegen ihre Entlassung aus dem Arbeitsverhältnis bei der Reichspost zur Wehr. Die Frauen wollen erreichen, dass die jüngst in Kraft getretene Regierungsverordnung, wonach alle weiblichen Kriegsaushilfen bis zum Sommer dieses Jahres ausnahmslos zu kündigen sind, in ihrem Sinne abgemildert wird.

»Diese Frauen haben es nach ihrem tapferen und selbstlosen Einsatz während der Kriegsjahre verdient, dass eine wohldurchdachte Entscheidung über ihre Zukunft gefällt wird. Es muss Ausnahmen zu der generellen Entlassungspflicht der Arbeitgeber geben. Das gilt insbesondere für Kriegerwitwen und die Ehefrauen schwer kriegsversehrter Soldaten. Anderenfalls werden ganze Familien in ein nicht absehbares Elend gestürzt«, äußerte dazu SPD-Vorstandsmitglied Marie Juchacz, die das Anliegen der Postzustellerinnen im Reichstag unterstützt.

Inwiefern diese Aussage der SPD-Politikerin, die derzeit auch der verfassunggebenden Versammlung in Weimar angehört, mehrheitlich der Meinung des SPD-Parteivorstands und der Abgeordneten entspricht, werden die Debatten erst noch zeigen müssen.

Die Regierungsverordnung betreffend die Entlassung von weiblichen Kriegsaushilfskräften war erst in diesem Frühjahr erlassen worden. Sie soll im Sommer dieses Jahres durch die Arbeitgeber umgesetzt werden.

Epilog

Und heute? Was ist von den Schauplätzen des Romans geblieben?

Berlin hat sein Gesicht in den letzten hundert Jahren sehr verändert, aber das ehemals Kaiserliche Postfuhramt in der Oranienburger Straße 65/66 steht noch immer. Es ist eines der prachtvollsten Gebäude der Kaiserzeit, das den Zweiten Weltkrieg fast unbeschadet überstanden hat. In den Stallungen auf dem Hof waren zeitweise mehr als zweihundert Pferde untergebracht. Von hier aus arbeiteten etliche Dienststellen der Post, es gab zeitweise sogar Wohnungen für die Behördenbediensteten auf dem Gelände. Von der Oranienburger Straße, Ecke Artilleriestraße (heute Tucholskystraße) ging auch Rohrpost auf die Reise. Nach dem Mauerfall bot das Postfuhramt verschiedenen Kulturschaffenden eine Heimat. Inzwischen beherbergt das stattliche Gebäude die Repräsentanz eines Unternehmens.

Nordöstlich davon, im Ortsteil Gesundbrunnen in Berlin-Mitte, liegt das Brunnenviertel, in dem Regine und Evi zu Hause sind. Der Name des U-Bahnhofs Gesundbrunnen erinnert daran, dass an dieser Stelle im 18. Jahrhundert eine Heilquelle entdeckt wurde. Diejenigen, die es sich leisten konnten, nahmen dort seinerzeit eine Trink- oder Badekur.

Eine Zeit lang durfte der Ort sogar den Namen der preußischen Königin Luise tragen, die 1799 zur Erholung hier weilte. Die Bezeichnung »Am Luisenbad«, den man als Zusatz der Bibliothek in der Badstraße gegeben hat, erinnert an diese Zeit. In dem prachtvollen Haus, das jetzt eine Bücherei ist, befanden sich früher das Kurmittelhaus, ein Café und die Badeanstalt der Kurstätte.

Mit der Industrialisierung und dem Zuzug von Fabriken wandelte sich der Charakter des Viertels grundlegend. Industriearbeiter zogen mit ihren Familien in den Kiez, kleine Handwerks- und Einzelhandelsgeschäfte siedelten sich an. Die Bäckerei Smolka liegt in diesem Roman in der Hussitenstraße, dort sind heute noch die alten Werkshallen der AEG zu besichtigen. Berlins erste Untergrundbahn wurde hier gebaut und in der Voltastraße nebenan auf ihre Tauglichkeit getestet. In der Hussitenstraße Nummer 4 und 5 stehen die Deutschen Höfe, ein aufwendig gestaltetes Projekt des sozialen Wohnungsbaus aus der Kaiserzeit. Die typischen Gründerzeitbauten wird auch eine Briefträgerin des 20. Jahrhunderts auf ihren Touren aufgesucht haben.

Parallel zur Brunnenstraße verläuft die Ruppiner Straße, in der zu Beginn des 20. Jahrhunderts Mietskasernen standen. Die Gebäude dort zeichneten sich durch üppig gestaltete Fassaden aus, besaßen aber nur sehr wenig Komfort. Die Wohnungen waren klein und oftmals dunkel, Sanitäranlagen waren Mangelware. In den Straßen südlich des damals schon existierenden Humboldthains lebten kleine Leute ein bescheidenes Leben, in das *Die Postbotin* einen Einblick gibt.

Wer auf den Spuren der damaligen Gewerkschafter wandeln möchte, kann sich zum Engeldamm begeben. Früher trug die Straße an der Grenze zwischen Mitte und Kreuzberg am Luisenstädtischen Kanal den Namen Engelufer. Die stolze Fassade des Gebäudekomplexes steht unter Denkmalschutz, Gewerkschaftsarbeit wird hier heute aber nicht mehr geleistet. Während des Zweiten Weltkrieges übernahm das Rote Kreuz das Gebäude als Notkrankenhaus, bis ein Teil der Anlage den Bomben zum Opfer fiel. Auch nach dem Krieg wurde die ehemalige Gewerkschaftsniederlassung als Krankenhaus genutzt. Mit dem Bau der Berliner Mauer im Jahr 1961 wurde der Engeldamm zum Grenzgebiet, aus dem ehemaligen Gewerkschaftshaus fiel der Blick dann direkt auf den Todesstreifen. Heute wird das Gebäude privat vermietet.